Mord ist für gewöhnlich das am einfachsten zu lösende Verbrechen ...

… weil der Typ,
der's gemacht hat,
Sie meistens
anruft und sagt:
«Ich habe gerade
meine Freundin
mit diesem
Baseballschläger
totgehauen.»

Das sind so Allerweltsmorde, aber hin und wieder passiert's dann auch, daß Sie einen ganz vertrackten Fall erwischen – so wie diesen hier.

Ross Thomas

Schutzwall

Deutsch von Jürgen Behrens

Roman

WUNDERLICH
TASCHENBUCH

Veröffentlicht im Rowohlt Taschenbuch Verlag GmbH
Reinbek bei Hamburg, Juni 1998

Umschlaggestaltung Tandem Design
(Foto VCL / BAVARIA)
Bildseitengestaltung Daniel Sauthoff

Satz Sabon PostScript (PageOne)
Gesamtherstellung
Clausen & Bosse, Leck
Printed in Germany
ISBN 3 499 26049 2

Der Rotschopf, Detective bei der Mordkommission, trat um sieben Uhr dreißig morgens aus der Tür, hinaus in die Augusthitze, die schon jetzt 32 Grad betrug. Gegen Mittag würde die Temperatur auf 40 Grad ansteigen, und zwischen zwei und drei Uhr nachmittags würde sie sich um 42 Grad bewegen. Bis zum äußersten angespannte Nerven würden dann durchreißen und ein merkliches Ansteigen der Polizeiarbeit bewirken. Brotmesserwetter, dachte der Detective, Brotmesser am Nachmittag.

Die Tür, aus der der Detective trat, führte auf die Terrasse der ersten Etage eines einstöckigen, gelben Ziegelhauses, das mit einem von Patina überzogenen Kupferdach gedeckt war. Der Detective wandte sich noch einmal um, vergewisserte sich, daß die Tür verschlossen war, und ging dann die Außentreppe hinab. Der gelbe Duplex-Ziegelbau stand in dem noch immer als vornehm geltenden Teil von Jefferson Heights und war, solide gebaut, vor 52 Jahren an einem angenehm beschatteten, zwanzig Meter breiten Streifen an der südöstlichen Ecke der 32nd Street und Texas Avenue errichtet worden. Mit Hilfe halbwegs zweifelhafter, aber kreativer Finanzierungsmethoden hatte der Detective der Mordkommission das Wohnhaus vor siebzehn Monaten gekauft, bewohnte jetzt das obere Zweizimmerapartment allein und hatte die untere Etage für 650 Dollar im Monat an einen Verkäufer von Heimcomputern, der etwa Mitte Dreißig war, und an dessen Freundin vermietet, die beide gewöhnlich mit der Miete in Verzug waren.

Es war sieben Uhr einunddreißig am Morgen des vierten August, einem Donnerstag, als der Detective den Vorplatz der Außentreppe erreichte, sich nach links wandte, vor der Tür des Vertreters stehenblieb und auf die Klingel drückte. Nach etwa einer halben Minute wurde die Tür von einem unrasierten, verschlafen wirkenden Harold Snow geöffnet, der sein Bestes versuchte, überrascht auszusehen, was ihm auch beinahe gelang.

«Ach herrje, Rusty», sagte Snow, «sagen Sie nicht, ich hätte schon wieder nicht gezahlt!»

«Sie haben nicht bezahlt, Harold.»

«Gott, ich hab's schon wieder vergessen», sagte Snow lahm. «Wollen Sie einen Moment reinkommen, während ich den Scheck ausschreibe?» Snow trug nur die fleckigen Jockey-Shorts, in denen er geschlafen hatte.

«Ich warte hier draußen», erwiderte der Detective, «hier ist es kühler.»

«Ich hab aber schon die Klimaanlage an.»

«Ich warte hier draußen», wiederholte der Detective mit einem flüchtigen, nichtssagenden Lächeln.

Harold Snow zuckte die Achseln und schloß die Tür, um die Hitze draußen zu halten. Der Detective bemerkte eine verdächtig aussehende graue Blase von etwa fünf Zentimetern im Durchmesser im braunen Lack eines der Pfosten, die die Tür einrahmten. Mit Hilfe einer Nagelfeile prüfte der Detective vorsichtig dic Verwerfung, da er argwöhnte, dahinter könnten Termiten stecken. Ich kann mir keine Termiten leisten, dachte der Detective, es dürfen einfach keine Termiten sein.

Die graue Blase stellte sich als das heraus, was sie war, nämlich eine simple Ausblühung im Lack, und der Detective stieß einen kleinen Seufzer der Erleichterung aus, als Harold Snow, jetzt angetan mit einem blauen Polohemd, aber noch immer ohne Hosen, die Tür öffnete und den Scheck für die Miete herausreichte. Es war einer dieser buntfarbig bedruckten Schecks mit einem hübschen Bildchen drauf. Der Detective fand Schecks dieser Art albern, nahm ihn jedoch entgegen und musterte ihn sorgfältig, um sicherzustellen, daß Harold Snow ihn nicht zurückdatiert, zu unterzeichnen vergessen oder gar, wie schon einmal, einen falschen Betrag eingesetzt hatte.

«Tut mir wirklich verdammt leid, daß er schon wieder überfällig ist», sagte Snow, «es war mir ganz einfach entfallen.»

Der Rotschopf deutete wieder ein Lächeln an. «Gewiß, Harold, das wird's wohl sein.»

Harold Snow gab das Lächeln zurück. Es war ein schafsdämliches, ganz offenkundig falsches Lächeln, aber irgendwie zu Snows langem, schmalem Gesicht passend, das der Detective ebenfalls für ziemlich schafsähnlich hielt, abgesehen von den gerissenen Kojotenaugen, die ihm daraus entgegenblickten.

Noch immer lächelnd, sagte Snow dann, was er dem Detective der Mordkommission stets als gutgemeinten kleinen Scherz mit auf den Weg zu geben pflegte: «Na ja, ich vermute, Sie werden jetzt erst einmal die üblichen Verdächtigen festnehmen.»

Und wie immer machte sich der Detective nicht die Mühe, darauf zu antworten, sondern sagte nur: «Bis bald, Harold», wandte sich um und ging über den zementierten Fußweg auf den dunkelgrünen, zwei Jahre alten Honda Accord mit Fünfganggetriebe zu, der in verkehrter Richtung am Bordstein geparkt war. Snow machte die Tür zu seinem Apartment hinter sich zu.

Der Detective schloß den zweitürigen Honda auf, stieg ein, steckte den Schlüssel ins Zündschloß und trat die Kupplung durch. Es gab ein grelles Aufflammen, einen leuchtenden, weißorangenen Blitz, dann einen zerreißenden Knall und plötzlich Schwaden von dickem, fettigem, weißem Rauch. Als er sich langsam verzogen hatte, sah man, daß die linke Tür des Honda nur noch an einem Scharnier hing. Der Detective baumelte mit dem Oberkörper aus dem Wagen heraus, das einst rote Haar war jetzt ein Gewirr von schwarzem, verschmorendem Draht. Das, worin das linke Bein unterhalb des Knies endete, sah aus wie Stachelbeergelee. Nur die grüngrauen Augen bewegten sich noch, sie blinzelten ungläubig, öffneten sich noch einmal weit, voll nackter Angst, dann starb der Detective.

Harold Snow war der erste, der aus der Tür seines Apartments im Erdgeschoß gerannt kam, dicht gefolgt von Cindy McCabe, einer mageren, tiefgebräunten, blonden Frau Ende Zwanzig, in deren Haaren grüne Lockenwickler steckten. Snow hatte jetzt Hosen an, jedoch keine Schuhe. Cindy McCabe, ebenfalls barfuß, trug ein Männer-T-Shirt in Übergröße und ausgeblichene Jeans. Snow hielt sie mit ausgestreckter Hand zurück.

«Bleib hier», sagte er, «der Benzintank könnte in die Luft gehen.»

«O Gott, Harold», sagte sie, «was ist bloß passiert?»

Harold Snow starrte auf den schlaffen Körper des toten Detectives der Mordkommission. «Ich vermute», sagte er langsam, «ich vermute, da hat jemand gerade unsere Hauswirtin in die Luft gesprengt.»

I

Das Ferngespräch des dreiundfünfzigjährigen Chefs der Kriminalabteilung erreichte Benjamin Dill drei Stunden später. Inzwischen war es in Washington, D.C., auf Grund der unterschiedlichen Zeitzonen jetzt fast elf Uhr dreißig. Als das Telefon klingelte, lag Dill noch immer im Bett, allein und wach in dem einzigen Schlafzimmer seines Apartments, das er in einem Haus drei Blocks südlich des Dupont Circle an der N Street gemietet hatte. Er war an diesem Morgen bereits um fünf Uhr aufgewacht und hatte feststellen müssen, daß es ihm nicht gelang, wieder einzuschlafen. Um acht Uhr dreißig hatte er sein Büro angerufen und, eine Sommergrippe vorschützend, Betty Mae Marker mitgeteilt, daß er am heutigen Donnerstag nicht kommen würde und wahrscheinlich auch noch nicht am Freitag. Betty Mae Marker hatte ihm Ruhe, Aspirin und den Konsum großer Mengen von Flüssigkeit verordnet. Dill hatte nicht etwa beschlossen, an diesem Morgen seiner Arbeit fernzubleiben, weil er sich krank fühlte, sondern weil heute sein achtunddreißigster Geburtstag war. Aus unerklärlichen Gründen war er zu der Ansicht gelangt, das achtunddreißigste Lebensjahr als die Wasserscheide anzusehen, auf deren einer Seite die Jugend verrann und auf deren anderer die alten Tage dahinträufelten. Er hatte den Morgen im Bett verbracht und sich mit gedämpfter Neugier gefragt, wie er es geschafft hatte, in diesen mehr als drei Dutzend Jahren so wenig zustande zu bringen.

Gewiß, so sagte er sich selbst, schaffte man es schon, sich einmal zu verheiraten und gleich zweimal geschieden zu werden – ganz ohne Scherz! Ein Jahr nachdem seine Exfrau sich an jenem regnerischen Juniabend des Jahres

1978 stillschweigend aus seinem Leben gestohlen hatte, hatte Dill im District of Columbia die Scheidung wegen böswilligen Verlassens beantragt. Offenbar fest davon überzeugt, daß Dill niemals etwas richtig machen konnte, hatte sie gleichzeitig in Kalifornien die Scheidung wegen Zerrüttung ihrer Ehe beantragt. Keine der Scheidungen wurde angefochten, und beide wurden rechtsgültig. Die beiden Dinge, an die sich Dill noch in Gedanken an seine frühere Frau erinnern konnte, waren ihre langen und außergewöhnlich schönen blonden Haare und die unverzeihliche Angewohnheit, Tomatenscheiben mit Zukker zu bestreuen. Nun, was ihr Gesicht betraf, so verwischte es immer mehr und war für ihn nur noch ein Fleck – immerhin ein herzförmiger.

Während dieser langen Morgenstunden, in denen er Bilanz zog und abrechnete, was sich als sowohl langweilig wie auch deprimierend erwies, ließ Dill klugerweise seine Aktiva bei der Bank beiseite, deren Stand wie gewöhnlich lächerlich war. Er besaß keine Versicherung, keine Schatzbriefe oder Aktien, hatte keinen Pensionsanspruch und keinen Grundbesitz. Seine weltlichen Güter bestanden hauptsächlich aus einem Girokonto in Höhe von 5123 Dollar und 82 Cent bei der Dupont Circle – Zweigstelle der Riggs National Bank – und einem gerade erst abgezahlten 1982er VW-Kabrio (in einem höchst unvorteilhaften Gelb), das in der Tiefgarage des Apartmenthauses geparkt war und dessen sportliches Aussehen Dill inzwischen höchst unpassend und täuschend fand. Er vermutete auch hier, diese neue Einstellung wäre nur ein weiteres Symbol für einen unaufhaltsamen, galoppierenden Reifeprozeß.

Dill war gerade dabei, diese wenig ersprießliche Nabelschau abzubrechen, als der Anrufer, der dreiundfünfzigjährige Leiter der Kriminalabteilung, sein Telefon zum siebten Mal klingeln ließ. Endlich nahm er den Hörer ab und meldete sich mit einem Hallo.

«Mister Dill?» sagte die Stimme. Sie klang streng, sogar etwas barsch, bissig und schneidend vor befehlsgewohnter Schärfe, voller Gewicht und Autorität.

«Ja.»

«Haben Sie eine Schwester namens Felicity – Felicity Dill?»

«Warum?»

«Mein Name ist Strucker – John Strucker. Ich bin hier der Chief of Detectives, und wenn der Name ihrer Schwester Felicity ist, dann arbeitet sie für mich. Darum rufe ich an.»

Dill holte tief Luft, atmete sie ganz langsam aus und sagte dann: «Ist sie tot oder nur verletzt?»

Es gab kein längeres Stocken, bevor er Antwort erhielt – es war nur ein langer Seufzer, in dem schon die ganze Antwort lag. «Sie ist tot, Mister Dill, es tut mir leid.»

«Tot.» Wie Dill es sagte, hörte es sich nicht nach einer Frage an.

«Ja.»

«Ich verstehe.»

Und dann fügte Dill, da ihm bewußt war, daß er noch irgend etwas sagen mußte, um den Schmerz wenigstens noch einen kurzen Augenblick aufzuschieben, hinzu: «Heute ist ihr Geburtstag.»

«Ihr Geburtstag, so», sagte Strucker geduldig, «nun, das habe ich nicht gewußt.»

«Es ist auch meiner», erklärte Dill in fast heiterem Tonfall, «wir haben am gleichen Tag Geburtstag. Wir sind zehn Jahre auseinander, wurden aber am selben Tag geboren – am vierten August, heute.»

«Aha, also heute», sagte Strucker, und seine rauhe Stimme klang interessiert, ganz verständig und beruhigend, beinahe sogar freundlich. «Nun, nochmals, das tut mir leid.»

«Sie ist achtundzwanzig.»

«Achtundzwanzig.»

«Ich selbst bin achtunddreißig.» Es gab eine lange Pause, ehe Dill ansetzte: «Wie ist –» Aber er brach ab und machte ein Geräusch, das entweder ein Husten oder ein Schluchzen sein konnte. «Wie ist es passiert?» fragte er schließlich.

Der Chef of Detectives seufzte wieder vernehmlich, selbst über das Telefon klang es traurig und kummervoll. «Autobombe», sagte Strucker.

«Autobombe», sagte Dill.

«Sie kam heute morgen zur gewohnten Zeit aus ihrem Haus, stieg in ihr Auto – eine dieser Blechkisten, ein Honda Accord –, wollte die Kupplung kommen lassen, und das war's dann, was die Bombe ausgelöst hat – die Kupplung. Sie haben C4 verwendet – Plastiksprengstoff.»

«Sie», sagte Dill, «wer zum Teufel sind die?»

«Nun, vielleicht handelt es sich gar nicht um mehrere, Mister Dill. Ich habe es nur so dahingesagt, ebensogut kann es auch nur ein einzelner Kerl gewesen sein. Aber ob nur einer oder ein Dutzend, wir werden den oder die erwischen, die das getan haben, das ist nämlich unsere Aufgabe – darin sind wir gut.»

«Wie schnell ist sie –» Dill ließ eine Pause entstehen und holte tief Atem. «Ich meine, hat sie –»

Strucker ließ ihn nicht ausreden und beantwortete die unausgesprochene Frage. «Nein, Sir, das hat sie nicht. Es war sofort vorüber.»

«Ich habe irgendwo gelesen, daß es nie ganz schnell vorüber ist.»

Strucker verstand sich offenbar darauf, sich mit dem

Mann, der gerade so einen schweren Verlust erlitten hatte, auf einen Disput einzulassen. «Es ging ganz schnell, Mister Dill, sehr, sehr schnell, sie hat nicht leiden müssen.» Er legte wieder eine Pause ein, räusperte sich und sagte dann: «Wir möchten sie beerdigen, ich meine, die Abteilung möchte das, sofern es Ihnen recht ist und Sie die Einwilligung geben.»

«Wann?»

«Ist es Ihnen denn auch recht?»

«Ja, doch, mir ist es recht. Wann?»

«Samstag», sagte Strucker, «sie werden von überall anreisen. Es wird sehr feierlich zugehen, wirklich sehr würdig, und ich bin sicher, daß Sie dabeisein möchten. Wenn wir also etwas für Sie tun können, eine Hotelreservierung oder dergleichen, dann sagen Sie mir einfach –»

Dill unterbrach ihn. «Das Hawkins, ist das Hawkins Hotel noch in Betrieb?»

«Ja, Sir, ist es.»

«Reservieren Sie dort für mich, bitte?»

«Ab wann?»

«Heute abend», sagte Dill, «ich werde heute abend dort sein.»

2

Dill stand vor einem der hohen, vom Fußboden bis fast zur Decke reichenden Wohnzimmerfenster, das nach Norden wies, und beobachtete den alten Mann mit seiner Polaroidkamera dabei, wie er ein Foto von der blauen

Volvo-Limousine schoß, die kurz vor der Ecke 21st und N Street falsch geparkt war.

Der alte Mann war der Besitzer eines leerstehenden vierstöckigen Apartmenthauses in der Straße, genau gegenüber von Dills Fenstern. Vor geraumer Zeit hatte der alte Mann das gallegrüne Gebäude an den Stadtbezirk zur Durchführung eines Programmes vermietet, in dessen Verlauf sich die Wohnungen mit Drogenabhängigen gefüllt hatten, die den Versuch machten, von ihrer Sucht wegzukommen. Nachdem die Mittel für das Programm erschöpft gewesen waren, hatten die Süchtigen wieder ausziehen müssen – niemand wußte genau, wohin – und dabei einen Sack voll Zeichnungen zurückgelassen, die vom Müllwagen gefallen und durch die Nachbarschaft geweht worden waren.

Dill hatte eine der Zeichnungen aufgehoben. Sie war in verschiedenen Kreiden in grell gegeneinander gesetzten Grundfarben ausgeführt und anscheinend das Selbstporträt eines der Junkies gewesen. Das Blatt hatte ein purpurfarbenes Gesicht mit runden Augen, in die Kreuze eingezeichnet waren, und einem großen, grünen Mund gezeigt, aus dem Fangzähne herausstanden. Die Zeichnung hätte von einem aufgeweckten Erst- oder Zweitkläßler stammen können. Die Unterzeile in mühselig hingemalten Buchstaben hatte gelautet: Ich bin ein kaputter Dopeschlaffi. Dill fragte sich manchmal, ob die Therapie angeschlagen hatte.

Nachdem die Drogensüchtigen ausgezogen waren, hatte der alte Mann das Haus allein bewohnt und sich geweigert, es zu verkaufen oder neu zu vermieten. Seine Beschäftigung bestand nun hauptsächlich darin, Polaroidfotos von all den Autos zu machen, die unvorschriftsmäßig davor geparkt waren. Er wählte bei seinen Schnappschüssen die Einstellung so, daß darauf sowohl das Parkverbotsschild als auch das Nummernschild des Verkehrssünders zu sehen waren. Mit seinem Beweisstück in Händen rief der alte Mann dann die Cops. Manchmal kamen sie; manchmal auch nicht. Dill beobachtete den Alten oft bei der Arbeit und war hingerissen von seiner unversöhnlichen Wut.

Dill wandte sich vom Fenster weg, schaute nach unten und entdeckte, daß er eine leere Tasse samt Untertasse in den Händen hielt. Er konnte sich nicht erinnern, Kaffee gemacht oder getrunken zu haben. Mit langsamen Bewegungen durchquerte er das Zimmer in Richtung Küche – ein hochgewachsener Mann mit dem schlanken, straffen Körper eines Langstreckenläufers, einer Figur, die zu erwerben er praktisch selbst nichts geleistet hatte, sondern die ihm von seinem verstorbenen Vater zusammen mit dem scharfgeschnittenen, beinahe häßlichen Gesicht vererbt worden war, das alle männlichen Dills an ihre Söhne weitergegeben hatten; und das seit 1831, als der erste Dill dem Schiff aus England entstiegen war.

Das hervorstechendste Merkmal des Gesichts war die Nase: die Dill-Nase. Sie sprang hervor und knickte dann fast senkrecht nach unten ab, ohne sich dabei zu einem richtigen Haken zu krümmen. Dann kam der Dill-Mund: dünnlippig, breit und scheinbar unerbittlich oder fröhlich, je nachdem, ob der Witz gut und die Gesellschaft angenehm war. Die Kinnpartie war ziemlich ausgeprägt, jedenfalls zu stark, als daß man sie schwächlich hätte nennen können, doch nicht ganz so ausgeprägt, um als entschlossen zu gelten, so daß viele sich dazu entschieden, sie als weich und gefühlvoll zu bezeichnen. Die Dill-Ohren waren groß genug, um bei steifem Wind ins Flattern zu geraten, doch lagen sie gnädigerweise dicht am Kopf an. Doch es waren die Augen, die das Gesicht beinahe davor bewahrten, häßlich zu sein. Die Augen waren groß und grau und sahen bei bestimmter Beleuchtung sanft, freundlich und sogar unschuldig aus. Bei wechselnder Beleuchtung veränderten sie sich, die Unschuld verschwand daraus, und sie blickten wie durch Schichten ewigen Eises.

Vor der Küchenspüle aus rostfreiem Stahl stehend, ließ Dill volle zwei Minuten lang Wasser in die Tasse laufen, bis ihm bewußt wurde, was er da tat, dann den Hahn zudrehte und Tasse und Untertasse auf das Ablaufbrett stellte. Er trocknete seine nasse rechte Hand, indem er mit ihr durch sein dichtes, kupferfarbenes Haar fuhr, öffnete die Kühlschranktür, starrte mindestens eine halbe Minute lang hinein, schloß die Tür wieder und ging zurück ins Wohnzimmer, wo er, tief in Gedanken mit dem Tod seiner Schwester beschäftigt, stehenblieb, während ein anderer Teil seines Verstandes sich zu erinnern versuchte, was er als nächstes tun müßte.

Packen, so entschloß er sich und war schon auf dem Weg ins Schlafzimmer, als ihm aufging, daß der dunkelbraune Lederkoffer bereits neben der Tür stand, die zum Flur abging. Das hast du ja schon getan, sagte er zu sich selbst und erinnerte sich, wie der Koffer geöffnet auf dem Bett gelegen hatte und er roboterhaft Socken, Hemden, Shorts und Krawatten aus den Schubladen, den dunkelblauen Anzug für die Beerdigung aus dem Kleiderschrank genommen und dann alles ordentlich im Koffer zusammengefaltet, ihn geschlossen und ins Wohnzimmer geschleppt hatte. Danach hast du dir Kaffee gemacht; dann hast du ihn getrunken, und dann hast du den Alten beobachtet. Er blickte an sich hinunter, um sicherzugehen, daß er sich wirklich voll angezogen hatte. Er stellte fest, daß er das anhatte, was er bei sich die New-Orleans-Uniform nannte: graues Seersucker-Jackett, weißes Hemd, schwarzer Seidenbinder, dunkelgraue Slacks aus leichtem

Stoff und schwarze, genoppte Mokassins, die sauber geputzt waren. Er konnte sich nicht erinnern, die Mokassins geputzt zu haben.

Dill prüfte, ob er die Armbanduhr übergestreift hatte, und klopfte seine Kleidung nach Brieftasche, Schlüsseln, Scheckbuch und Zigaretten ab, die er nicht finden konnte, bis er sich erinnerte, daß er das Rauchen aufgegeben hatte. Er sah sich noch einmal im ganzen Apartment um, nahm den von zahllosen Flügen reichlich mitgenommenen Koffer und ging. An der Südwestecke von 21st und N Street winkte er sich ein Taxi heran, stimmte dem Fahrer, einem Pakistani, zu, daß es heute kühler wäre als gestern, aber noch immer sehr heiß, und ließ sich zuerst zur Bank und dann zur First Street 301, Northeast, fahren: das Carroll Arms.

Das Carroll Arms, nahe dem Capitol gelegen, war vormals ein Hotel gewesen, das Politiker und solche beherbergt hatte, die für sie arbeiteten und lancierten, über sie schrieben und die manchmal auch mit ihnen ins Bett gingen. Jetzt war es vom Kongreß übernommen worden und bot dessen überschäumenden Aktivitäten Unterkunft, einschließlich eines aus drei Mitgliedern bestehenden obskuren Senatsunterkomitees für diverse Untersuchungen und Aufsichtstätigkeiten. Es war eben dieses Subkomitee, das Benjamin Dill für seine Beratertätigkeit täglich 168 Dollar zahlte.

Dills Förderer und Rabbi – oder vielleicht auch Abt – in diesem dreiköpfigen Unterausschuß war das gleichberechtigte (und einzige) Mitglied einer Minderheit, der Baby-Senator von New Mexiko, den man zuweilen auch den Bubi-Senator von New Mexiko genannt hatte, bis jemand einen offenbar ernstgemeinten Brief an die *Washington Post* geschrieben hatte, in dem er sich entrüstet darüber ausließ, daß die Bezeichnung «Bubi-Senator» sexistisch wäre. Ein überregionaler Leitartikler hatte die Geschichte aufgegriffen und eine Kolumne daraus zusammengeschustert, in der er zu bedenken gab, daß «Baby-Senator» in dieser von Sorgen geschüttelten Zeit wohl der passendere Beiname wäre. Zudem hatte er den Senator mit der klugen Bemerkung zu trösten gewußt, dieser würde nur allzubald dieser ehrenden Bezeichnung entwachsen sein. Unterdessen war der neue Spitzname hängengeblieben, und der Senator war keineswegs unglücklich über Presseecho und Sendezeit, die ihm die Sache eingebracht hatte.

Der richtige Name des Baby-Senators lautete Joseph Ramirez, und er stammte aus Tucumcari, wo er vor dreiunddreißig Jahren geboren war. Seine Familie verfügte über großes Geld, und er hatte noch mehr dazugeheiratet. Er besaß auch einen akademischen Grad der juristischen Fakultät von Harvard, einen B.A. von Yale und hatte noch keinen einzigen Tag seines Lebens gearbeitet, als er ein Jahr nach seinem juristischen Abschlußexamen zum stellvertretenden Bezirksstaatsanwalt ernannt worden war. Er hatte sich vor Ort dadurch einen gewissen Namen gemacht, daß er dabei mitgeholfen hatte, einen Amtsleiter des Bezirks dafür ins Gefängnis zu bringen, daß er eine Bestechungssumme von angeblich 15 000 Dollar entgegengenommen hatte. Und obwohl jedermann schon seit Jahren bekannt gewesen war, daß der Amtsleiter die Taschen nach allen Seiten aufhielt, war man dennoch überrascht und beeindruckt, als der junge Ramirez den alten Trottel tatsächlich in den Bau schickte. Der Junge wird seinen Weg machen, hatte man übereinstimmend befunden, und allgemein wurde eingeräumt, daß es der Junge mit all dem Ramirez-Geld (nicht zu vergessen die Frau, die ja auch reichlich Geld hatte!) sehr weit bringen würde.

Ramirez schaffte es in den Senat von New Mexiko, und dann gelang ihm mit dreiunddreißig Jahren der ganz große Sprung in den US-Senat. Jetzt machte er kein Geheimnis mehr aus seinem Wunsch, der erste Präsident der Vereinigten Staaten werden zu wollen, der lateinamerikanischer Abstammung war, was nach seiner Schätzung ungefähr 1992 oder 1996, vielleicht auch erst im Jahr 2000 der Fall sein würde, wenn «wir Bohnenpflücker ohnehin die Mehrheit der Wähler stellen». Nicht jeder glaubte, daß der Baby-Senator nur einen Scherz machte.

Für Benjamin Dill hing in den Korridoren des Carroll Arms noch immer der scharfe Dunst politischer Kumpanei alten Stils, des Tauziehens von Seilschaften mit ihrem billigen Mief, lieblosem Sex, hochprozentigem Bourbon und Zigarren, die in Zellophan verpackt gebracht und einzeln zu einem Vierteldollar das Stück verkauft wurden. Obwohl Dill sich selbst für einen politischen Agnostiker hielt, mochte er die meisten Politiker – und die meisten Kanalarbeiter der Gewerkschaften, die Wichtigtuer von Verbraucherverbänden, die glühenden Verfechter der Bürgerrechte, die berufsmäßigen Beschützer des aussterbenden Wals, die Baum- und Naturschützer, die Kernkraftgegner und nahezu jeden einzelnen, der sich in der Dienstagabendversammlung im Souterrain der Unitarischen Kirche aus einem der hölzernen Faltstühle erheben und mit vollem Ernst zu wissen verlangen würde, «was wir hier und heute dagegen tun können». Dill hatte schon vor langem resigniert und war der Überzeugung, daß es nicht viel gäbe, das irgend jemand für oder gegen etwas ausrichten könnte; doch diejenigen, die noch immer daran glaubten, interessierten ihn. Jedenfalls schätzte er die Mehrzahl von ihnen als amüsante Gesellschafter und anregende Gesprächspartner.

Dill schritt durch die Tür mit der Nummer 222 und betrat das unordentlich mit allerlei Sachen vollgestopfte Empfangszimmer, wo Betty Mae Marker als Majordomus über das begrenzte Reich des Unterausschusses herrschte. Sie schaute zu Dill auf, sah ihn mit einem langen, prüfenden Blick an, und eine Woge von Mitgefühl und Besorgnis zeigte sich auf ihrem dunkelbraunen, hübschen Gesicht.

«Jemand ist gestorben, ja?» sagte sie. «Jemand, der Ihnen nahesteht.»

«Meine Schwester», erwiderte Dill, während er den Koffer absetzte.

«O Gott, Ben, das tut mir schrecklich leid. Sagen Sie, was ich für Sie tun kann.»

«Ich muß nach Hause fliegen», sagte Dill, «heute nachmittag.»

Betty Mae Marker hatte bereits den Hörer vom Telefon genommen. «Mit der *American*, okay?» fragte sie, während sie schon dabei war, die Nummer zu wählen.

«*American*, ja gut», sagte Dill im festen Wissen, daß sie ihm, falls ein Platz in der Maschine frei wäre, den Flug auch sichern und andernfalls sogar durchsetzen würde, daß jemand anderer ihm den seinen räumen müßte, falls das Flugzeug ausgebucht sein sollte. Insgesamt fünfundzwanzig ihrer dreiundvierzig Jahre hatte Betty Mae Marker auf dem Capitol Hill gearbeitet, fast stets nur für Männer mit großem Einfluß, und infolgedessen war ihr Ruf beeindruckend, ihr Nachrichtennetz großartig und ihr Fundus an einzufordernden politischen Gegenleistungen praktisch unerschöpflich. Oft mit stürmischem Werben und manchmal sogar mit heftigem Drängen versuchte man, sich ihrer Dienste zu versichern, und viele ihrer Busenfreunde hatten sich verwundert gefragt, warum sie eingewilligt hatte, sich von dem Baby-Senator in dieses einflußlose Subkomitee ohne eigentlichen Geschäftsbereich hinüberziehen zu lassen, das so weitab von der großen Politik ins Carroll Arms gesteckt worden war.

«Rockschöße, Leute», hatte sie darauf nur erwidert, «dieser Mann hat die längsten und schnellsten Rockschöße, die hier seit Bobby Kennedy durchgefegt sind.» Nachdem Betty Mae Markers Bemerkung die Runde gemacht hatte, stiegen die politischen Aktien des Baby-Senators auf der unsichtbaren Börsennotierung des Capitol Hill um ein paar Punkte.

Dill wartete, während Betty Mae Marker leise ins Telefon murmelte, kichernd auflachte, etwas auf ein Stück Papier kritzelte, aufhängte und den Zettel Dill hinüberreichte. «Abflug Dulles Airport, zwei Uhr siebzehn, erster Klasse», sagte sie.

«Erster Klasse kann ich mir nicht leisten», erwiderte Dill.

«Die Touristenklasse ist ausgebucht, also wird man Sie zum selben Preis in die erste Klasse stecken, bei freiem Schnaps und mit den leckersten Bräuten. Das wird Sie vielleicht ein bißchen aufheitern.» Wieder erschien auf ihrem Gesicht das warme, echte Mitgefühl. «Es tut mir ja so leid, Ben. Sie standen sich beide sehr nahe, nicht wahr – ich meine, wirklich nahe?»

Dill lächelte traurig und nickte. «Nahe», stimmte er ihr zu und zeigte dann auf eine der geschlossenen Türen – diejenige, die ins Büro des Beraters für Probleme ethnischer Minderheiten beim Unterkomitee führte. «Ist er drin?»

«Der Senator ist bei ihm», sagte sie und hatte schon wieder den Hörer von der Gabel genommen. «Ich will sie nur schnell benachrichtigen und alles, was Sie dann noch tun müssen, ist, den Kopf reinstecken, kurz hallo sagen, wieder verschwinden und diese traurige Angelegenheit regeln.»

Wieder murmelte Betty Mae Marker mit ihrer geübten Altstimme ins Telefon, einer Stimme, die sie so tief gesenkt hatte, daß Dill kaum heraushören konnte, was sie sagte. Sie hängte ein, nickte zur geschlossenen Tür hin, lächelte und sagte: «Aufpassen – jetzt!»

Die Tür flog krachend auf. Ein kräftiger, blonder Mann von etwa sechsunddreißig oder siebenunddreißig Jahren stand da in Hemdsärmeln, mit gelockerter Krawatte und einem Hosengürtel, den er fast unterhalb der Hüftlinie zugeschnürt hatte, so daß für seinen überhängenden Bauch reichlich Platz blieb. Sein Gesicht zeigte den Ausdruck reinsten irischen Kummers.

«O verdammt, Ben, ich weiß selber nicht, was ich dazu sagen soll, außer, daß es mir so verflixt leid tut.» Mit einer Hand fuhr er sich kräftig über die untere Hälfte seines vollen, merkwürdig hübschen Gesichts, als wolle er die kummervolle Miene wegwischen, die indessen unverrückbar fest auf seinen Zügen blieb. Dann schüttelte er bekümmert den Kopf, nickte zu seinem Büro hin und sagte: «Kommen Sie rein, und lassen Sie uns einen Schluck trinken.»

Der Mann war Timothy A. Dolan, Berater des Unterausschusses in Minderheitenfragen und ein vorübergehend beurlaubter Heißsporn in einer der letzten jener unentwegten politischen Schlachten in Boston. Auf der Verlustseite mußte er abbuchen, daß er jetzt nur den Job eines Beraters in Minderheitenangelegenheiten innehatte. Zwei Jahre da unten in Washington, das kann dem Burschen nichts schaden, so war in Boston entschieden worden, dann werden wir weitersehen! Dill war schon seit langem davon überzeugt gewesen, daß Boston für die amerikanische Politik das darstellte, was die Aberdeen Proving Grounds – das militärische Versuchsgelände – für neue Waffensysteme waren.

Als Dill hinter Dolan das Büro betrat, erhob sich der Baby-Senator und streckte ihm seine Hand entgegen. Der Ausdruck in seinem jugendlich wirkenden Gesicht war der einer tiefen Betroffenheit, und wieder mußte Dill denken, was er stets dachte, wenn er Ramirez gegenüberstand: glatt wie ein Spanier.

Senator Joseph Luis Emilio Ramirez sah größer aus, als er in Wirklichkeit war, vermutlich wegen seiner kerzengeraden Haltung und der hervorragend geschnittenen Nadelstreifenanzüge, die er bevorzugte. Dunkelbraunes Haar fiel ihm in einer Locke in die hohe Stirn, und er strich es sich ständig über den glänzend schwarzen Augen zurück, die gelegentlich abgrundtief wirkten. Er hatte eine vollkommen ebenmäßige Nase, eine Haut von hellem Oliv und einen breiten Mund mit einem leichten Überbiß. Sein Kinn zierte ein tiefes Grübchen, das die meisten Frauen und auch manchen Mann dazu reizte, es zu berühren. Er war von der Schönheit eines Schauspielers, zwar kein überragender oder genialer Kopf, doch ungewöhnlich reich und sah mit seinen dreiunddreißig Jahren höchstens wie dreiundzwanzig, allenfalls vierundzwanzig aus.

Seine Stimme paßte natürlich zu allem übrigen. Es war ein dunkler Bariton mit einem denkwürdig rauchigen Flair. Er konnte damit alles machen. Jetzt übte er sie in einer Beileidsbezeugung.

«Sie haben mein ganzes Mitgefühl, Ben», sagte der Senator und ergriff Dills Rechte mit beiden Händen, «selbst wenn ich das Ausmaß Ihres Kummers nur erahnen kann.»

«Danke», sagte Dill und entdeckte dabei, daß es auf Beileidsbekundungen eigentlich nicht viel anderes zu erwidern gab. Er setzte sich auf einen Stuhl gegenüber dem, auf dem der Senator gesessen hatte. Dolan goß derweil hinter seinem Schreibtisch aus einer Flasche Scotch drei Gläser voll.

«Sie war Polizistin, nicht wahr?» sagte der Senator, während er Dill gegenüber wieder Platz nahm. «Ihre Schwester, meine ich.»

«Detective bei der Mordkommission im mittleren Dienst. Sie war gerade befördert worden.»

«Wie ist es passiert?» fragte Dolan, der sich über den Tisch beugte, um die Drinks hinüberzureichen.

«Sie sagen, daß es eine Autobombe gewesen ist.»

«Ermordet?» fragte der Senator mehr überrascht als schockiert.

Dill nickte bestätigend, trank seinen Whisky aus und stellte das Glas zurück auf Dolans Schreibtisch. Er bemerkte, daß der Senator nur an seinem Glas nippte und es dann abstellte. Dill war sicher, daß er es nicht noch einmal heben würde.

«Ich werde etwa eine Woche oder zehn Tage weg sein», sagte Dill. «Ich dachte, ich schau nur eben vorbei und sage Ihnen Bescheid.»

«Brauchen Sie irgendwas?» fragte der Senator. «Geld?» Offensichtlich war das alles, woran er denken konnte.

Dill lächelte und schüttelte den Kopf. Dolan, der noch immer stand, starrte nachdenklich auf ihn herunter, legte seinen Kopf schief und sagte: «Sie sagen, daß Sie ungefähr eine Woche, vielleicht zehn Tage da unten bleiben werden?»

«So ungefähr.»

Dolan blickte den Senator an. «Vielleicht könnten wir Ben auf die Spesenliste setzen, da Jake Spivey sich noch immer da unten versteckt hält.»

Der Senator wandte sich zu Dill. «Sie kennen natürlich Spivey.»

Dill nickte.

«Teufel», sagte Dolan, «Ben könnte doch Spiveys eidesstattliche Erklärung entgegennehmen und uns damit die Mühe sparen, ihn hierherfliegen zu lassen, und dann könnten wir doch Bens Ausgaben mit dieser Brattle-Geschichte verrechnen.»

Schon halbwegs überzeugt, nickte der Senator. Er wandte sich wieder Dill zu. «Wären Sie bereit, das zu tun, während Sie da unten sind? Ich meine, sich die eidesstattliche Erklärung von Spivey holen?»

«Ja, sicher.»

«Sie kennen doch die Brattle-Affäre? Was für eine Frage! Natürlich kennen Sie sie.» Der Senator schaute wieder zu Dolan hoch. «Dann wäre das also geregelt.»

Dill erhob sich. «Ich hol mir dann von Betty Mae Spiveys Akte.»

Auch der Senator stand jetzt auf. «Spivey könnte uns unheimlich dabei helfen, dieses ... dieses Problem zu lösen. Sollte er nicht gerade sehr entgegenkommend sein, dann – ja, Sie wissen schon – bleiben Sie hart, sehr hart.»

«Sie meinen, ihm mit einer Vorladung unter Strafandrohung Angst einjagen?»

Der Senator wandte sich zu Dolan um. «Ja, ich glaube schon. Meinen Sie nicht auch?»

«Scheiße, ja», sagte Dolan.

Dill lächelte schwach zu Dolan hinüber. «Könnten wir das im Komitee durchbringen?»

«Niemals», meinte Dolan, «aber das muß Spivey ja nicht unbedingt erfahren, oder?»

3

Es war jetzt etwas länger als zehn Jahre her, seit Dill das letzte Mal in seiner Heimatstadt gewesen war, die zugleich Hauptstadt eines Bundeslandes war, der weit genug im Süden und hinreichend weit westlich lag, um aus Knast-Kantinen-Chili eine hochgeschätzte kulturelle Spezialität werden zu lassen. In diesem Staat wurde Weizen angebaut, dort wuchsen Klapperschlangen, Zuckerhirse, Besenhirse, Baumwolle, Sojabohnen, Schwarzeichen und Rinder mit weißen Gesichtern. Es gab dort überdies Öl, Gas- und kleinere Uranvorkommen, und die Familien derer, die einst fündig geworden waren, waren oftmals wohlhabend und manchmal sogar reich.

Was die Stadt selbst angeht, wurde behauptet, dort wären während der dreißiger Jahre die Parkuhr und gleichzeitig auch der Supermarkt erfunden worden. Ihr internationaler Flughafen war nach einem fast in Vergessenheit geratenen Flugnavigator, William Gatty, benannt, der dazu beigetragen hatte, die Wiley Post 1931 um die ganze Welt zu befördern. Weder in der Stadt noch im Staat gab es viele Juden, dafür aber sehr viele Schwarze, zahlreiche Mexikaner, zwei Indianerstämme, große Baptistengemeinden und eintausendvierhundertdreizehn Vietnamesen. Gemäß der letzten US-Volkszählung belief sich die Einwohnerschaft der Stadt auf 501 341 Menschen im Jahre 1970. 1980 war diese Zahl auf 501 872 angestiegen. Im Wochendurchschnitt ereigneten sich dort 5,6 Morde, die meisten davon wurden Samstag abends verübt.

Als Dill kurz nach vier Uhr nachmittags den Gatty International Airport verließ, war die Temperatur auf 39,5 Grad Celsius gefallen, und ein scharfer, heißer Wind fegte von Montana und den Dakotas in die Ebene hinunter. Dill konnte sich nicht erinnern, daß der Wind, der entweder aus Mexiko kam oder von den Great Plains her einfiel, jemals ausgesetzt hätte. Im Sommer war er verdorrend und versengend, im Winter frostklirrend, und wann immer er blies, zerrte er an den Nerven. Jetzt wehte er heiß und trocken und angereichert mit rotem Staub und feinem Kies. Plötzliche Böen mit einer Geschwindigkeit von bis zu sechzig Stundenkilometern nahmen Dill den Atem und rissen an seiner Jacke, als er sich dagegenstemmte und zum Taxistand vorarbeitete.

Dills Heimatstadt war, gleich anderen amerikanischen Städten, netzartig angelegt. Die Straßen, die von Osten nach Westen verliefen, waren numeriert; die, die sie von Norden nach Süden kreuzten, trugen Namen – viele darunter benannt nach Pionieren der Bodenspekulation, die übrigen nach Bundesstaaten, Bürgerkriegsgenerälen (sowohl der Union als auch der Konföderierten), nach ein oder zwei Gouverneuren und einer Handvoll Bürgermeistern, deren Verwaltungen, wie man zu glauben schien, relativ frei von Bestechlichkeit und Korruption gewesen waren.

Doch als die Stadt gewachsen war, war auch die Phantasie aufgeblüht, und die neueren Nord-Süd-Straßen wurden nach Bäumen benannt (Pinie, Ahorn, Eiche, Birke usw.). Als sich das mit den Bäumen erschöpft hatte – aus unerfindlichen Gründen hörte man bei Eukalyptus auf –, kamen auch Präsidentennamen ins Spiel. Diese liefen mit der Nixon Avenue zweihunderteinunddreißig Blocks westlich der Hauptstraße der Stadt aus, die zu niemandes Überraschung den Namen Main Street erhielt. Die wichtigste, die Main Street kreuzende Durchfahrtsstraße hieß unvermeidlicherweise Broadway.

Als sich das Taxi dem Stadtzentrum näherte, stellte

Dill fest, daß die meisten Wahrzeichen aus seiner Jugend verschwunden waren. Drei Filmtheater in der Innenstadt gab es nicht mehr: das *Criterion*, das *Empress* und das *Royal*. Auch Eberhardts Pool Billard Saloon war vom Erdboden verschwunden. Nur zwei Türen vom *Criterion* entfernt und im ersten Stock gelegen, war er zumindest für den dreizehnjährigen Benjamin Dill ein wunderbar anrüchiger, düsterer Ort gewesen, als er zum ersten Mal an einem Sonntagnachmittag von dem kleinen Strolch Jack Sackett dort hineingelockt worden war, einem fünfzehnjährigen Kumpel, der dann später einer der besten Pool-Billard-Spieler an der Westküste geworden war.

Der Bauboom in den ersten Jahren nach dem Zweiten Weltkrieg hatte die Innenstadt erst Mitte der siebziger Jahre erreicht, mit einer Verspätung von fast dreißig Jahren. Bis dahin war die City beinahe unverändert geblieben, wie sie noch gewesen war, als es sie beim großen Börsenkrach 1929 kalt erwischt hatte: Von den zwei auf dreiunddreißig Stockwerke geplanten Wolkenkratzern war einer gerade halb fertig geworden und der andere knapp über die Hälfte hochgezogen.

Die beiden fertiggestellten Wolkenkratzer mit dreiunddreißig Stockwerken standen auf entgegengesetzten Straßenseiten, der eine von einer Bank errichtet, der andere von einem Spekulanten, der dann von der großen Depression weggefegt worden war. Um die Fertigstellung hatte es ein Wettrennen gegeben – ein plumpes Spektakel für die Öffentlichkeit, meinten einige Kritiker –, aus dem die Bank als Sieger hervorgegangen war. Einen Tag nachdem das Gebäude von Ölbonzen fertiggestellt worden war, die es für 'nen Appel und 'n Ei erworben hatten (manch einer behauptete sogar, für noch viel weniger), fuhr der Spekulant mit dem Fahrstuhl bis unters Dach seines zerbrochenen Traums und sprang hinunter. Ein dritter Wolkenkratzer, gerade zur Hälfte fertig, als es zum großen Krach kam, wurde nie zu Ende gebaut und schließlich Mitte der fünfziger Jahre abgerissen.

1970 sah die Innenstadt noch immer so aus wie um 1940, außer daß es dort nicht mehr so viel Menschen gab. Die großen Warenhäuser waren schon vor langem zusammen mit ihrer Kundschaft an die Ausfallstraßen am Stadtrand geflüchtet. Andere Firmen folgten ihnen; der Verfall ließ nicht lange auf sich warten; die Kriminalitätsrate schnellte hoch, und niemand kam mehr in die City. Die in Panik geratenen Stadtväter heuerten eine teure Beraterfirma aus Houston an, die einen beeindrukkenden Plan zur Stadterneuerung vorlegte, und machten damit eine gewaltige Beihilfe aus Bundesmitteln vom Department of Housing and Urban Development in Washington locker. Der Erneuerungsplan verlangte den Kahlschlag fast der gesamten Innenstadt, und anstelle der alten sollte eine jener bezaubernden Städte von morgen errichtet werden. Fast alles wurde abgerissen, dann ging, wie das gewöhnlich geschieht, das Geld aus, und jetzt sah die City fast so aus wie das Zentrum von Köln nach dem Zweiten Weltkrieg. Richtig eingesetzt hatte der Abriß allerdings erst Mitte 1974, und mittlerweile war Benjamin Dill längst weggezogen.

Dill merkte zu seiner Überraschung, daß ihm die Veränderungen nur wenig ausmachten – nicht einmal die protzigen Neubauten, die jetzt allenthalben anstelle der Wahrzeichen seiner Jugend und Kindheit aus dem Boden zu schießen begannen. Man muß nur alt genug werden, um dem Wandel zu mißtrauen, redete er sich selbst zu; Veränderung zeigt das Verrinnen der Zeit an, und nur die ganz Jungen mit sehr wenig Vergangenheit begrüßen mit offenen Armen und ohne Murren das Neue – ja, nur die ganz Jungen, und dann natürlich die, die ihren Gewinn damit machen, und wenn sich absolut keine Mittel und Wege anbieten, wie man für sich etwas dabei herausschlagen kann, ist man vielleicht noch gar nicht so alt.

Der Taxifahrer, ein verdrießlicher Schwarzer von Anfang Vierzig, bog nach rechts in die Our Jack Street ein, die einen Einschnitt zwischen den beiden alten Wolkenkratzern bildete. Ursprünglich hatte die Our Jack Street eigentlich Warder Street geheißen, und das zur Zeit der zweiten Amtsperiode von Jack T. Warder, dem einzigen Gouverneur überhaupt, dem es gelungen war, gleich zweimal wegen Amtsmißbrauch angeklagt zu werden: Die erste Anklage wegen der Annahme von Schmiergeldern mußte fallengelassen werden, nachdem er die Senatoren dreier Bundesstaaten großzügig bestochen hatte; bei der zweiten ging es um genau diese Bestechungen. Er war 1927 zurückgetreten, nicht ohne sich noch vorher Generalpardon zu erteilen. Der entehrte Gouverneur hatte seine abschließende Pressekonferenz mit einem durchtriebenen Grinsen und einem schlagfertigen Witz beendet, an den man sich noch lange erinnerte und der oft zitiert wurde: «Teufel noch mal, Leute, ich hab nicht halb soviel gestohlen, wie ich gekonnt hätte!»

Seitdem hieß er nur noch «Our Jack», und liebevoll und wehmütig gedachten die Alteingesessenen seiner, indem sie noch immer gern seinen kleinen Witz zitierten, verklärt grinsten und die Köpfe schüttelten. Man benannte die Straße schließlich in United Nations Plaza um, doch im Volksmund hieß sie noch immer Our Jack Street, obgleich nur noch wenige wußten, warum, und die anderen sich selten die Mühe machten, Fragen zu stellen.

Das Hawkins Hotel stand mitten im Stadtzentrum an der Ecke Broadway und Our Jack Street. Es war ein dunkelgraues, achtzehn Stockwerke hohes, sechzig Jahre altes Gebäude, vom Baustil her so unverkennbar gotisch wie die University of Chicago. Über geraume Zeit war das Hawkins praktisch das einzige Hotel der Stadt gewesen – zumindest der Innenstadt –, nachdem alles übrige mit Dynamit und Abrißbirne dem Erdboden gleichgemacht worden war. Doch inzwischen war ein neues Hilton hochgezogen worden, schnell gefolgt von einem Sheraton und, wie üblich, einem riesigen Holiday Inn.

Der Fahrpreis für die siebzehn Meilen Taxifahrt vom Flughafen betrug einen Dollar die Meile. Dill reichte dem mürrischen Fahrer einen Zwanziger und sagte ihm, er könne den Rest behalten. Der Fahrer meinte, das wolle er doch stark hoffen, und düste davon. Dill griff sich seine Tasche und betrat das Hotel.

Er fand es nicht groß verändert, nein, eigentlich nicht. Es hatte noch immer jene hohen, gewölbten Decken, die ihm die gedämpfte Atmosphäre einer selten besuchten, abgelegenen Kathedrale verliehen. Die Lobby war noch immer ein Ort, wo man sitzen, die Leute angaffen und in roten Ledersesseln und auf üppigen Sofas vor sich hin dösen konnte. Dann gab es noch niedrige Tische mit den unvermeidlichen Aschenbechern und eine Menge wuchtiger, stämmiger Lampen, unter denen man bequem die nicht mit Beschlag belegten Zeitungen lesen konnte, die noch immer in Haltern an Ständern hingen: die örtliche *Tribune*; die *News-Post*, herausgegeben in der rivalisierenden Nachbarstadt, die sich viel auf ihr angebliches Oststaatenflair einbildete; *The Wall Street Journal*; *The Christian Science Monitor*; und die überregionale Ausgabe der *New York Times*, deren Text via Satellit übermittelt, die am Ort gedruckt und noch am selben Tag von der Post zugestellt wurde, manchmal sogar noch vor Mittag, vorausgesetzt, man hatte den richtigen Postboten.

Die geräumige Lobby des Hawkins war keineswegs überfüllt: ein halbes Dutzend Männer in mittleren Jahren, die aussahen wie Vertreter für Knallkörper; vereinzelte Ehepaare; eine junge Frau, die mehr als hübsch war; und eine ältere Frau Mitte Sechzig, die Dill aus unerfindlichem Grund über ihr *Wall Street Journal* hinweg anstarrte. Dill fand, daß sie das Aussehen eines Dauergastes hatte. Die Temperatur in der Lobby betrug 20 Grad, und Dill spürte, wie sein schweißdurchtränktes Hemd abzukühlen und zu trocknen begann, als er sich auf den Empfangsschalter zubewegte.

Der junge Angestellte an der Rezeption fand Dills Reservierung und fragte, wie lange er bleiben würde. «Eine Woche, vielleicht länger», meinte Dill. Der Empfangsmensch sagte: «Sehr schön», händigte Dill seinen Zimmerschlüssel aus, entschuldigte sich vielmals dafür, daß einer der Pagen nicht zum Dienst angetreten wäre (er hätte sich krank gemeldet), doch er versicherte Dill, daß er, falls er Hilfe mit seinem Gepäck bräuchte, irgendwie jemanden auftreiben würde, der es später hinaufbringen könnte. Dill erwiderte, er bräuchte keine Hilfe, dankte dem Angestellten, nahm seine Tasche auf, drehte sich herum und wäre fast mit der mehr als hübschen Frau zusammengestoßen, die er schon früher bemerkt hatte.

«Sie sind Pick Dill», sagte sie.

Mit einem leichten Lächeln schüttelte Dill den Kopf. «Nicht mehr seit der High-School.»

«In der Grundschule nannte man Sie ‹Pickle› Dill. Das war noch auf der Horace Mann School, draußen an der Ecke Twenty Second und Monroe. Doch in der vierten Klasse hatte dann alles eines Nachmittags ein jähes Ende, als Sie drei Ihrer, nun – Quälgeister verprügelten.»

«Einer meiner schönsten Augenblicke», sagte Dill.

«Danach nannte man Sie in all den Jahren auf der High-School ‹Pick› anstatt ‹Pickle›, aber das hörte auf, als Sie auf die Universität gingen, obwohl Ihre Schwester

Sie immer so genannt hat: Pick.» Die junge Frau streckte ihm ihre Hand hin. «Ich bin Anna Maude Singe – also, wie schon das Wort Singe sagt, ein gebranntes Kind –, und ich bin – war, o verdammt! – eine Freundin von Felicity. Ich bin auch ihre Anwältin und dachte mir, daß Sie vielleicht den Rechtsberater der Familie ganz gern in der Nähe haben möchten, solange Sie hier sind, für den Fall, daß irgend etwas geregelt werden muß.»

Dill schüttelte Anna Maude Singe die Hand. Sie fühlte sich kühl und fest an. «Ich wußte gar nicht, daß Felicity eine Anwältin hatte.»

«Doch ja, mich.»

«Also, ich möchte tatsächlich etwas, einen Drink.»

Anna Maude Singe nickte zur linken Seite hinüber. «Wie wär's denn mit der Schlammgrube?»

«Fein.»

Die Schlammgrube hieß ursprünglich Select Bar, doch Ölmänner hatten Anfang der dreißiger Jahre damit begonnen, das Lokal wegen seiner angenehmen Schummrigkeit *Die Schlammgrube* zu nennen, und der Name war haften geblieben, bis ihn das Hotel schließlich 1946 mit einer diskreten Messingtafel offiziell gemacht hatte. Der Raum war nicht sehr groß, ausgesprochen dunkel, sehr kühl, mit einer U-förmigen Bar, niedrigen, schweren Tischen und dazu passenden Stühlen ausgestattet, die mehr oder weniger bequem waren. An der Bar saßen nur zwei einsame Trinker, und an einem der Tische hockte ein weiteres Pärchen. Dill und Anna Maude Singe suchten sich einen Tisch nahe der Tür. Als die Kellnerin zu ihnen kam, bestellte Anna Maude einen Wodka on the rocks, und Dill meinte, er hätte gerne dasselbe.

«Das macht mich sehr traurig, was mit Felicity passiert ist», sagte Anna Maude beinahe förmlich.

Dill nickte. «Danke.»

Sie schwiegen, bis die Kellnerin mit den Getränken kam. Dill fiel auf, daß Miss Singe gewisse Schwierigkeiten mit ihren R's hatte, so wenig merkbar allerdings, daß es ihm nicht aufgefallen war, bis dann ihr «traurig» fast wie ein «tlaulig» herauskam, doch andererseits auch wieder nicht ganz so prononciert. Dann sah er die feine weiße Narbe auf ihrer Oberlippe, wo sie, kaum noch sichtbar, von einem geschickten Chirurgen wegen einer Hasenscharte operiert worden war. Die R's waren der einzige Buchstabe, mit dem sie noch immer gewisse Schwierigkeiten hatte, sonst war ihre Aussprache perfekt, mit einem nur ganz leichten Einschlag jenes Dialekts, der hier gesprochen wurde. Dill fragte sich, ob sie eine Therapie bei einem Logopäden gemacht hätte.

Die übrigen Teile ihres Körpers, der in einem dunklen Rock und einer in Bonbonfarben gestreiften Bluse mit weißem Kragen und Rüschenärmeln steckte, schienen tief gebräunt, straff und kräftig, beinahe athletisch. Er versuchte sich zu entscheiden, ob sie eine Läuferin, Schwimmerin oder Tennisspielerin wäre. Er war sich einigermaßen sicher, daß sie nicht Golf spielte.

Dann fiel ihm noch auf, daß sie überaus dunkelblaue Augen hatte, so dunkel, wie blaue Augen nur sein können, ohne ins Violette zu spielen, und sie kniff sie immer ein bißchen zusammen, wenn sic zu etwas hinschaute, das weiter weg war. Ihr Haar war von einem hellen Braun, das von blonden Strähnen durchzogen war. Sie trug es in einer Façon, die, so glaubte jedenfalls Dill, Pagenfrisur genannt wurde. Ein Stil, der, wie ihn einmal jemand aufgeklärt hatte (wer? Betty Mae Marker?), wieder groß im Kommen war und sein Comeback schon gehabt hatte und bereits wieder unmodern wurde.

Anna Maude Singes Gesicht war von ovalem Schnitt, und ihre Augenbrauen waren eine Spur dunkler als ihr

Haar. Sie hatte die zarte Andeutung einer Stupsnase, was sie aussehen ließ, als wäre sie entweder scheu oder etwas schnippisch – oder beides. Dill fand, daß oft beides zutraf. Ihre Lippen waren voll, der Mund ziemlich breit, und als sie lächelte, bemerkte er, daß sich ihre Zähne der liebevollen Pflege eines guten Zahnarztes erfreuten. Sie hatte einen langen, schlanken Hals, den Dill reizvoll fand, und er fragte sich, ob sie wohl jemals getanzt hätte. Es war der Hals einer Tänzerin.

Nachdem die Getränke gebracht worden waren, wartete er, bis sie von ihrem Drink genippt hatte, und fragte dann: «Haben Sie Felicity länger gekannt?»

«Ich kannte sie ganz gut von der Universität her. Aber als sie ihren Abschluß machte, ging ich an die juristische Fakultät. Und dann, als ich hierher zurückkam und meine Kanzlei aufmachte, war sie eine meiner ersten Klientinnen. Ich habe ihr Testament aufgesetzt; vermutlich war sie damals nicht älter als fünfundzwanzig oder sechsundzwanzig Jahre, aber sie war ja gerade zur Mordkommission versetzt worden – nun, sie dachte eben, daß es vielleicht ganz gut wäre, ein Testament zu machen. Und dann, vor ungefähr – oh, ich würd' sagen, vor etwa sechzehn, siebzehn Monaten kaufte sie ihr Duplex, und ich half ihr dabei, aber inzwischen waren wir schon gute Freunde geworden. Sie vermittelte mir auch ein paar Klienten – meistens Cops, die mich bei einer Scheidung brauchten –, und sie hat sehr, sehr viel über Sie erzählt. Deshalb weiß ich auch, daß man Sie in der Grundschule Pickle genannt hat, und dann all das andere.»

«Hat sie je über ihre Arbeit gesprochen?» fragte Dill.

«Manchmal.»

«Hat sie zuletzt an einer Sache gearbeitet, die jemanden veranlaßt haben könnte, ihr eine Bombe ins Auto zu legen?»

Anna Maude schüttelte verneinend den Kopf. «Sie hat mir gegenüber nie irgendwelche Andeutungen gemacht.» Sie machte eine Pause, nahm einen Schluck und sagte: «Ich glaube, es gibt da etwas, was Sie wissen sollten.»

«Was?»

«Sie arbeitete für einen Mann namens Strucker.»

«Den Leiter der Kriminalabteilung», ergänzte Dill, «er hat mich heute morgen angerufen.»

«Nun, die Sache mit Felicity macht ihm ziemlich zu schaffen. Zwei Stunden nachdem sie tot war, ließ er mich kommen, und das erste, was er von mir wissen wollte – noch bevor er mir überhaupt gesagt hatte, daß sie nicht mehr lebte –, war, ob ich die Verwaltung ihres Vermögens übernommen hätte. Nur, daß er sich anders ausdrückte und mich als ‹Curatrix› bezeichnete.»

Dill nickte anerkennend über dies feinsinnige Zugeständnis an die Gleichberechtigung.

«Ich sagte ihm, ja, das bin ich, und darauf erzählte er mir dann, daß sie tot wäre, und bevor ich auch nur fragen konnte, wie oder warum, oder auch nur ‹O mein Gott!› hätte sagen können, forderte er mich gleich auf, ihn zu Felicitys Bank zu begleiten.»

«Schließfach?»

Sie nickte. «Na ja, ich war dabei, als sie es öffneten. Ich war ganz verheult und fassungslos über den … den schrecklichen Verlust. Sie holten alles aus dem Fach raus, eins nach dem andern. Da war ihre Geburtsurkunde, dann ihr Testament, dann einige Bilder von ihren Eltern und dann ihr Reisepaß. Sie hatte immer davon gesprochen, nach Frankreich zu fahren, aber sie hat es nie geschafft. Sie wissen ja, darin hat sie geglänzt, in Französisch.»

«Ich weiß.»

«Nun, das letzte, was sie aus dem Fach herausnahmen,

war die Versicherungspolice. Sie hatte sie erst vor drei Wochen abgeschlossen. In einer Klausel werden Sie als der einzige Begünstigte genannt.»

Anna Maude Singe hörte zu reden auf und schaute weg.

«Wieviel?» fragte Dill.

«250000», sagte sie und warf Dill einen schnellen Blick zu, als wollte sie seine Reaktion darauf mitbekommen. Diese zeigte sich nur in den Augen, sonst war ihm nichts anzumerken. In seinem Gesicht rührte sich nichts, nur die großen, sanften und grauen Augen waren plötzlich wie mit Eis überzogen.

«250000», sagte Dill schließlich.

Sie nickte.

«Bestellen wir uns noch was», sagte er, «ich zahle.»

4

Um siebzehn Uhr fünfundvierzig hängte Benjamin Dill gerade seinen dunkelblauen Anzug in den Einbauschrank von Zimmer 981 im Hawkins Hotel, als sie an seine Tür klopften. Nachdem er aufgemacht hatte, stufte er sie automatisch als Polizisten ein. Beide waren in Zivil – in gutgeschneiderten, offensichtlich teuren Anzügen –, doch die bemüht gelangweilten Augen, das gekonnt einschüchternde Gehabe und der allzu gleichgültige, festgefrorene Ausdruck um ihren Mund verrieten ihren Beruf.

Beide waren hochgewachsen, reichlich über einen Meter achtzig groß, und der ältere war breit und schwer, während der jüngere sehnig-schlank, sonnengebräunt und eine Spur zu elegant war. Der wuchtig-schwere Mann streckte seine Hand aus und sagte: «Ich bin Chief Strucker, Mister Dill. Das ist Captain Colder.»

Dill schüttelte Struckers massige, sommersprossige Hand und dann die, die Colder ihm reichte. Sie war schmal und außerordentlich kräftig. Colder sagte: «Gene Colder, Mordkommission.» – «Kommen Sie herein», forderte Dill sie auf.

Etwas träge und lässig, wie Polizisten es an sich haben, kamen sie ins Zimmer, ließen ihre Augen schweifen und taxierten weniger aus Neugier denn aus Gewohnheit seine Einrichtung und den Bewohner. Dill winkte zu den beiden Sesseln seines mittelgroßen Zimmers hinüber. Strucker ließ sich langsam und vorsichtig mit einem Aufseufzen hineinsinken, Colder glitt wie eine Katze auf den Polstersitz. Strucker nahm eine Zigarre aus seiner Tasche, hielt sie fragend hoch und sagte zu Dill gewandt: «Sie gestatten?»

«Selbstverständlich», erwiderte Dill, «möchten Sie einen Drink?»

«Ich glaube, ich könnte einen gebrauchen», meinte Strucker, «das war heute ein harter Tag.»

Dill holte eine Flasche Old Smuggler aus seinem Koffer, zog die Plastikschutzhüllen von zwei Gläsern, die auf einer Ablage standen, holte noch cin weiteres Glas aus dem Badezimmer und goß drei Drinks ein. «Wasser?» fragte er. Strucker schüttelte den Kopf. Colder sagte: «Nein, danke.» Dill reichte ihnen ihre Gläser, nahm sein eigenes mit ins Bad, ließ etwas Wasser dazulaufen, kam zurück und setzte sich auf das Bett. Er wartete ab, bis Strucker seine Zigarre richtig zum Brennen gebracht und den ersten Schluck Scotch genommen hatte.

«Wer ist es gewesen?» fragte Dill.

«Das wissen wir noch nicht.»

«Warum haben sie es getan?»

Strucker schüttelte seinen massigen Kopf. «Auch das wissen wir nicht.» Er seufzte wieder – diesen wohlbekannten, langen, tiefen, verzweiflungsvollen Seufzer. «Wir sind hier aus verschiedenen Gründen. Der eine ist, daß wir versuchen wollen, ihre Fragen zu beantworten, und der andere ist, Ihnen offiziell das Beileid unserer Stadt und meiner Abteilung auszusprechen. Das geht uns verdammt nah, allen von uns.»

«Ihre Schwester», sagte Colder und hielt in seinem Satz kurz inne, «nun, Ihre Schwester war eine außergewöhnliche ... Person.»

«Wieviel hat sie im Jahr verdient?» fragte Dill.

Strucker schaute hilfesuchend zu Captain Colder hinüber.

«23 500», sagte der Captain.

«Und die Jahresprämie für eine Lebensversicherungspolice über 250 000 Dollar für eine achtundzwanzigjährige Frau in guter gesundheitlicher Verfassung ist schätzungsweise wie hoch?»

Strucker runzelte die Stirn. Als er das tat, stieß die Kappe aus dichtem, drahtigem grauem Haar fast an die buschigen schwarzen Augenbrauen über seinen wachsamen Augen, deren Haselnußbraun grün gesprenkelt war. Es waren engstehende Augen neben einer unregelmäßigen Nase, die man ihm irgendwann einmal gebrochen haben mußte, vielleicht auch zweimal. Kurz unterhalb der Nase saß der schmale, dünnlippige Mund, der seine Mißbilligung über nahezu alles zum Ausdruck zu bringen schien, darunter ein Kinn wie ein unbehauener Felsbrocken. Es war ein zerklüftetes, von Linien durchzogenes, überaus intelligentes Gesicht, das jetzt, mit dreiundfünfzig Jahren, so aussah, als hätte es schon zum dritten Mal den Besitzer gewechselt.

Struckers Stirn war noch immer gerunzelt, als er sagte: «Sie haben also davon gehört, wie?»

«Ich hab davon gehört, ja.»

Colder deutete ein Lächeln an, nicht rückhaltlos genug, um dabei die Zähne zu zeigen, aber immerhin ausreichend, leichte Mißbilligung und eine Spur Bedauern hineinzulegen. «Ihre Rechtsanwältin, nicht wahr?»

Dill nickte.

Strucker trank seinen Whisky aus, setzte das Glas auf einem Tisch ab und wandte sich wieder Dill zu. «Laut Auskunft der Leute von der Arbuckle Life Insurance betrug die Jahresprämie 518 Dollar, und sie zahlte den Gesamtbetrag am vierzehnten vergangenen Monats in bar.»

«Keine sehr umsichtige Investition für jemanden, der keine Angehörigen hat», sagte Dill. «Kein Rückkaufswert, sie konnte sie nicht einmal beleihen. Falls sie natürlich gewußt hat, daß sie sterben würde, könnte sie den Wunsch gehabt haben, jemandem, den sie liebte, etwas zu hinterlassen – in diesem Fall mir. Sie nehmen aber doch wohl nicht an, daß es Selbstmord gewesen ist, oder?»

«Es war kein Selbstmord, Mister Dill», sagte Colder.

«Das glaube ich allerdings auch nicht.» Dill stand auf, ging hinüber zum Fenster und schaute aus dem neunten Stock zur Ecke Broadway und Our Jack. «Und dann ist da auch noch ihr Haus.»

«Das Duplex», ergänzte Captain Colder.

«Ja, als sie mir vor etwa siebzehn Monaten davon schrieb, sagte sie, daß sie sich ein kleines Haus kaufen wollte. Ich nahm damals an, es handelte sich um einen alten Bungalow für etwa sechzig- oder siebzigtausend Dollar. Zu dem Preis kann man sie hier doch immer noch kaufen, oder nicht?»

«So in etwa», meinte Colder, «aber sie werden langsam Mangelware.»

«Okay, also wieviel Eigenkapital müßte sie dann für ein Haus zu sechzig- oder siebzigtausend Dollar aufbringen? Zwanzig Prozent? Das wären dann zwischen zwölf- und vierzehntausend. Ich hatte ein paar Dollar übrig, nicht gerade viel, also rief ich sie an und fragte, ob sie ein paar Tausender brauchen könnte, mit denen ich ihr bei der Anzahlung unter die Arme greifen könnte. Sie sagte mir, daß sie sie nicht brauchte, da die Finanzierung des ganzen ‹sehr kreativ› wäre. Sie lachte ein bißchen, als sie ‹kreativ› sagte. Ich hab auch nicht weiter nachgehakt, ich habe eben angenommen, daß sie fünf- oder vielleicht zehntausend hinlegt, dann eine Hypothek über fünfzigtausend oder weniger aufnimmt und den Rest mit einem teuren Kredit abdeckt. Bei 23 500 Dollar im Jahr hätte sie es gerade noch hinbekommen.» Dill machte eine Pause, trank von seinem Scotch mit Wasser und sagte dann: «Aber genau das hat sie wohl nicht gemacht, oder?»

«Nein», sagte Strucker, «so war es nicht.»

«Was sie getan hat», sagte Dill, «war, daß sie sich ein gediegenes Duplex an der Ecke 32nd und Texas für 185 000 Dollar gekauft hat. Sie hat 37 000 in bar hingelegt und eine erste Hypothek über 100 000 Dollar zu vierzehn Prozent aufgenommen, was bedeutete, daß sich ihre monatlichen Zahlungen dafür auf etwa dreizehnhundert beliefen – bloß, daß sie eben 650 von dem Burschen bekam, an den sie die untere Etage vermietet hatte, was also heißt, daß sie selbst nur 650 im Monat aufbringen mußte, allenfalls 700. Sie sagen, daß sie monatlich 1900 Dollar brutto verdient hat, was also ungefähr – wieviel wäre? – etwa vierzehn- oder fünfzehnhundert netto.»

«So in der Größenordnung», sagte Colder.

«Blieben ihr also zum Leben zwischen sechs- oder siebenhundert Dollar monatlich. Na ja, setzt man dabei noch gewisse Steuervergünstigungen ein, dann wäre es vermutlich gerade eben zu schaffen, mit Einkaufsscheinen vom Supermarkt, Billigklamotten aus Junior-L-Läden, Büchern aus der Stadtbibliothek und allabendlich Fernsehen zur Freizeitgestaltung. Aber dann war da schließlich auch noch der Wechsel einzulösen – eben die Sache mit der kreativen Finanzierung. Ihre Anwältin sagte mir, daß er am ersten nächsten Monats fällig würde, also genau achtzehn Monate nachdem sie das Objekt gekauft hat. Dieser Wechsel läuft über 48 000 Dollar – plus Zinsen.»

Dill wandte sich vom Fenster weg und schaute auf Strucker. «Wieviel hatte meine Schwester auf dem Girokonto?»

«Genau 333 Dollar.»

«Was glauben Sie also: Wie hat sie wohl zum ersten nächsten Monats die rund 50 000 aufbringen wollen?»

«Das ist genau der Punkt, über den wir sprechen müssen, Mister Dill.»

«Okay», sagte Dill, ging wieder hinüber zum Bett, setzte sich darauf und lehnte sich an den Pfosten am Kopfende. «Nun gut, unterhalten wir uns.»

Strucker räusperte sich, paffte an seiner Zigarre, wedelte den Rauch weg und hob dann an: «Detective Hill hatte eine lupenreine Personalakte, ganz außergewöhnlich. In ihrer Altersgruppe war keiner besser – egal, ob Mann oder Frau. Als erstes muß ich nun allerdings zugeben, daß wir sie vom Betrugsdezernat ins Morddezernat umgesetzt haben ... Na ja, gewissermaßen als Anstandsfrau zusammen mit drei Farbigen und ein paar Mexikanern. Das mußten wir nun mal so machen, weil man uns sonst Bundesmittel gestrichen hätte, aber bei Gott, sie war Klasse. Als wir sie dann zum Detective zweiten Grades beförderten, haben wir ein paar der anderen Jungs übergangen, von denen einige einen Haufen mehr Dienstjahre auf dem Buckel hatten als sie. Noch zwei Jahre oder vielleicht sogar weniger, und sie hätte es spielend zum Sergeanten gebracht. Was ich damit also sagen will, Mister Dill, ist, daß Ihre Schwester ein verdammt guter Cop gewesen ist, wirklich ganz toll, und sie wurde in Ausübung ihres Dienstes getötet – jedenfalls glauben wir das fest –, so daß wir sie also Samstag beerdigen werden, genau wie ich Ihnen schon gesagt habe, und dann werden wir uns daranmachen, herauszufinden, was zum Teufel eigentlich falsch gelaufen ist.»

«Sie meinen damit, warum sie auf die schiefe Bahn geraten ist», sagte Dill.

«Das allerdings wissen wir doch gar nicht, oder?» wandte Captain Colder ein. Dill sah ihn an. Colder hatte jetzt wieder sein halbes Lächeln parat – ein beinahe zaghaftes Lächeln, das voller Schüchternheit war oder sie vortäuschen sollte, wie Dill dachte, denn außer in seinem Lächeln war an Colder absolut nichts Schüchternes. Das ist seine Tarnung, entschied Dill, er trägt es wie einen angeklebten Bart. Sein Lächeln vermochte nicht die Züge des gestandenen Skeptikers zu überdecken, die scharfe, witternde Nase, die kluge Stirn, die kalten, blauen, zweifelnden Augen und das Kinn, das fast zu sagen schien: Ich verlange Beweise! Es war ein Gesicht, mit dem, bei etwas dunklerem Teint, jemand vielleicht bei der Inquisition sein Glück gemacht hätte. Dill spürte deutlich, daß Colder mit einiger Genugtuung als Captain bei der Mordkommission arbeitete.

Als Chief Strucker sich erneut räusperte, wandte sich Dill wieder ihm zu. «Wir werden der Sache auf den Grund gehen, Mister Dill», sagte er. «Wie ich Ihnen schon am Telefon gesagt habe: Genau das werden wir tun, darin sind wir nämlich verflixt gut.»

Dill nickte, stand auf und streckte die Hand zuerst nach Colders leerem Glas und dann nach Struckers aus. Die beiden Männer zögerten, schließlich seufzte Strucker und sagte: «Ich sollte ja besser nicht, aber ich nehme noch einen, danke.»

Nachdem Dill neu eingeschenkt und die Drinks herumgereicht hatte, sagte Colder: «Was genau machen Sie eigentlich in Washington, Mister Dill?»

«Ich arbeite für einen Unterausschuß des Senats.»

«Und Sie machen was?»

Dill lächelte. «Ich gehe den Dingen auf den Grund.»

«Das muß interessant sein.»

«Gelegentlich.»

Strucker trank zwei Finger breit von seinem Scotch, seufzte wohlig auf und sagte: «Felicity und Sie, Sie haben sich sehr nahegestanden.»

«Ja, ich glaube schon.»

«Ihre Eltern sind tot.» Das war offenbar auch nicht als Frage gemeint.

«Sie kamen bei einem Autounfall oben in Colorado ums Leben, als ich einundzwanzig und sie gerade elf Jahre alt war.»

«Was hat Ihr Vater denn so gemacht?» Zum ersten Mal stellte Strucker die Frage so, als wisse er nicht bereits die Antwort darauf.

«Während des Krieges war er Kampfflieger bei der Army», sagte Dill, «und danach war er vier Jahre lang im Hauptberuf Student, eben so lange, bis die Army nicht mehr weiterzahlte und sein Überbrückungsgeld auslief. Er studierte an der Sorbonne, der Universität von Mexiko und an der Universität von Dublin. Er hat nie irgendein Diplom gemacht. Als das schließlich zu Ende war, wurde er Erntearbeiter, danach Vertreter für Kaiser – Frazer, und hin und wieder spielte er auch Mr. Peanut – Sie wissen schon, für Planters Peanuts. Dann wurde er Veranstalter – Car-crash-Rennen, Schaukämpfe mit Baseball-Narren, so Zeug eben, und schließlich kaufte er eine fast bankrotte Fernschule für Fremdsprachenkorrespondenten. Die war noch immer im Geschäft, als er nach Colorado hinauffuhr, um sich dort umzutun, weil er in eine Geisterstadt investieren wollte. Da ist dann auch der Unfall passiert. Sie sind beide dabei umgekommen. Manchmal denke ich, daß meine Mutter dadurch erlöst worden ist.»

Strucker nickte mitfühlend. «Er hat also nicht viel hinterlassen.»

«Keinen einzigen Penny.»

«Also haben Sie dann allein Felicity großgezogen.»

«Ich war in meinem ersten Jahr an der juristischen Fakultät der Uni. Ich stieg aus und bekam einen Job bei UPI, wo mein Gebiet die Berichterstattung über das Repräsentantenhaus war. Felicity war, wie gesagt, elf Jahre alt, und ich versuchte mich darum zu kümmern, daß sie regelmäßig zur Schule ging und ihre Hausarbeiten machte. Mit zwölf Jahren dann besorgte sie schon das Einkaufen und Kochen und die meiste Arbeit im Haus. Mit achtzehn bekam sie ein Vollstipendium für die Universität, und ich kriegte ein Angebot, nach Washington zu gehen. Danach war sie dann ziemlich auf sich gestellt.»

«Ja, also», meinte Strucker, «ich würde schon sagen, daß es eine großartige Leistung war, wie Sie sie großgezogen haben. Wirklich, prachtvoll.»

«Wir haben einander immer sehr gemocht», sagte Dill, «wir waren – nun, eben gute Freunde, würde ich meinen.»

«Haben Sie sehr enge Verbindung gehalten?» fragte Colder.

«Gewöhnlich habe ich sie einmal die Woche oder alle zehn Tage angerufen. Sie rief mich fast nie an, sie schrieb mir statt dessen Briefe, Briefe von zu Hause, wie sie sie nannte. Sie dachte, daß jeder, der von hier weggezogen war, Briefe von zu Hause bekommen müßte, und genau das waren sie. Klatsch, wilde Gerüchte, kleine Skandale, wer Pleite gemacht hatte und wer reich geworden war, dann die Todesfälle, wer geschieden worden war und warum. Es war eine Art Tagebuch, vermute ich, weniger über sie selbst als über die Stadt. Aus irgendeinem Grund hat sie diesen Ort wirklich geliebt.»

«Das heißt also, Sie nicht so sehr», sagte Colder.

«Nein.»

«Sie haben diese Briefe nicht zufällig aufgehoben, oder doch?» fragte Strucker.

«Ich wünsche mir jetzt, ich hätte es getan.»

«Ja, uns geht es nicht anders. Kopien gibt es auch keine. Wir haben heute ihre Wohnung durchsucht, nichts.»

«Wie steht's mit eingelösten Schecks?»

«Wieder Fehlanzeige», sagte Colder. «Laufende Zahlungen halt, für das Haus eben, Telefonrechnungen, Lebensmittel von Safeways, Zahlungen für das Auto und ein paar Kundenkonten in Kaufhäusern, das Übliche.»

«Kein Beleg über die Anzahlung, die sie für das Duplex getätigt hat?»

«Die 37000 Dollar in bar?» fragte Colder. «Wir wissen nur, daß alles in Hundertdollarnoten gezahlt worden ist, die ja inzwischen fast so verbreitet im Umlauf sind wie früher mal die Zwanziger.»

«Also keine Spur», sagte Dill.

«Keine einzige.»

«Auf wen läuft denn die Hypothek?»

«Auf die frühere Besitzerin, die natürlich gegen all das

flüssige Geld nicht das geringste einzuwenden hatte», meinte Colder, «sie ist eine siebenundsechzigjährige Witwe, die das Haus an Felicity verkauft hat und dann nach Florida gezogen ist. St. Petersburg. Ich habe heute mit ihr gesprochen, von ihr kommen keinerlei Klagen. Die monatlichen Zahlungen treffen fast immer pünktlich ein, aber sie ist jetzt wohl ein bißchen besorgt wegen der Diskontierung des Wechsels.»

«Kann ich ihr nicht verdenken», meinte Dill.

Strucker suchte in seinen Hosentaschen herum und fischte schließlich einen Schlüssel heraus. Er reichte ihn Dill hinüber.

«Wofür ist der?» fragte Dill.

«Ihr Hausschlüssel. Die obere Etage ist jetzt noch versiegelt, aber morgen gegen Mittag werden unsere Leute wohl mit allem durch sein. Also ist nichts dagegen einzuwenden, wenn Sie danach hingehen und sich dort ... nun ... eben umschauen – oder auch einziehen, wenn Sie möchten.»

Dill setzte sich auf, nahm den Schlüssel und ließ sich wieder auf das Bett zurücksinken. Er sah erst Strucker an und dann Colder. «Woran hat sie eigentlich gerade gearbeitet?»

Diesmal war Colders Lächeln nicht verlegen – schüchtern. Es war jetzt die sardonische Variante; die linke Hälfte seines Mundes zuckte hoch, und er entblößte dabei kurz drei oder vier blendendweiße Zähne. «Ah, Sie meinen den Fall, bei dem der größte Kokaindealer der Stadt umgenietet worden ist – oder den, wo man den Ölmillionär tief unten auf dem Grund seines Swimmingpools gefunden hat?»

«Ich weiß selbst nicht genau, welchen ich meine», sagte Dill, «aber einer davon würde schon reichen.»

Colder schüttelte fast bedauernd den Kopf. «Sie bearbeitete den Fall eines Spirituosenhändlers, der spätnachts an einem Dienstag wegen 33 Dollar erschossen worden ist. Dann hatte sie auch noch den, bei dem eine Ehefrau drüben aus Deep Four verschwitzt und müde vom Saubermachen bei einer weißen Familie nach Hause kam und ihren Mann mit der fünfzehnjährigen Tochter im Bett vorfand. Sie brachte beide mit dem Brotmesser um. Der Fall ist restlos aufgeklärt. Dann war Felicity noch mit dieser anderen Sache beschäftigt, wo dieser Knabe, der draußen in Packingtown arbeitete, bei Rot an eine Ampel an der Ecke Thirteenth und McKinley ranfuhr; plötzlich stand ein Kerl, der däumchendrehend auf einer Bank an der Bushaltestelle gesessen hatte, auf, lief zu ihm hinüber, schob seine 22er Sportpistole durchs Fenster, drückte viermal auf den Knaben im Wagen ab und schlenderte dann in aller Seelenruhe davon. Auch diese Sache hatten wir Felicity übertragen. Erst gestern sagte sie mir, sie wäre damit vielleicht etwas vorangekommen.»

«Sie muß in irgendwelchen Schwierigkeiten gesteckt haben», sagte Dill, «oder durch irgend etwas hineingeraten sein.»

Strucker seufzte wieder und stemmte sich aus dem Sessel hoch. «Nun, äh, vielleicht ja und vielleicht nein, aber zuallererst müssen wir mal herausfinden, wer sie getötet hat. Sobald wir das erst mal haben, klärt sich auch alles übrige auf. Wissen Sie, Mr. Dill, Mord ist für gewöhnlich das am einfachsten zu lösende Verbrechen, weil der Typ, der's gemacht hat, Sie meistens anruft und sagt: Hallo, am besten wär's, Sie kämen einfach mal her, weil ich gerade meine Freundin mit diesem Baseballschläger totgehauen habe. Und wenn Sie dann hinkommen, sitzt er auf der Bettkante ganz dicht bei ihr, wahrscheinlich noch immer mit dem Schläger in der Hand, und heult wie ein Zweijähriger. Das sind dann so Ihre Allerweltsmorde, aber hin und wieder passiert's auch, daß Sie einen ganz vertrackten Fall erwischen – so wie diesen hier.»

Wieder stieß Strucker aus tiefstem Herzen einen schweren Seufzer aus. «Die Trauerfeier wird Samstag um zehn Uhr in der Trinity Baptist Church abgehalten. Ein Wagen wird Sie abholen, oder Sie können, falls Sie das wollen, auch mit mir und dem Captain hier mitfahren.»

«Ich weiß nicht recht», sagte Dill, «ich glaube, ich mach das besser allein.»

«Ja, gut.»

Dill runzelte die Stirn. «Warum denn Trinity?» sagte er, «Felicity war keine Baptistin, eigentlich hat sie nirgendwo so richtig hingehört.»

«Aber ich», sagte Colder, «ich bin Prediger.»

«Sie?»

Endlich zeigte sich so etwas wie Trauer auf Colders Gesicht, und der Ausdruck von Skepsis war jetzt daraus wie weggewischt. «Ihre Schwester und ich», sagte er. «Nun, sobald in einem der nächsten Monate meine Scheidung durchgekommen wäre, wollten wir heiraten.» Er forschte in Dills Gesicht. «Sie hat Ihnen das wohl nie erzählt, oder?»

«Nein», sagte Dill, «davon habe ich nichts gewußt.»

5

Während der vergangenen Jahre hatte Dill mal für länger, mal kürzer in New York, Los Angeles, London, Barcelona und in Abständen zweimal in Washington gelebt. Selten nur träumte er von einer dieser Städte, nicht einmal von Washington, wo er am längsten gewohnt hatte, aber hin und wieder geschah es doch, und dann vermischten sich seine Träume von den fernen, manchmal auch fremden Städten unweigerlich mit der Stadt, in der er geboren war. Der Wilshire Boulevard, die Third Avenue, die Edgeware Road und selbst die Ramblas zogen als Traumstraßen an den Häusern vorbei, in denen er als Kind gelebt, an den Schulen, die er besucht, und an Bars, in denen er später gehockt hatte.

Vor langer, langer Zeit – manche sprechen vom Jahr 1926 – war in der Stadt eine gewaltige Milchflasche auf dem Dach eines einstöckigen Gebäudes aufgestellt worden, das auf einem kleinen, dreieckigen Grundstück gestanden hatte, das dort entstanden war, wo die Ord Avenue, die 29th Street und der TR Boulevard zusammenstießen. Letzterer war ein langer, gewundener Straßenzug, der anläßlich eines Besuches des ersten Roosevelt von den Einheimischen dankbar nach ihrem Gast benannt worden war. Dieser Flasche war ein Ding von wahrhaft gigantischen Ausmaßen – mindestens dreizehn Meter hoch, und oben am Flaschenhals war deutlich der Streifen aus abgesetzter Sahne zu sehen gewesen. Sie hatte nun beinahe sechzig Jahre lang über dem winzigen Lebensmittelladen gehockt, der nach Dills Erinnerung Eigentum einer Molkerei gewesen war: Springmaid Dairy. Er vermutete, daß inzwischen längst Seven Eleven oder eine andere Supermarktkette sowohl die Flasche als auch den Laden geschluckt hatte. Aus irgendeinem Grund ragte die Riesenmilchflasche ständig in Dills Träume von fernen Gegenden hinein. Muß etwas mit Freud zu tun haben, dachte er: etwas Freudianisches, Fröhliches und Phallisches, wie er ergänzte, beglückt wie stets, wenn ihm eine aparte artistische Alliteration in den Sinn kam.

Um sieben Uhr fünfzehn abends, dem Abend jenes

Tages, an dem seine Schwester durch eine Bombe umgekommen war, fuhr Dill in dem großen gemieteten Ford den TR Boulevard entlang, eine der drei Durchfahrtsstraßen, die den gitterförmigen Bauplan der Stadt auf ihrem kurvenreichen und gewundenen Weg von Süd nach Nord durchschnitt. Vor langer Zeit waren Straßenbahnen klingelnd und knisternd über den TR Boulevard durch die Innenstadt gefahren, doch waren sie in den späten vierziger Jahren abgeschafft worden. Inzwischen herrschte die einhellige Überzeugung, daß dies ein saudummer Fehler gewesen war, und alle machten dunkle Andeutungen über ein hinterhältiges Komplott von General Motors und den Ölkonzernen, die Straßenbahnen zugunsten des Busverkehrs zu verschrotten. Es war dies eine Verschwörungstheorie, die seit nunmehr vierzig Jahren herumerzählt wurde.

Dill hatte den großen Ford von Budget gemietet. Es war der größte Ford, den sie zu bieten hatten, und noch lieber hätte er einen Lincoln gemietet, wenn sie ihn zur Verfügung gehabt hätten. Dill, VW-Fahrer, der er war, mietete stets Riesenautos aus Detroit mit viel PS unter der Haube und allem Drum und Dran, weil er glaubte, eine solche Möglichkeit nicht auslassen zu dürfen – es war irgendwie so, als mietete man sich seinen eigenen Dinosaurier.

Kurz hinter der langen Biegung, welche die 27th und der TR Boulevard bildeten, kam schließlich wieder die Riesenmilchflasche in Sicht. Doch sie war nicht mehr weiß; statt dessen war sie tiefschwarz. Dill ging mit dem Tempo herunter und starrte fassungslos darauf. Das kleine Gebäude stand leer bis auf einige abgeräumte Glasvitrinen, die ziemlich eingestaubt wirkten. Über dem Eingang hing ein großes Ladenschild in verblassenden psychedelischen Farben mit der Aufschrift: Nebuchadnezzars Head Shop. Doch es sah ganz so aus, als wäre Neb schon vor langer Zeit pleite gegangen. Dill kam seufzend zu dem Schluß, daß dieser aufgegebene Laden nur ein weiterer Nagel war, den die Stadt in den Sarg der sechziger und siebziger Jahre getrieben hatte.

Drei Wohnblocks hinter der schwarzen Milchflasche, an der Ecke 32nd und TR, stand die ausladende Vorderfront eines dreistöckigen viktorianischen Hauses, die sorgfältig in zwei Schattierungen pastellgrüner Farbe gehalten war, die bereits abzublättern begann. Das Haus beherbergte das, was dem Vernehmen nach der dritt- oder viertälteste Presseclub westlich des Mississippi war. Während der ersten sechzig Jahre seines Bestehens hatte der Club sich ein Gebäude in günstiger Innenstadtlage mit dem Benevolent and Protective Order of Elks geteilt. Doch der Bürgermeister war – nicht ganz grundlos – gerade zum Zeitpunkt der Planungen für die Stadterneuerung wahnsinnig aufgebracht über die Medien gewesen, und das Clubhaus der Presse und der Elche war auf dem Reißbrett als erstes für den Abriß markiert worden.

Der Club hatte eigentlich nie viel mehr zu bieten gehabt als eine Bar, die häufig auch nach den gesetzlichen Schließungszeiten noch offen hatte, Steaks von bemerkenswerter Qualität aus einer geheimnisvollen Quelle drüben in Packingtown und einer Marathonpokerrunde, die pünktlich jeden Samstagmittag begann und ebenso pünktlich jeden Sonntagnachmittag um fünf zu Ende ging, so daß jeder noch Gelegenheit hatte, heimzugehen und sich in der TV-Serie *Sixty Minutes* all die bereitwilligen Opfer anzusehen, die sich mit Feuereifer ihrer allwöchentlichen Selbstverstümmelung widmeten.

Der Club zählte tatsächlich aktive Presseleute zu seinen Mitgliedern. Mindestens dreißig Prozent auf seiner Mitgliederliste arbeiteten mehr oder weniger direkt im

Zeitungsgeschäft, die übrigen kamen aus der Werbung, waren Anwälte, hatten mit Politik oder Public Relations zu tun. Man nannte sie die assoziierten Mitglieder, und ihre Jahresbeiträge waren fünfmal so hoch wie die der aktiven Presseleute. Die Minderheit lebte in dem selbstbewußten Gefühl, daß die nicht stimmberechtigte Mehrheit sie, wenn sie denn schon partout Umgang mit Mitgliedern der Presse pflegen wollte, auch verdammt noch mal für dieses Privileg bezahlen könnte. Das inoffizielle Motto des Clubs war auf eine Messingtafel graviert, die jahrelang hinter der Bar gehangen hatte: *«Auch ich war früher selbst mal Zeitungsmann.»*

Seit der Club in seine neuen Räume umgezogen war, hatte Dill ihn nicht besucht. Er war fast ein Stammgast dieser Einrichtung gewesen, solange sie sich das fünfstökkige Gebäude im Zentrum mit den Elchen geteilt hatte – der Presseclub in den beiden obersten Stockwerken, die gütige und wohltätige Ordensbruderschaft in den unteren Geschossen. Als Dill noch Nachtschicht bei der UPI gemacht hatte, war er oftmals als letzter hinausgegangen, kurz bevor abgeschlossen wurde.

Er parkte den Ford so nahe wie möglich vor dem viktorianischen Bauwerk – genau einen Block entfernt – und versuchte sich zu erinnern, ob er damals eigentlich seine letzte Rechnung an der Bar bezahlt hatte. Falls nicht, davon war er überzeugt, würde es dort jemanden geben, der ihn daran erinnerte – falls kein anderer, dann ganz bestimmt der Grieche.

Es war eine Stunde vor Sonnenuntergang, als Dill die sechs Stufen zur überdachten Veranda hinaufstieg. Er ging zur Tür und drückte auf den Summer. Eine blecherne Stimme, streitsüchtig wie eh und je, stellte die unvermeidliche, einsilbige Frage: «Was?»

«Ben Dill.»

«Jesus», sagte die Stimme. Einen Moment später ertönte der Summer, und die Tür entriegelte sich. Ein kleines Foyer führte in einen Raum, der mit Ausnahme der Küche im hinteren Teil das gesamte erste Stockwerk des großen alten Hauses einzunehmen schien. Direkt an das Foyer schloß sich der Salon an, dessen begehrteste Plätze vor einem riesigen Panoramafenster lagen, wo man, wie Dill bei sich dachte, sitzen, wie man wohl überall auf der Welt in privaten Clubs sitzen mochte, und, wie einmal jemand gesagt hatte, zusehen konnte, wie es auf die verdammten Leute draußen niederregnete. Er vermutete, daß Privatclubs vielleicht einzig aus diesem Grund erfunden sein mochten.

Dill ging auf die L-förmige Bar zu, die sich zur Linken des Salons befand. Ihm fiel auf, daß es noch immer dieselbe Mahagonibar war, die sie im alten Haus im Zentrum gehabt hatten. Man hatte sogar das alte Messinggestänge mitgebracht, das sich über Kopfhöhe um die Bar herumzog. Von ihm hingen die beim Verschrotten der Straßenbahnen geretteten ledernen Halteschlaufen herab, um all denen guten Halt zu geben, die allzu ausgiebig an ihrem Gin genippt hatten.

Der Mann, der hinter der Bar stand und sich mit beiden Händen darauf stützte, stand dort bereits seit dreißig Jahren in seiner Doppelrolle als Clubmanager und Chefbartender. Sein Name war Christos Levides oder *Christus der Grieche*; oder für gewöhnlich einfach Der Grieche. Er war ein Mittfünfziger, der heute nicht viel anders aussah als damals mit fünfundzwanzig. Die schwarzen Augen waren noch immer voll List, der elegante Schnurrbart war noch ebensogut gestutzt und der Ausdruck leiser Verachtung noch genauso nonchalant und odysseushaft wie eh und je. Natürlich gab es einige neue Falten, die sich tief von der bemerkenswerten Nase abwärts eingegraben hatten, und Furchen, die waagerecht über seine Stirn liefen. Es war ein gründlich gelangweiltes Gesicht, das offensichtlich alle Lebenslügen und alle Ausflüchte in- und auswendig kannte.

Levides blieb reglos und ohne zu sprechen stehen, bis Dill sich auf einen Hocker gesetzt und sich umgeschaut hatte, um zu sehen, ob noch irgend jemand da war, den er von früher kannte. Da war niemand. Zwei Männer saßen am entgegengesetzten Ende der Bar, aber sie sahen wie Anwälte aus. Auf Sitzbänken vor den Tischen hatten sich etliche Leute zum Abendessen niedergelassen.

«Also», sagte Levides schließlich, «Sie sind zurückgekommen.»

«Ich bin zurück», stimmte ihm Dill zu.

Levides nickte sorgenvoll, ganz so, als sähe Dill genauso schrecklich aus, wie er es erwartet hatte. «Ich hab das von Ihrer Schwester gehört.» Es entstand eine lange Pause, in der Levides sich offenbar darüber klarzuwerden versuchte, was er als nächstes sagen sollte. «Es tut mir leid.»

«Danke.»

«Eine teuflische Sache.»

«Ja.»

«Ich erinnere mich noch, wie Sie sie oft in den alten Laden mitgebracht haben, als sie gerade mal so groß war» – er hielt eine Hand in Schulterhöhe, um anzudeuten, wie groß Dills tote Schwester damals gewesen war –, «zehn oder vielleicht elf damals, wie?»

«So ungefähr», erwiderte Dill, «jedenfalls nicht viel älter.»

Levides nickte feierlich und sagte, nachdem die kurze Gedenkminute vorüber war: «Was soll's sein?»

«Ein Bier, ein Becks, falls Sie haben.»

Levides nickte wieder, wirbelte herum, zog schwungvoll eine Flasche aus einem Kasten, riß den Verschluß ab, machte wieder eine Kehrtwendung und stellte sie zusammen mit einem geeisten Glas vor Dill hin. «Zwei Dollar», sagte er, «und Sie schulden mir noch achtunddreißig Dollar zweiundachtzig Cents von Ihrem letzten Zettel, den Sie wohl vergessen haben, als Sie nach Washington gegangen sind – wann war das noch mal, vor zehn Jahren?»

«So ungefähr», meinte Dill, nahm einen Fünfzigdollarschein aus seiner Brieftasche, ließ ihn über die Bar gleiten und forderte Levides auf, alles zu behalten. Levides wandte sich zur Registrierkasse, tippte den Betrag ein und kam mit dem Wechselgeld für Dill zurück. «Wie läuft es denn so?» fragte Dill.

«Immer derselbe Scheiß.»

Dill schaute sich um. «Sieht alles ganz hübsch aus.»

«Ja, wenn man eingetrockneten Dreck mag.»

«Sind die Steaks noch immer passabel?»

Levides zuckte die Achseln. «Ich hab vorgestern eins gegessen und bin noch nicht tot.» Er schaute zur Seite. «Wer ist es gewesen?»

«Sie wissen es nicht.»

«Wen haben sie denn auf die Sache angesetzt?»

«Ich hab mit dem Chief of Detectives gesprochen», sagte Dill, «Strucker.»

«Den kenne ich.»

«Und?»

Der Grieche zuckte die Achseln. «Smarter Bursche, nicht smart wie ein Unityp, aber ein richtig gewiefter Bulle. Ist jetzt seit mindestens fünfundzwanzig Jahren bei der Polizei; vielleicht noch länger. Hat Abendkurse in Recht belegt, hat Dale-Carnegie-Kurse in Rhetorik mitgemacht, ist in zweiter Ehe mit sehr viel Geld verheiratet, versteht gut zu leben, geht immer seriös gekleidet, kein einziger Fleck auf seiner Weste.»

«Captain Colder», sagte Dill, «Gene Colder?»

«Ach der.»

«Genau.»

«Also, den kenne ich fast überhaupt nicht. Sie haben ihn vor ein paar Jahren aus dem Osten hierhergeholt, Kansas City oder Omaha, glaube ich, irgend so ein Ort. Sie bauen ihn auf als den kommenden Mann, hab ich gehört.»

«Für Struckers Job?»

«Falls Strucker geht – und gerüchteweise ist zu hören, daß er auf einen anderen Posten aus ist –, könnte Colder sein Nachfolger werden. Aber er wird nicht lange auf seinem Stuhl bleiben. Bevor er seinen Sitz noch richtig angewärmt hat, wird Senkrechtstarter Colder an allen vorbeiziehen, sobald der alte Rinkler endlich doch noch seinen Abgang macht.»

«Rinkler ist noch immer Polizeichef?» Dills Tonfall verriet mehr als nur eine Spur Ungläubigkeit.

«Immer noch.»

«Das gibt's doch nicht, das sind doch jetzt schon dreißig Jahre, mindestens dreißig!»

«Nur beinahe», berichtigte ihn Levides, «sie haben ihm den Job zugeschanzt, als er fünfunddreißig war, und heute ist er mindestens vierundsechzig. Auf jeden Fall wird er mit fünfundsechzig gehen, das ist die Regel.»

Dill nahm einen Schluck von seinem Bier und fragte: «Wer ist eigentlich heute Polizeireporter für die *Trib*?»

«Wer denn wohl», sagte Levides, «Freddie Laffter!»

«Herrgott, ändert sich hier denn überhaupt nichts?»

Der Grieche schien eine Weile darüber nachzudenken und zuckte dann die Achseln. «Allzuviel gerade nicht, stimmt.»

«Kommt Laffter noch immer jeden Abend?»

«Punkt acht Uhr – direkt nach Redaktionsschluß.»

«Er könnte doch wohl über Colder Bescheid wissen, oder nicht?»

«Wenn überhaupt einer, dann er.» Der Grieche wandte den Blick ab, bevor er seine nächste Frage stellte. Dill erinnerte sich jetzt, daß dies eine Angewohnheit von Levides war, um seine Fragen beiläufig oder beinahe gleichgültig klingen zu lassen. «Warum sind Sie so interessiert an Colder?» fragte er mit gelangweilter Stimme.

«Weil er behauptet, daß er meine Schwester heiraten wollte.»

Jetzt sah der Grieche Dill wieder voll an und lächelte. «Ja», meinte er gedehnt, «das ist ein ziemlich guter Grund. Möchten Sie noch ein Bier?»

«Warum nicht», sagte Dill.

Dill war noch mit seinem zweiten Bier beschäftigt, als der alte Mann hereinkam. Mindestens siebzig inzwischen, dachte Dill, vielleicht sogar noch älter. Er bewegte sich in einer täuschend eiligen, ruckartig schlurfenden Gangart bis ans hintere Ende des Speisesaals. Seine Augen waren hinter einer stahlgefaßten Zweistärkenbrille starr geradeaus gerichtet. Seinen Kopf zierte ein Hut, ein schmuddliger Panama mit ausgefranster Krempe, vielleicht einer der vier echten Panamas, die es hier in der Stadt oder im gesamten Bundesstaat noch gab, und er trug ihn mit rundherum nach unten gebogener Krempe.

Der gestreifte Sommeranzug des Alten sah aus, als wäre er aus Bettüchern geschneidert. Er trug ein weißes Pongeehemd, das vom Alter gelblich verfärbt und am Kragen um mindestens zwei Größen zu weit war. Seine Krawatte war alt und grau und wirkte speckig. Ein Notizbuch, wie es Reporter bei sich tragen, ragte aus der linken Tasche seiner Anzugjacke heraus, eine druckfrische Ausgabe der *Tribune* aus der rechten. Die Füße des alten Mannes steckten in einem Paar noch neu aussehender

Mokassins von Gucci. Dill vermutete, daß sie nachgemacht waren.

«He, Chuckles», rief der Grieche.

Freddy Laffter verhielt in seinem Sturzflug auf die hinteren Tische, wandte sich um und warf Levides einen wütenden Blick zu. «Was willst du, warum quatschst du mich an?»

«Jemand hier möchte mit dir sprechen.»

«Wer?»

Der Grieche nickte zu Dill hinüber. «Er.»

Laffter wandte den Kopf. Er hatte die Form eines Eies, mit dem dickeren Ende oben, die Gesichtshaut war von einem blassen Rosa, mit Ausnahme der Nase, die aussah wie ein eingedrückter, karminroter Knopf. Die Brauen waren weiß und fast nicht zu sehen über einem Paar Augen, die von ihrem früheren Blau fast bis zur Farblosigkeit verblichen waren. Der Mund war ein dünner, giftiger Strich und wirkte überraschend straff. Das Alter hatte ein Gespinst feiner Runzeln in das Gesicht gegraben, doch die ausgewaschenen, blassen Augen waren noch immer wachsam, neugierig und musterten jetzt Dill voller Interesse.

«Dill», sagte Laffter, «Ben Dill.»

«Stimmt.»

«Sie waren früher bei UP.»

«UPI.»

«Was soll's, ich nenn den Laden noch immer UP. Worüber wollen Sie mit mir reden? Über Ihre Schwester?»

«Falls Sie ein paar Minuten für mich übrig haben.»

«Ich hab noch nichts gegessen.»

«Ich auch noch nicht, vielleicht kann ich uns beiden was bestellen. Ich lade Sie ein.»

«Mir wäre heute nach Steak.»

«Chuckles», sagte der Grieche, «Sie haben hier seit fünf Jahren kein Steak mehr bestellt.»

Laffter überging Levides' Einwand. «Mir ist heute gerade nach Steak», wiederholte er hartnäckig, «ein saftiges, dickes Steak mit frischem Spargel, und für den Anfang vielleicht einen Krabbencocktail.»

«Fein», sagte Dill, «für mich dann dasselbe.»

Laffter wandte sich zu Levides. «Hast du gehört, du unwissender Päderast? Sag Harry dem Kellner, daß dieser Gentleman hier und ich zwei große saftige Steaks haben wollen, am besten halb durch, würde ich sagen, mit Spargel und für den Anfang Krabbencocktail. Vorneweg zwei Wodka-Martinis, um den Appetit anzuregen – ich würde vorschlagen, doppelte, und dann eine Flasche Wein –, aber zur Abwechslung mal 'nen anständigen Tropfen, vielleicht einen Burgunder, hinterher natürlich Cognac und vielleicht sogar eine Zigarre, was ich aber erst später entscheiden werde.»

«Friß nur den ganzen Scheiß, und hinterher landest du mit Sicherheit auf der Intensivstation», sagte Levides.

Laffter hatte sich bereits wieder Dill zugewandt. «Wissen Sie, der Kerl da hat seine wahre Berufung verfehlt», sagte der alte Mann und nickte leicht mit dem Kopf zu dem Griechen hin, der in seinem Rücken stand, «er sollte eigentlich Zuhälter in Piräus sein und die Ärsche kleiner Griechenjungs an türkische Matrosen verhökern, die gerade auf Landgang sind.»

Mit gelangweilter Stimme machte Levides eine sehr unfeine Bemerkung über die Mutter des Alten und ging ans andere Ende der Bar, um nachzusehen, ob die beiden Anwälte Nachschub brauchten.

6

Sie saßen an einem Ecktisch im Restaurantbereich. Nachdem die doppelten Wodka-Martinis gebracht worden waren, zog Laffter die zusammengefaltete Ausgabe der *Tribune* aus seiner Tasche und reichte sie Dill. «Seite drei», sagte er.

Dill blätterte auf Seite drei zu der Schlagzeile rechts oben, die lautete:

AUTOBOMBE EXPLODIERT:
DETECTIVE ZERFETZT

Dill überflog den im Kasten gesetzten Bericht und fand, daß er nicht viel enthielt, was er nicht schon wußte. Er faltete die Zeitung wieder zusammen und gab sie Laffter zurück. «Sie war achtundzwanzig, nicht siebenundzwanzig», sagte Dill.

«Mir hat man gesagt, siebenundzwanzig.»

«Sie hat heute Geburtstag. Heute wurde sie achtundzwanzig.»

«Oh.»

«Erzählen Sie mir was über Captain Colder.»

«Ihren Beinahe-Schwager.»

«Sie wissen also schon davon.»

Der alte Mann zuckte die Achseln. «Die beiden haben nicht gerade versucht, daraus ein Geheimnis zu machen.»

«Hatten sie schon ein Datum für die Hochzeit festgesetzt?»

In Laffters Blick blitzte kurz Interesse auf, und ebenso schnell war es wieder verflogen. «Er war noch nicht geschieden, also konnten sie sich nur zu ‹gesellschaftlichen Anlässen› sehen, wie man das in der guten alten Zeit auszudrücken pflegte, die so lange, lange her ist. Aber ich glaub nicht, daß sie schon die Haushaltsaufgaben verteilt hatten, jedenfalls nicht so, daß keiner mehr daran vorbeisehen konnte.» Erneut flackerte Interesse in den blassen Augen des alten Mannes auf, doch es erlosch schnell wieder. «Sie hat Ihnen nichts über Colder erzählt, oder?»

«Nein.»

«Na ja, sie wird ihre Gründe gehabt haben.»

«Und die wären?»

«Verdammt, wie soll ich das wissen, fragen Sie doch Colder selbst.»

«Er sagte mir, er hätte geglaubt, daß sie mir alles erzählt hätte.» Das war nun nicht gerade das, was Colder wirklich geäußert hatte, doch Dill war gespannt, wie der alte Mann darauf reagieren würde.

«Er nannte sie eine Lügnerin, wie?»

«In gewisser Weise ja.»

«Das war nicht gerade nett, aber wer gibt heutzutage schon was auf Nettigkeiten!»

Laffter stürzte seinen Martini hinunter und hielt Ausschau nach Harry dem Kellner. Dill nahm seinen noch unberührten Martini und schob ihn dem Alten hinüber. «Hier», sagte er, «ich hab noch nicht davon getrunken.»

«Gott, wenn ich etwas absolut nicht ausstehen kann, dann ist das ein kontrollierter Säufer.»

Laffter hob sein neues Glas und brachte einen komisch gemeinten Toast aus: «Auf unseren zählebigsten Mythos – den vom versoffenen Zeitungsmann.» Er nahm einen kräftigen Zug von seinem Drink, stellte ihn dann ab, zog ein Päckchen mit filterlosen Pall Mall hervor, bot es Dill an, der ablehnend den Kopf schüttelte, und zündete sich mit seinem neuen Zippo eine Zigarette an.

«Raten Sie mal, wie lange ich schon in diesem Geschäft bin», sagte der alte Mann.

«Hundert Jahre?»

«Am dritten September werden es fünfzig, bei Gott, genau ein halbes Jahrhundert. Ich war zweiundzwanzig, seit mehr als einem Jahr ohne Arbeit und längst runter vom College, als der alte Hartshorne mich für siebzehn Dollar fünfzig die Woche eingestellt hat – und damals bedeutete das noch eine Achtundvierzigstundenwoche. Ein Tag frei. Ich bekam den Dienstag. Wer will schon einen Dienstag, verdammt! Den gibt's übrigens auch noch, wissen Sie.»

«Wen?»

«Hartshorne.»

Dill schüttelte den Kopf. «Das kann doch nicht wahr sein.»

Der Alte grinste. Dill bemerkte, daß er nagelneue, blendendweiße Zähne im Mund hatte. «Der geht noch jeden Morgen zu Fuß zur Arbeit, immer noch mit seinen siebenundneunzig Jahren; wackelt die Grant hinunter bis zur Fifth und nimmt dann südlich die Kurve zum Our Jack, während der Cadillac mit Old Pete hinterherschleicht, seinem Chauffeur hinterm Steuer, der jetzt auch mindestens achtzig Jahre auf dem Buckel haben muß. Siebenundneunzig, und Hartshorne kommt pünktlich jeden Morgen um acht zur Arbeit. Darum bin ich auch noch immer da. Er spricht von mir noch immer als dem ‹jungen Laffter›.»

«Was ist denn mit Jimmy junior?»

«Das ist schon eine teuflische Sache, wie? Wenn man siebenundsechzig Jahre alt ist und einen jeder noch ‹Jimmy junior› nennt. Er ist Chefredakteur und Verlagsleiter, aber sein Alter ist noch immer Vorstandsvorsitzender und Herausgeber und besitzt zweiundsechzig Prozent der Aktien, so daß Sie zweimal raten dürfen, wer da das Sagen hat.»

Harry der Kellner kam an den Tisch und servierte die Krabbencocktails. Harry der Kellner, mit bürgerlichem Namen Harold Pond, war schwarz, vierzig Jahre alt und fett und hatte mit sechzehn seine Karriere im Presseclub als spilleriger Tellerwäscher angefangen. Er hatte sich selbst zu dem gemacht, was man getrost den vornehmsten Kellner der Stadt nennen konnte. Der Cherry Hills Golf & Country Club hatte mindestens ein dutzendmal versucht, ihn abzuwerben, doch Harry der Kellner hatte regelmäßig abgelehnt und war im Presseclub geblieben, wo er noch immer vorgab, alle Zeitungsleute zu verachten. Er machte ihre Erzeugnisse madig, mokierte sich über ihre dürftige Intelligenz und lästerte über ihre Großtuerei. Die Mitglieder hüteten ihn wie ihren Augapfel und wiederholten hingebungsvoll ihre Beleidigungen.

Nachdem er die Krabbencocktails vor Laffter aufgebaut hatte, begann Harry der Kellner ein Wortgeplänkel: «Friß nur diese Krabben, Alter, und zwischen zwei und drei Uhr früh stehst du dann wieder käsig auf der Matte und holst dir wie immer dein Gelusil. Ich hab ja schon einiges mitgemacht, aber einen alten Knacker wie dich zu erleben, mit soviel Grütze im Kopf, wie Gott sie nicht einmal einer Gans vorenthalten würde, und mit anzusehen, wie er Zeugs frißt und säuft, vor dem der Arzt gewarnt hat, daß es ihn umbringen wird! Demnächst bring ich dir wieder deinen Chili-Mac, den du hier sonst immer frißt, und nicht so ein prachtvolles Porterhouse-Steak, das du dir heute abend auf Kosten anderer reinziehst, und dann wirst du deinen Löffel reinstecken und es dir in dein großes häßliches Maul reinschaufeln und schlingen und schlucken, und dann werden deine Augen – so! – rausquellen, und dann wirste hochrot im Gesicht, sogar noch röter als jetzt von den Drinks, die du drinhast, und dann kippste tot hintenüber – und rat mal, wer dann alles aufwischen muß? Ich nämlich, kein anderer! Der Grieche sagt mir, du willst einen *französischen* Burgunder. Du verstehst nicht die Bohne von französischem Wein! Weißte was? Ich bring dir einen hübschen alten Napa Pinot noir, der für dich gerade das richtige ist.» Harry der Kellner wandte sich zu Dill. «Wie geht's, Ben? Sehr traurig, die Sache mit deiner Schwester, scheußliche Sache. Ich wollte dich vorhin schon darauf ansprechen, hatte aber keine Gelegenheit.»

«Danke, Harry», sagte Dill.

«Hau ab», sagte Laffter, «verpiß dich in die Küche, spuck in die Suppe oder was ihr sonst da treibt!»

«In die Suppe spucken!» sagte Harry der Kellner. «Allmächtiger, daran hätt ich nie im Traum gedacht. Ich muß gleich rüber und das den anderen Niggern erzählen.»

Nachdem er gegangen war, fragte Laffter: «Wie kommt's eigentlich, daß er Sie wie einen Weißen behandelt?»

«Harry und ich kennen uns schon lange.»

«Wie lange?»

«Fünfzehn, sechzehn Jahre etwa. Wir waren damals beide pleite und haben uns ausgeholfen, so gut es ging. Manchmal hat er mich auch nach Hause gefahren.»

«Warum?»

«Warum er mich nach Hause gefahren hat?»

Laffter nickte ganz interessiert.

«Nun, weil ich kein Auto hatte», sagte Dill.

«Oh», Laffter spießte eine der großen Golf-Krabben auf, tauchte sie in die Tabasco-Ketchup-Meerrettich-Soßenmischung, biß knackend eine Hälfte ab und kaute darauf herum. «Ihre Schwester ist bei der Polizei ziemlich schnell aufgestiegen», meinte er dann, auf den Resten der Krabbe herumknabbernd.

«Sie haben mir erzählt, sie wäre gut gewesen.»

Laffter zuckte die Achseln. «Sie war ganz in Ordnung. Wie ist sie denn überhaupt zu den Bullen gekommen?»

«Sie hatte die Wahl. Entweder das oder Französischunterricht an der Unterstufe der High-School für Halbwüchsige, denen an Französisch nicht viel liegt. Dann noch die Pension. Ihr gefiel die Vorstellung, mit zweiundvierzig oder dreiundvierzig in den Ruhestand zu gehen.»

«Es gefiel ihr bei der Mordkommission?»

«Sie sagte, es wäre besser als das Betrugsdezernat.»

Der alte Mann leckte sich Soße von den Fingern. «Ich hab vor etwa einem Jahr ein kleines Feature über sie gemacht – vielleicht war es auch ein bißchen mehr als das –, aber es wurde nie gebracht.»

«Warum?»

«Ich weiß nicht, es war ein hübscher, runder Artikel. Das neue weibliche Wunderkind bei der Mordkommission, eben so ein Schmus, der gut ankommt. Ich hab's gerade noch vermeiden können, sie den neuen Sherlock Holmes zu nennen, aber ich mußte schwer mit mir kämpfen. Sie hatte gerade ein paar Verhaftungen vorgenommen, eine davon sogar recht spektakulär, und ich dachte mir, sie wäre schon ein Feature wert, aber sie haben die Sache einfach sterben lassen.»

«Wer?»

«Ich stell keine Fragen mehr, ich frag nicht mehr danach, weil es mir Wurscht ist. Seit ungefähr 1945 mach ich mir darüber keine Gedanken mehr, nachdem sie mich von den glorreichen *Stars and Stripes* zurück nach New York verschifft haben.»

Dill ließ einige Zeit verstreichen, seufzte und fragte dann schließlich: «Was passiert in New York?»

Laffter hielt mit Essen inne und starrte auf einen Punkt

irgendwo über Dills linker Schulter. «Haben Sie schon mal von *PM* gehört?»

«Das war doch so ein New Yorker Infodienst mit leichter Schlagseite nach links, bis er dann den Bach runterging?»

Laffter nickte, und sein Blick konzentrierte sich wieder auf die Krabben. Er nahm eine mit den Fingern und biß sie in zwei Hälften. «Na na, damals in Frankreich ist mir Ralph Ingersoll über den Weg gelaufen, der das Ding praktisch gegründet hatte, dies Political Magazine, und der hatte etwas von meinem Zeug gesehen, das ich für *Stars and Stripes* geschrieben hatte, also arrangierte er für mich ein Treffen mit diesem Knaben von *PM*, als ich nach New York zurückkam. Ich war zum ersten Mal dort» – er legte eine Pause ein – «und auch zum letzten Mal.»

Der Alte wartete, daß Dill sich dazu äußerte. Nachdem fast eine volle Minute verstrichen war, sagte Dill: «Und?»

«Oh, der Bursche bot mir einen Job an, so ungefähr zum Dreifachen dessen, was ich hier verdienen konnte. Er sprach sogar von einer eigenen Kolumne, aber es blieb mehr oder weniger nur beim Vielleicht – ich meine, was diese ständige Rubrik anging. Na ja, ich ging in mein Hotel zurück und dachte darüber nach. Das war meine Chance in diesen großen Zeiten – so nannten wir sie damals, ‹große Zeiten›. Ich glaubte selbst nicht ganz daran, daß *PM* je der große Knüller werden würde, aber schließlich hätte ich abspringen und zu den *News* oder sogar zur *Times* gehen können. Ich hab damals ziemlich gute Sachen geschrieben. Na ja, ich hab mich dann bei dem Mann nie mehr gemeldet, statt dessen versuchte ich das nächste Flugzeug zu nehmen, aber es war ausgebucht, also stieg ich in den Zug – Lieferwagen, die ganze Strecke bis hierher.»

Der alte Mann brach wieder ab und wartete darauf, daß Dill etwas dazu sagte. Er will, daß ich ihn nach dem «Warum» frage, dachte Dill. «Chuckles», sagte er.

«Wie?»

«Vor fünfzehn Jahren, als ich die Geschichte zum ersten Mal gehört habe, wollte ich sie nicht so recht glauben. Damals, als ich dreiundzwanzig war und Sie niemanden mehr kannten außer mir, dem Sie die Geschichte noch erzählen konnten. Aber damals haben Sie angeblich mit einer blonden New Yorker Schauspielerin rumgemacht, die Sie angefleht hat, zu bleiben, und als Sie dann nicht wollten, drohte sie damit, sich entweder umzubringen oder nach Hollywood zu gehen. Womit sie eigentlich gedroht hat, weiß ich nicht mehr.»

Der alte Mann starrte eiskalt zu Dill hinüber. «Nie im Leben habe ich diese Geschichte jemandem erzählt.»

«Niemals was erzählt?» fragte Harry der Kellner, der mit zwei Steaks auf Zinntabletts an ihrem Tisch auftauchte. Elegant fegte er die Kelchgläser für die Krabbencocktails vom Tisch, setzte sie auf dem Nachbartisch ab und servierte schwungvoll die beiden großen Steaks. Laffter starrte hungrig auf seine Portion.

«*PM*, Ingersoll und die letzte Chance in New York», sagte Dill und langte nach Messer und Gabel.

«Ganz genau, die Nummer hab ich selbst schon zwei dutzendmal gehört. Hat er auch die blonde Schauspielerin mit eingebaut?»

«Nein, die hat er ausgelassen.»

«Das macht er in letzter Zeit oft. Aber vor vielleicht zwei oder drei Wochen hat er sich diese neue Kleine vom AP-Büro gekrallt, sie zu Tränen gerührt und dazu gebracht, daß sie ihm fast den ganzen Abend lang Drinks spendiert hat, während er von seiner blonden Schauspielerin und all dem anderen faselte.»

Laffter funkelte wütend Harry den Kellner an. «Du hast den Wein vergessen.»

«Ich vergeß niemals was», sagte Harry der Kellner, langte hinter sich, zauberte eine Flasche hervor, zog den Korken ab und goß ein paar Tropfen in Dills Glas, um ihn probieren zu lassen. Dill kostete und lächelte verklärt.

«Toller Stoff, wie?» sagte Harry und schenkte beide Gläser voll.

«Ja, umwerfend.»

Harry der Kellner überflog mit scharfem Blick den Tisch, nickte befriedigt und ging. Laffter säbelte ein Stück von seinem Steak, schob es in seinen Mund und sagte: «Mit dieser Geschichte habe ich mich schon oft für Speisen und Getränke freihalten lassen.» Er legte eine Pause ein, kaute genüßlich und schluckte. «Ich bin allerdings nie wieder nach New York zurückgegangen. Vielleicht hätt ich's tun sollen, was denken Sie?»

Diese Bitte um verspäteten guten Rat überraschte Dill. «Ich weiß auch nicht», sagte er unschlüssig, «vielleicht hätten Sie's tun sollen.»

Laffter nickte und bearbeitete wieder sein Steak, den Salat, den Spargel und die gebackene Kartoffeln, die er mit sechs Klümpchen Butter bestrich. Er redete erst wieder, als er mit allem fertig war. Die halbleere Flasche Wein hochhaltend, blickte er fragend zu Dill hinüber, der den Kopf schüttelte. Laffter goß den Rest der Flasche in sein Glas und trank. Er rülpste diskret, zündete sich eine Zigarette an und fläzte sich behaglich hin, beide Ellbogen auf den Tisch gestützt. Es war eine Haltung, die zu Vertraulichkeiten einlud, ja geradezu zum Austausch von Geheimnissen. Dill fragte sich, wie viele tausendmal der Alte wohl schon so dagesessen haben mochte.

«Okay», sagte Laffter, «was ist es, das Sie eigentlich wissen wollen?»

Dill starrte ihn eine Weile gedankenverloren an und machte sich dann wieder daran, die letzten Fetzen Fleisch vom Knochen seines Steaks abzuschneiden. Dill aß das pure Fleisch immer zuletzt. Aus irgendeinem Grund mißtraute er denen, die es nicht so hielten wie er. Seine Exfrau, so erinnerte er sich, hatte es immer zuerst gegessen. «Meine Schwester», sagte er, «wer hat sie Ihrer Ansicht nach umgebracht?»

«Sie fragen also nach dem geheimnisvollen Mann im Hintergrund, wie?»

«Richtig.»

«Jemand mit viel Geld.»

«Warum?»

Laffter blies genüßlich Rauch durch die Nase. «Diese Bombe, das war mit Sicherheit ein Profi: der C4-Plastiksprengstoff, der Quecksilberzünder – allererste Klasse. Das bedeutet wahrscheinlich, daß es jemand von außerhalb war, und das kostet immerhin viel Geld ... ergo, jemand, der sehr reich ist.»

«Okay», sagte Dill, «soviel zum ‹Wer›. Aber wie ist es mit dem ‹Warum›?»

«Soll ich raten?»

«Ja, sicher.»

«Sie hat irgend etwas herausgefunden, was dem, der den Bombenleger angeheuert hat, offenbar klargemacht haben muß, daß es mit seinem Reichtum ein Ende haben könnte.»

«Was?»

«Sie meinen, was sie wohl herausgefunden haben mag?»

Dill nickte.

«Nun, sie war schließlich bei der Mordkommission, also hat sie vielleicht herausgefunden, wer John getötet hat – natürlich unseren mysteriösen John.» Er legte eine

Pause ein. «Ich hab von dem Duplex und von dem Geld und allem anderen gehört. Ich hab's aber nicht verwendet, bisher jedenfalls nicht, aber vielleicht muß ich das wohl noch tun.»

«Sie glauben also, daß sie die Hand aufgehalten hat?» fragte Dill und schnetzelte den letzten Brocken Fleisch vom Knochen.

«Ich weiß nicht recht», sagte Laffter.

«Ich genausowenig – und immerhin war sie meine Schwester.» Dill schob das letzte Stückchen Steak in seinen Mund, kaute, schluckte und legte Messer und Gabel ordentlich zurück auf seinen Teller.

«Sie essen das Lendenstück immer zuletzt?» fragte Laffter.

«Immer.»

«Aha», sagte der Alte, «ich eß meins immer zuerst.»

7

Die Digitaluhr und die elektronische Temperaturmessung an der First National Bank zeigten um 23 Uhr und 12 Minuten genau 30 Grad Celsius an, als Dill die Lobby des Hawkins Hotel betrat, nachdem er seinen gemieteten Ford in der Tiefgarage abgestellt hatte. Die nicht mehr ganz junge Frau, die Dill für einen Dauergast hielt, saß noch immer in der Lobby und las ein Buch. Dill versuchte, den Titel zu lesen. Das tat er immer. Sie ertappte ihn dabei, senkte schnell das Buch und funkelte ihn an. Dill lächelte ihr zu. Zu spät! Der Titel auf dem Buchrükken lautete: *The Oxford Book of English Verse*.

Hinter dem Pult der Rezeption hatte ein neuer Bediensteter Stellung bezogen. Dill blieb kurz stehen, um nachzusehen, ob etwas in seinem Fach lag. Es war nichts drin, also lächelte er dem jungen Mann aufmunternd zu und ging zu der Reihe von vier Fahrstühlen hinüber. Er tippte auf den Rufknopf, schaute auf die Leuchttafel und stellte fest, daß die nächste abwärtsfahrende Kabine gerade im fünften Stock war. Er spürte eine leichte Berührung an der Schulter, und eine Männerstimme sagte: «Mr. Dill?»

Die Stimme war ein volltönender, abgrundtiefer Baß mit einem weichen «R» im «Mister». Als Dill sich umdrehte, entdeckte er, wie gut die Stimme zu ihrem Besitzer paßte, der so aussah, als brauchte er den Baß zur Ergänzung für seine gewaltige Statur: Er war riesig und breit wie ein Garagentor; außerdem war er extrem häßlich. Allmächtiger, dachte Bill, der ist sogar noch häßlicher als ich. Doch dann lächelte der Riesenkerl, und alle Häßlichkeit war verschwunden. Aber das stimmt auch nicht ganz, entschied Dill, er ist nach wie vor häßlich; doch dieses Lächeln ist so überwältigend, daß es einen blendet!

«Ich wette, daß Sie oft lächeln», sagte Dill.

Noch immer lächelnd, nickte der große Mann. «Immerzu. Wenn ich's nicht tue, werden erwachsene Männer bleich, und Kinder rennen vor mir davon.» Sein Lächeln verflog, er wurde wieder häßlich, und sein Ausdruck wirkte jetzt entweder hundsgemein oder extrem abgebrüht.

«Clay Corcoran», sagte der schwere Mann und blickte Dill erwartungsvoll ins Gesicht.

Dill schüttelte den Kopf. «Da klingelt bei mir nichts.»

«Das hätte ich eigentlich gehofft. Ich müßte dann nicht eigens erklären, wie lächerlich ich bin.»

«Lächerlich?»

«Abgelegte Liebhaber sind immer lächerlich. Genau

das bin ich. Clay Corcoran, der abgelegte Liebhaber. Vielleicht sogar ein Hahnrei, was sogar noch lächerlicher wäre, außer, daß ich mir nicht ganz sicher bin, wie man ein Hahnrei sein kann, wenn man unverheiratet ist.»

«Wir könnten es nachschlagen», sagte Dill.

«Es wird Ihnen inzwischen wohl aufgegangen sein, daß ich von Ihrer Schwester spreche.»

Dill nickte.

«Die Sache mit Felicity geht mir schwer an die Nieren», sagte Corcoran, «so verdammt schwer, daß ich völlig durch den Wind bin.» Und als wollte er es beweisen, rollte aus dem Winkel des linken Auges eine Träne die gebräunte Wange herab. Beide Augen waren grün, obwohl das linke mit kleinen gelben Pünktchen durchsetzt war. Es waren kleine Augen, ganz tiefliegend und viel zu weit von einer Nase versetzt, die aussah, als wäre sie von einem Stümper gerichtet worden. Der Kopf selbst war ein roh herausgehauener Klotz, der mit einem sich lichtenden Knäuel blonder Haare bedeckt war, die fast ganz weiß aussahen. Das Haar war so dünn und fein, daß es bei der kleinsten Bewegung der massigen Gestalt in sanfte Schwingungen versetzt wurde, sogar die Baßstimme ließ es leicht erzittern. Unterhalb des Haaransatzes waren knapp zweieinhalb Zentimeter Stirn zu sehen, deren tiefe Furchen sich nie wieder glätten würden, und weit unten saß ein Kinn, das an einen zerbrochenen Pflug erinnerte. Der Gesamteindruck konnte wohl den Tapfersten beunruhigen und den Furchtsamen zutiefst erschrecken, solange nicht dieses umwerfende, strahlende Lächeln aufleuchtete und alles mit seinem wärmenden, beglückenden Strahlen umfing.

Corcoran verfolgte tastend die Spur der vereinzelten Träne und wischte sich den Finger abwesend an seinem weißen, kurzärmeligen Leinenhemd ab, das seine mächtigen Schultern und die Brust bedeckte. «Na ja, ich wollte einfach mal vorbeikommen und mein Beileid aussprechen», sagte er.

«Danke», erwiderte Dill.

Der Riese zögerte. «Vermutlich ist es besser, wenn ich Sie jetzt allein lasse, damit Sie noch ein bißchen Schlaf bekommen.»

«Wollen Sie mir nicht von ihr erzählen?»

Als das Lächeln zurückkam, dachte Dill, daß er jetzt das richtige Wort dafür gefunden hätte; engelhaft. Der massige Kopf nickte eifrig und drehte sich auf dem Hals mit Kragenweite fünfundvierzig, als seine Augen wie suchend umhergingen. «Slush Pit hat noch offen», sagte Corcoran.

«Sehr schön.»

Sie machten sich auf den Weg zur Bar, und Corcoran sagte: «Das ist wirklich sehr nett von Ihnen, Mr. Dill.»

«Wie alt sind Sie?» fragte Dill.

«Dreißig.»

«Leute über dreißig nennen mich Ben.»

«Felicity war ... äh – zehn Jahre jünger als Sie. Siebenundzwanzig.»

«Achtundzwanzig», sagte Dill, «heute war ihr Geburtstag.»

«O Gott», sagte Corcoran, und das Lächeln verschwand.

Sie wählten denselben Tisch, an dem Dill früher am Tag mit der Anwältin Anna Maude Singe gesessen hatte. Er bestellte bei der Kellnerin einen Cognac. Corcoran bat um Bourbon und Wasser. Als sie ihn fragte, welche Marke er bevorzugte, sagte er, daß es ihm gleich wäre. Die Gleichgültigkeit des Riesen gefiel Dill.

Nachdem die Getränke gekommen waren und Dill den ersten Schluck genommen hatte, sagte er: «Wo haben Sie Felicity kennengelernt?»

«An der Universität. Ich war ein älteres Semester und sie ein Anfangssemester, und ich hatte da ein kleines Problem mit meinem Französisch 102, weil ich ein Jahr davor auf die Reservebank gegangen war und –»

«Reservebank?»

«Sie sind wohl kein Sportfan, wie?»

«Nein.»

«Ich war ein Jahr lang von der Uni beurlaubt, weil ich einen Kapselriß am Knie hatte, und dadurch, daß ich mich nur hab beurlauben lassen, konnt ich mir meine Spielberechtigung erhalten.»

«Um was zu spielen?»

«Football.»

«Nachdem das Knie geheilt war. Ich verstehe.»

«Also, mir fehlte ein Jahr zwischen meinem 101 in Französisch und dem 102, das ich für mein Abschlußexamen brauchte. Also fragte ich den Dekan der Romanisten, ob er mir einen Tutor empfehlen könnte. Er nannte mir Felicity. Wir sind damals ein paarmal miteinander ausgegangen, aber es war keine große Romanze. Nachdem ich mein Examen gemacht hatte, wurde ich von den Raiders angeworben und ging von dort weg.»

«*Dort* heißt wohl Oakland, richtig?»

«Damals Oakland, und danach L. A.»

«Wie, sind die denn woanders hin, oder –»

Corcoran verzog finster das Gesicht. Ganz gegen seinen Willen hätte Dill jetzt gern einen Rückzieher gemacht. Corcoran bemerkte es und lächelte. «Sie dürfen das nicht ernst nehmen, das ist einfach meine Berufsmiene, wenn ich erstaunte Entrüstung zeigen muß. Gibt's irgend etwas, was Sie am Football nicht mögen?»

«Ganz und gar nicht, es ist nur so, daß ich Mannschaftssportarten nicht allzu aufmerksam verfolge, wahrscheinlich, weil ich nie selbst mitgemischt habe.»

«Tatsächlich nie?» Corcoran schien beinahe schokkiert. «Nicht mal Baseball – Jugendliga B?»

«Nicht mal das. Wenn Leute stillschweigend darüber hinwegsehen oder die Augen zudrücken, kann man durchs Leben gehen, ohne jemals in einer Mannschaft gespielt zu haben.»

«Sie wollen mich ein bißchen verscheißern, wie?»

«Ein bißchen schon.»

Corcoran lächelte. «Macht nichts, das trauen sich nicht viele. Irgendwie mag ich das.»

«Sie haben also für Oakland gespielt.»

«Stimmt. Und als diesmal das Knie nicht mehr mitspielte, war es nicht nur ein Kapselriß, sondern das endgültige Aus und das Ende meiner Karriere als vielversprechender Verteidiger. Na ja, was mir blieb, war ein Titel in Philosophie, ein nagelneuer Pontiac GTO, zwei Anzüge und kein Beruf – es sei denn, ich wollte Philosoph sein, was ich aber keineswegs bin. Also schlich ich mich heimwärts und ging zu den Cops – und siehe da, Felicity war schon da, und dann fing es mit uns richtig an, und das war dann sehr, sehr schön. Also, eigentlich war es beinahe schon perfekt.»

«Und was kam dazwischen?»

Corcoran schnaubte: «Es war dieser Captain – wie heißt er noch? – Gene Colder, der dazwischenkam. Felicity und ich, na ja, wir sind miteinander gegangen –»

«Trafen sich also zu gesellschaftlichen Anlässen», ergänzte Dill, dem wieder die Redewendung des alten Polizeireporters eingefallen war.

«So kann man's auch nennen, aber es war noch viel, viel mehr zwischen uns. Wir hatten sogar schon überlegt, ob wir heiraten sollten – oder etwas ähnliches, was dem sehr nahe gekommen wäre.» Er sah Dill neugierig an. «Sie hat wirklich niemals von mir gesprochen?»

«Nein, kein einziges Mal. Soweit ich wußte, lebte sie wie eine Nonne. Ich hab sie nie ausgefragt, weil es mich schließlich nichts anging. Aus demselben Grund hat sie mich auch nie nach meinen Freundinnen gefragt, vermute ich. Aber in allem anderen haben wir uns sehr nahegestanden. Zumindest hab ich das immer geglaubt.»

«Sie hat viel von Ihnen gesprochen», sagte Corcoran.

Dill nickte. «Was ist dann also zwischen Ihnen beiden vorgefallen?»

«Das ist es ja gerade. Nichts ist passiert, es kam aus heiterem Himmel: Heute war alles noch großartig und aufregend, und am nächsten Tag war alles vorüber. Sie sagte, sie müßte mit mir reden, aber wir hatten damals in der Woche verschiedene Schichten, und sie hatte nie vor elf Uhr Schluß. Also trafen wir uns wieder da in dieser Bar, in die wir oft gegangen sind, und sie sagte: Tut mir leid, aber ich hab jemand anderen getroffen, und wir werden uns wohl nicht wiedersehen können. Na ja, ich saß erst mal minutenlang nur da und versuchte, den Schock und den Schmerz zu verarbeiten – und ich muß gestehen, es tat wirklich verdammt weh –, und dann fiel mir ein, daß ich irgend etwas sagen mußte, also fragte ich sie nur: Wer? Sie sagte, das wäre schließlich gar nicht wichtig, und ich sagte dann, daß es für mich aber sehr wichtig wäre. Sie schüttelte nur den Kopf, als täte ihr das Ganze wirklich aufrichtig leid. Na ja, ich saß dann herum wie ein Trottel, und mir fiel nichts ein, was ich noch sagen könnte. Sie stand auf, beugte sich zu mir rüber und küßte mich auf die Stirn – Gott, tatsächlich auf die Stirn! – und sagte: Ich danke dir, Clay. Dann ging sie, und das war dann auch schon das Ende.»

«Wann ist das alles passiert?» fragte Dill.

«Sechs Minuten vor zwölf, am zwölften Februar vor genau eineinhalb Jahren. Es war ein Freitag.»

«Sie war also damals schon bei der Mordkommission.»

«Ja, seit zwei oder drei Monaten; vom Betrugsdezernat dahin versetzt.»

«Und Sie haben aufgegeben?»

Corcoran schüttelte verneinend den Kopf. «Ich hab mich besoffen und dann versucht, sie noch einmal zu sehen, aber ich hab alles verpatzt. Dann hab ich sie noch dreimal angerufen. Beim ersten Mal sagte sie: Tut mir leid, Clay, ich hab dir nichts zu sagen, und legte auf. Als ich sie das zweite Mal anrief, sagte ich: Hey, ich bin's, und sie sagte: Ruf mich bitte nicht mehr an, und legte auf. Das dritte Mal, als ich sie anrief und sagte: Ich bin's, hat sie überhaupt nicht mehr geantwortet, sie hat bloß noch aufgelegt. Ich hab sie dann nicht mehr angerufen.»

«Kann ich Ihnen nicht verdenken. Waren Sie mit ihr zusammen im Betrugsdezernat?»

«Wir haben nie zusammengearbeitet oder dergleichen. Sie wurde sehr oft bei verdeckten Operationen eingesetzt, solange sie im Betrugsdezernat gewesen ist. Ich machte Öffentlichkeitsarbeit, und so ziemlich alles, was ich zu tun hatte, war, herumzulaufen und mit Schulkindern zu reden – mit den ganz kleinen, wohlgemerkt – darüber, was für nette, wunderbare Leute wir Polizisten sind. Ich hatte mir für diese Geschichte einen Farbdia-Vortrag ausgearbeitet. Die Stelle für Öffentlichkeitsarbeit kalkulierte so: Wenn die Kids es schaffen, sich an *mich* zu gewöhnen, werden sie mit normal aussehenden Cops nie Zoff haben. Irgendwie gefiel mir das ganz gut. Aber dann sah ich Felicity immer öfter mit Captain Colder, und das konnt' ich nicht ertragen, also hab ich gekündigt.»

«Und was machen Sie jetzt?»

«Ich jage anderen Leuten Angst ein.» Corcoran setzte seine finstere Miene auf, und wieder spürte Dill den

Wunsch, sich ganz klein zu machen. Der bullige Mann lächelte und kicherte ein bißchen. «Was ich im Augenblick mache, ist fast so lächerlich, wie ein Hahnrei zu sein. Ich bin Privatdetektiv, und Sie werden sich zu Recht fragen, wie zum Teufel es jemand mit meiner Statur wohl schafft, privat zu bleiben.»

«Ich wollte tatsächlich gerade nach oben gehen und darüber nachdenken.»

«Nun ja, also, ich arbeite häufig als Leibwächter, meistens für Ölgesellschaften, die da ein Bein hineinbekommen wollen, wo die Politiker ein bißchen unangenehm sind – Angola, Indonesien, Länder wie diese eben.»

«Sie fahren dort selbst hin?»

«Nein, sie setzen mich dann ein, wenn diese Leute hier rüberkommen, und mein Job besteht dann darin, sicherzustellen, daß keiner unserer hausgemachten Irren ihnen zu nahe kommt. Sie beschäftigen mich auf Abruf – die Ölgesellschaften –, und damit bestreite ich das Notwendigste zum Leben, was, wohlgemerkt, mit Ausnahme der Telefonrechnung gar nicht mal soviel ist. Als jemand, der Leute einschüchtert, muß ich viel am Telefon erledigen.»

«Wen schüchtern Sie denn ein?»

«Kaputte Typen. Nehmen wir an, irgendein Bursche drüben in Packingtown verliert seinen Job und kommt mit seinen Abzahlungen fürs Auto in Verzug. Na, er ist doch ein kaputter Typ, oder etwa nicht? Einige Leute würden jetzt wohl sagen, er ist das Opfer eines überholten ökonomischen Systems, das Menschen genauso auf den Müll wirft, wie es alte Autos verschrottet; aber Sie und ich, wir wissen es schließlich besser, nicht wahr? Sie und ich wissen, daß jeder in diesem, unserem großartigen und ruhmreichen Land sich aufmachen und selbst einen Job finden kann, sofern er nur ein sauberes weißes Hemd anzieht und sich richtig umsieht. Ich meine, so ein Prachtbursche von vierundfünfzig Jahren, der draußen in Pakkingtown siebzehn Jahre lang für Wilsons Frühstücksschinken verpackt und eingeschweißt hat und jetzt freigesetzt wird. Nun, es müßte doch mit dem Teufel zugehen, wenn der nicht hergehen und irgendwo anders Schinken verpacken könnte! Ich würde ihn sofort einstellen, wenn ich gut verpackten Schinken brauchte. Sie nicht auch? Na klar würden Sie das.

Also, dieser Bursche, dieser hochqualifizierte Exschinkenpacker, gerät mit den Abzahlungen für sein Auto in Rückstand, und die Kreditabteilung überläßt ihn mir. Und wenn dann sein Telefon noch nicht abgestellt ist, rufe ich ihn an und sage mit meiner echt tiefen, furchterregenden Stimme: Hör mal, mein Name ist Corcoran, mein Lieber, und du schuldest uns Geld. Und falls du nicht zahlst, werden wir irgend etwas unternehmen müssen – hast du verstanden? Ich bin in meiner Nummer als Angstmacher wirklich ziemlich gut. Na ja, und manchmal bezahlt der Bursche dann auch – ich weiß zwar nicht, wie, aber das soll nicht meine Sorge sein. Tut er's nicht, na ja, dann schnapp ich mir einen dieser Bengel, die sich ihren Lebensunterhalt damit verdienen, Autos zu knakken, und wir gehen los und stellen den Wagen sicher, so daß der Kerl jetzt den Bus nehmen kann, wenn er sich auf die Socken macht, um sich nach einem Job als Schinkenpacker umzusehen.» Corcoran legte eine Pause ein. «Wie ich schon sagte, ich bin ein bißchen lächerlich.» Das Schweigen, in das er darauf verfiel, dauerte noch etwas länger. «Ich glaube, ich brauche noch einen Drink.»

Ein kurzer Blick über die Schulter genügte, und schon eilte die Kellnerin zu Corcoran. Nachdem sie mit der Bestellung abgezogen war, sagte er: «Es gibt Tage, an denen ich losgehen und einfach irgendwas kaputtschlagen möchte. Verstehen Sie, was ich meine?»

Dill nickte. «Ich denke schon.» Er schlürfte bedächtig seinen Cognac. «Der Gottesdienst soll Samstag um zehn Uhr in der Trinity Baptist Church stattfinden.»

«Warum gerade da? Felicity war eine echte Atheistin, die sich kein X für ein U vormachen ließ.»

«Nach dem, was ich von ihr gehört habe», sagte Dill, «war sie so was wie eine gutartige Agnostikerin.»

«Das war vor ihrer Zeit in der Mordkommission. Nachdem sie zwei- oder dreimal Samstagnacht auf dem South Broadway gewesen war, gab's bei ihr einen ganz plötzlichen Knick in ihrem wohlmeinenden Vertrauen in das Gute im Menschen. Und es war ein gründlicher Bruch. Wir waren damals noch zusammen. Ich erinnere mich noch, wie sie mich einmal Sonntagmorgen gegen sechs Uhr anrief. Ich sagte ‹hallo›, und sie brachte nur heraus: ‹Es gibt keinen Gott.› Dann legte sie auf. Ich fand dann später heraus, daß irgendein Kerl gerade seine ganze Familie mit einem Pfadfinderbeil ausgelöscht hatte. Es waren sechs, die Frau nicht mitgerechnet. Sechs Kinder, meine ich. Das älteste war acht. Felicity war die erste, die aus der Tür gestürzt kam.»

«Sie schicken mir einen Wagen», sagte Dill. «Wollen Sie mit mir mitfahren?»

Der schwarze Mann mußte mindestens fünfzehn Sekunden darüber nachdenken, bis er dann verneinend den Kopf schüttelte. «Ich will nicht pietätlos sein – verdammt, das ist nicht das richtige Wort. Gleichgültigkeit, das trifft es eher. Ich bin nicht gleichgültig, aber ich möchte nicht auf Felicitys Beerdigung gehen. Beerdigungen haben so etwas schrecklich Endgültiges, und mir ist einfach nicht nach Abschiednehmen. Aber danke, daß Sie mich gefragt haben.»

«Gibt's noch jemanden, den ich fragen könnte – eine Person, die ihr nahestand?»

Corcoran überlegte. «Nun ja, Sie könnten Smokey fragen.»

«Wer ist Smokey?»

«Anna Maude Singe – zündeln, brennen, schwelen –, Smokey eben. Felicitys Anwältin. Meine übrigens auch. Sie waren eng befreundet. Es war Smokey, die mir erzählt hat, daß Sie hier sind.»

«Sie haben sie heute gesprochen?»

Corcoran nickte.

«Hat sie Ihnen auch von der Zweihundertfünfzigtausend-Dollar-Lebensversicherungspolice erzählt, die Felicity abgeschlossen hat und die mich als den einzigen Begünstigten nennt?»

«Nein, wann?»

«Warten Sie, wann hat sie die abgeschlossen?» sagte Dill nachdenklich. «Das war vor drei Wochen.»

«Smokey hat mir nichts davon erzählt.» Der Gesichtsausdruck des großen Mannes wurde nachdenklich, während er auf seinen Drink starrte. Als er aufblickte, erkannte Dill, daß sich etwas an seinen ungleichen grünen Augen verändert hatte. Vorhin noch waren sie ihm zu klein, zu tiefliegend und zu weit auseinanderstehend erschienen, aber dennoch klug. Noch immer stimmte vieles an ihnen nicht, doch jetzt waren sie mehr als klug. Gerissenheit lag darin, vielleicht sogar messerscharfer, brillanter Verstand. Er versucht, ihn hinter dem massigen Körper und seiner abgrundtiefen Häßlichkeit zu verstecken, dachte Dill, aber hin und wieder bricht er durch. «Es gab keinen Grund für Smokey, das zu tun, oder?» fragte Corcoran. «Es mir zu erzählen, meine ich.»

«Ich wüßte keinen.»

«Aber es bedeutet doch, daß Felicity Bescheid gewußt hat, oder nicht?»

«Bescheid wußte?»

«Daß jemand sie umbringen würde.»

«Den Verdacht hatte.»

«Richtig, den Verdacht hatte. Wäre sie ihrer Sache sicher gewesen, hätte sie etwas unternommen.»

«Was denn?»

Corcoran lächelte, doch es war nur ein ganz kleines Lächeln, das ihn nur traurig aussehen ließ. «Sie war schließlich ein Cop. Es gab eine Menge Dinge, die sie hätte tun können, und sie kannte sie alle.»

«Solange sie nicht irgend etwas gemacht hat, was ein Cop nicht tun dürfte.»

Diesmal war die grimmige Miene nicht nur aufgesetzt. Corcoran lehnte sich über den Tisch, die grünen Augen voll Wut, der Ausdruck in seinem Gesicht nun wirklich schreckenerregend. Dill blieb ganz ruhig sitzen und war entschlossen, diesmal nicht zurückzuweichen. «Sie sind ihr Bruder», sagte Corcoran, wobei er die Worte fast flüsternd herausbrachte, was sie irgendwie noch bedrohlicher machte. «Wenn Sie nicht ihr Bruder wären und so etwas geäußert hätten, müßte ich Ihnen Ihren verdammten Kopf abreißen. Sie sollten mir besser eine zufriedenstellende Erklärung geben.»

«Lassen Sie mich Ihnen eine Geschichte erzählen», sagte Dill. «Sie handelt von einem einstöckigen Klinkerhaus, einer Anzahlung in bar und einem fälligen Wechsel über fünfzigtausend Dollar, die am nächsten Ersten hinzulegen sind.»

Corcoran, dessen Miene noch immer mißtrauisch war, lehnte sich in seinem Stuhl zurück. «Na gut», sagte er, «erzählen Sie.»

Dill brauchte zehn Minuten, um ihm mitzuteilen, was er wußte. Als er geendet hatte, blieb Corcoran eine Weile stumm, schließlich seufzte er und sagte: «Das klingt wohl nicht so gut, wie?»

«Nein.»

«Vielleicht gehe ich der Sache besser ein bißchen auf den Grund. Wissen Sie, ich bin tatsächlich ein ganz guter Schnüffler. Das ist wie ein Forschungsauftrag. Ich hatte schon immer viel für Forschung übrig. Irgendwelche Einwände, wenn ich mich der Sache annehme?»

«Es kommt mir eigentlich gar nicht so darauf an, was sie gemacht hat», sagte Dill, «ich will nur herausfinden, wer sie getötet hat.»

«Und warum»

«Richtig», sagte Dill, «und warum.»

8

Am Freitag, dem fünften August, wachte Dill kurz nach sieben auf, stand auf und ging ans Fenster. Neun Stockwerke tiefer konnte er gerade noch die Zeit- und Temperaturangabe an der First National Bank erkennen. Es war genau sieben Uhr und sechs Minuten, die Temperatur betrug genau 31 Grad Celsius. Während er noch hinsah, sprang die Anzeige auf 32 Grad. Dill stöhnte auf, wandte sich vom Fenster ab und ging zum Telefon. Er wählte den Zimmerdienst und bestellte ein Frühstück, das er sonst selten aß. Er bestellte zwei pochierte Eier auf Weizentoast, Schinken und Kaffee.

«Welcher Saft?» fragte die Simme einer Frau.

«Danke, kein Saft.»

«Der Saft ist im Frühstück inbegriffen.»

«Ich möchte keinen, danke.»

«Gewärmtes Schwarzbrot oder Waffeln?»

«Nein, weder noch.»
«Die sind auch im Preis mit drin.»
«Ich muß passen.»
«Na ja», meinte die Frau widerwillig, «okay.»

Während Dill auf sein Frühstück wartete, duschte er und rasierte sich. Weil er sonst nur noch den dunkelblauen Anzug zur Beerdigung bei sich hatte, zog er wieder seine graue Seeszucker-Jacke und die leichten dunkelgrauen Hosen an. Er konnte feststellen, daß die von der Klimaanlage angesaugte Luftfeuchtigkeit über Nacht fast sämtliche Knitterfalten aus seinen Hosen gebügelt hatte. Als er sich angezogen hatte, ging Dill zur Tür, öffnete sie und holte ein Exemplar der Lokalausgabe der *Tribune* herein, die durch die Verkaufsanzeigen für das Wochenende auf einen beträchtlichen Umfang angeschwollen war. Er zählte vier Sparten und einhundertsechs Seiten.

Die *Tribune* hatte immer (und immer bedeutete für Dill die Zeit, an die er die ersten Leseerinnerungen hatte, also ungefähr das Jahr 1949 oder 1950) dreiviertel ihrer Titelseite Lokalnachrichten und Ereignissen aus dem Bundesstaat vorbehalten. Nationale Meldungen und Auslandsnachrichten stritten sich um den Rest. Morde, Verbrechen aus Leidenschaft, interessante Tätlichkeiten und andere gepfefferte Meldungen, die man für keine geeignete Frühstückslektüre hielt, waren auf Seite drei verbannt. Dill blätterte zu Seite drei und stellte fest, daß der Mord an seiner Schwester noch immer die Spalte rechts oben füllte.

Dill ging den Rest der Zeitung durch und bemerkte auf den Seiten fünf und neun eine Reihe von Agenturnachrichten, denen zwei Absätze gewidmet waren und die sowohl in der *New York Times* als auch in der *Washington Post* auf die Titelseiten gekommen wären. Er hielt sich bei der Kommentarseite der *Tribune* auf, um zu sehen, was sich wohl verändert haben mochte, und entdeckte zu seiner perversen Genugtuung, daß alles noch beim alten war. Sie waren noch alle vollzählig da: Buckley, Kilpatrick, Will, Evans und Novak – wie irgendeine alte Anwaltskanzlei, die für immer und ewig ihren hoffnungslosen Fall vor den Schranken der Geschichte vorträgt.

Als er die Seiten durchblätterte, bemerkte Dill, daß die *Tribune* keinen Gesellschaftsteil mehr enthielt – zumindest wurde er nicht mehr so genannt. Statt dessen hieß er jetzt Lokales – aber es bedeutete noch immer sechs Seiten voller Berichte über Partys, Hochzeiten, Verlobungen, Kochrezepte und Ann Landers. Dill befand, daß die Tribune im ganzen gesehen noch immer dasselbe vergammelte Käseblatt der Mittelschicht war wie seit alters her.

Es klopfte an der Tür, und Dill ließ den Zimmerkellner ein, der das Frühstückstablett auf den Schreibtisch stellte und lächelte, als Dill ihm zwei Dollar anstatt des üblichen einen Dollars Trinkgeld gab. Dill trödelte bis neun Uhr mit dem Frühstück herum, trank Kaffee aus der bauchigen, silbernen Thermoskanne und füllte sich weiter daraus nach, nachdem der Kaffee schon kalt geworden war. Um neun Uhr stand er auf, ging zu seinem Koffer hinüber, nahm die Jake-Spivey-Akte heraus, die ihm von Betty Mae Marker ausgehändigt worden war, öffnete sie, notierte sich eine Telefonnummer, ging zurück zum Schreibtisch und wählte die Nummer am Telefon. Auf das dritte Klingeln wurde sein Anruf von einer weiblichen Stimme beantwortet, die sich nur mit den letzten vier Ziffern der Telefonnummer meldete. Dill hatte diese Gewohnheit schon immer sehr irritierend gefunden.

«Mr. Spivey, bitte.»

«Mr. Spivey ist im Augenblick nicht erreichbar. Doch wenn Sie bitte Ihren Namen und Ihre Telefonnummer hinterlassen wollen, wird er Sie gewiß zurückrufen.» Es war eine junge Stimme, dachte Dill, kühl und geschäftsmäßig, mit dem schwachen Anflug eines Oststaatenakzents, irgendwo aus der Gegend von Massachusetts.

«Würden Sie mir bitte einen Gefallen tun», sagte Dill.

«Ich will's versuchen.»

«Würden Sie bitte Mr. Spivey ausrichten, daß Mr. Dill am Apparat ist und daß er, falls er nicht augenblicklich ans Telefon kommt, der jämmerlichste und unglücklichste Hundesohn sein wird, der je gelebt hat.»

Die Frau erwiderte darauf nichts. Es klang in der Leitung so, als hätte sie den Durchstellknopf gedrückt. Und dann kam die runde, laute Stimme mit fröhlichem Gedröhn über das Telefon: «Tatsächlich du, Pickle, kein Scheiß?»

«In der vierten Klasse hab ich dir den Arsch dafür versohlt, weil du mich so genannt hast, und ich vermute, daß ich dasselbe noch einmal tun könnte.»

Dann ertönte das Lachen, ein wundervoll tönendes «Hurra!», so ansteckend, daß Dill sofort dafür gestimmt hätte, es unter Quarantäne zu stellen. Es war das völlig ungehemmte Lachen eines Mannes, der das Leben für eine viel zu kurze, steile Piste hielt, überwölbt von ewig blauen Himmeln und Regenbogen, für ein rauschendes Gelage, bei dem es allerdings auch darauf ankam, in der Jagd nach Glück die Nase vorn zu behalten. Das schmetternde Hurra gehörte John Jakob Spivey. Ganz plötzlich brach sein Lachen ab. «Ich hab gestern keine Nachrichten gesehen, Pick. Wurde es gebracht?»

«Ich weiß nicht», sagte Dill.

«Ich habe es erst vor fünf Minuten in der *Tribune* gelesen. Ich war wie vor den Kopf geschlagen. Bei Gott, ja, ich saß einfach da und las es noch mal, und dann dachte ich nein, die müssen von jemand anderem reden, aber doch nicht von Felicity! Dann las ich noch mal, langsam und gründlich, und dann mußte ich es ja wohl glauben. Ich war gerade dabei, dich in Washington anzurufen, als dein Anruf kam. Verdammt, tut mir das leid!»

Dill sagte: «Danke.» Das war alles, was er darauf erwidern konnte. Offenbar erwartete nie jemand, daß er etwas anderes sagen würde.

«Felicity», sagte Spivey gedehnt und betonte sorgfältig und gefühlvoll jede einzelne Silbe. «Der kleine Querkopf. Sie war ein unabhängiger kleiner Racker, sogar damals schon, als sie noch wirklich klein war, unmittelbar nachdem eure Eltern gestorben waren. Sie war gerade mal zehn oder elf Jahre alt, und von heute auf morgen benahm sie sich plötzlich, als wäre sie achtzehn, na ja, oder jedenfalls sechzehn.» Spivey seufzte. «Wo bist du untergekommen, Junge?»

«Im Hawkins.»

«Aber nicht doch, Pick, da kann man doch nicht absteigen!»

«Ich schon.»

«Das sieht dir ähnlich. Seit wann bist du da?»

«Seit gestern abend», log Dill, «spät.»

«Wie schnell kannst du hier zu mir herauskommen?»

«Nun, ich weiß nicht recht, Jake, ich –»

Spivey unterbrach ihn. «Laß mich raten. Eigentlich ist es ja keine bloße Vermutung, oder das sollte es besser nicht sein, nimmt man all das viele Geld, das ich diesen dämlichen Anwälten zahlen muß. Du bist geschäftlich für den Baby-Senator hier, stimmt's? Verdammt, das sieht dir wieder mal ähnlich, Pick, das Geschäftliche mit deiner Trauer zu verbinden. Na ja, das können wir uns ja bis später aufheben. Gerade jetzt solltest du mit Freunden zusammensein, und du hast hier ja wohl keinen älteren Freund als mich, stimmt's? Keinen älteren und auch keinen besseren, wenn ich mal so sagen darf.»

«Du bist ein Juwel, Jake.»

«Komm mir bloß nicht mit diesen Oldtimer-Ausdrükken. Juwel! Seit zwanzig Jahren habe ich das niemanden mehr sagen hören, vielleicht sogar seit dreißig Jahren, vielleicht sogar noch nie. Aber immerhin ist mir ja auch noch nie jemand untergekommen, ob nun schwarz oder weiß, von dem ich gehört habe, daß er jemandem den Namen *Toots* angehängt hat. Du hast damals Lila Lee Cady so genannt. Wann war das noch – in der elften Klasse vielleicht? Du erinnerst dich doch noch an Lila Lee?»

«Ich erinnere mich.»

«Sie ist so fett geworden wie Schweinchen Dick. Ich sah sie vorletzte Woche über die Straße gehen, sie watschelte – du weißt, was ich meine. Ich habe mich weggedreht, damit sie mich nicht erkennt.» Da war es wieder, sein Lachen, und dann fragte er: «Soll ich dich abholen lassen?»

«Ich hab einen Wagen gemietet.»

«Wie schnell schaffst du es hierher?»

«Ich weiß doch noch nicht mal, wo du bist, Jake. Alles, was ich habe, ist deine Telefonnummer und die Nummer eines Postfachs.»

«Mein Gott, ja, wir haben uns aus den Augen verloren. Na ja, immerhin muß ich dir nicht erst den Weg beschreiben. Kannst du dir vorstellen, was ich gemacht habe?»

«Nicht die leiseste Ahnung.»

«Vor ungefähr sechs Monaten bin ich losgezogen und habe den alten Kasten von Dawson gekauft.»

«Allmächtiger!»

«Das ist was, wie? Der kleine alte Jake Spivey, und der lebt jetzt in Ace Dawsons Haus.»

«Das Herrenhaus von Dawson», sagte Dill träumerisch.

«Ja, stimmt genau – so wurde es immer in der *Tribune* genannt oder? Das Herrenhaus von Dawson. In dem verdammten alten Kasten gab es Termiten. Kannst du dir das vorstellen? Hat mich ein Vermögen gekostet, das Ding wieder bewohnbar zu machen.»

«Du kannst es dir leisten, Jake – und es genießen. Ich kann mir niemanden vorstellen, der es mehr genießen würde.»

Spivey stimmte wieder sein mitreißendes Lachen an. Dill lächelte, er mußte einfach. Noch immer vor sich hin glucksend, sagte Spivey: «Es hat sechsunddreißig Zimmer, wirklich und wahrhaftig: Sechsunddreißig. Was zum Teufel soll ich denn bloß mit sechsunddreißig Zimmern anfangen?»

«Du kannst dich in ihnen verstecken.»

«Du meinst, wenn sie kommen und nach mir suchen?»

«Klar.»

«Das wird niemals passieren.»

«Hoffen wir's», sagte Dill.

«Also, wie lange brauchst du, um hier herauszukommen?»

«Eine Stunde etwa. Ich muß unterwegs noch mal halten und mir etwas besorgen.»

«Und was?»

«Ein Tonbandgerät.»

«Das wirst du nicht brauchen», sagte Spivey. «Du kannst eines von meinen benutzen. Ich hab ein gutes Dutzend Bandgeräte.»

«Na schön», sagte Dill, «also benutzen wir eins von deinen.»

9

Im Jahre 1915, zwei Jahre vor dem Eintritt der USA in den Ersten Weltkrieg, kaufte ein wohlhabender Zahnarzt namens Dr. Mortimer Cherry sieben zusammenhängende Stücke Brachland zehn Kilometer nördlich der Stadtgrenze und machte sich daran, den Grundstein für das zu legen, was dann schließlich zum exklusivsten Vorort im ganzen Bundesstaat wurde. Er nannte ihn Cherry Hills.

Es sollte, so entschied Dr. Cherry, keine schnurgeraden Straßen geben – nur sanft geschwungene Wege, winklige Gäßchen und vielleicht zwei oder drei ausladende Boulevards. Außerdem sollten alle Straßennamen etwas dezidiert Englisches haben: Drury Lane, Sloane Way, Chelsea Drive usw. Die minimale Grundstücksfläche – für diejenigen, die man allenfalls wohlhabend nennen konnte – sollte dreiunddreißig Meter breit sein und fünfzig Meter tief. Die wirklich Reichen durften sich Grundstücke mit einer Fläche zwischen vier und sieben Hektar zulegen.

Bereits 1917 waren die Parzellen erschlossen, die Straßenführung festgelegt und das Gefälle begradigt, als das Land in den Krieg eintrat. Dr. Cherry faßte den weisen Entschluß, die weitere Entwicklung bis nach Kriegsende aufzuschieben.

In der ersten Februarwoche 1919 brachte die *Tribune* eine Titelgeschichte, in der enthüllt wurde, daß Dr. Cherry von Geburt hebräischen Glaubens wäre und unter seinem richtigen Namen Mordecai Cherowski entweder in Polen oder in der Ukraine das Licht der Welt erblickt hätte. Genauere Angaben hinsichtlich seiner Herkunft vermochte die *Tribune* nicht beizubringen, doch immerhin gelang es ihr, fast jedermann davon zu überzeugen, daß Dr. Cherry gar kein richtiger Zahnarzt wäre. Allerdings, so räumte die *Tribune* ein, hätte er in Texas wohl eine Menge Zähne gezogen, doch gehe das zurück auf seine Zeit als Kalfaktor auf der Krankenstation des Huntsville State Prison, wo er zwei Jahre Gefängnis wegen Betruges abgesessen hätte. 1909 entlassen, hätte Dr. Cherry dann seinen Namen geändert und wäre hierher in die Stadt gezogen, wo er seine Praxis eröffnete. Seine Approbation bestünde aus einem Diplom von einer zahntechnischen Fachhochschule in Wichita Falls, das stolz sein Wartezimmer zierte. Seine Praxis blühte auf, und es herrschte einhellig die Meinung, daß er ein verflixt guter Zahnarzt wäre. Die *Tribune* bezeichnete das Diplom als Fälschung. Am ersten März 1919 fuhr Dr. Cherry von seiner nun nicht mehr existierenden Praxis nach Hause, verriegelte hinter sich die Tür des Badezimmers und schoß sich eine Kugel in den Kopf. Er war neunundvierzig Jahre alt gewesen.

Im Spätsommer 1919 wurde das Erschließungsgelände mit Namen Cherry Hills zu einem Spottpreis von dem Ölmillionär Phillip K. «Ace» Dawson erworben, einem ehemaligen Schnapsschmuggler und Berufsspieler aus Beaumont, der einst selbst sechs Monate in Huntsville abgerissen hatte. Ace Dawson hielt zwei Drittel der Anteile an diesem Entwicklungsprojekt, das restliche Drittel gehörte seinem stillen Teilhaber James B. Hartshorne, dem neunundzwanzigjährigen Chefredakteur und Herausgeber der *Tribune*.

Um 1920 waren die Straßen von Cherry Hills gepflastert, die Versorgungsleitungen verlegt, der Bau des Cherry Hills Golf and Country Club näherte sich seiner Vollendung, und Ace Dawsons Herrenhaus im Tudorstil mit seinen sechsunddreißig Zimmern erhob sich inmitten von sieben Hektar jungfräulichen Landes, wo früher nur Schwarzeichen und *bois d'arc* gestanden hatten. Ace

Dawson lebte bis Heiligabend 1934 in dem Haus, als er von dem Zwillingspaar Dan und Mary Jo McNichols gekidnappt wurde, die fünfzigtausend Dollar Lösegeld verlangten, es auch bekamen und Ace Dawson dann neunmal in den Rücken schossen. Dan und Mary Jo wurden am dritten Juni 1935 selbst von Texas Rangers in Galveston erschossen, kurz nach dem fünfundzwanzigsten Geburtstag der Zwillinge und lange nachdem sie das ganze Geld ausgegeben hatten.

Die Witwe Dawson ließ eine drei Meter fünfzig hohe Umfassungsmauer aus Ziegeln um das gesamte Grundstück ziehen, nachdem der Leichnam ihres Mannes außerhalb von Liberal, Kansas, auf dem Rücksitz einer verlassenen Essex Super Six Limousine, Baujahr 1929, gefunden worden war. Sie und ihr siebzehnjähriger Sohn Ace junior lebten nur mit den Dienstboten zusammen allein in ihrem Haus. Sie starb 1973 im Alter von fünfundachtzig Jahren und hinterließ alles, einschließlich des Herrenhauses mit seinen sechsunddreißig Zimmern, Ace junior, der sich schon vor langer Zeit nach Marin County in Kalifornien abgesetzt hatte. Ace junior hatte jahrelang erfolglos versucht, seine alte Heimstatt abzustoßen, bis dann eines Tages Jake Spivey auftauchte und es ihm zu einem ungenannten Preis abkaufte, von dem die einen behaupteten, er hätte unter zwei Millionen gelegen, und andere meinten, es wäre höher gewesen, weitaus höher.

Dill kannte fast die gesamte Geschichte von Cherry Hills, vom Selbstmord des Zahnarztes und von Ace Dawson und das Übrige. Sie war ein fester Bestandteil der heimatlichen Folklore, mit der er aufgewachsen war. Einiges davon ging ihm sogar wieder durch den Kopf, während er über den Lee Boulevard nordwärts fuhr. Der Lee, TR und Grand Boulevard waren die drei gewundenen Ausfallstraßen, die das langweilige Gittermuster der Stadt durchbrachen. Als er fast automatisch dahinfuhr, ohne nachdenken zu müssen, welche Richtung er zu nehmen hatte, versuchte Dill sich zu erinnern, ob er jemals gehört hatte, wie jemand sein Mitgefühl für den vom Schicksal geschlagenen Dr. Cherry ausgesprochen hätte. Ihm war so, als hätte sein Vater das einmal fast beiläufig getan, doch schließlich war Dills Vater auch eine sentimentale Seele gewesen, der seine Alltagsphilosophie trotz seiner außerordentlichen, im Ausland erworbenen Bildung zumeist aus den Schlagertexten der dreißiger und vierziger Jahre bezog. Dill senior war nicht davon abzubringen gewesen, daß die Zeilen vom *September Song* ausgesprochen tiefgründig und vielsagend wären. Der Sohn war jetzt froh darüber, daß sein Dad gestorben war, noch bevor der Rock seinen Siegeszug angetreten hatte.

Als er auf die North Cleveland Avenue abbog, die sich auch in südlicher Richtung bis nach Packingtown erstreckte, stellte Dill fest, daß man schließlich auch die Torwache abgerissen hatte. Die Kontrollstation am Grant Boulevard, am Eingang nach Cherry Hills, war kurz nach der Entführung Ace Dawsons errichtet worden. Bis 1942 hatte ein uniformierter privater Wachdienst Stichprobenkontrollen bei allen Autos durchgeführt, die in den Vorort einfahren wollten. Doch dann kam der Krieg, alle Wachmänner kündigten und gingen entweder zur Armee oder zu Lockheed und Douglas in Kalifornien. Das alte Wachhaus, das so aussah, als wäre es von einem Schüler Walt Disneys entworfen worden, hatte danach leergestanden, doch jetzt war es verschwunden. Dill vermutete, daß es erst kürzlich abgebrochen worden sein mußte, weil der Boden noch immer aufgerissen und unordentlich aussah.

Ihm fiel auf, daß die Bäume längs des Grant Boulevards kräftig weitergewachsen waren, sie waren jetzt höher, zehn Jahre höher. Die Pappeln waren am höchsten aufgeschossen, gefolgt von den nicht so schnellwüchsigen Ulmen, den Hickory-Bäumen, Persimonen und Sykomoren. Als er den Cherry Hill Brook überquerte, der einst Split Taile Creek geheißen hatte, sah er, daß auch die Baumwollpflanzen üppig ins Kraut geschossen waren, und das befriedigte ihn aus irgendeinem Grund am allermeisten.

Dill bog vom Grant Boulevard östlich in die Beauchamp Lane ein. Hier wurden die Grundstücke größer, anfangs anderthalb, dann zweieinhalb, dreieinhalb und schließlich bis zu acht Hektar groß. Grundstücke wie das, auf dem das Heerenhaus des alten Dawson stand. Die Häuser entlang der Beauchamp Lane (die man so aussprechen muß, wie es dasteht: *Beau* wie in «bo» und *champ* wie «champion») waren ein auserlesenes Sammelsurium, angefangen mit dem gedrungenen Ranchstil bis hin zur Mittelmeervilla; die einzige Gemeinsamkeit bestand in ihrer Größe, die durchweg gewaltig war.

Dill fuhr an der Umfassungsmauer des Dawsonbesitzes entlang, die oben mit Glasscherben gespickt war, bis er zu einem verschlossenen schmiedeeisernen Tor kam. Er drückte den Knopf seiner Rufanlage, und eine weibliche Stimme sagte: «Ja?» Dill nannte seinen Namen, das Tor schwang auf, Dill fuhr hindurch und folgte der geschwungenen, asphaltierten Auffahrt, vorbei an den Rasensprengern, die der kurzgemähten Rasenfläche auch noch in der Augusthitze ein saftiges Grün verliehen; die Temperatur hatte, so ein Radiosprecher, bereits 39 Grad erreicht, und für die Mittagszeit wurden 42 Grad erwartet. Es gab hinreichend hohe Bäume mit dichtem Laub, so daß der kitschig-bombastische alte Tudorkasten beinahe kühl wirkte. Kein einziges der mit Läden gesicherten Fenster war geöffnet, und Dill war sicher, daß Spivey die Klimaanlage voll aufgedreht hatte.

Als er an der offenen Garage mit sechs Stellplätzen vorbeifuhr, zählte er einen Rolls, ein Mercedes 500 SEL Coupé, einen Chevrolet-Transporter mit hoher Radaufhängung, einen alten offenen Morgan, ein Mustang Cabrio und einen großen Country-Squire-Ford-Geländewagen. Keins der Autos, mit Ausnahme des Morgan, sah älter als sechs Monate aus.

Dill brachte seinen eigenen Wagen vor einer breiten, geschnitzten Eingangstür aus solider Eiche mit gehämmerten, schwarzen Metallscharnieren zum Stehen. Er stieg aus der angenehmen Kühle von 20 Grad im Inneren seines Ford in die Sonnenglut von 39 Grad und legte sofort seine Seersucker-Jacke ab. Er drapierte sie über seinen linken Arm, mit dem er auch den Manilaumschlag an seine Seite drückte. Der Umschlag enthielt die Akte über Jake Spivey. Mit dem rechten Zeigefinger betätigte Dill die Türklingel. Irgendwo tief im Inneren spielte ein Glokkenspiel «How dry I am». Dill fragte sich, wer es wohl eingebaut haben mochte, Ace Dawson oder Jake Spivey, und gelangte dann zu dem Schluß, daß jeder der beiden dazu imstande gewesen wäre.

Die Frau, die ihm die Tür öffnete, wäre Dill unerreichbar erschienen, hätte seine Exfrau nicht fast genauso ausgesehen wie sie. Seither hatte sich bei ihm die Meinung festgesetzt, daß alle derart unerreichbar scheinenden Frauen doch nicht ganz so schlank, nicht ganz so klassisch und nicht ganz so schön waren, wie sie auf den ersten Blick wirkten. Dagegen sehen sie durchaus klug und leicht gelangweilt aus, auch vermitteln sie den Eindruck von Reichtum. Und dann – er war beinahe fest davon überzeugt – strömten sie alle einen ganz bestimmten schwachen Duft aus, den er, wenn er ihn hätte auf Flaschen ziehen können, mit dem Etikett «Klassenschranken» versehen hätte.

Diese Frau, die fast nur aus langen gebräunten Beinen und nackten braunen Armen zu bestehen schien, starrte Dill einige Sekunden an und sagte schließlich in einem kehligen Tonfall, der sich sowohl nach den Oststaaten als auch nach vornehmer Betuchtheit anhörte: «Sie sind Mr. ... Dill, stimmt's?»

«Stimmt.»

«Sie waren furchtbar ruppig am Telefon.»

Dill lächelte. «Ich hab nur versucht, Jakes Aufmerksamkeit zu wecken.»

«Ja, schön, das haben Sie ja auch geschafft.» Sie öffnete die wuchtige Tür weit. «Sie kommen am besten herein.» Dill ging hinein.

Sie trug kurze weiße Shorts, ein blau-weiß gestreiftes, ärmelloses Oberteil mit weit ausgeschnittenen Ärmellöchern und, soweit Dill erkennen konnte, sonst nichts, nicht einmal Schuhe. Ihre Fußnägel waren in einem matten Korallenrot lackiert, sie hatte von der Sonne gebleichtes, streifiges, honigfarbenes Haar, schmelzende braune Augen, einen leicht mokanten Mund und auf der Nase einen schwachen Sonnenbrand. Sie hatte kein Make-up aufgelegt. Dill vermutete, daß sie es nie tat, weil sie es nicht brauchte. Sie wandte sich um, um ihn noch einmal zu mustern, und er starrte zurück, wobei er endgültig zu dem Schluß kam, daß sie nach altem Reichtum aussah, der längst verbraucht war.

«Sie starren mich an», sagte sie.

«Ja.»

«Erinnere ich Sie an jemanden?»

«An meine Exfrau – ein klein wenig.»

«War sie nett?»

«Sie seufzte viel und streute Zucker auf ihre Tomatenscheiben.»

«Ja, ich verstehe sehr gut, warum – ich meine, warum

sie oft und viel geseufzt hat. Ich heiße Daffy.» Sie reichte ihm nicht die Hand.

«Wie in ‹Duck› oder in ‹Daffodil›?»

«Wie Daphne. Daphne Owens.»

«Natürlich, das hätte ich wissen müssen.»

«Ich arbeite für Mr. Spivey.»

«Ah ja.»

«Ich bin seine persönliche Assistentin, falls Sie auf Titel gesteigerten Wert legen.»

«Es muß hier sehr angenehm sein – die zwanglose Atmosphäre und all das.»

«Ja, ist es auch. Natürlich wohne ich auch hier.»

«Natürlich.»

«Am besten machen wir uns jetzt auf die Suche nach Jake.» Sie wandte sich ab und ging durch die breite, getäfelte Vorhalle, an deren Seitenwänden schmale Tische standen, auf denen nichtbenutzte Kristallvasen abgestellt waren. Es war eine sehr lange Vorhalle, und falls man Ruhe und Erholung brauchte, gab es hier ein Dutzend hochlehniger Stühle in schwarzem Holz mit verblichenen Sitzpolstern aus rotem Plüsch. An beiden Wänden hingen hübsch ausgeführte Ölporträts bärtiger Männer in der Tracht des neunzehnten Jahrhunderts. Die Männer sahen durchweg äußerst gepflegt aus, und Dill war sich einigermaßen sicher, daß keiner von ihnen in irgendeiner verwandtschaftlichen Beziehung weder zu Ace Dawson noch zu Jake Spivey stand.

«Kennen Sie das Haus?» fragte Miss Owens, über die Schulter zu ihm zurückblickend.

«Vor langer, langer Zeit waren Jake und ich einmal hier.»

«Tatsächlich? Wann?»

«Immer zu Weihnachten, bis – warten Sie – 1959. Mrs. Dawson gab gewöhnlich für die hundert bedürftigsten

Kinder der Stadt eine Party. Jake und ich mogelten uns auf die Einladungsliste.» Er machte eine Pause. «Das war Weihnachten 1956.»

«Aber das waren Sie doch nicht wirklich, nicht wahr?»

«Was?»

«Zwei der einhundert Bedürftigsten.»

«Wer kann das schon so genau sagen?»

«Auf jeden Fall ist es eine ganz reizende Geschichte.»

«Fragen Sie mal Jake danach», sagte Dill.

Sie blieb stehen und drehte sich um. Zu seiner Überraschung fand Dill, daß sie ohne das einfallende Sonnenlicht älter wirkte. Näher an dreißig als an fünfundzwanzig. «Ich möchte Ihnen noch eine andere Frage stellen», sagte sie.

«Nur zu.»

«Haben Sie vor, ihm Schwierigkeiten zu machen?»

«Ich weiß nicht», sagte Dill, «es könnte sein.»

10

Am Ende der langen Vorhalle blieb Daphne vor zwei Meter zwanzig hohen Doppeltüren stehen und ließ sie in die Wand zurückgleiten. Dill folgte ihr in einen großzügig bemessenen Raum, der offenbar die Bibliothek des herrschaftlichen Hauses war und in dem Bücherregale drei Wände ausfüllten. Sechs hohe, bleigefaßte Fenster am anderen Ende des Raumes hatten runde, für Ventilatoren ausgesparte Öffnungen. Die Fenster gingen auf einen sorgfältig angelegten und gepflegten Garten hinaus, wo gerade drei Mexikaner etwas ausgruben. Als Dill ihnen zusah, hörten zwei von ihnen zu graben auf, wischten sich über die schweißnassen Gesichter und fingen an, dem dritten Mann Anweisungen zu geben. Hinter den Mexikanern und durch Rosenstöcke mit verwelkenden weißen Blüten hindurch war das Blau des Swimmingpools zu sehen.

John Jakob Spivey erhob sich hinter dem ausladenden schwarzen Schreibtisch aus Walnußholz, der vor den hohen Fenstern stand. Er lehnte sich vor, die Innenflächen der Hände breit auf den Tisch gestützt, den großen Kopf leicht nach links geneigt und die gerissenen Augen fest auf den sich nähernden Dill gerichtet. Er ist noch immer rund, stämmig und rosa, dachte Dill, und aus der Nähe betrachtet sieht er noch immer aus wie der gefürchtete Schläger aus der Nachbarschaft, der breiter, stärker und verschlagener als jeder andere ist. Dann lächelte Jake Spivey, lachte glucksend und verwandelte sich in den liebenswertesten Menschen der Welt.

In diesem Lächeln lag Wärme, im Ausdruck des Gesichts echtes Interesse und heitere Erwartung in den Augen, sobald das berechnende Starren sich verflüchtigte und sie zu zwinkern anfingen. Er ist sich seiner nicht im mindesten bewußt, dachte Dill, er hat zu sich selbst nicht mehr Distanz als zu seinem großen Zeh. Du bist es, für den er sich interessiert, Dill! Was möchtest du haben, wird er gleich wissen wollen, und wie du dich fühlst und was du gerade denkst und wo um alles in der Welt du die ganze Zeit gewesen bist.

Spivey nickte lächelnd, als Dill auf den Schreibtisch zuging. Es war ein Nicken zufriedener Genugtuung. «Weißt du, was wir gemacht haben, Pick?» fragte er. «Wir sind, jeder für sich, ein Stück älter geworden.»

«Das kommt vor», sagte Dill und ergriff die Hand, die Spivey ihm über den Tisch hinweg entgegenstreckte.

«Du kennst Daffy?»

«Ich kenne Daffy, ja.»

«Sie kommt aus dem Osten», sagte Spivey. «Massachusetts, ist da zur Schule gegangen.»

«Holyoake», versuchte Dill zu raten und lächelte Daphne Owens an.

«Weit daneben», sagte sie.

«Setz dich, Pick. Du bleibst doch zum Lunch, oder?»

«Abgemacht, danke.»

Nachdem er wieder in seinem alten hölzernen Drehstuhl Platz genommen hatte, blickte Spivey zu Miss Owens hoch. «Schätzchen, würdest du bitte Mabel Bescheid sagen, daß wir beim Lunch heute zu dritt sind?» Er wandte sich an Dill. «Mabel ist die Köchin.»

«Gibt's sonst noch was, bevor ich euch allein lasse?» fragte Daphne Owens.

Spivey schaute fragend zu Dill. «Willst du 'ne Coke?»

«Wie wär's mit einem kühlen Bier?»

«Das haben wir gleich. Bier hab ich immer hier unten in diesem kleinen, eingebauten Eisfach», sagte Spivey munter, langte nach unten, öffnete die Tür eines kleinen Eisschranks und holte zwei Dosen Millers heraus.

«Also keine Coke?» fragte Miss Owens.

«Ich denke nicht, Schätzchen», sagte Spivey und riß die Dosen auf, «jedenfalls nicht jetzt.»

«Wir sehen uns dann zum Lunch, Mr. Dill.»

«Das hoffe ich», sagte Dill.

Sie wandte sich ab und ging auf die Doppeltür zu. Spivey verfolgte anerkennend ihren geschmeidigen Gang, drehte sich zu Dill um und reichte ihm eine der Bierdosen. «Ich glaube, ich werd mich ins kalte Wasser stürzen und die da heiraten», sagte er.

«Ihr beide habt viel gemeinsam, Jake: Herkunft, Geschmack, Bildung, Alter.»

«Vergiß das Geld nicht», warf Spivey ein, «sie hat überhaupt keins, und ich hab einen ganzen Haufen.»

«Das gleicht die Sache doch perfekt aus.»

Spivey lehnte sich in seinem Drehstuhl zurück und musterte Dill eingehend. «Sag mal, diese ganze Trauerarbeit, hast du die schon hinter dir?»

«Nein, noch nicht.»

«Das braucht Zeit, Pick. Herrgott, man braucht Zeit!» Langsam schlürfte er sein Bier.

«Wie lange ist das jetzt schon her?»

«Sieben, vielleicht acht Jahre.»

«Das war in Genua, stimmt's?»

«Stimmt, ich war mit Brattle zusammen, und du, du warst mit … mit … Wie war doch gleich ihr Name – Lorna, Lana, Lena?»

«Laura.»

«Ach richtig, Laura. Ihr habt euch getrennt?»

«Du hast also davon gehört, wie?»

«Nein, nein, nein, du siehst nur irgendwie so aus, als wärst du allein, geschieden. Wie ist es denn passiert?»

Dill zuckte die Achseln. «Ermüdung und Langeweile, vermutlich. Endgültig. Sie ging irgendwann abends weg, um sich ein Theaterstück anzusehen – ich glaube, Tschechow –, und ist danach nicht zurückgekommen.»

Spivey grinste. «Kein Scheiß? Wirklich Tschechow?»

«Der Kirschgarten.»

Spivey schüttelte den Kopf, und es war nicht auszumachen, ob er belustigt war oder sein Mitgefühl zum Ausdruck bringen wollte. «Sie war verflixt hübsch. Weißt du, wer mich an sie erinnert?»

«Deine Miss Daphne, ist mir schon aufgefallen.» Dill trank aus der Bierdose. «Also laß uns darüber reden, warum ich hier bin, Jake.»

Spivey nickte interessiert.

«Der Senator möchte von dir eine eidesstattliche Erklärung.»

«Da gibt's keine Probleme. Aber ich glaube, du stocherst da nur immer wieder in denselben alten Geschichten rum. Ich bin unzählige Male vor Gericht geladen worden. Das IRS* überprüft mich ständig, sogar das Schatzamt hat mir so ein Windei geschickt, und ich habe mit ihm drei Tage lang alles wieder und wieder durchgekaut. Was in meiner Sammlung noch fehlt, ist der verdammte CIA, aber ich warte nur drauf, daß sie eines Nachts bei mir über den Zaun steigen, nur um herauszufinden, was ich allen anderen erzählt habe.»

«Sie haben Brattle aufgespürt, Jake.»

Die blauen Augen öffneten sich weit, und der breite Mund verzog sich zu einem charmanten, doch zugleich skeptischen Grinsen. «Sie haben Clyde gefunden? Clyde Brattle? Wo war er denn diesmal? In Kapstadt, Rangoon, vielleicht in Tripolis oder im Stadtzentrum von Tulsa? Scheiße, Pick, seit Monaten schon wollen sie den alten Clyde mal hier, mal da und überall aufgespürt haben. Weißt du, was ich glaube?»

«Was?»

«Ich glaube, der alte Clyde ist tot.»

«Jedenfalls hoffst du das.»

«Na ja, ich will nicht sagen, daß ich darüber tieftraurig wäre.»

«Aber du wärst dann vom Haken.»

«Augenblicklich zapple ich noch an keinem. Wo wollen sie ihn denn angeblich gefunden haben?»

«London.»

«Wann»?

«Vor zwei Monaten.»

* IRS – die Steuerfahndung

«Warum haben sie ihn sich nicht geschnappt? Zum Teufel, sie könnten ihn doch ausliefern lassen.»

«Sie haben ihn wieder aus den Augen verloren.»

«Wen meinst du mit ‹sie›?»

«Die Briten.»

«Na ja, kein Wunder. Hör mal, laß uns die Sache doch zu Ende bringen. Du brauchst eine Erklärung für den Senator, sagst du? Also los, fangen wir an.»

Dill blickte sich im Zimmer um. «Wo ist das Tonbandgerät?»

Spivey schüttelte bekümmert den Kopf. «Pick.»

«Was?»

«Das läuft von dem Augenblick an, als du hier hereingekommen bist.»

Dill grinste. «Das hätte ich wissen müssen. Ich fang dann mal an.»

«Du fängst an, und Daffy gibt dann das Band einem der Mädchen, das das Ganze abtippen und fotokopieren kann und dann beeiden läßt und so weiter.»

«Okay, auf geht's.» Er machte eine Pause, zählte stumm bis fünfzehn und hob dann an: «Dies ist die eidesstattliche Erklärung von John Jakob Spivey, freiwillig abgelegt an diesem Tag im August, am wievielten auch immer, Ladies, in seinem trauten Heim an der richtigen Adresse in der Beauchamp Lane und so weiter und so weiter.»

Dill stellte ein Bier auf dem Schreibtisch ab und öffnete die Akte Jake Spivey. Er schaute in die Akte und dann zu Jake Spivey hinüber.

«Ihr Name ist John Jakob Spivey.»

«Ja.»

«Ihr Alter?»

«Achtunddreißig.»

«Sie sind Bürger der Vereinigten Staaten. Ihr Wohnsitz ist die oben angegebene Adresse?»

«Ja.»
«Ihr Beruf?»
«Im Ruhestand.»
«Ihre vormalige Beschäftigung?»
«Ich habe mit Verteidigungswaffen gehandelt.»
«Wie lange ging das?»
«Sieben, beinahe acht Jahre.»
«Und davor?»
«Ich war vertraglich an eine Dienststelle der Regierung gebunden.»
«Welche war das?»
«Die Central Intelligence Agency.»
«Wo hat man Sie beschäftigt?»
«Sie meinen, wo hat man mich angeworben? Oder wollen Sie wissen, wo ich gearbeitet habe?»
«Beides.»
«Ich wurde in Mexico City angeworben und arbeitete in Thailand, Vietnam, Laos und Kambodscha.»
«Wie lange?»
«Von 1969 bis 1975.»
«Welches war die Art Ihrer Aufgaben?»
«Der Eid, den ich bei der Einstellung durch den CIA abgelegt habe, verbietet mir, Angaben über die Art meiner Aufgaben zu machen, es sei denn, ich ersuche darum und bekomme eine schriftliche Genehmigung der Central Intelligence Agency.»
«Haben Sie sich um diese Genehmigung bemüht?»
«Ja.»
«Wurde sie Ihnen erteilt?»
«Sie wurde abgelehnt.»
«Wann wurde sie Ihnen zum letzten Mal verweigert?»
«Am vierzehnten Juni dieses Jahres.»
«Warum haben Sie um diese Genehmigung nachgesucht?»

«Ich wurde vom Federal Bureau of Investigation dazu aufgefordert.»

«Und die Erlaubnis wurde Ihnen nicht erteilt?»

«Ja.»

«Sind Sie dazu bereit, Ihren Eid zu brechen?»

«Nein, Sir, das bin ich nicht.»

«Warum nicht?»

«Weil ich mich damit selbst belasten könnte. Ich berufe mich auf das Fifth Amendment*.»

«Wann sind Sie zum ersten Mal Clyde Tomerlin Brattle begegnet?»

«Das war im März oder April 1970. An das genaue Datum kann ich mich nicht erinnern.»

«Wo ist das gewessen?»

«Bangkok.»

«Wie sind Sie ihm begegnet?»

«Er war mein Supervisor.»

«Der Leiter Ihrer Operation?»

«Mein Supervisor. Er wies mich in die Aufgaben ein, die ich in Vietnam, Laos und Kambodscha zu erfüllen hatte und deren wahre Natur zu enthüllen mir mein Eid verbietet.»

«Dill schnitt eine Grimasse und fuhr sich mit einem Finger über die Kehle. Spivey grinste breit, langte unter den Schreibtisch und schaltete das Tonband ab.

«Himmel, Herrgott, Jake!»

«Was hast du denn erwartet?»

«Es ist unter Verschluß.»

«Du hast verdammt recht, es ist unter Verschluß – bei Lausig, Lumpenhund & Söhne, wie ich diese vertrottelten Anwälte da oben in Washington immer nenne, die

* Fifth Amendment – Recht auf Aussageverweigerung, wenn sich der Befragte durch die Aussage selbst belasten würde

mir das Blut aussaugen. Wann hast du zum letzten Mal eine Rechnung von einem Anwalt bekommen?»

«Das ist schon eine Weile her.»

«Ich geb dir einen guten Rat, setz dich hin, bevor du sie aufmachst – oder besser noch, leg dich hin, denn so sicher, wie du von grünen Äpfeln Dünnschiß bekommst, wird dich das glatt umhauen.»

«Aber was soll der ganze Scheiß mit diesem Eid?»

«Ich bin wirklich vereidigt worden, wie ich schon gesagt habe. Streitet Langley das denn ab? Himmel, nein, nie und nimmer! Sie streiten lediglich ab, daß ich je für sie gearbeitet habe.»

«Auch das bestreiten sie nicht», sagte Dill, «sie weigern sich nur, es zu bestätigen.»

«Pick, wirklich, ich scheiße auf diesen Eid, den ich für diese Kacker abgelegt habe. Ich war damals dreiundzwanzig Jahre alt, und als ich ihnen die Brocken hingeschmissen habe, war ich dreißig und ein alter Mann. Ich meine, alt hier oben» – Spivey tippte sich an die Stirn –, «da oben war ich hundertundzwei Jahre alt. Sie haben mir tausend Dollar die Woche bezahlt, was damals noch eine Menge Geld gewesen ist, und ich hab Sachen gemacht, die ich heut nicht mehr tun würde, und Sachen, über die ich heute nicht einmal mehr nachdenken will. Aber was ich getan habe, war nicht für Gott, Fahne oder Vaterland. Ich hab's für eintausend Dollar die Woche bar auf die Hand getan, und ob du's glaubst oder nicht, ich hab einen Preis dafür bezahlt. Welchen Preis wohl, wirst du denken? Stimmt's? Na ja, alter Freund, ich bin nie vierundzwanzig oder fünfundzwanzig oder sechsundzwanzig oder eins der nächsten schönen jungen Jahre geworden, denn heute war ich noch dreiundzwanzig, und sechs Monate später war ich hundertzwei und ging schon auf die hundertdrei zu.»

«Armer, alter Jake!»

Spivey zuckte die Achseln. Er schien plötzlich gleichgültig, sogar gelangweilt.

«Was würde passieren, wenn du deinen sogenannten Eid brichst?» fragte Dill. «Ich meine, was glaubst du denn, was passieren würde?»

«Nicht viel», sagte Spivey, «vielleicht gibt es ein oder zwei Tage lang ein paar saftige Schlagzeilen, aber es käme nie zum Prozeß oder etwas ähnlichem, weil Langley den Deckel ganz fest drauf setzen würde, wie sie's früher ja auch gemacht haben – alles im Interesse der nationalen Sicherheit. Teufel noch mal, Pick, Vietnam ist heute ein alter Hut. Jetzt wächst eine Generation heran, die über Vietnam so denkt – falls sie überhaupt denkt –, wie du und ich früher über den Zweiten Weltkrieg gedacht haben. Vor- und Frühgeschichte. Als du und ich einundzwanzig gewesen sind, war der Krieg schon seit zweiundzwanzig Jahren vorüber, vielleicht sogar seit dreiundzwanzig.» Er brach ab. «Willst du noch ein Bier?»

«Na klar.»

Spivey nahm die zwei nächsten Büchsen Millers aus dem kleinen Kühlschrank und riß die Verschlußkappen ab. Dill nahm einen tiefen Zug und sagte: «Okay, willst du weitermachen?»

«Was nehmen wir jetzt – Brattle?»

«Brattle.»

Spivey ließ eine Hand unter der Tischkante verschwinden. «Okay, wir sind wieder auf Sendung. Also, ab geht's!»

Wieder zählte Dill stumm bis fünfzehn und stellte dann seine erste Frage: «Clyde Brattle hat wie lange für den CIA gearbeitet?»

«Zwanzig Jahre.»

«War er fest angestellt?»

«Ja.»

«Wann hat er seinen Abschied eingereicht?»

«Er wurde nicht verabschiedet, er wurde fünfundsiebzig gefeuert.»

«Warum?»

«Kann ich nicht mit letzter Sicherheit sagen.»

«Haben Sie eine Vermutung?»

«Ich bin kein Anwalt, doch ich glaube nicht, daß eine Vermutung zulässig wäre.»

«Hatte es etwas mit Fonds zu tun, die er verwaltete?»

«Das wäre meinerseits reine Spekulation.»

«Wurden die Fondsgelder veruntreut?»

«Davon ist wohl die Rede gewesen, aber das ist nur Hörensagen.»

«Ihr Vorbehalt wird protokolliert. Wieviel Geld war dabei im Spiel?»

«So ungefähr fünfhunderttausend, wie ich gehört habe.»

«Dollar?»

«Dollar.»

«Wann sind Sie aus den Diensten des CIA ausgeschieden?»

«Im April fünfundsiebzig, kurz nachdem Saigon gefallen war.»

«Wo hielten Sie sich damals auf?»

«Als es fiel? In Saigon.»

«Wo war Clyde Brattle zu der Zeit?»

«Er war auch dort.»

«Weder Sie noch Brattle haben den Versuch gemacht, zu fliehen?»

«Nein.»

«Warum nicht?»

«Weil wir damals ja nicht mehr im Dienst gewesen sind. Wir waren ganz einfache Geschäftsleute.»

«Beschreiben Sie bitte die Art Ihrer Geschäfte.»

«Wir bildeten eine Gesellschaft, die überschüssige Ausrüstungen von der neuen vietnamesischen Regierung aufkaufte, und wir verkauften sie auf dem freien Markt an jeden, der kaufwillig war.»

«Welche Art Ausrüstungen?»

«Defensivwaffen, Transportmittel, Kommunikationsmittel.»

«Welcher Art waren die Waffen?»

«Leichte Waffen. Granatwerfer, leichte Artillerie, einige Fahrzeuge – Jeeps und Lastwagen, Fernmeldeeinrichtungen, einige Hubschrauber, was immer sie loswerden wollten. Sie brauchten dringend Geld, und wir verfügten über einiges und wußten auch, wo und wie wir uns noch mehr beschaffen konnten.»

«Brattle und Sie haben Geld aufgebracht, um eine Gesellschaft zu gründen?»

«Ja.»

«Wieviel hat er aufgebracht?»

«Annähernd vierhunderttausend Dollar.»

«Und Sie?»

«Alles, was ich hatte. Einhunderttausend.»

«Und wie wurden die Gewinne aufgeteilt?»

«Ein Viertel für mich, drei Viertel für Clyde. Das war, weil ich gute Kontakte hatte.»

«Die vietnamesischen Kontakte.»

«Nordvietnamesische. Nur, daß Vietnam inzwischen ein großes, glückliches, vereintes Land war, der Norden und der Süden.»

«Und wem haben Sie die überzähligen amerikanischen Waffen verkauft?»

«Es waren keine amerikanischen, es waren vietnamesische. Was die Vietnamesen im Krieg erbeuteten, gehörte rechtmäßig ihnen.»

«Doch es waren Waffen amerikanischer Herstellung?»

«Das ist richtig.»

«An wen haben Sie sie also verkauft?»

«An jeden, der bereit war, sie zu kaufen.»

«Zum Beispiel?»

«Leuten in Angola, Äthiopien, im Libanon, Jemen, sowohl Nord- als auch Südjemen, Bolivien, Ekuador und einiges, aber nicht sehr viel, an bestimmte Leute in Uruguay.»

«Wieviel von diesen in Amerika hergestellten, von den Vietnamesen erbeuteten Rüstungsgütern haben Sie verkauft?»

«Waffen im Wertumfang von etwa hundert Millionen Dollar.»

«Und Ihr Anteil am Profit?»

«Sie meinen allein mein Anteil?»

«Ja.»

«Nach Abzug aller Unkosten, die ziemlich hoch waren, hatte ich einen Reingewinn von etwas über vier Millionen Dollar.»

«Und Brattle, wie hoch war sein Reingewinn?»

«Ich würde sagen, nach Abzug der Nebenkosten so um die sechzehn Millionen Dollar.»

«Und wie lange ging das so?»

«Sie meinen, mit Brattle und mir?»

«Ja, Ihre Geschäftsverbindung, Ihre Partnerschaft.»

«Etwa fünf oder sechs Jahre lang.»

«Und was war dann?»

«Dann wollte er sich auf ein paar heiße Sachen einlassen, und ich bin ausgestiegen.»

«Welcher Art waren diese heißen Sachen?»

«Computertechnologie, hochentwickelte Waffensysteme, Lenksysteme, kurz, sämtliche Arten von ganz neuem Zeug, an das man wohl in den Staaten herankam, für das man jedoch nie die Genehmigung bekommen hätte, es ins Ausland zu verkaufen. Clyde meinte, wir könnten sie hinausschmuggeln. Ich sagte ‹Scheiß drauf› und stieg aus.»

«Streichen Sie bitte das ‹Scheiß drauf› und ersetzen Sie es durch ‹Nein danke›. Das haben Sie dann also gemacht – Sie sind ausgestiegen?»

«Das stimmt.»

«War Mr. Brattle verärgert?»

«Nun ja, er hat nicht gerade *Blue Skies* geträllert.»

«Gab es auch ernstere Unannehmlichkeiten?»

«Ich mußte mir ein paar Anwälte nehmen, und er heuerte eigene an, und sie geiferten sich alle gegenseitig an; für mich blieb schließlich eine Nettosumme von etwa dreizehn Millionen, alles der IRS gemeldet, von der ich, wie ich vorhin schon gesagt habe, ständig überprüft werde.»

«Wann haben Sie Mr. Brattle zum letzten Mal gesehen?»

«Vor ungefähr anderthalb Jahren.»

«Wo?»

«Kansas City. Er legte mir ein paar Schriftstücke zur Unterschrift vor. Alles reine Routine. Ich flog hin, unterzeichnete sie und nahm einen Drink mit ihm. Dann bin ich hierher zurückgeflogen.»

«Haben Sie ihn seither wiedergesehen?»

«Nein.»

«Es war kurz nach Ihrem Treffen mit ihm, als er aus den USA geflohen ist, richtig?»

Spivey lachte sein lautes, trompetendes Lachen. «Ja, vermutlich sollten Sie besser sagen, daß der alte Clyde irgendwie gezwungen war, sich aus dem Staub zu machen.»

«Das Lachen bitte streichen», sagte Dill. «Sie wissen natürlich, warum er sich davongemacht hat?»

«Weil sie ihn einsperren wollten, da er mit den falschen Leuten Geschäfte machte.»

«Wo, glauben Sie, hält er sich gegenwärtig auf?»

«Tot», sagte Spivey.

«Nehmen wir einmal an, er ist nicht tot», sagte Dill, «nehmen wir einmal an, er wird verhaftet und vor Gericht gestellt. Wären Sie dann bereit, gegen ihn auszusagen?»

«Dazu kann ich zur Zeit keine Erklärung abgeben», sagte Spivey, fuhr mit der linken Hand unter den Schreibtisch und schaltete das Tonband ab. Er sah Dill eine ganze Weile lang prüfend an. «Du bietest mir Immunität an, Pick?»

Dill nickte langsam.

«Gibst du's mir schriftlich?»

Dill schüttelte verneinend den Kopf.

«Hab ich ein paar Tage Zeit, darüber nachzudenken?»

Wieder nickte Dill.

Spivey grinste. «Du glaubst wohl, ich hätte noch ein zweites Tonband laufen, wie?»

Dill lächelte und nickte.

11

Sie nahmen ihren Lunch im Speisezimmer der «Familie», das geräumig genug war, ein geschnitztes eichenes Sideboard aufzunehmen, einen dazu passenden Wandschrank mit Lackschnitzereien an den Türen und einen Tisch für zwölf Personen – oder bis zu sechzehn, sofern man den Platz voll nutzte. Um in das Speisezimmer der «Familie» zu gelangen, führte Spivey Dill durch den «Gesellschafts-Speisesaal», an dessen Tisch mit Leichtigkeit sechsunddreißig Personen Platz hatten, obwohl Spivey erklärte, daß er ihn nie benutze, da er keine zwei Dutzend Leute kenne, mit denen er sich an einen Tisch setzen und essen wollte.

Sie saßen am äußersten Ende des Tisches, weitab von der Küche oder – wie Dill später feststellen konnte – der Pantry. Das Eßzimmer der «Familie» ging auf den Swimmingpool hinaus, der rechteckig war und in den frühen dreißiger Jahren – als wäre er ein nachträglicher Einfall gewesen – angelegt worden war, ganz kurz bevor die Pools anfingen, die Gestalt von Nieren und Bumerangs anzunehmen. Es war ein großes Schwimmbecken, mindestens vierzehn mal vierundzwanzig Meter, und Dill fand, daß es dem städtischen Schwimmbad ähnelte, wo er und Spivey am Washington Park Schwimmen gelernt hatten.

Spivey saß, mit Dill zu seiner Rechten, am Kopfende des Tisches, als Daphne Owens hereinkam. Sie hatte sich umgezogen und trug jetzt Rock und Bluse. Dill erhob sich, als sie den Raum betrat. Spivey nicht. Sie schenkte Dill einen amüsierten Blick, bei dem er sich aus irgendeinem Grund etwas unbeholfen und linkisch vorkam.

«Wer hat Ihnen Ihre Manieren beigebracht, Mr. Dill?» fragte sie. «Ihre Mama oder die Phi Deltas?»

«Meine Mama», sagte er.

«Sie war eine nette Dame», sagte Spivey, «ein wenig–», er sah Dill hilfesuchend an, «wie ist das passende Wort – distanziert?»

«Eher vage», meinte Dill.

«Das tifft es auch nicht. Ätherisch, das ist es. Doch, ich vermute, das hat ihr einige Kopfschmerzen erspart, wenn man bedenkt, womit sie sich herumschlagen mußte. Ich meine, mit deinem alten Herrn.»

Dill lächelte und nickte kaum merklich.

«Was hat Ihr Vater gemacht, Mr. Dill?» fragte Miss Owens.

«Er war berufsmäßiger Träumer.»

«Was ist daran so falsch?»

«Das soll heißen, daß man ihn dafür hätte bezahlen müssen. Das war selten der Fall.»

«Pick und ich waren die ärmsten Kinder an der Horace-Mann-Grundschule», sagte Spivey stolz, «und wir wären auch noch in der Unterstufe der High-School die ärmsten Kinder gewesen, doch ungefähr um diese Zeit wurde sie eine integrierte Schule, und einige farbige und mexikanische Kinder kamen dazu, die noch ärmer waren als Pick und ich. Doch wir waren immerhin noch die ärmsten weißen Kinder an der Coolidge Junior High, stimmt's Rick?»

«Vollkommen.»

Bevor Spivey noch weitere Erinnerungen auskramen konnte, kam einer der Mexikaner herein, die draußen den Garten umgegraben hatten, bekleidet mit einer weißen Jacke und gutgebügelten Jeans. Sie bestellten sich alle Drinks, und der Gärtner/Hausdiener ging durch eine Schwingtür hinaus, die, wie Dill jetzt bemerkte, in eine Pantry führte. Er stellte auch fest, daß das Tischtuch aus irischem Leinen war; das Tafelsilber englisch; das Porzellan aus Frankreich – Limoges, dachte er –, und die beiden Weingläser neben seinem Teller waren aus schwerem Bleikristall, womöglich aus Böhmen. Da er Spivey kannte, war er fast sicher, daß der Lunch eine Tex-Mex-Angelegenheit werden würde.

«Dann seid ihr zwei also damals in den fünfziger Jahren, als ihr noch Kinder gewesen seid, hier draußen gewesen», sagte Daphne Owens zu Spivey.

Er grinste Dill zu. «Du hast ihr davon erzählt?»

«Sie fragte mich, ob ich das Haus früher schon mal gesehen hätte.»

«Ich und Pick, wir waren zwei der hundert bedürftigsten Kinder der Stadt – jedenfalls haben wir beide uns so eingeführt. Wir waren damals ... wie alt, Pick – zehn?»

«Zehn», stimmte ihm Dill zu.

«Na ja, Schätzchen, wir hatten allerlei Geschichten über das Herrenhaus des alten Ace gehört. Mein Gott, das hatte jeder. Armaturen im Badezimmer aus reinem Gold, all solches Zeug eben, und das mußten wir unbedingt sehen. Also hatte Pick den Einfall, daß wir, wenn wir unsere ältesten Klamotten anzögen – und es gab beileibe keinen allzu großen Unterschied zwischen unseren ältesten und unseren besten Sachen – und dann hierherkämen und die Hausdame aufsuchten, die alte Dame McMullen – wie alt, schätzt du eigentlich, Pick, war sie damals?»

«Alt», sagte Dill, «mindestens vierzig.»

«Für uns älter als der liebe Gott», sagte Spivey. «Also, so machten wir es dann auch.»

«Jake besorgte das Reden», sagte Dill, «ich sah einfach schmachtend und sehnsüchtig aus. Sehr arm, sehr sehnsüchtig.»

«Und als nächstes konntest du dann mich und Pick in einem gemieteten Stadtbus wiederfinden, zusammen mit etwa achtundfünfzig lieben, kleinen, farbigen Kindern und fündunddreißig sogar noch braveren kleinen Mexikanern und fünf anderen armen Weißen, wie wir nach Cherry Hills und zum Herrenhaus des alten Ace Dawson hinausfuhren, um eine Weihnachtsparty zu feiern.»

«Wart ihr denn nicht völlig verwirrt», fragte Miss Owens, «ich meine, fandet ihr es nicht irgendwie – nun ja, Himmel noch mal, entwürdigend?»

«Was ist denn so entwürdigend an schierer Neugier?»

fragte Dill. «Ace Dawson war ein Mythos. Wir wollten einfach sehen, wie der Mythos gelebt hatte.»

«Und du kannst absolut beruhigt sein, Schätzchen: Es war nicht gelogen», sagte Spivey. «Wir waren arm, obwohl es bei Pick hier eine Art schäbig-vornehmer Armut war und bei mir ganz einfache, schmutzige Armut.» Er wandte sich zu Dill. «Erinnerst du dich noch, was ich an jenem Abend auf der Heimfahrt im Bus zu dir gesagt habe?» Bevor Dill ihm antworten konnte, hatte Spivey sich wieder Daphne Owens zugewandt. «Was meinst du wohl, habe ich zu ihm gesagt?»

«Daß du es eines Tages besitzen würdest, natürlich, das Herrenhaus von Dawson.»

Spivey schüttelte den Kopf, als wäre er gleichzeitig befremdet und enttäuscht. «Daffy, du hast eine romantische Ader in dir, die ich nie vermutet hätte.» Er wandte sich wieder an Dill. «Erzähl ihr, was ich an diesem Abend auf der Busfahrt nach Hause zu dir gesagt habe.»

Dill lächelte: «Daß Reichsein viel, viel leichter aussähe, als arm zu sein, und daß du den Entschluß gefaßt hättest, lieber gleich den leichteren Weg zu gehen.»

Miss Owens starrte Spivey an, und ihre Miene drückte zu gleichen Teilen Gequältheit und Mißtrauen aus. «Du hast das wirklich als Zehnjähriger gesagt?» fragte sie, wobei jetzt in ihrem Tonfall Gequältheit eindeutig das Übergewicht bekam.

Spivey grinste. «Na ja, vielleicht nicht so Wort für Wort», sagte er noch immer in sich hineingrinsend, «aber fast.»

Als er vor dem zweigeschossigen, gelben Ziegelhaus an der Ecke 32nd Street und Texas Avenue vorfuhr, hatte Dill noch immer den Geschmack der Quesadillas und der grünkörnigen Tamalis im Mund, die er zu Mittag gegessen hatte, und obendrein noch den der Avocados. Dill mochte Avocados nicht besonders, und es waren zu viele Schnitzel davon in seinem Salat gewesen. Er hatte sie aus schierer Höflichkeit gegessen, und jetzt wünschte er, er hätte es nicht getan.

Er saß in seinem großen Mietauto. Der Motor schnurrte leise, die Klimaanlage war so hoch eingestellt wie möglich, und er musterte eingehend das Haus. Die Erinnerung kam jäh zurück, nicht weil er schon einmal drinnen gewesen wäre, sondern weil er etliche Male daran vorbeigekommen war und es im Vorübergehen in seinem Gedächtnis gespeichert hatte.

Das Radio lief und war auf die Nachrichtenwelle eingestellt. Dill wartete, bis der Werbespot für Delta Airlines zu Ende war und die Sprecherin den Wetterbericht durchsagte. Sie hatte eine tiefe, kehlige Stimme, die dem Wetter offenbar ein sinnliches, laszives Flair verleihen sollte. Als der Werbespot vorüber war, hauchte sie die Zeitansage: Beim letzten Ton des Zeitzeichens war es genau 14.49 Uhr, die Temperatur betrug 41 Grad Celsius, die Luftfeuchtigkeit einundvierzig Prozent, und der Wind wehte zur Abwechslung als sanfte Brise mit einer Geschwindigkeit von acht Stundenkilometern aus Richtung Südwesten. Als sie in munterem Ton Vorschläge zu machen begann, wie man der Hitze am besten begegnen könnte, schaltete Dill die Zündung aus und brachte das Radio zum Verstummen.

Bevor er aus dem Wagen kletterte, verschloß er die Akte Jake Spivey im Handschuhfach. Die Akte enthielt nun auch noch die eidesstattliche Erklärung, deren Inhalt praktisch völlig wertlos war. Sie war von Spiveys unsichtbaren Schreibkräften vom Band abgeschrieben – auf einem Textverarbeitungsgerät – und von Daphne Owens bezeugt worden, die sich als öffentlich anerkannter Notar entpuppt hatte, deren Zulassung am dreizehnten Juni kommenden Jahres ablaufen würde.

Als Dill aus dem Ford stieg, verschlug ihm die trokkene, sengende Hitze fast den Atem. Mit seiner über die linke Schulter geworfenen Seersucker-Jacke hastete er auf die einladenden, hohen, grünen Ulmen zu, die angenehm kühlenden Schatten versprachen. Das Versprechen wurde gebrochen, und die Einladung erwies sich als falsch, denn der Schatten verschaffte ihm keinerlei Kühlung. Dills Hemd war sofort durchgeweicht, und von seinem Kinn tropfte der Schweiß, als er schleppend die Außentreppe hinaufstieg. Auf dem schmalen Podest angekommen, benutzte er den Schlüssel, den ihm der Chef der Kriminalabteilung ausgehändigt hatte, steckte ihn ins Schloß, stieß die Tür auf und ging hinein.

Zuerst kümmerte er sich um die Klimaanlage und fand gleich an der Wand neben dem Eingang eine Reihe von Schaltknöpfen für den Thermostaten. Mit ihnen konnte man sowohl die Heizung als auch die Kaltluftzufuhr regeln. Er schaltete den Regler ein, drehte die Kühlung auf volle Leistung, ging mitten ins Wohnzimmer hinein, schaute sich um und stellte fest, daß nichts einen Hinweis darauf enthielt, daß seine Schwester hier je gelebt hatte. Ebenso konnte hier auch sonst niemand gewohnt haben, es sei denn, er hätte jede Spur von eigener Persönlichkeit verleugnen wollen.

Natürlich standen im Wohnzimmer auch Möbel: eine dunkelgrüne, kastenförmige Couch; ein passender Sessel und ein Beistelltisch aus Chrom und Glas, der leer war bis auf eine Ausgabe des TV-Guide von vergangener Woche. Auf dem Fußboden stand, da nirgendwo anders Platz dafür zu sein schien, ein kleiner Schwarzweißfernseher von Sony. Nirgendwo gab es Bücher, nicht ein einziges, was Dill merkwürdig fand, da er wußte, daß Felicity Fernsehen verabscheut und als Kind regelmäßig acht oder neun Bücher pro Woche gelesen hatte, manchmal sogar auch zehn, obwohl es sich dabei überwiegend um Jugendbücher gehandelt hatte, die sie dann im Alter von elf Jahren mit der Bemerkung, daß das meiste davon Mist wäre, ein für allemal aufgegeben hatte. Während der Sommermonate ihres zwölften Lebensjahres war sie dann zu den großen russischen Romanciers übergegangen, und nachdem sie auch mit ihnen abgeschlossen hatte, war ihr irgendwie eine Ausgabe von Santayanas *Der letzte Puritaner* in die Hände gefallen. Sie hatte im August eine volle Woche mit der Lektüre zugebracht, die Stirn finster gerunzelt und einen Krug mit Kool-Aid immer in Reichweite. Abschließend hatte sie gesagt, sie fände Santayana sowohl «geschwätzig» als auch «blöd», und hatte den Rest des August der Lektüre von Dickens gewidmet.

Dill konnte sich noch gut erinnern, wie sie an dem kleinen Spieltischchen gesessen hatte, *Little Dorrit* vor sich aufgeschlagen liegend, den großen Block mit Klemmhalter für Anmerkungen und Kommentare rechts neben sich und auf der anderen Ecke des Tisches den selten benutzten *Websters Collegiale Dictionary*. Gegenüber dem Wörterbuch stand der Krug mit Kool-Aid, Pampelmuse, wie Dill jetzt wieder einfiel. Dickens, so hatte Felicity ihren Bruder unterrichtet, wäre ziemlich guter Stoff (ein dickes Lob), aber auch «ein bißchen dickflüssig». Dill fand manchmal, daß seine Schwester die unsentimentalste Person gewesen war, der er jemals begegnet war.

Er untersuchte das Wohnzimmer sorgfältig und versuchte, einen Hinweis auf ihre Persönlichkeit zu finden, eine Spur ihrer Gewohnheiten. Auf dem Fußboden lag ein Teppich in einem neutralen, sandfarbenen Ton, an den Wänden hingen einige Bilder, die nach billigen Postversanddrucken von Dufy, Cézanne und Monnet aussahen, und in einer Ecke war eine Stereoanlage, in Korea hergestellt und offenbar ein Billigangebot, aufgestellt, so nagelneu, daß sie kaum benutzt sein konnte. Dill machte sich nicht die Mühe, die etwa zwei Dutzend Schallplatten durchzusehen. Falls es Felicitys eigene waren, dann würde er Beethoven, Bach und die frühen Aufnahmen der Beatles finden sowie fast jedes Lied, das je von Ives Montand aufgenommen worden war.

Das Wohnzimmer ging in eine Ecke über, wo vier Stühle um einen blattförmigen Ahorntisch gruppiert waren, der so aussah, als wäre er aus dem Katalog bei Sears bestellt worden. Eine nachgemachte Tiffanylampe hing an einer schweren Messingkette über dem Tisch. Auch das sieht Felicity nicht ähnlich, dachte Dill.

In der Küche warf er einen Blick in den Kühlschrank und fand vier Flaschen Perrier, einen Riegel Butter, drei Eier, ein Glas Dijon-Senf und einen Laib Weißbrot, von dem drei oder vier Scheiben abgeschnitten worden waren. Er erinnerte sich wieder, daß seine Schwester das Brot immer im Kühlschrank aufbewahrt hatte. Er nahm eine der Flaschen Perrier heraus, schraubte den Verschluß auf und trank.

Die Flasche in seiner Linken, öffnete Dill die Türen der Küchenschränke. Er fand ein paar Teller – ziemlich gute Nachahmung dänischer Keramik –, ein halbes Dutzend Gläser und einige Schüsseln, sonst nichts. Wo die Konserven, die Gewürze und Grundnahrungsmittel hätten sein müssen, standen nur zwei Dosen Van-Camps-Schweinefleisch mit Bohnen, ein Glas Yuban-Pulverkaffee, fast leer, eine runde Büchse Morton-Salz, ein kleiner Streuer Schillings schwarzer Pfeffer, aber sonst keine anderen Gewürze, nicht einmal Estragon, den seine Schwester, wie Dill sich erinnern konnte, praktisch auf alles und jedes gestreut hatte.

An Kochgerät gab es nur eine noch blitzblanke Bratpfanne und ein paar verbeulte Aluminiumtöpfe, mit denen man allenfalls Eier kochen und Bohnen heiß machen konnte. In einer der Schubladen entdeckte Dill Messer, Gabeln und Löffel aus rostfreiem Stahl, gerade ausreichend für zwei Personen. Er zog auch die übrigen Schubladen auf, doch fand er darin nichts als den üblichen Krimskrams, den man in der Küche braucht. Er fragte sich, wo Felicity wohl das Tafelsilber ihrer Mutter gelassen hatte.

Noch immer die Flasche Perrier in der Hand, ging Dill von der Küche zurück ins Wohnzimmer und dann durch einen kurzen Flur. Die zweite Tür links führte in einen Raum, der offenbar das Schlafzimmer seiner Schwester gewesen war. Darin standen ein ordentlich gemachtes Doppelbett, ein Nachttisch und eine Kommode mit Spiegel. Alles war einheitlich aus Spanplatte mit Nußbaumfurnier gemacht und sah sowohl billig als auch neu aus. Auf einem kleinen Tisch links am Bett war eine Tensor-Leselampe angebracht. Dill öffnete die Tischschublade. Sie enthielt lediglich eine runde Plastikschachtel mit Verhütungspillen.

Dill öffnete den Wandschrank daneben. Darin hingen einige Kleider, ein Paar Slacks, wenige Blusen, ein leichter Regenmantel, aber kein Wintermantel. Auf dem Schrankboden standen, ordentlich aufgereiht, fünf Paar Schuhe; davon waren ein Paar schwarze Pumps und der Rest Sandalen, bequeme Laufschuhe und ein ziemlich abgetretenes Paar grüner Joggingschuhe.

In den Schubladen der Wäschekommode und in einem kleinen Schreibschränkchen fand Dill nur einige Pullover in den Schutzhüllen einer Trockenreinigung, ein paar zusammengefaltete Hemden und Blusen, etwas Unterwäsche, Strumpfhosen und sonst nur wenig anderes. Es waren gerade genug Kleidungsstücke, so stellte er fest, mit denen jemand einen Monat oder zwei, allenfalls drei Monate auskommen konnte, aber es gab keinerlei Merkhefte, Andenken, Souvenirs oder sonst etwas, die Hinweise auf Charakter, Persönlichkeit oder schlechte Angewohnheiten hätten geben können – außer, daß alles davon Zeugnis ablegte, daß diejenige, die hier gelebt hatte, von besessener Ordnungsliebe gewesen und offensichtlich von einer tiefen Abneigung gegen Kochen und Essen erfüllt gewesen war.

Dill kehrte dem größeren Schlafzimmer, den Rücken und ging über den Flur in das zweite, kleinere Schlafzimmer, das den Eindruck eines Verschlages machte, den nur jemand bewohnen würde, dem das Geld ausgegangen war. Darin standen ein Spieltisch, eine Bogenlampe und auf dem Tisch eine sehr alte Remington-Reiseschreibmaschine. Ein leinwandbezogener Regiestuhl war an den Tisch herangezogen, rechts vom Tisch stand ein graues, metallenes Karteischränkchen mit zwei Fächern. Dill beugte sich hinunter, öffnete das obere Fach und dann das untere. Beide waren leer. Er vermutete, daß die Polizei alles mitgenommen hatte. Im Wandschrank des zweiten Schlafzimmers befand sich außer drei Drahtbügeln nichts.

Vom kleineren Schlafzimmer aus ging Dill ins Badezimmer und öffnete das Medizinschränkchen. Er fand dort Aspirin, Tampax, Crest-Zahnpasta, Make-up, einen Rasierapparat, aber keine verschreibungspflichtigen Medikamente. In der Seifenschale lag ein Stück Yardley, und im Zahnbürstenhalter staken zwei Zahnbürsten und ein kleiner Glasbehälter mit Mundwasser. Sonst war im Badezimmer nichts außer einigen Handtüchern und Waschlappen sowie einer Badekappe aus Plastik. Es gab nicht einmal eine Badezimmerwaage. Das war auffallend, fand er; vielleicht war es sogar aufschlußreich.

Dill verließ das Bad und ging zurück in die Küche, um zu sehen, ob er die Stelle finden konnte, wo Felicity ihre Spirituosen aufbewahrt hatte. Am wahrscheinlichsten, dachte er, war, daß sie sie unter der Küchenspüle gelagert hatte. Er war fast bis zur Küche gekommen, als die Türglocke läutete. Dill machte kehrt, ging hinüber zur Tür und öffnete sie. Vor ihm stand eine tiefgebräunte, langbeinige Frau in knappen gelben Shorts und einem ähnlich knappen blauen Hemdchen mit Pünktchenmuster, die keine Schuhe trug und deren schlapp herunterhängende blonde Löckchen ermattet nach Luft zu japsen schienen. Sie hatte große, blaue Augen, eigentlich viel zu stark geweitet, eine glänzende rote Nase und einen breiten Mund, auf den sie dunkelroten Lippenstift von genau dem Farbton aufgetragen hatte, der ganz und gar nicht zu ihr paßte.

«Sie sind der Bruder, nicht wahr?» sagte die Frau.

«Ich bin der Bruder», bestätigte Dill.

«Sie haben dasselbe Haar wie sie – auch beinahe kupferfarben. Sonst sehen Sie ihr nicht sehr ähnlich, bis auf das Haar.»

«Sie war hübsch; ich bin's nicht.»

«Na ja, von Männern erwartet man ja auch nicht, daß sie hübsch sind, oder?» sagte die Frau, und einen Augenblick lang befürchtete Dill, daß sie jetzt affektiert auflachen würde, was sie aber nicht tat.

«Und Sie sind eine Freundin, eine Nachbarin?» fragte Dill.

«Oh, ich bin Cindy, Cindy McCabe. Harold und ich wohnen unten, wissen Sie. Wir wohnen unten.»

«Harold, das ist Mr. McCabe.» Wie Dill es sagte, klang es nicht wie eine Frage.

«Na ja, nun, nicht eigentlich, ich meine, wir sind nicht eigentlich verheiratet. Harolds Nachname ist Snow,

Harold Snow. Wir sind jetzt, oh, lassen Sie mich überlegen, seit zwei Jahren zusammen, mindestens zwei.» Sie legte eine Pause ein. Als sie wieder sprach, tat sie es mit leiser Stimme und in einem fast verschwörerischen Tonfall. «Harold hat gesehen, wie das mit Felicity passiert ist – na ja, beinahe.»

«Sie kommen besser herein», sagte Dill.

«Sicher ist es drinnen ein bißchen kühler als hier draußen, oder?»

12

Cindy McCabe kam herein und setzte sich in den Sessel, der zu der grünen Couch paßte. Sie schob ihre Unterlippe vor und prustete, als wollte sie den schwachen Schweißfilm wegblasen, der sich auf ihrer Stirn und Oberlippe gebildet hatte. «Ist das eine Hitze», sagte sie und wartete offenbar nicht, daß er ihr darauf antwortete.

«Ich wollte mir gerade einen Drink machen», sagte Dill, «leisten Sie mir Gesellschaft?»

«Also, ein kühles Bier, das wäre toll.»

«Schade, kein Bier. Falls ich die Stelle nicht finde, wo Felicity ihren Schnaps versteckt hat, werden wir uns mit Perrier ohne alles begnügen müssen.»

«Unter der Spüle», sagte Cindy McCabe.

«Hab ich's mir doch gedacht», sagte Dill und ging hinüber zur Küche.

Unter dem Abwaschtisch standen zwei Flaschen Jim Beam, Green Label, neben dem Mokkalikör, dem Easy-Off und dem Comet. Die Banderole an einer der Flaschen war noch unversehrt, aus der anderen fehlte etwa eine Handbreit. Dill erinnerte sich wieder, daß Felicity stets Bourbon getrunken hatte, sofern sie überhaupt etwas trank, da sie behautet hatte, er schmeckte ehrlicher als Scotch. Weiter fiel ihm ein, daß sie Wodka für einen reinen Säuferstoff gehalten hatte und glaubte, Gin wäre etwas für die Leute, denen das Aqua Velva ausgegangen war. Rum allerdings fand sie annehmbar, besonders, wenn man ihn mit Kool-Aid mischte. Als Dill den Whiskey über die Eiswürfel goß und Perrier hinzufügte, wunderte er sich, daß er nirgendwo Kool-Aid gefunden hatte. Mein lieber Watson, sagte er zu sich selbst, der Hund hat wieder einmal nicht gebellt.

Er trug die Drinks hinüber ins Wohnzimmer und reichte einen an Cincy McCabe weiter, die dankend nickte und das eisgekühlte Glas an ihre Stirn drückte. «Gott, fühlt sich das gut an.» Sie nahm einen tiefen Schluck, lächelte und sagte dann: «Und das ist sogar noch besser.»

Dill, der sich auf die Couch gesetzt hatte, kostete von seinem Drink. «Sie haben recht», stimmte er ihr zu.

«Das mit Felicity tut Harold und mir sehr, sehr leid, Mr. Dill. Es war einfach so – na ja, so schrecklich. Eben noch hatte sie an unserer Tür geklingelt, und im nächsten Augenblick war sie schon tot.»

«Wie lange wohnen Sie schon hier?»

«Etwa anderthalb Jahre, vielleicht etwas weniger. Wir sind eingezogen, kurz nachdem Felicity das Haus hier gekauft hatte. Sie war wirklich eine sehr, sehr nette Hauswirtin. Wissen Sie, es gibt welche, die erhöhen ihre Miete alle sechs Monate, aber Felicity hat sie kein einziges Mal erhöht, da Harold ihr bei Arbeiten am Haus geholfen und alles mögliche repariert hat. Darin ist er sehr gut – Sachen wieder in Ordnung zu bringen.»

«Was macht denn Harold so?»

«Na ja, augenblicklich verkauft er Heimcomputer, und das läuft wohl noch ganz gut, aber er sagte mir, daß noch diesen Monat oder im nächsten alles den Bach runtergehen wird, wenn man sieht, wie sie wieder den Markt überschwemmen. Was er wirklich möchte, ist, sich wieder mehr mit Elektronik zu beschäftigen. Wissen Sie, er war zwei Jahre an der Universität und hat Elektroingenieur studiert, aber er mußte abbrechen. Harold ist auf diesem Gebiet wirklich Klasse. Elektronik – das mag er viel mehr als verkaufen.»

Cindy McCabe, die das Reden offenbar durstig gemacht hatte, nahm einen tiefen Zug von ihrem Drink. Dill sah zu, wie ihr fast unsichtbarer Adamsapfel dreimal auf und nieder hüpfte. Sie setzte ihren Drink ab und lächelte, wenn nicht gerade nervös, so doch etwas verlegen. «Es geht mir eigentlich gegen den Strich, das jetzt zur Sprache zu bringen», sagte sie.

«Was denn?»

«Na ja, gestern, ganz kurz bevor es – na ja, Sie wissen schon, bevor es passiert ist, kam Felicity vorbei und erinnerte Harold daran, daß er wieder mal vergessen hatte, die Miete zu bezahlen. Manchmal kenn ich mich mit Harold auch nicht aus, dann entfallen ihm solche Sachen einfach. Er ist wie ein zerstreuter Professor, wissen Sie.»

Dill nickte verständnisvoll.

«Jedenfalls ist es immer wieder peinlich. Also schrieb er gestern den Scheck aus und gab ihn ihr, und dann passierte es gleich draußen vor der Tür, und jetzt wissen wir eigentlich nicht genau, was wir tun sollen. Glauben Sie, daß wir ihn sperren lassen und dann einen neuen ausstellen sollen? Und auf wen soll er ausgestellt werden? Ich meine, es ist sicher lästig, daß ich Sie jetzt damit behellige, aber wir möchten schließlich auch nicht, daß später jemand kommt und behauptet, wir hätten die Miete nicht bezahlt.»

«Warten Sie damit ruhig bis Monatsende», sagte Dill, «bis dahin müßten die Dinge geregelt sein, und dann ruft Felicitys Anwältin Sie an und sagt Ihnen, wohin Sie die Miete überweisen müssen und auf wen Sie den Scheck ausstellen sollen.»

«Und den, den wir Felicity gegeben haben, lassen wir einfach sperren?»

«Ja, ich denke schon.»

«Na, da bin ich ja erleichtert.» Wie zum Beweis nahm sie drei große Schlucke und trank das Glas leer. Dill stand auf und streckte seine Hand danach aus.

Cindy McCabe runzelte die Stirn. «Ich glaube nicht – oh, na ja, doch! Noch einen, denke ich.»

Als Dill mit den Getränken zurückkam, bemerkte er, daß der Träger ihres gepunkteten Hemdchens leicht verrutscht oder ein wenig verschoben worden war und das obere Drittel von Cindy McCabes kecken Brüsten enthüllte, die so gleichmäßig gebräunt schienen wie alles andere. Dill reichte ihr den Drink, lächelte auf ihre Brüste oder auf das herab, was er davon sehen konnte, und sagte: «Sie sind hübsch braun gebrannt.»

Sie kicherte und blickte an sich herab. «Ich geb mir auch alle Mühe.» Sie fummelte ein bißchen an ihrem Träger herum, aber es war nur eine halbherzige Geste. «Draußen ist diese hohe Hecke», sagte sie und ließ ihre Feststellung wie eine Frage klingen.

Dill nickte, als wüßte er Bescheid.

«Also, sie reicht ganz um den hinteren Hof herum und ist fast drei Meter hoch und wirklich sehr dicht. Da kann keiner durchgucken. Also habe ich mich diesen Sommer bis Mitte vergangener Woche mit nichts an einfach dahin elegt, bis es dann eben so gottverdammt heiß wurde. Ich meine, es war geradeso, als würde man in einem Ofen braten, auch dann noch, wenn man gar nichts anhatte. Früher im Sommer, als es noch kühler war, kam Felicity manchmal heraus und hat mir Gesellschaft geleistet, wenn sie nachts arbeiten mußte oder Wechselschicht hatte.»

«Und war auch ganz ohne?» sagte Dill.

«O nein, so war's ja nun auch wieder nicht.»

«Ja, wie denn?»

«Na ja, wenn sie rauskam, hab ich mir was übergezogen. Ich meine danach, immerhin.»

«Haben Sie und Harold Felicity oft gesehen?»

«Eigentlich, um genau zu sein, recht selten, da sie zu so unregelmäßigen Zeiten gearbeitet hat. Die eine Woche tagsüber, die nächste Woche nachts, und die Woche darauf hatte sie dann Wechselschicht. Manchmal haben wir sie sogar wochenlang nicht zu Gesicht bekommen. Eigentlich haben wir sie nicht mal oben gehört. Ich meine, wenn sie nachts arbeitete, kam sie morgens, bevor wir aufgestanden sind, und dann ging sie gewöhnlich wieder, während Harold noch auf seiner Arbeit war und ich irgendwo unterwegs. Man hat von oben nie das leiseste Geräusch gehört. Ich hab ihr einmal gesagt, daß wir sie gar nicht hörten, und da hat sie nur gelächelt und gemeint, daß sie meistens barfuß herumliefe. Doch sobald irgendwas schieflief oder kaputtging, hinterließ sie mir eine Nachricht, in der sie mich darum bat, Harold zu fragen, ob er sich darum kümmern könnte, und wenn er's dann tat, war sie meistens so froh darüber, daß sie uns nach oben auf einen Drink eingeladen hat. Aber wir sind nie zusammen ausgegangen, und wie ich ja schon gesagt habe, wir wußten auch nie, wann sie oben war. Das einzige Mal, daß wir überhaupt was gehört haben, war, als dieser Riesenkerl hierherkam, brüllte und gegen die Tür gedonnert hat.

«Welcher Riesenkerl?» fragte Dill.

«Ich glaube, das war ihr Exfreund. Der war wirklich gewaltig, das kann ich bestätigen. Harold sagte mir, daß er früher mal an der Universität Football gespielt hätte, aber als er mir dann seinen Namen genannt hat, habe ich ihn gleich wieder vergessen, weil ich Football öde finde.»

«Wie oft ist dieser Riesenkerl denn hier aufgetaucht?»

«Sie glauben doch nicht, daß er irgend etwas damit zu tun gehabt hat – ich meine, mit dem, was passiert ist, oder?»

«Nein, nein, ich bin nur neugierig, was Felicity angeht und wer ihre Freunde gewesen sind – sogar ihre Exfreunde.»

«Nun, er war blond und riesig wie ein Scheunentor und jung, jedenfalls nicht über dreißig, was ich noch immer als jung bezeichnen würde, und ich bin jetzt achtundzwanzig, und das kann jeder wissen, mir ist das egal.»

«So alt sehen Sie aber gar nicht aus», log Dill.

«Nun, bin ich aber.»

«Wie oft ist er denn brüllend und gegen die Tür donnernd hier aufgekreuzt?»

«Der Riesentyp? Oh, das war nur ein einziges Mal, genau in dem Monat, als wir hier eingezogen sind. Ich dachte erst, Mensch, worauf haben wir uns bloß eingelassen! Das wurde so schlimm, daß ich Harold gebeten habe, etwas dagegen zu unternehmen, aber er wollte nicht. Harold meinte, es ginge uns nichts an, was ein Cop in seiner Freizeit machte, sogar ein weiblicher Cop. Ich glaube, er hatte vor diesem Riesenkerl ein bißchen Angst – und er war echt riesig. Natürlich war ja Felicity auch nicht gerade klein – mindestens eins fünfundsiebzig groß, aber ich kann mir immer noch nicht vorstellen, wie sie und dieser große Kerl jemals – na ja, Sie wissen schon.»

Ihr Gesichtsausdruck wurde etwas verträumt, und Dill fragte sich, wie oft sie sich wohl ihren Phantasien über diesen Riesenkerl hingegeben hatte.

«Und was war dann?» fragte Dill.

«Oh, am nächsten Morgen bin ich dann zu ihr hoch und sagte ihr, daß Harold durch den Lärm die ganze Nacht wach gelegen hätte, was eigentlich eine Lüge war, weil er glatt durchgeschlafen hat. Weil ich es gewesen bin, die die ganze Zeit wach gelegen hat. Sie war mächtig nett, aber das war sie ja eigentlich immer, sogar dann, wenn Harold die Schecks für die Miete verbummelt hatte – rhups, 'tschuldigung, das muß am Bourbon liegen.» Sie kicherte. Dill lächelte.

«Der Riesenkerl ist aber nicht wiedergekommen?» fragte er.

«Nee, nie. Felicity meinte, das würde aufhören, und das tat's dann ja auch. Danach nicht das leiseste Geräusch, kaum daß sie ihren Fernseher mal eingeschaltet hat, nicht mal morgens, um *Good Morning, America* zu sehen, 'ne Sendung, die ich mir immer anschaue. Manchmal hat sie die Abendnachrichten angemacht, aber nie sehr laut.»

«Ist Captain Colder oft hiergewesen?» sagte Dill.

«Wer?»

«Captain Colder, Gene Colder.»

«Oh, der, gestern war er da. Er stellte mir und Harold Fragen und tat irgendwie so, als hätten wir ihn nie vorher gesehen.»

«Aber das hatten Sie?»

«Oh, na klar, er kam oft vorbei und holte Felicity ab, so ungefähr ein-, zweimal die Woche.»

«Hat er sie immer nach Hause gebracht?»

«Ja, manchmal, aber hin und wieder ist sie auch überhaupt nicht nach Hause gekommen.»

Dill hatte den Eindruck, daß der Blick, den sie ihm über den Rand des Glases zuwarf, schmachtend auf ihn wirken sollte, statt dessen war er leicht benebelt. Ihm ging auf, daß sie leicht betrunken war.

«Sie sagen, daß sie manchmal überhaupt nicht nach Hause gekommen ist, nachdem sie mit Colder ausgewesen war?» fragte er.

«Macht Ihnen das was aus?»

«Nein.»

«Ich meine, wenn es sich um zwei erwachsene Leute handelt und so weiter, dann ist das doch nur natürlich, oder?»

«Stimmt.»

«Nehmen wir doch zum Beispiel mal Sie und mich.»

«Okay.»

«Wie okay?»

«Okay, nehmen wir mal uns beide.»

«Na ja, also, wenn Sie und ich ganz plötzlich scharf aufeinander sind und beschließen, daß wir das nicht einfach so im Raum stehen lassen – wen juckt das schon?»

«Harold?»

«Dem wäre das Wurscht. Er war mächtig scharf auf Felicity, aber er ist nie weit damit gekommen. Also wirklich, mir wäre das egal gewesen. Wenn sie bei uns anklopfte, ist er immer mit seinen Jockeyshorts und einem halben Ständer zur Tür gegangen. Darum hat er auch, glaube ich, manchmal die Miete zu spät bezahlt. Dann konnte er Felicity die Tür aufmachen, in seinen Jockeyshorts, mit seinem halben Ständer.»

«Hört sich an, als sei Harold ein echter Draufgänger.»

«Er ist genau das, was man erwartet. Gibt's noch Bourbon?» Sie schwenkte auffordernd ihr Glas, und Dill hatte den Eindruck, daß sie betrunkener war, als er geglaubt hatte.

«Klar», sagte er, stand auf, nahm ihr das Glas ab und ging zurück in die Küche, wo er ihr den nächsten Drink mixte, während er sein eigenes Glas mit dem Rest Perrier auffüllte. Als er ins Wohnzimmr zurückkam, waren die Träger ganz heruntergerutscht. Dill reichte ihr das Glas, lächelte und sagte: «Sieht aus, als wäre es so viel kühler.»

«Wie finden Sie die?» fragte sie, legte die Hand über ihre linke Brust und schob sie heraus.

«Niedlich.»

«Bloß niedlich?»

«Ausgesprochen niedlich.»

«Das ist so was ähnliches wie ein Annäherungsversuch.»

«Ich weiß.»

«Na und?»

«Na ja, ist wirklich ein Jammer, aber in der nächsten Viertelstunde muß ich in der Innenstadt sein.»

«Wirklich? Im Ernst?»

Dill nickte bedauernd.

Cindy McCabe goß ein Drittel von ihrem neuen Drink in sich hinein. Als sie das Glas absetzte, war ihr Blick noch immer verschwommen, und ihre Augen schielten sogar leicht. Sie starrte Dill an. «Soll ich Ihnen mal was sagen?» fragte sie.

«Was denn?»

«Ich hab's einmal auch mit Felicity versucht, ich meine, ich wollte sie verführen – draußen im Hinterhof.»

«Was ist passiert?»

Cindy McCabe lachte, es war ein kurzes, abgerissenes Lachen, mehr bekümmert als froh. «Sie hat mich wirklich nett abgewiesen.» Cindy blieb eine Weile still, runzelte die Stirn, blickte auf ihre nackten Brüste herab, schaute wieder hoch und fügte hinzu: «Genau auf dieselbe Weise, in der Sie mich eben abgewiesen haben.»

13

Nachdem er Cindy McCabe endlich losgeworden war, fuhr Dill zurück in die Innenstadt, parkte den gemieteten Ford in der Tiefgarage und betrat um fünfzehn Uhr sechsundvierzig das angenehm kühle Hawkins Hotel. Die Außentemperatur betrug – der Anzeige an der First National Bank zufolge – 42 Grad Celsius. Es war völlig windstill. Dill konnte sich nicht erinnern, wann der Wind jemals ganz ausgesetzt hatte.

Die ältliche Frau, die er für einen Dauergast hielt, saß auf ihrem angestammten Sessel in der Lobby und war mit einer vertrackt aussehenden Häkelarbeit beschäftigt. Sie sah auf, als Dill sich ihr näherte, aber diesmal runzelte sie nicht die Stirn und blickte ihn auch nicht finster an, aber ebensowenig lächelte sie ihm zu. Sie musterte ihn nur mit starrem Blick. Dill lächelte und nickte. Sie nickte zurück und sagte: «Tornadowetter.»

Dill meinte: «Sie könnten recht haben», und ging weiter bis zum Empfangsschalter, wo er anhielt, um nachzusehen, ob eine Nachricht in seinem Fach hinterlassen worden war. Er entdeckte, daß ein rosa Zettel darin lag. Er bat den Angestellten, ihn ihm auszuhändigen. Der Angestellte, derselbe, der Dill bei seiner Ankunft bedient hatte, schaute zuerst auf seine Armbanduhr, nahm dann den Zettel aus dem Fach, lehnte sich über den Tresen und wirkte mit einemmal ganz vertraulich, ja geradezu verschwörerisch, oder beides, dachte Dill.

«Captain Colder», sagte der Angestellte und bewegte dabei kaum die Lippen.

Auch Dill liebte Melodramen, besonders nachmittags. «Wo?»

«Die Schlammgrube.»

«Seit wann?»

Der Angestellte zuckte die schmalen Schultern. «Fünfzehn, vielleicht zwanzig Minuten.»

«Und?»

«Er sucht nach Ihnen.»

«Gibt's einen Hinterausgang?»

«Sie könnten –» Der Mann am Empfang bremste sich. Seine Ohren färbten sich rosa. «Also wissen Sie, Mr. Dill, Sie wollen mich auf den Arm nehmen!»

«Nein, nein, ganz und gar nicht», sagte Dill, drehte ab und ging zur Schlammgrube. Noch im Gehen las er die Nachricht. Sie enthielt die Aufforderung: «Bitte rufen Sie Mr. Dolan in Washington D.C. vor 18 Uhr IDT an.» Dill warf einen Blick auf seine Uhr, um sich zu vergewissern. In Washington würde es erst in einer Stunde achtzehn Uhr sein. Aber das war schließlich nicht eilig. Timothy Dolan würde nie vor neunzehn Uhr das Büro des Unterausschusses verlassen, nicht einmal Freitag abends.

Die Schlammgrube, die ihrem Namen wie immer alle Ehre machte, war stockfinster wie eh und je. Dill brauchte eine ganze Weile, bis er sich an das Dunkel gewöhnt hatte. Schließlich entdeckte er Captain Gene Colder an einem Tisch neben der Nordwand. Colder saß mit dem Rücken zur Wand, vor sich ein großes Glas Bier. Das Bier sah aus, als hätte er noch nicht davon getrunken. Dill vermutete, daß Colder nicht gern Alkohol trank, trotz der zwei Scotch, die er gestern nachmittag in Dills Hotelzimmer getrunken hatte. Dill vermutete, daß die zwei Scotch gerade das Quantum gewesen waren, das Colder sich pro Woche zugestand.

Dill ging zu seinem Tisch hinüber. Colder blickte zu ihm auf und nickte. Es war kein freundliches Nicken, ebensowenig war es unfreundlich, es war genau das kühle Nicken, das ein Fremder für einen anderen übrig hatte, wobei er sich jeder Beurteilung enthielt, bis dieser andere Fremde etwas Außergewöhnliches tat.

«Setzen Sie sich», sagte Colder.

Dill nickte kühl zurück, wie er es einem Fremden gegenüber getan hätte, zog sich einen Stuhl heran und setzte sich.

«Ein Drink?»

Dill reichte es für heute eigentlich, trotzdem sagte er: «Ein Bier wäre nicht schlecht.»

Colder hob winkend die Hand. Die Kellnerin kam eilfertig an ihren Tisch. Ah so, dachte Dill bei sich, du hast also hier mit Leuten gebechert, die prompte Bedienung verlangt haben.

«Er möchte ein Bier, Lucille», sagte Colder zu der Kellnerin.

«Und Sie, Captain, alles klar?» fragte sie.

«Ich hab alles», sagte er.

Lucille wirbelte davon. Colder zog eine Packung Salem heraus und bot Dill eine Zigarette an. Dill schüttelte den Kopf. «Ich hab aufgehört.»

«Wenn ich das Zeug noch lange weiterrauche, tu ich's irgendwann auch.» Colder zündete sich die Zigarette mit einem Wegwerffeuerzeug an und beugte sich vor, die Ellbogen auf den Tisch gestützt. «Ich dachte mir, wir könnten uns mal unterhalten, ohne daß uns der Chef im Nakken sitzt.»

«Okay.»

«Felicity», sagte Colder, «ich möchte über sie reden.»

«In Ordnung.»

«Vielleicht merkt man's mir nicht an, Dill, aber ich gehe fast aus dem Leim.»

Dill nickte und hoffte, daß man ihm diese Geste als Äußerung von Mitgefühl abnehmen würde. Das war offenbar nicht der Fall, denn Colder starrte ihn an, als erwarte er mehr von ihm.

«Das geht mir nicht anders», sagte Dill, «ich geh aus allen Fugen, beinahe.»

So war es schon besser, spürte Dill, nicht viel, aber immerhin. Colder wandte den Blick ab und sagte: «Ich bin mit einer monströsen Kuh verheiratet.»

«Das kommt zuweilen vor.»

«Sie ist die Tochter eines Expolizeichefs aus meiner Heimatstadt, aus Kansas City.» Er drückte seine halbgerauchte Zigarette aus. «Und das ist der Grund, weswegen ich sie geheiratet habe – weil sie die Tochter des Polizeichefs war.» Er fuhr damit fort, sorgfältig seine Zigarette auszudrücken. «Ich habe einen Fehler gemacht.»

«Ich mache ständig welche», sagte Dill, da er merkte, daß Colder eine Antwort darauf erwartete. Die Kellnerin eilte zu ihrem Tisch, baute das Bierglas vor Dill auf und hastete wieder davon. Dill nahm einen ersten vorsichtigen Schluck. Colder hatte sein Glas noch nicht angerührt.

«Ich bin jetzt sechsunddreißig Jahre alt, und wenn ich die Sache richtig anpacke, kann ich mit vierzig bereits Chef sein. Vielleicht sogar noch eher, und damit meine ich nicht Chef der Kriminalabteilung, wie es Strucker ist. Ich meine Polizeichef – der *queso grande.*»

«Aber», sagte Dill.

«Was meinen Sie mit ‹aber›?»

«Das ist es doch wohl, warum Sie mir dies alles erzählen – weil es nämlich ein solches ‹Aber› gibt.»

Colder starrte unverwandt zu Dill hinüber. Das ist der starre Blick des Großinquisitors, entschied Dill, der besagen sollte: Bekenne. Offenbare. Gib dich preis. Spuck es aus.

«An was für ein ‹Aber› haben Sie denn dabei gedacht?» fragte Colder.

Dill zuckte die Achseln. «Ich würde nicht mal den Versuch machen zu raten, weil Sie es mir ohnehin gleich sagen werden.» Du brennst geradezu darauf, es mir zu sagen, dachte er. Der Inquisitor wird zum Inquisierten. «Obgleich ich dabei den starken Verdacht habe, daß Sie, Captain, ganz gleich, welche Enthüllungen Sie mir zu bieten haben, ohne Schuld und Tadel aus allem hervorgehen werden.»

«Meine Frau», begann Colder, «na ja, meine Frau hat mir die Hölle heiß gemacht, schon lange bevor ich Felicity begegnet bin. Um die Wahrheit zu sagen, ich hab sie verlassen.»

«Bevor sie Felicity begegnet sind.»

«Na ja, jedenfalls kurz danach.»

«Ach so.»

«Ich möchte nicht den Eindruck bekommen, Felicity hätte ein trautes Glück zerstört.»

«Ich bin sicher, daß sie das nicht getan hätte.»

«Meine Frau und ich sind kinderlos. Der einzige Zank, den wir hatten, betraf nur sie und mich.»

«Sie lebt hier?»

«Richtig, sie lebt hier.»

«Wie alt ist sie?»

«Etwas älter als ich. Achtunddreißig.»

«Das ist beinahe zu spät, um noch Kinder zu haben.»

«Ich glaube nicht, daß sie jemals welche gewollt hat», sagte Colder und trank düster einen Schluck Bier, von dem Dill annahm, daß es längst schal geworden sein mußte. Colder schien anderer Meinung zu sein.

«Was hat sich denn nun danach abgespielt?» fragte Dill. «Ich meine, nachdem sie das mit Felicity herausgefunden hatte.»

«Sie haben's doch schon gehört, oder?»

«Was denn gehört?»

«Daß meine Frau gedroht hat, Felicity umzubringen.»
«Nein, das ist mir neu.»
«Man wird's Ihnen schon erzählen.»
«Hat sie's denn getan?»
«Damit gedroht, sicher.»
«Nein», sagte Dill, «das habe ich nicht gemeint.»
«Sie meinen, ob sie Felicity wirklich getötet hat?»
«Ja.»
«Nein», sagte Colder, «hat sie nicht.»
«Wie hat Ihre Frau denn ihre Drohungen vorgebracht?»

«Sie hat sie zu Hause angerufen und geschrien: Wenn du nicht die Finger von meinem Mann läßt, bring ich dich um. Sie hat auch in ihrer Dienststelle angerufen. Wenn Gertrude – so heißt sie – Felicity nicht erreichen konnte, hinterließ sie bei jedem eine Nachricht, der gerade den Hörer abnahm. Sie ließ Sätze ausrichten wie diese: Hier ist die Frau von Captain Colder. Sagen Sie Detective Dill, daß ich sie umbringen werde, wenn sie ihn nicht in Ruhe läßt. Das ging wochenlang so.»

«Und dann?»

Colder zündete sich noch eine von seinen Mentholzigaretten an. Er inhalierte tief und schnitt eine Grimasse, als sei er den Geschmack sattsam leid, beziehungsweise das, was er gerade sagen wollte. «In diesem Bundesstaat reichen zwei Ärzte zur Zwangseinweisung. Die Abteilung hat zwei in ständiger Abrufbereitschaft – das sind Typen, denen wir Scherereien mit der staatlichen Ärztekammer machen könnten, falls wir etwas gegen sie unternehmen wollen. Wir halten ein bißchen den Daumen drauf.» Er legte eine Pause ein. «Ist das nicht gräßlich?»

Dill nickte. «Das schon», sagte er, «das ist es.»

«Ich hab sie also für eine Weile aus dem Verkehr gezogen.»

«Gertrude.»

«Ja, Gertrude.»

«Wann war das?»

Colder schien nachzudenken. «Im September vergangenen Jahres.»

«Sie ist also weg vom Fenster – wie lange? Zehn oder elf Monate?»

«Richtig.»

«Und?»

«Man hat sie ruhiggestellt. Sie geben ihr Valium. Sie trifft sich sogar mit irgendeinem Kerl, dem sie da über den Weg gelaufen ist. Ich hab ihn überprüft, er ist einer von diesen Drehtürpatienten, einer vor diesen Alkis, der gerade im Entzug war, als sie ihn kennenlernte. Er lebt von einem Treuhandfonds, den eigentlich jeder Spriti haben sollte, also muß er sich um Geld keine großen Sorgen machen. Das bringt ihm monatlich ein paar tausend Dollar, und manchmal verkauft er auch hier und da ein Grundstück. Aber meistens hängt er sich bei Gertrude ein, er schenkt ihr Blumen, geht mit ihr ins Kino und ins Theater, wann immer er hier bei uns auftaucht, und das alles macht ihr offenbar einen Riesenspaß. Er ist älter, so etwa Anfang Fünfzig, und ich glaube schon, daß er sie auch bumst. Zwar nicht allzuoft, aber das macht ihr offenbar auch Spaß.»

«Sie hat also in die Scheidung eingewilligt», sagte Dill.

«O ja, sie hat schließlich eingewilligt, nachdem sie unter Verschluß kam.»

«Wo ist sie gewesen?»

«Millrun Farm. Haben Sie schon mal davon gehört?»

«Das war doch die Klinik des alten Doc Lasker, als er noch der prominenteste Abtreiber am Platz war. Sie kamen damals von überall hierher – aus New York, Los Angeles, Memphis, Chicago. Das war damals ein ganz angenehmer Ort, aber das ist nun schon viele Jahre her.»

«Ist es immer noch», sagte Colder. «Lasker ist tot, das wissen Sie ja.»

Dill schüttelte den Kopf. «Wußte ich nicht.»

«Er war alt, und sein Geschäft war ohnehin im Eimer, als die Abtreibung legalisiert wurde. Also verkaufte er das Ganze an ein paar junge Psychologen, und die machten einen Renner daraus. Weiß Gott, die verlangen aber auch Preise.»

Dill trank sein Bier aus. «Ich frage mich, warum Felicity mir nie erzählt hat, daß sei heiraten wollte.»

Colder schüttelte den Kopf, als wäre er zutiefst verwundert. Dill nahm ihm diese Geste nicht ab. Verwunderung gehörte ebensowenig zu Colders Repertoire wie schlichte Bescheidenheit. Nein, was immer Sie sein mögen, Captain, eins sind Sie ganz und gar nicht: erstaunt und bescheiden.

«Sie erzählte mir, sie hätte Ihnen davon geschrieben», sagte Colder.

«Das tat sie nicht.»

«Vielleicht war es wegen Gertrude und all dem.»

«Vielleicht.» Dill bekam jetzt Lust auf ein weiteres Bier. Er schaute zur Bar hinüber, hielt den Blick der Kellnerin Lucille fest und machte mit abwärts gestrecktem Zeigefinger eine kreisende Bewegung über dem Tisch. Lucille nickte zurück zum Zeichen, daß sie ihn verstanden hatte. Dill wandte sich wieder Colder zu und warf ihm sein entwaffnendstes Lächeln zu.

«Ich möchte Sie etwas fragen», sagte Dill, und sein Lächeln floß jetzt fast vor Wärme, Verständnis und Mitgefühl über.

Im ersten Augenblick war Colder dieses Lächeln offenbar nicht ganz geheuer. Er nahm seine Ellbogen vom Tisch und lehnte sich in seinem Stuhl zurück. Er ging in Verteidigungsstellung. Als er antwortete, klang seine

Stimme wieder so, als spräche er zu einem Fremden. «Welche Frage denn?»

«Wo hat Felicity gewohnt?» Dill behielt sein Lächeln angestrengt im Gesicht.

«Ecke 32nd und Texas», sagte Colder ohne Zögern.

Das Lächeln erlosch, und Dill schüttelte bedauernd den Kopf. «Ich glaube, ich habe mich nicht richtig ausgedrückt.»

«Sie haben mich gefragt, wo sie gewohnt hat. Ich hab's Ihnen erzählt. Ecke 32nd und Texas.»

«Da hat sie gelegentlich campiert», sagte Dill. «Ich war heute nachmittag dort. Ich habe ein bißchen herumgestöbert. Da wohnte niemand, absolut niemand. Irgendwer hat dort ein paar Kleidungsstücke aufbewahrt, jemand hat dort hin und wieder eine Tasse Kaffee getrunken. Ab und an hat dort sogar jemand geschlafen, aber gewohnt hat da niemand, jedenfalls niemand mit Namen Felicity Dill. Was ich Sie also eigentlich fragen will, ist, wo Felicity tatsächlich gewohnt hat? Bei Ihnen? Hat sie dort den Herd mit Remouladensoße bekleckert und neun Bücher gleichzeitig gelesen, die sie meistens aufgeschlagen auf dem Fußboden liegenließ? Und hat sie dort zwei Packungen Luckys am Tag geraucht, sich mindestens zweimal am Tag auf die Waage gestellt und ihre Küche ausreichend mit Nahrungsmitteln für mindestens zwei Monate vollgestopft, auch wenn sie vieles davon wegwerfen mußte? Das war meine Schwester, Captain. So hat sie gelebt. Sie war nicht maßlos ordnungsliebend. Sie hat nicht Versandhausdrucke von Impressionisten an ihre Wände gehängt. Man mußte Felicity nur fünf Minuten in einem Raum allein lassen, jedem beliebigen Raum, und bald sah er aus, als hätte sie schon seit ewigen Zeiten darin gelebt. Sie nistet sich ein, Captain, und sie baute sich aus allen möglichen Sachen ein Nest – seltsamen

Dingen, komischen Dingen, sogar albernen Dingen – wie jenem Feuerhydranten, den sie gekauft hatte, als sie fünfzehn war, den sie oben mit dem Schweißbrenner aufschnitt und daraus ein Vogelbad machte, das sie vorn im Garten aufbaute.» Dill zog tief die Luft ein, hielt sie eine ganze Weile an, stieß sie langsam aus und fragte in einem ruhigen, vernünftigen Ton: «Wo hat sie also gewohnt, Captain?»

Die Kellnerin Lucille tauchte mit den zwei Bieren auf und stellte sie vor ihnen ab. Sie setzte an, um etwas zu Colder zu sagen, änderte jedoch ihre Absicht, als sie seinen Gesichtsausdruck sah, und machte sich schleunigst davon. Colder, der Dill noch immer anstarrte, schob seine linke Hand in seine Hosentasche, hob sein Bier mit der rechten und trank einige Schlucke.

Nachdem Colder sein Bier abgestellt hatte, sagte er: «Ecke Fillmore und Nineteenth. Sie wissen, wo das ist?»

Dills Erinnerung ging Abschnitt für Abschnitt den Stadtplan durch. Die Karte hatte sich ihm unauslöschlich eingeprägt. «Die Fillmore stößt auf den Park, den Washington Park, und geht dann auf der anderen Seite weiter. An der Ecke stehen ein paar alte Häuser, sehr große alte Häuser.»

«Südwestecke, 1738 Fillmore. Ein Architekt hat es gekauft und zu Apartments umgebaut. Hinten ist eine Garagenwohnung, an der Zufahrt. Das war Felicitys.» Er zog seine linke Hand aus der Tasche und legte einen einzelnen Schlüssel neben Dills Bierglas. «Hier ist der Schlüssel.»

Dill schaute erst den Schlüssel und dann Colder an. Ihm war so, als hätte er für Sekundenbruchteile etwas in den Augen des anderen gesehen, vielleicht Schmerz, doch er verflüchtigte sich fast sofort wieder. «Warum zwei Wohnungen?» fragte Dill.

«Ich weiß es nicht.»

«Aber Sie haben doch von beiden gewußt?»

«Herrgott, ja, ich wußte es. Schauen Sie, mein Freund, vielleicht sollten Sie sich eines merken: Ich wollte sie heiraten. Nicht weil sie meiner Karriere förderlich gewesen wäre, nicht weil sie reich war, nicht weil sie – ach, zum Teufel, ich habe sie geliebt! Eben darum wollte ich sie heiraten!»

Der Schmerz, so bemerkte Dill, kehrte jetzt in Colders Augen zurück. Diesmal verlor er sich nicht gleich wieder. «Was hat sie dazu gesagt – daß sie zwei Wohnungen gehabt hat.»

«Sie sagte, das andere, das einstöckige Haus, wäre eine Investition für Sie beide. Sie sagte, Sie hätten die Absicht geäußert, hierher zurückzukommen und wieder hier zu leben. Sie sagte auch, Sie hätten geholfen, es zu kaufen.»

«Das hat sie gesagt?»

Colder nickte, und der Schmerz in seinen Augen drohte sich über sein ganzes Gesicht auszubreiten.

«Sie hat gelogen», sagte Dill.

«Ja», sagte Colder, «das wissen wir beide jetzt, nicht wahr?»

14

Nachdem er Captain Colder verlassen hatte, ging Dill zurück in die Tiefgarage des Hotels, holte die Akte Jake Spivey aus dem Handschuhfach des Ford und nahm den Fahrstuhl von der Garage bis zum neunten Stockwerk. Er beabsichtigte, Timothy Doland in Washington anzurufen und ihm einige der wichtigeren Passagen aus Spiveys eidesstattlicher Erklärung vorzulesen.

Dill schloß die Tür zu Zimmer 981 auf, stieß sie auf und betrat den Raum. Er drehte sich um, um die Tür zu schließen, und der Arm legte sich um seinen Hals. Es war ein dicker Arm, sehr muskulös, sehr stark. Dill hatte gerade noch Zeit, Würgegriff zu denken und zu registrieren, daß der, zu dem der Arm gehörte, weder keuchte noch schwer atmete. Vielleicht verdiente er sich damit seinen Lebensunterhalt, dachte Dill. Und dann, als die Sauerstoffzufuhr unterbrochen war und die Halsschlagader zugedrückt wurde, als nicht mehr genügend Luft in seine Lungen einströmen konnte und sein Gehirn nicht mehr mit Blut versorgt wurde, verlor Dill das Bewußtsein und erlangte es erst neun Minuten später wieder.

Er fand sich auf dem Fußboden neben dem Bett liegend. Das erste, was er tat, nachdem er die Augen geöffnet hatte, war schlucken. Nichts war zerquetscht worden, es tat nicht einmal sehr weh – nur seine Kehle fühlte sich etwas wund an, und er wußte, daß das gleich vorüber sein würde. Es ist nicht viel schlimmer, als es damals in der fünften Klasse gewesen ist, als Jake und ich herausfanden, wie man das machen muß, dachte Dill. Außer, daß wir den Namen Halsschlagader noch nicht kannten. Wir fanden einfach, das wäre eine saubere, bequeme Art, ohnmächtig zu werden.

Er setzte sich langsam, sogar ein wenig müde auf und blickte sich prüfend um, um festzustellen, ob der Würger noch immer im Zimmer war. Das war er nicht. Dill tastete die Brusttasche seines Jacketts nach der Brieftasche ab. Sie war noch da. Er nahm sie heraus, klappte sie auf und zählte das Geld nach. Es war nichts gestohlen worden. Seine Armbanduhr umschloß noch immer das linke Handgelenk. Dill stützte sich auf die Knie, kam dann auf die Füße und blickte sich suchend nach der Akte Jake Spivey um. Es war nur ein kurzer Blick, dem jede Hoffnung fehlte. Er wußte, daß die Akte verschwunden sein würde, und so war es auch.

Dill setzte sich aufs Bett und befühlte mit der rechten Hand tapfer seine Kehle. Die leichte Wundheit ebbte bereits ab. Der Hirnschaden würde minimal sein, redete er sich zu, allenfalls ein Verlust von einigen hunderttausend Zellen, aber es gibt schließlich noch viele Millionen andere, und da du ja ohnehin nicht viel Gebrauch davon machst, wirst du so pfiffig wie immer sein, das heißt, du kannst breite Straßen noch immer ganz allein überqueren.

Er versuchte, sich alles über den Angreifer einzuprägen, woran er sich erinnern konnte. Ihm fiel der Unterarm wieder ein. Es war ein mordsmäßiger Unterarm gewesen, wahrscheinlich der rechte, da die linke Hand das rechte Handgelenk umspannen mußte, um den Druck auszuüben. Dann war da noch diese leichte, ganz normale Atmung gewesen. Der war nicht gerade in Panik geraten, während er auf dein Erscheinen wartete. Seine Nerven, falls er überhaupt welche hatte, waren in allerbester Verfassung, und seine Pulsfrequenz erhöht sich wahrscheinlich bis auf zweiundsiebzig Schläge, wenn er hoch erregt ist – falls bei ihm so etwas überhaupt vorkommt. Dill mußte nicht eigens seinen eigenen Puls fühlen, um zu wissen, daß er raste.

Und da sein Angreifer es so glatt und offenbar anstrengungslos gemacht hatte, entschied Dill, daß er es in der Vergangenheit oft getan haben mußte, was womöglich, Inspektor, darauf hindeutet, daß er, bevor er sein schändliches Verbrecherleben aufnahm, durchaus ein ehrlicher Polizist gewesen sein mochte oder sogar ein durch und durch unehrlicher, vielleicht aus Los Angeles, wo dem

Vernehmen nach die Großmeister des Würgegriffs leben. Und dieser hier konnte sich spielend um olympische Ehren im Würgen bewerben. Es bestand natürlich auch die Möglichkeit, daß er seine Kunst irgendwo anders erlernt hatte. Es konnte auch ein leicht angeknackster Veteran der Special Forces sein, ein ergrauender Green Beret, der in Bragg alles über Würgegriffe und lautloses Töten gelernt, es dann in Vietnam zur Perfektion abgerundet hatte und jetzt seine schwer erworbenen Fertigkeiten all denen anbot, die sie kaufen wollten. Erwirb dir Fachkenntnisse in der Armee, hatten sie ihm geraten, und das hatte er ja auch getan.

Dill stand vom Bett auf, ging hinüber zur Flasche Old Smuggler, die noch immer auf dem Schreibtisch stand, öffnete sie, schnüffelte argwöhnisch am Flaschenhals (weswegen nur, fragte er sich – Zyankali?), schenkte sich einen gehörigen Schluck in ein Glas und trank es leer. Der Alkohol brannte leicht und machte ihn schaudern, aber nicht mehr als gewöhnlich.

Nachdem er das Glas abgesetzt hatte, nahm Dill den Hörer vom Telefon, schloß die Augen, erinnerte sich an die Nummer, die er haben wollte, und wählte. Beim dritten Läuten antwortete ihm die Stimme von Daphne Owens, die sich wieder mit den vier letzten Ziffern der Nummer meldete.

«Hier ist noch einmal Ben Dill, ich möchte nur ganz kurz mit Jake sprechen.»

«Kleinen Augenblick», sagte sie, und zehn Sekunden später war Spivey in der Leitung und sprudelte gut gelaunt wie immer hervor: «Ich wollte dich gerade anrufen, lieber Kumpel.»

«Weswegen denn?»

«Sonntag, du bist Sonntag doch noch in der Stadt, wie? Na ja, der Mann vom Wetteramt sagt, daß es wieder brüllend heiß werden wird, also dachte ich mir, daß du vielleicht hier zu mir herauskommen, ein paar Rippchen grillen, ins Wasser springen und ein paar halbnackte Damen anglotzen möchtest. Bleib doch den ganzen Tag.»

«Klingt gut», sagte Dill, «vielleicht bringe ich jemanden mit.»

«Eine halbnackte Dame?»

«Genau.»

«Also, ich bewundere die Art und Weise, wie ihr aalglatten Jungs aus der Stadt vorgeht.»

«Ich habe ein Problem, Jake.»

«Groß oder klein?»

«Klein. Ich habe deine eidesstattliche Erklärung verloren.»

An Spiveys Ende blieb es eine ganze Weil still. «Sie verloren?»

«Reine Sorglosigkeit.»

«Ich denke, ich sollte besser fragen, wo du sie verloren hast, und dann könntest du's mir sagen, falls du noch weißt, wo du sie verloren hast, und wir würden losgehen und sie wiederbeschaffen. Also, wo hast du sie verloren?»

«Ich hatte sie in meinem Diplomatenköfferchen», log Dill. «Ich hab das Ding am Zeitungsstand im Hotel abgestellt, um ein paar Zeitschriften durchzublättern, und als ich nach unten langte und es hochnehmen wollte, war es verschwunden.»

«Solche Sachen sind in der Innenstadt an der Tagesordnung», sagte Spivey. «Was war sonst noch in deinem Köfferchen?»

Dill beschloß, seine Geschichte noch mehr auszuschmücken. «Mein Flugticket, ein paar Papiere, aber nichts Wichtiges. Ich wollte nur fragen, ob du mir eine Kopie deiner Erklärung überlassen kannst.»

«Kleinigkeit. Ich muß nur eins der Mädchen darum bitten, einen Knopf zu drücken, und der Drucker wirft die nächste aus. Die verdammten Computer sind schon eine tolle Sache, wie?» Bevor Dill darauf antworten konnte, fuhr Spivey in amüsiertem Ton fort: «In der Erklärung steht ja sowieso nichts, ich meine, nichts, worüber ich mir graue Haare wachsen lassen muß. Also weißt du was, ich laß einfach noch eine Kopie ausdrukken, lasse sie von Daffy notariell bestätigen und schicke sie dir durch einen meiner Mexikaner zu. Er könnte ungefähr in einer Stunde dasein, für den Fall, daß du deine Leute in Washington anrufen willst, um ihnen zu erzählen, welch großartige Arbeit du hier unten geleistet hast.»

«Du bist ein Juwel, Jake.»

«Schon wieder dieses unaussprechliche Wort. Also nun zu Sonntag. Warum kommst du mit deiner befreundeten Dame nicht schon gegen Mittag hier zu mir heraus?»

«Das klingt gut.»

«Ich seh dich also Sonntag.»

Dill dankte Spivey noch einmal und legte auf. Er stand da, starrte auf das Telefon herunter, prägte sich noch einmal genau die Lügen ein, die er Spivey erzählt hatte, hob dann wieder den Hörer ab, wählte elf Nummern, lauschte auf das Knistern und Knacken in der Fernleitung, das Läuten am anderen Ende und dann auf die Stimme von Timothy Dolan, als er sich meldete. «Dolan.»

«Hier ist Ben, Tim.»

«Ich habe ein paar Neuigkeiten. Clyde Brattle ist zurück.»

«Zurück? Wo?»

«Wieder in den Staaten. Er ist von Kanada herübergekommen.»

«Aber sie konnten ihm nicht auf den Fersen bleiben, stimmt's?»

«Erst zwei Tage später ging einem von ihnen schließlich ein Licht auf, und er sagte sich: Verflixt, das Gesicht kommt mir bekannt vor, ging dann sein Fahndungsbuch durch und erkannte Brattle.»

«Wo war das?»

«Detroit.»

«Wann?»

Entweder seufzte Dolan, oder er stieß den Rauch seiner Zigarre aus. «Vor zehn Tagen, aber niemand hat es für nötig gehalten, uns davon in Kenntnis zu setzen, bis heute nachmittag. Der Senator ist bereits nach Santa Fe abgedüst, um dort ein bißchen Wochenendpolitik zu machen, und ich hab es bisher noch nicht geschafft, ihn zu erreichen. Er wird einen Mordsterror machen.»

«Was glaubst du, warum Brattle zurückgekommen ist?»

«Ich würde sagen, daß er sich vielleicht um ein paar undichte Stellen kümmern muß.»

«Wie etwa Spivey?»

«Mag sein. Hast du schon mit ihm gesprochen?»

«Heute nachmittag.»

«Hat er zugestimmt, dir eine eidesstattliche Erklärung zu geben?»

«Ich hab sie schon im Kasten. Beglaubigt und alles.»

«Was Interessantes dabei?»

«Nur das, was nicht drinsteht, ist interessant.»

«Was will er für das haben, was nicht drinsteht – Immunität?»

«Richtig.»

«Was hast du ihm gesagt?»

«Ich hab genickt.»

«Nun ja, ein Nicken bekommt er nicht auf Band.»

«Da ist noch etwas», sagte Dill.

«Ich mag deinen Tonfall nicht, Ben. Der klingt nach Schwierigkeiten und einer gründlichen Katastrophe.»

«Ich bin überfallen worden.»

«Großer Gott, wann?»

«Vor ungefähr fünfzehn Minuten. In meinem Hotelzimmer. Sie haben die Akte Spivey.»

«Was sonst noch?»

«Das war alles, was sie wollten.»

«Warum ‹sie›?»

«Er war groß genug für zwei. Er wandte bei mir einen Würgegriff an und ... Nein, ich bin unverletzt, aber es war irgendwie nett von dir, anzufragen.»

«Ich überlege gerade», sagte Dolan. «Die Akte selbst ist nicht wichtig, wir haben Kopien.»

«Und Spivey wird mir eine Kopie seiner Erklärung schicken. Ich hab ihm weisgemacht, jemand hätte mir mein Diplomatenköfferchen geklaut.»

«Du hast gar kein Diplomatenköfferchen.»

«Das weiß Spivey aber nicht.»

Am anderen Ende in Washington gab es ein längeres Schweigen, bis Dolan schließlich sagte: «Ich hab mir noch was durch den Kopf gehen lassen. Was war noch in der Erklärung – zwischen den Zeilen?»

«Zwischen den Zeilen, wenn ich richtig gehört und gelesen habe, könnte Spivey, falls er will, Clyde Brattle zur Strecke bringen, und das natürlich auch nur, falls wir ihm Immunität garantieren, so daß er sich nicht gleichzeitig selbst mit erledigt.»

«Nach Detroit», sagte Dolan gedehnt, «ich frage mich, wohin Brattle danach weggetaucht ist.»

«Du fragst dich doch nicht nur, sondern du unterstellst doch glatt, daß er hier ist und nur mal einen schnellen Blick in Spiveys Akte werfen wollte.»

«Das ist eine Möglichkeit.»

«Vielleicht sollte ich Jake besser warnen.»

«Mach nur. Aber falls Clyde Brattle ihn tot sehen will, ist er bereits tot. Unser Problem besteht darin, Spivey so lange am Leben zu halten, bis –» Dolan ließ den Satz unvollendet. «Paß auf, wenn ich hier alles klarbekomme, mit dem Vorsitzenden rede und mit diesem Stück Scheiße Clewson, nun, dann ...» Seine Stimme verlor sich. Clewson: Das war Norman Clewson, der Berater der Mehrheit im Unterausschuß. Dolan verabscheute ihn. «Ich kann es schaffen», sagte er plötzlich.

«Was schaffen?»

«Ein Hearing des Unterausschusses da unten bei dir für nächsten Dienstag oder Mittwoch einberufen. Der Senator kann den Vorsitz führen. Mensch, es liegt genau auf seinem Rückweg. Ich komme dann selbst runter, und wir halten es im Gebäude der Bundesbehörde ab, sichern Spivey Immunität zu und lassen ihn sich um Kopf und Kragen reden, solange er noch am Leben ist.»

«Das bekommst du doch nie durch», sagte Dill.

«Ich krieg das hingebogen», sagte Dolan mit selbstbewußtem Tonfall. «Sie haben einfach keine andere Wahl, wenn ich ihnen erzähle, daß sie, falls sie es nicht tun, nie und nimmer Spiveys ungeschminkte Zeugenaussage bekommen werden, weil er dann nämlich verdammt tot sein wird.»

«Du glaubst wirklich dran?»

Dolan legte eine kurze Pause ein, bevor er antwortete. «Klar, du etwa nicht?»

«Du kennst Jake nicht so gut wie ich.»

«Du meinst also, Brattle könnte der Tote sein?»

«Das könnte er.»

«Zum Teufel, Ben, auch wenn du recht behältst, haben wir die Nase vorn.»

15

An jenem Freitag abend, drei Minuten vor sechs, meldete sich Anna Maude Singe, die Anwältin, am Telefon ihrer Kanzlei munter und geschäftsmäßig: «Anna Maude Singe.»

«Hier ist Ben Dill.»

«Oh», sagte sie, «schön. Hey.»

«Ich war mir nicht sicher, ob ich Sie noch erwischen würde.»

«Ich war grad am Aufbrechen.»

«Der Grund für meinen Anruf ist der, daß sie – sie, damit meine ich die Cops – mir morgen einen Wagen mit Fahrer schicken, und ich hab mir überlegt, falls Ihnen daran liegt, daß Sie ja mit mir zu den Trauerfeierlichkeiten fahren können und danach mit hinaus auf den Friedhof.»

Es gab ein kurzes Schweigen, bis Anna Maud schließlich sagte: «Ja, das würde ich gern.» Es gab wieder eine Pause, und dann sagte sie: «Ich muß ohnehin mit Ihnen reden.»

«Wie wär's mit heut abend?» fragte Dill.

«Heut abend?»

«Großes Abendessen.»

«Sie meinen, eine echte Verabredung?»

«Sie haben's fast erraten.»

«Mit echtem, richtigem Essen?»

«Das kann ich versprechen.»

«Na ja, das klingt um einiges besser als Diätküche. Wo sollen wir uns treffen?»

«Kann ich Sie nicht abholen?»

«Sie meinen, von zu Hause?»

«Gewiß doch.»

«Gott», sagte sie, «das ist wirklich wie bei einer richtigen Verabredung, nicht wahr?»

Anna Maude Singe wohnte an der Ecke 22nd und Van Buren Street in einem siebengeschossigen Apartmenthaus, das im Frühjahr 1929 von demselben Syndikat von Ölleuten gebaut worden war, das später das Hochhaus des bankrotten Bodenspekulanten erworben hatte. Offensichtlich hatten die Ölleute das leicht georgianisch anmutende Gebäude errichten lassen, um die Elterngeneration der neuen Ölreichen unterzubringen, die die alten Leute nicht immer auf Schritt und Tritt im Nacken haben wollten. Es war ein gut durchdachtes, sorgfältig geplantes Bauwerk, und die neuen Ölreichen schlossen sogleich langfristige Mietverträge ab – nur um bald darauf festzustellen, daß ihre Eltern den Gedanken an ein Leben in einem Apartment abscheulich fanden (die meisten hielten es sogar für eine freche Zumutung) und sich weigerten, auch nur einen Schritt in das ihnen zugedachte Heim zu setzen.

Die Gesellschafter des Syndikats, die nun 1930 gewissermaßen auf einem weißen Elefanten sitzengeblieben waren, hatten die Achseln gezuckt und ihre eigenen Freundinnen und Mätressen in dem eingemietet, was dann später anzüglich das Old Folks Home genannt wurde, obwohl der richtige Name Van Buren Tower lautete.

Es war ein grundsolides, außergewöhnlich gut ausgeführtes Bauwerk, bei dessen Ausstattung verschwenderisch italienischer Marmor verwendet worden war, besonders in den ziemlich prunkvollen Baderäumen. Später dann, als die Ölleute und ihre Gespielinnen gealtert waren, sich getrennt hatten und gestorben waren, erzielten die Nobelapartments Höchstmieten, so zum Beispiel

Ende 1941 eine Wohneinheit mit zwei Schlafzimmern, die nicht unter hundert Dollar monatlich zu haben war. Zum Entzücken der glücklichen Mieter jener Zeit wurden danach die Mieten bis Ende 1946 durch Preisbindung während des Krieges eingefroren.

Dill war nur einmal in diesem Gebäude gewesen, und das ging bis ins Jahr 1959 zurück, als der schlimme Jack Sackett ihn und Jake Spivey eingeladen hatte, Sacketts «Aunt Louise» zu besuchen, eine dreiunddreißigjährige Schönheit, die sich dann als die komfortabel ausgehaltene Freundin von Sacketts Vater entpuppt hatte, der damals Sprecher im Abgeordnetenhaus des Staates gewesen war. «Aunt Louise» hatte ihrem jungen Herrenbesuch Coca-Cola und Bourbon angeboten und sie später einen nach dem anderen in ihr Schlafzimmer geführt. Dill und Spivey waren noch nicht ganz vierzehn gewesen. Sackett, die zukünftige Nummer eins im Poolbillard der Westküste, war fünfzehn gewesen. In Dills Erinnerung war dies immer ein denkwürdiger Sommernachmittag geblieben.

Als er in der marmornen Eingangshalle des Van Buren auf den einzigen Lift wartete, der ihn zum fünften Stockwerk hinauffahren sollte, bemerkte Dill, daß die Teppiche in der Lobby ein wenig verschlissen waren, die Wände von klebrigen Fingern beschmiert und die dicken Glastüren seit langem ungeputzt. Im Fahrstuhl, der nach Hundepisse stank, versuchte er sich die Nummer von «Aunt Louises» Apartment zu vergegenwärtigen, was ihm aber mißlang. Dill machte sich keinerlei Hoffnungen, daß Anna Maud Singes Nummer dieselbe sein würde.

Sie trug einen gestreiften, in der Taille geknoteten Baumwollkaftan, als sie ihm die Tür öffnete, nachdem er auf den elfenbeinfarbenen Klingelknopf gedrückt hatte.

Sie lächelte und trat zurück. Als er hineinging, sagte sie: «Willkommen in der verblichenen Pracht.»

Dill schaute sich um. «Sie haben recht, genauso ist es.»

«Sie kennen seine düstere Geschichte? Die des Gebäudes meine ich.»

Er nickte.

«Nun ja, dieses Apartement hier wurde von 1930 bis zum Frühjahr vergangenen Jahres von einer gewissen Eleanor Ann Washburn, später nur unter dem Namen Miss Ellie bekannt, bewohnt, und als sie starb, hinterließ sie dies alles mir – Möbel Kleidung, Bücher, Gemälde, alles –, einschließlich ihrer Erinnerungen. Wissen Sie, es wurde Gemeinschaftsbesitz.»

Das, meinte Dill, hätte er nicht gewußt.

«Damals, 1972», sagte sie.

«Warum hat sie's Ihnen hinterlassen?»

«Ich half ihr, ihre Gewinnanteile an einigen verpachteten Ölquellen einzuziehen, die der alte Ace Dawson ihr Anfang der dreißiger Jahre vermacht hatte. Er gab ihr, was sie immer ‹einen Abfallkübel voller Pachtverträge› genannt hat, aus denen dann in den fünfziger Jahren nichts mehr herauszuholen war. Doch als dann die Ölkrise kam – nicht die von '73, sondern die von '79 –, na ja, da wurde es mit einemmal wieder profitabel, diese alten Quellen abzustoßen. Nachdem dann ein Mann von der Ölgesellschaft bei ihr aufgetaucht war, ließ Miss Ellie mich kommen, da sie, wie sie sagte, noch nie in ihrem Leben einem Grundstücksmann über den Weg gelaufen wäre, der nicht betrügerisch, schmierig und krumm wie Katzenscheiße gewesen wäre. Ich schloß den günstigsten Handel für sie ab, den sie machen konnte, was wirklich nicht schlecht war, und dann ging sie zu einem anderen Anwalt und änderte ihr Testament und hinterließ mir ihren Herrschaftssitz und alles, was darin enthalten war.»

«Und sie war Ace Dawsons Freundin?»

«Eine davon. Sie erzählte mir, er hätte ein halbes Dutzend gehabt, die sich über den ganzen Staat verteilten.»

«Ich kenne den Knaben, der sein Haus gekauft hat.»

«Jake Spivey», sagte sie.

«Sie kennen Jake?»

«Alle Welt spricht von ihm, aber nur wenige scheinen ihn richtig zu kennen.»

«Wollen Sie ihn mal treffen?»

«Im Ernst?»

«Gewiß.»

«Wann?»

«Sonntag. Sie machen ein Barbecue mit Rippchen, und dann wird in den Swimmingpool gesprungen.»

«Sonntag», sagte sie.

Dill nickte.

«Welche Zeit?»

«Es soll so gegen Mittag losgehen.»

«Also den ganzen Tag?»

«Wahrscheinlich.»

«Na ja, ich lasse mich zwar nicht von Stars aufs Kreuz legen, aber ich würde glatt morden, um dieses Haus von innen zu sehen.»

Dill grinste. «Sie meinen also, daß Jake ein Star ist.»

Sie zuckte die Achseln. «In dieser Stadt jedenfalls hält man ihn dafür.» Sie blickte sich im Zimmer um und runzelte die Stirn. «Warum stehen Sie denn noch herum? Setzen Sie sich doch.» Sie zeigte auf einen Sessel, der mit einem guterhaltenen, aber etwas verblichenen Stoff mit Blumenmuster bezogen war. Die Blumen schienen ineinander verschlungene rote und gelbe Rosen mit spitzen Dornen zu sein. Dill setzte sich. Anna Maude Singe lächelte. «Wie ich gesagt habe – verblichene Pracht.» Sie wandte sich um und ging zur Flurtür. «Bin gleich zurück.»

Während sie draußen war, ließ Dill seine Augen durch das geräumige Wohnzimmer und über die drei Meter dreißig hohe Decke schweifen. Auf die Wände war dick mit dem Kammspachtel gemusterter Gipsmörtel aufgetragen. Die Einrichtung trug den Stempel der dreißiger und vierziger Jahre. Es gab sogar einen Capehart-Plattenspieler, das Automatikmodell, das die achtundsiebziger Platten nach dem Abspielen hochnahm und sanft durch einen Schlitz fallen ließ. Dill erinnerte sich, daß er so ein Ding im Haus eines Freundes in Alexandria, Virginia, in Aktion gesehen hatte. Der Freund hatte es stolz eine Antiquität genannt.

Der Rest des Mobiliars hatte scharfe Ecken und Kanten, und alles schien entweder selten benutzt oder erst kürzlich frisch gepolstert worden zu sein. Die Farben waren mit Ausnahme des ausgeblichenen Sessels mit Blütenmotiven in gedämpften Braunschattierungen, in Dunkelbraun, Creme und Altweiß gehalten, und die hellroten, gelben und orangefarbenen Kissen, die überall herumlagen, bildeten dazu einen bunten, fröhlichen Kontrast. Dill fand, daß die Kissen sehr hübsch mit dem großen Maxfield-Parrish-Druck von *Daybreak* zusammenstimmten. Er stand auf, um ihn sich genauer anzusehen, versuchte auszumachen, ob die Gestalten der Teenager auf dem Bild Jungen oder Mädchen waren. Er stand noch immer unschlüssig davor, als Anna Maude Singe, angetan mit einem cremefarbenen Seidenkleid, dessen Saum knapp oberhalb der Knie endete, wieder hereinkam. Dill fand, daß das Kleid sowohl elegant als auch teuer aussah. Er lächelte und sagte: «Sie sehen umwerfend hübsch aus.»

Sie blickte an ihrem Kleid herab, das einen weiten Halsausschnitt und sehr kurze Ärmel hatte. «Dieses alte Ding! Ich meine das ganz ehrlich, denn es ist entweder achtundvierzig oder neunundvierzig Jahre alt und aus echter moirierter, chinesischer Seide. Miss Ellie und ich hatten etwa die gleiche Größe – jedenfalls ganz früher, später wurde sie dann ein bißchen fett.»

Im Fahrstuhl auf dem Weg nach unten setzte Anna Maude Singe ihm bis in alle Einzelheiten auseinander, welche Schritte Dill zu unternehmen hätte, um sich die Versicherungspolice seiner verstorbenen Schwester über zweihundertfünfzigtausend Dollar auszahlen zu lassen. Auf dem Weg zu seinem geparkten Wagen beschrieb sie ihm die Hindernisse, mit denen er zu rechnen hätte, falls er beabsichtigte, das einstöckige gelbe Ziegelhaus zu verkaufen. Dill war beeindruckt von ihrer ebenso präzisen wie objektiven Darstellung. Als sie in den Ford einstiegen, sagte er: «Ich glaube, ich könnte einen Anwalt gebrauchen.»

Sie zuckte die Schultern. «Könnte sein.»

Er steckte den Schlüssel in die Zündung und ließ den Motor an. «Sie könnten meine Anwältin sein.»

Sie sagte darauf nichts. Dill ordnete sich in den Verkehr ein. Nachdem er einen Block weit gefahren war, sagte er: «Nun?»

«Ich muß nachdenken.»

«Worüber denn?»

«Ob ich Ihre Anwältin sein möchte.»

«Himmel, ich bitte Sie doch nicht, mich zu heiraten!»

«Es geht nicht um Sie», sagte sie. «Sie geben einen netten, doofen Klienten ab. Es geht um Felicity.»

«Felicity ist tot.»

«Ich verwalte noch immer ihren Nachlaß.»

«So, na und?»

«Es könnte einen Interessenkonflikt geben.»

«Mein eines Jahr Jurastudium, auch wenn ich mich nur schwach daran erinnern kann, sagt mir, daß das einfach ein Haufen Blödsinn ist.»

Sie wandte sich ihm zu, lehnte ihre Schulter halb gegen die Tür und zog die Füße auf den Sitz herauf. «Felicity hat viel mit mir gesprochen – hat sich mir anvertraut, weil ich sowohl ihre Freundin als auch Anwältin gewesen bin. Manchmal ist es schwer, zu entscheiden, wo die juristische Vertraulichkeit beginnt und aufhört.»

«Das ergibt immer noch keinen Sinn.»

«Das wohl deswegen, weil ich nicht glaube, daß ich jetzt noch mehr dazu sagen sollte.»

Dill starrte sie finster an und wandte dann seine Aufmerksamkeit wieder der Straße zu. «Gott verdammt, ich bin ihr Bruder», sagte er, «nicht das beschissene IRS. Meine Schwester ist umgebracht worden. Sie hat ein ziemlich merkwürdiges Leben geführt, bevor man sie in die Luft gesprengt hat. Sie kaufte ein Haus, in dem sie kaum gelebt hat, mit Geld, das sie gar nicht hatte. Sie schloß eine Lebensversicherung über zweihundertfünfzigtausend Dollar ab, zahlte dafür in bar und starb drei Wochen später – genau nach Plan. Fragt sich denn eigentlich niemand – Sie zum Beispiel –, wo zum Teufel das Geld hergekommen ist? Herrgott, hat denn niemand daran gedacht, daß das Geld und der Killer vielleicht miteinander zusammenhängen? Aber Sie sitzen einfach da und reden über Vertraulichkeit. Jesus, Lady, wenn Sie irgendwas wissen, gehen Sie hin, und erzählen Sie's den Bullen. Felicity ist tot, ihr macht es nichts mehr aus, wenn Sie vertrauliche Mitteilungen ausplaudern, ihr macht überhaupt nichts mehr was aus.»

«Die Ampel ist rot», sagte Anna Maud.

«Ich weiß, daß sie rot ist», sagte Dill, trat voll auf die Bremse, so daß die Räder des Ford blockierten.

Sie saßen schweigend vor der roten Ampel, bis sie schließlich sagte: «Ich werde Ihre Anwältin sein.»

Dill schüttelte zweifelnd den Kopf. «Ich weiß ja nicht

einmal, ob Sie gewieft genug sind, meine Anwältin zu sein. Immerhin sind das schrecklich verwickelte Angelegenheiten, die geordnet werden müssen. Ich muß ein Haus verkaufen und mir eine Versicherungssumme auszahlen lassen. Das bedeutet vielleicht einiges an strammer juristischer Beinarbeit, vielleicht macht es sogar das Aufsetzen eines Schriftsatzes erforderlich und zwei, ja womöglich vielleicht drei Telefongespräche.»

«Die Ampel ist grün», sagte sie.

«Ich weiß, daß sie grün ist», knurrte Dill und schoß mit dem Wagen über die Kreuzung.

«Was denn nun?» sagte sie.

«Ja, was denn?»

«Wollen Sie, daß ich Ihre Anwältin werde?»

Dill seufzte. «Ach, zum Teufel auch, warum nicht! Was wollen Sie essen?»

«Kalbsbries.»

Er sah sie an und grinste. «Wirklich?»

«Ich bin ganz wild auf Kalbsbries», sagte sie.

«Das bedeutet also Packingtown. Chief Joes?»

«Wo denn sonst?»

«O Gott», sagte Dill verklärt, «Kalbsbries!»

Alles südlich des Yellowfork wurde Packingtown genannt, obwohl Armour lange dahingegangen war, genauso wie Swift, und jetzt war nur noch Wilson geblieben, um die Schweine und Bullen und ab und an das eine oder andere Lamm hinzuschlachten – eben nur gelegentlich, weil man Lammbratenessen allgemein für irgendwie weichlich und tuntenhaft hielt. Der Yellowfork war natürlich der Fluß, dessen gängige Beschreibung lautete, daß er eine Meile breit und zweieinhalb Zentimeter tief wäre – wahrlich keine sehr originelle Beschreibung, aber die Stadt hatte noch nie viel für Originalität übrig gehabt.

Manchmal führte der Yellowfork Wasser, eine ganze Menge sogar, doch zu anderen Zeiten – wie jetzt – war er nur ein breiter, sich schlängelnder Fluß mit glänzend gelbem, trockenem Sand und am Ufer von Weiden und Baumwollgebüsch bestanden.

Über Jahre hatte der Yellowfork der Stadt als bequeme ökonomische und soziale Demarkationslinie gedient. Südlich davon lebten die armen Weißen und die anderen, all die Armen von unterschiedlichster Hautfarbe. Obwohl sich die Trennlinie nach dem Zweiten Weltkrieg etwas verwischt hatte, geschah es immer noch aus Bequemlichkeit und Gewohnheit, daß alles südlich des Yellowfork noch immer Packingtown genannt wurde. Die JFK High-School nannte ihr Footballteam die «Kennedy Packers». Und obwohl alle Schlachthöfe außer einem inzwischen vom Erdboden verschwunden waren, gab es Zeiten, wie Dill noch sehr gut wußte, in denen man an heißen Sommerabenden bei richtigem Südwind den durchdringenden Geruch von todgeweihtem und sterbendem Vieh riechen konnte. Man konnte ihn sogar noch weiter nördlich, bis hinauf nach Cherry Hills, riechen.

Dill merkte, daß er den Wagen fast automatisch lenkte, als er südlich auf der Van Buren, dann nach Osten über die Our Jack und dann wieder südlich am Hawkins Hotel vorbei über den Broadway fuhr. In südlicher Richtung vom Hotel bewahrte der Broadway noch eine gewisse Anständigkeit, bis er die South Fourth Street erreichte oder die «Deep Four», wie die Einheimischen sie nannten. Hinter der Deep Four war der South Broadway ein einziges brodelndes Gewimmel. Die South Fourth, die Third, die Second und First Street hatten einst die nahezu einzige Enklave nördlich des Yellowfork gebildet. Das frühere Getto war jetzt voll integriert und bevölkert mit den Abkömmlingen aller Rassen, Bekenntnisse und Geschlechter – wobei letzteres oftmals nicht genau festgelegt war. Sowohl die respektierlichen als auch die weniger respektablen Schwarzen waren schon seit langem so weit in die Vorstädte vorgedrungen, wie sie es sich leisten konnten, und hatten das Gebiet um die Deep Four den unteren Schichten und ihrem oftmals recht turbulenten Treiben überlassen. Dill erinnerte sich, daß seine Schwester kurz nach ihrer Versetzung zur Mordkommission kurze Zeit im South-Broadway-Deep-Four-Viertel gearbeitet hatte. Die Gegend bestand überwiegend aus Bars, Nachtklubs, Schnapsläden, Pornoschuppen und kleinen billigen Hotels mit Phantasienamen wie *Biltmore, Homestead, Ritz* oder *Belvedere*. Dort gab es auch noch eine große Anzahl altersschwacher Holzhäuser mit breiten Veranden davor. Die Leute, die dort auf ihrer Veranda saßen, sahen verschwitzt, tückisch, trübselig und verzweifelt genug aus, eine Revolte anzuzetteln, falls es nur irgendwann ein wenig kühler würde. Die Temperatur kurz nach neunzehn Uhr betrug 35 Grad Celsius, die Sonne war noch nicht ganz untergegangen. Viele von denen, die auf ihrer Veranda hockten, tranken Bier aus Dosen und hatten nichts weiter an als ihre Unterwäsche. Nicht die leiseste Brise wehte.

«Woher kommen bloß all die vielen Nutten?» fragte Dill, als sie sich der South First Street näherten.

«Vom Arbeitsamt», sagte Anna Maude Singe. «Felicity hat sich manchmal mit ihnen unterhalten. Sie sagten immer nur, ihre einzige Alternative wäre ficken oder verrecken.»

Sie hielten vor einer roten Ampel. Ein Mann stieß sich torkelnd vom Bordstein ab, ging vorn um den Ford herum und blieb auf Dills Seite stehen. Es war ein Mann um Mitte Dreißig. Er trug ein schmuddeliges grünes Unterhemd und Khakihosen. Seine Schuhe konnte Dill nicht sehen. Er hatte blaue Augen, die auf kleinen rosa Teichen zu treiben schienen. Er hatte dringend eine Rasur nötig. Sein Mund war häßlich verklebt von getrocknetem Speichel. Er tippte mit einem großen Pflasterstein an Dills Fenster. Dill kurbelte die Windschutzscheibe nach unten.

«Gib mir einen Vierteldollar, Mister, ob ich brech deine verdammte Windschutzscheibe kaputt», sagte der Mann, ohne auch nur die Stimme zu heben.

«Zisch ab«, rief ihm Dill zu und kurbelte das Fenster hoch. Der Mann trat einen Schritt zurück und nahm mit seinem Pflasterstein sorgfältig Maß. Dill startete durch und fuhr bei Rot über die Kreuzung.

«Ich hätte ihm den Vierteldollar geben sollen.»

«Sie hätten gar nicht erst die Scheibe runterkurbeln sollen», sagte Anna Maude.

Kurz hinter der South First Street schlängelte sich der Broadway nach rechts zur Auffahrt der Brücke über den Yellowfork. Die vierspurige Spannbetonbrücke war 1938 erbaut und nach dem damaligen Minister des Inneren, Harold F. Ickes, benannt worden. Als Truman 1951 MacArthur den Laufpaß gab, hatte der Stadtrat – beseelt von patriotischer Entrüstung – die Brücke nach diesem Fünfsternegeneral umbenannt. Aber fast jeder nannte sie noch immer so, wie er sie schon immer genannt hatte, die First Street Bridge.

Als sie die steile Auffahrt zur Brücke hinauffuhren, sagte Dill: «Warum haben sie eigentlich nicht auch gleich Deep Four und South Broadway abgerissen, als sie auch überall anderswo alles zum Abriß freigegeben haben?»

«Sie haben das damals schon in Erwägung gezogen», sagte Anna Maude, «doch dann bekamen sie es mit der Angst zu tun.»

«Angst wovor?»

«Na ja, daß all die Penner und das Lumpengesindel woanders hinziehen würden – vielleicht sogar in ihre Nachbarschaft.»

«Oh», sagte Dill.

16

Ihr Abendessen bestand aus Kalbsbries und Gumbo, schwarzgefleckten Erbsen, Krautsalat und Roggenbrot, zu trinken gab es Buttermilch und zum Nachtisch Limonenbaiser. Sie saßen unter dem zottigen Kopf eines Bisons, der seit neununddreißig Jahren tot war. Die Wände bei Chief Joe waren bedeckt mit den ausgestopften Köpfen von Bisons, Hirschen, Elchen, Wildkatzen, Pumas, Kojoten, Wölfen, Bighorns und drei Arten von Bären. Nachdem Dill und Anna Maude Singe mit dem Essen fertig geworden waren, kamen sie beide darin überein, daß es genau das wäre, was sie bestellen würden, falls sie jemals ihre letzte Mahlzeit zusammenstellen müßten.

Das Restaurant war einst von Joseph Maytubby eröffnet worden, der zum einen Teil Cherokee, zum anderen Teil Choctaw mit einem kleinen Einschlag Kiowa gewesen war. Jeder hatte ihn Chief genannt, da schließlich jeder Indianer Chief genannt wurde. Maytubby war während des Ersten Weltkrieges Feldkoch in Frankreich gewesen. Er war nach dem Krieg dort geblieben, hatt eine dreiundzwanzigjährige Französin geheiratet, sie mit zurück in die Stadt gebracht, und gemeinsam hatten sie dann 1922 das *Chez Joseph* eröffnet. Es war damals nur ein schmales Handtuch gewesen, mit langem Tresen und vier Tischen, doch das Essen war hervorragend, und als den Viehzüchtern aufgegangen war, daß Madame Maytubby sich auf die Zubereitung von Bergschnecken verstand, wurde es zu einem der zwei beliebtesten Restaurants in Packingtown. Das andere war das Punchers, das sich auf Steaks spezialisiert hatte. Man konnte auch bei Chief Joe ein Steak bestellen, was indessen nur selten jemand tat; statt dessen verlangte man Spezialitäten wie Kalbsbries, Bergschnecken, Hoppelpoppel aus Bregen und Eiern, Hammeleintopf, echte Ochsenschwanzsuppe und jenes wunderbare, namenlose Gericht, das das Restaurant aus Wildente zubereitete, sobald die Saison dafür gekommen war.

Der Grundstein für die Galerie ausgestopfter Tierköpfe war gelegt worden, als 1927 ein viehzüchtender Kunde auf der kanadischen Seite der Rocky Mountains einen Grisly erlegt hatte. Er ließ den Kopf präparieren und schenkte ihn Chief Joe. Da er nicht so recht wußte, was er damit anfangen sollte, hängte ihn Chief Joe an die Wand. Danach begann jeder, der irgendwo irgend etwas geschossen hatte, ihm den ausgestopften Kopf zum Geschenk zu machen, bis sämtliche Wände mit glasäugigen Tieren bedeckt waren. Chief Joe starb 1961; seine Frau folgte ihm 1966 nach. Ihr einziger Sohn, Pierre Maytubby, übernahm das Geschäft, und ein paar alte Kunden machten den Versuch, ihn fortan Chief Pete zu nennen, was er jedoch nicht duldete. Unter Pierres Regie hatte das Restaurant seine Qualität erhalten, auch war das Schild draußen dasselbe geblieben, auf dem noch immer *Chez Joseph* stand, obwohl niemand außer Madame Maytubby es so genannt hatte.

Als Kaffee und Cognac kamen, lehnte Dill sich genüßlich zurück und grinste zu Anna Maude Singe hinüber.

Ihr Tisch stand an einer der Schmalseiten, und Anna Maude saß an der Wand direkt unter dem gewaltigen Schädel des Bisons, der mit der Zeit ein etwas mottenzerfressenes Aussehen bekommen hatte.

«Sie mögen also Buttermilch zum Abendessen», sagte Dill. «Ich bin mir nicht sicher, ob ich jemals mit einer Frau ausgegangen bin, die beim Abendessen auf Buttermilch bestanden hat.»

«Man sagt mir sogar nach, ich würde sie noch vor dem Frühstück zu mir nehmen.»

«Tatsächlich? Das erfordert eine Menge Mut.»

«Was nehmen Sie zum Frühstück?»

«Kaffee», sagte Dill, «früher einmal waren es Kaffee und Zigaretten, aber ich hab das Rauchen aufgegeben. Remarque hat Kaffee und eine Zigarette einmal das Landserfrühstück genannt. Ich habe ihn in einem Alter gelesen, als ich für so etwas sehr empfänglich war.»

«Sind Sie je Soldat gewesen?»

«Warum?»

Sie zuckte die Achseln. «Sie haben das richtige Alter für Vietnam.»

«Ich war nicht in Vietnam.»

«Aber Sie sind in Übersee gewesen.»

«Ich war im Ausland. Zivilisten gehen ins Ausland, Soldaten gehen nach Übersee.»

«Sie sind also nicht Soldat gewesen.»

«Nein.»

«Manche Typen behaupten heute, daß sie sich schuldig fühlten, weil sie Vietnam versäumt hätten.»

«Weiße Typen aus der Mittelschicht mit Collegebildung?»

Anna Maude Singe nickte. «Sie haben offenbar das Gefühl, sie hätten etwas versäumt, wofür sie nie wieder eine Chance bekommen werden.»

«Haben Sie auch», sagte Dill, «sie haben verpaßt, sich den Arsch abschießen zu lassen, obwohl das meiner Meinung nach höchst unwahrscheinlich gewesen wäre. Bei der kämpfenden Truppe waren Weiße aus der Mittelschicht mit Collegebildung ziemlich rar.»

«Sie scheinen sich ja nicht schuldig zu fühlen», sagte sie.

«Ich war freigestellt. Ich war die einzige Stütze einer elfjährigen Waisen.»

«Wären Sie denn gegangen?»

«Nach Vietnam? Ich weiß nicht.»

«Angenommen, die hätten gesagt: ‹Okay, Dill, Sie sind eingezogen. Melden Sie sich nächsten Dienstag zur Einweisung bei Ihrer zuständigen Rekrutierungsstelle.› Was hätten Sie dann getan?»

«Entweder wäre ich zur Rekrutierungsstelle gegangen oder nach Kanada. Das eine aus Überzeugung; das andere aus schierer Neugier.»

Sie musterte ihn eingehend. «Ich glaube eher, Sie wären zur Rekrutierungsstelle gegangen.»

Dill lächelte. «Vielleicht auch nicht.»

«Was haben Sie in Übersee gemacht, ich meine, im Ausland?»

«Hat Felicity es Ihnen nicht erzählt?»

«Nein.»

«Ich dachte immer, sie hätte mich hin und wieder erwähnt.»

«Doch, sie hat darüber gesprochen, wie Sie beide aufgewachsen sind, nicht darüber, was Sie gemacht haben, als Sie in Washington oder Übersee waren.»

«Im *Ausland*.»

«Sie lächelte. «Richtig, im Ausland. Was haben Sie gemacht?»

«Ich habe herumgeschnüffelt.»

«Für wen?»

«Die Regierung.»

Anna Maude Singe sah ihn stirnrunzelnd an, und Dill lächelte ihr zu. «Keine Angst, ich war nicht bei der Agency, obwohl mir die Typen hin und wieder über den Weg gelaufen sind.»

«Was sind das eigentlich für Leute, die von der CIA?» fragte sie. «Man liest manches über sie, Filme werden über sie gedreht, aber ich hab noch nie einen getroffen. Ich glaube, ich hab noch nicht einmal die Gelegenheit gehabt, so jemanden aus der Nähe zu sehen.»

«Sie waren ...» Dill legte eine Pause ein und versuchte, sich zu erinnern, wie sie eigentlich gewesen waren. Ihm fielen spitze Nasen ein, eng anliegende Ohren, abgekaute Fingernägel und verkniffene Münder, mit denen sie sich ein wichtiges Aussehen zu geben versuchten. «Ich vermute, man müßte sagen, sie waren irgendwie so wie ... wie ich. Verdrießlich, verstaubt, muffig.»

«Muffig?»

Er nickte.

«Durch die Bank alle?» fragte sie.

«Ich hab nicht alle gekannt, aber Sonntag werden Sie mit einem zusammenkommen, der nicht gerade angestaubt und muffig gewesen ist.»

«Wer denn?»

«Jake Spivey.»

«Jake Spivey war bei der CIA? Großer Gott!»

«Die würden das zwar nicht zugeben, aber das war er. Vielleicht erzählt Ihnen Jake ein paar Histörchen. Er ging nach Vietnam, Laos und Kambodscha. Aber er ist nicht aus Patriotismus gegangen oder auch nur aus Neugier. Jake ging, weil das die einzige Truppe war, die ihm im Alter von dreiundzwanzig Jahren tausend Dollar pro Woche für das zu zahlen bereit war, was er für sie tat.»

«Was hat er gemacht?»

«Jake? Ich glaube, Jake hat eine Menge Menschen umgebracht.»

«Macht ihm das zu schaffen?»

«Sie meinen, ob er sich schuldig fühlt?»

Sie nickte.

«Jake hat sich nie wegen irgend etwas schuldig gefühlt.»

Dill fuhr eine andere Strecke zurück zu Anna Maude Singes Apartmenthaus. Er nahm die South Cleveland Avenue, die jenseits des Yellowfork North Cleveland hieß. Er fuhr über mehr als drei Kilometer darauf entlang, bis er zur 22nd Street kam und dann östlich zur Van Buren und zum Old Folks Home abbog.

Anna Maude wartete nicht, bis er die Wagentür für sie öffnete. Als sie ausstieg, sagte sie nur: «Das einzige, was ich da habe, ist kalifornischer Brandy.»

Dill faßte das als Einladung auf und meinte, kalifornischer Brandy hätte einiges für sich, besonders was den Preis anginge. Oben in ihrem Apartment setzte Dill die Inspektion des großen Druckes von Maxfield Parrish fort, während sie den Brandy holen ging. Als sie mit der Flasche und zwei Ballongläsern zurückkam, war Dill beinahe davon überzeugt, daß die beiden Figuren auf dem Bild Mädchen waren. Er bemerkte auch, das Anna Maude sich umgezogen und wieder den gestreiften, vorn mit einer Kordel zusammengeschnürten Baumwollkaftan trug. Aus der Art, wie sich ihre Brüste unter dem Stoff bewegten, schloß er, daß sie mit Sicherheit nichts weiter darunter anhatte. Er hielt das irgendwie für eine Einladung und fragte sich, ob sie ihm entgegenkommen oder ihn bedauernd abweisen würde.

Anna Maude setzte sich auf die Couch mit ihrem Bezug in Altweiß, stellte die Gläser auf dem Glastischchen ab und goß ihnen ein. Während sie das tat, nahm Dill sein Scheckbuch heraus, schrieb schnell einen Scheck über fünfhundert Dollar für Anna Maude Singe aus, setzte in die Zeile für den Verwendungszweck «rechtliche Angelegenheiten» ein und schob ihn ihr hinüber.

Sie las den Scheck, legte ihn behutsam auf den Tisch, blickte ihn kalt an und sagte: «Das war verdammt roh und gefühllos.»

Er nickte. «Ja, vermutlich.»

«Dies hier ist nicht mein Büro, das ist der Ort, wo ich lebe – mein Zuhause, wo ich Geselligkeit habe und auch ein Geschlechtsleben, sofern sich da etwas abspielt. Ich dachte, daß der Abend heute eine Bereicherung für beide sein könnte, aber ich muß mich wohl geirrt haben.»

«Sie nehmen den Scheck an?» sagte Dill.

Sie zögerte, bevor sie ihm antwortete. «Was soll das, zum Teufel?»

«Sie nehmen den Scheck an?» wiederholte Dill.

«Na gut, ja, ich nehme ihn an.»

«Dann sind Sie also mein Rechtsbeistand – zugegeben, zum Billigtarif –, und falls ich mit dem Gesetz in Schwierigkeiten gerate, sind Sie postwendend da, richtig?»

«Welche Art Schwierigkeiten?»

«Das ist schon wieder eine Frage, keine Antwort.»

«Okay, ich komme postwendend angelaufen. Welche Art Schwierigkeiten?»

«Als ich in Übersee war –»

«Im Ausland», unterbrach sie ihn.

Er lächelte nicht, «Richtig. Als ich dort war und herumschnüffelte, habe ich eine Art Instinkt entwickelt, ich weiß nicht, wie ich es sonst nennen soll, aber ich habe gelernt, darauf zu vertrauen. Es war eine Art Warnsystem.»

«Vorahnung», sagte sie.

«Okay, also Vorahnung. Aber es hat mir schon einige Male Schwierigkeiten erpart, weil ich mich immer vergewissert habe, daß ich Rückendeckung hatte und eine sichere Rückzugsposition. Jetzt ist es so, daß ich, seit ich zurückgekommen bin, solche schwachen Signale empfange.»

«Sie sprechen über Felicity und alles übrige?»

«Zum Teil.»

Sie nahm einen kleinen Schluck von ihrem Brandy. «Sie haben gesagt, Schwierigkeiten mit dem Gesetz.»

«Allerdings.»

«Wovon reden wir eigentlich – Komplott, Verschwörung, Paranoia oder wie?»

«Versuchen wir's mal mit Paranoia», sagte Dill. «Heute gegen fünf Uhr nachmittags bin ich in mein Hotelzimmer hinaufgegangen. Ein sehr langer, starker Arm legte sich um meinen Hals und nahm mich in einen Würgegriff. Etwa neun Minuten lang war ich bewußtlos. Als ich wieder zu mir kam, waren meine Uhr, meine Brieftasche und das ganze Geld noch immer da.»

«Und was fehlte?»

«Die Akte Jake Spivey.»

«Welche Akte?»

«Ich arbeite für einen Unterausschuß des Senats. Sie führen eine Untersuchung gegen Spivey durch.»

«Ihren Freund.»

«Meinen ältesten.»

«Weiß er Bescheid?»

«Na klar.»

Sie runzelte die Stirn. «Überfallenwerden nennen Sie eine Vorahnung?» Sie schüttelte den Kopf. «Nein, natürlich tun Sie das nicht. Das war irgendein X-beliebiger, der Ihnen was auf die Nase geben sollte, damit Sie aufwachen.» Ihre Augen wurden weit, nicht sehr, aber gerade weit genug, daß Dill sich entspannte und zur Wahl seines Rechtsbeistands beglückwünschte. Sie spürte es auch, dachte er, aber sie ist sich nicht ganz sicher, worum es geht. Aber das bist du ja eigentlich auch nicht, dachte Dill.

«Und sonst?» sagte Anna Maude Singe.

«Und sonst», wiederholte Dill, griff nach seinem Glas und trank einen Schluck Brandy, wobei er feststellen mußte, daß die kalifornischen Winzer noch einen langen Weg vor sich hatten, um mit ihren französischen Konkurrenten Schritt halten zu können. «Nun ja, das ‹was sonst noch› bringt noch einen alten Reporter der *Tribune* ins Spiel, der die Geschichte über Felicitys merkwürdige Finanzen schon zusammen hatte, nur daß er sie zurückhalten muß, bis er grünes Licht bekommt.»

«Von wem?»

«Hat er nicht gesagt, und ich hab mich gehütet, ihn zu fragen. Dann ist da noch Felicitys Exfreund, der Buhmann und frühere Footballstar.»

«Clay Corcoran», sagte sie.

«Ich dachte, er hätte es hingenommen, so mir nichts, dir nichts als Liebhaber abgehalftert zu werden, aber Felicitys Untermieter, die Frau, bestätigt seine Geschichte mehr oder weniger. Der Name der Mieterin ist Cindy McCabe. Sie hat sich oben frei gemacht, damit ich ihren Busen bewundern konnte. Sie behauptet auch, bei Felicity mal einen Annäherungsversuch gemacht zu haben, aber abgeblitzt zu sein.»

«Haben Sie sie denn auch abblitzen lassen?»

«Ich fürchte, ja. Ich war zu meiner nächsten Verabredung zu spät dran, von der ich eigentlich nicht wußte, daß ich sie haben würde und die sich als ein Rendezvous mit Captain Colder entpuppte, dem tiefbekümmerten Verlobten. Captain Colder gab mir die Schlüssel zu einer

Garagenwohnung, wo Felicity wirklich gewohnt hat.» Dill faßte in seine Jackettasche, zog den Schlüssel heraus, den Colder ihm gegeben hatte, und legte ihn auf den Glastisch. «Das Apartment ist Ecke Fillmore und Nineteenth, gar nicht weit von hier.»

«Am anderen Ende vom Washington Park», sagte sie.

«Sie kennen es?» sagte er. «Ich meine, Sie haben gewußt, daß sie dort ein Apartment hatte?»

Anna Maude schüttelte langsam den Kopf. «Nein, habe ich nicht.»

«Und Sie waren ihre Anwältin, ihre Vertraute, ihre Freundin! Hat sie Sie denn niemals zu sich eingeladen?»

«Nur in das Haus. Ich bin ein paarmal dort gewesen. Ich hab ihr damals gesagt, alles sähe ein bißchen kahl aus, sogar leicht steril, daß es ihr ganz und gar nicht ähnlich sähe. Darauf erzählte sie mir, daß sie nicht oft dort wäre, da sie die Abende, an denen sie frei hätte, meistens mit Colder verbrachte.»

«Hat Felicity Ihnen von Mrs. Colder erzählt?»

Anna Maude nickte und schaute weg. «Er hat sie zwangseinweisen lassen.»

«Wissen Sie auch, warum?»

«Weil sie zuviel trank.»

«Das stimmt nicht ganz. Er ließ sie einweisen, weil sie gedroht hatte, Felicity zu töten, und das nicht nur einmal, sondern wiederholt.»

«Das hat Felicity mir nie erzählt», sagte Anna Maude mit einer Stimme, die fast nur noch ein Flüstern war.

Dill nahm den Schlüssel, den Colder ihm gegeben hatte, und hielt ihn hoch, so daß Anna Maude ihn sehen konnte. «Den werde ich morgen nach der Beerdigung benutzen. Ich möchte sehen, wo Felicity wirklich gelebt hat, und ich möchte auch, daß Sie mich begleiten.»

«Sie brauchen einen Zeugen.»

«Stimmt.»

«Okay, schön», sie trank ihr Glas leer, stellte es ab und schaute flüchtig auf ihre Uhr. «Es ist schon spät», sagte sie, «wollen Sie hierbleiben oder heimgehen?»

Dill ließ einige Sekunden verstreichen, bis er ihr antwortete. «Ich denke, ich werd wohl nach Hause gehen.»

Sie nickte und stand schnell auf, als wollte sie einen scheidenden Gast zur Eile anspornen. Auch Dill erhob sich. Sie stand da und schaute ihn an, mit einem kleinen, amüsierten Lächeln. Er nahm sie in die Arme und küßte sie. Es war ein langer, gieriger Kuß, den keiner von beiden enden lassen wollte. Dills Hände glitten an ihr hinauf und hinab und ertasteten einen bemerkenswerten Körper. Kurz bevor sie die Grenze zum sexuellen Gebiet, von dem es kein Zurück mehr geben würde, endgültig überschritten, löste sie Mund und Zunge von seinen Lippen, trat einen Schritt zurück und sagte: «Irgend etwas geht vor sich, nicht wahr?»

«Du meinst mit uns beiden?»

Sie schüttelte den Kopf. «Da passiert etwas, oder es läuft eben nichts. Ich meine etwas anderes, irgendwas ganz Dreckiges und Gemeines.»

«Ja», sagte Dill, «genau das denke ich auch.»

Nachdenklich und ein wenig ratlos, schüttelte sie leicht den Kopf und ging dann mit ihm zur Tür, wo sie sich wieder küßten. Diesmal war es entschiedener, sicherer, vertrauter als vorhin. Fragen wurden gestellt und beantwortet, Bedürfnisse und Neigungen zu verstehen gegeben, leichte Abweichungen gespürt. Als es vorüber war, hatte Dill das Gefühl, daß sie nun mehr voneinander wußten und sogar einander noch lieber mochten. Er lächelte ihr zu und fragte sie, anstatt irgendwelche kleinen Zärtlichkeiten zu murmeln: «Was hat Felicity dir gesagt, woher sie das Geld hätte?»

Anna Maude Singe schien auch keine zärtlichen Worte zu erwarten. Es war so, als hätten sie das alles bereits weit hinter sich gelassen und als würden sie sich jetzt auf eine absolute Vertrautheit miteinander hinbewegen. Sie runzelte die Stirn und sagte: «Für die Vorauszahlung auf das Haus und das alles?»

Dill nickte.

«Von dir.» Sie versuchte ein kleines zaghaftes Lächeln. «Sie sagte, du wärst über Nacht reich geworden.»

«Wie schade, daß sie gelogen hat.»

«Ja», sagte Anna Maude Singe, «das ist es allerdings.»

17

Dill parkte die Ford-Limousine in der Tiefgarage des Hawkins Hotel, stieg aus, schloß den Wagen ab und ging auf den Fahrstuhl zu. Als er am zweiten der großen quadratischen Betonpfeiler vorüberging, trat ihm ein Mann in den Weg und sagte: «Wie geht's dem Hals?»

Dill blieb stehen. Seine rechte Hand fuhr unwillkürlich zu seinem Hals hinauf. «Noch immer ein bißchen wund», sagte er.

Ein zweiter Mann tauchte neben dem ersten auf. Er war dünn wie eine Messerklinge und etwa eins achtzig groß. Er sah klein und zerbrechlich im Vergleich zu seinem Begleiter aus, der reichlich über eins neunzig groß und wie ein Gewichtheber gebaut war, der seinen Sport aufgegeben hatte, nachdem er die Vierzig erreicht hatte, was, wie Dill vermutete, drei oder vielleicht vier Jahre zurückliegen mochte. Der Gewichtheber hatte gelichtetes, graublondes Haar, noch immer tiefblaue Augen und einen breiten, fröhlichen Mund. Der messerschlanke Mann hatte kohlschwarz gefärbtes Haar, mattblaue, stumpfe Augen und einen schmallippigen Mund, der traurig oder niederträchtig wirkte. Eher niederträchtig, fand Dill.

Beide Männer trugen zerknitterte Sommeranzüge aus dunkelbrauner Popeline. Der Gewichtheber hatte ein blaues Hemd an; der Hagere hatte sich für ein weißes entschieden. Beide trugen keine Krawatte. Die Anzugjakken waren zugeknöpft und schienen um einiges zu groß. Dill vermutete, daß die Jacken die Pistolen verdeckten, da keiner der Männer so aussah, als würde er noch großen Wert auf eine Jacke legen, sobald die Temperatur über 25 Grad gestiegen war. Als Dill auf dem Rückweg zum Hotel durch die Our Jack Street gefahren war, hatte er von der elektronischen Anzeige an der First National Bank abgelesen, daß die Temperatur um ein Uhr siebzehn nachts 30 Grad Celsius betrug.

«Er sagt, daß sein Hals noch immer ein bißchen wund ist», meinte der Gewichtheber, zu seinem Nebenmann gewandt.

Der andere Mann nickte bedauernd. «Tut mir leid.» Er musterte Dill eingehend. «Wir wollen keinen Ärger, Mr. Dill.»

«Ich auch nicht», meinte Dill.

Der hagere Mann nickte zur dunklen Seite der Garage hinüber. «Wir sind dahinten in dem Lieferwagen», sagte er und ging auf einen großen blauen Dodge zu, der rückwärts an der Wand eingeparkt war. Dill zögerte. Der Gewichtheber lächelte freundlich und öffnete seine Jacke. Die Pistole war da. Dill konnte nur einen flüchtigen Blick darauf werfen, doch es schien sich um einen kurzläufigen Revolver zu handeln. Der Gewichtheber nickte auffordernd zum Lieferwagen hin. Dill drehte sich um und trottete hinter dem Hageren her.

Als sie beim Lieferwagen angekommen waren, ließ der magere Mann die Seitentür aufgleiten, die den Blick auf ein komfortabel ausgebautes Inneres freigab. Dill erkannte einen kleinen Abwaschtisch, einen Herd für Propangas, einen Kühlschrank und einen mit Matten aus brauner Naturfaser ausgelegten Boden. Die Wände waren mit etwas verkleidet, was auf den ersten Blick wie Holz aussah, das Dill jedoch bei näherem Hinsehen für eine Art Kunststoffbeschichtung hielt. Die Rückwand des Lieferwagens war fensterlos.

«Links finden Sie einen hübschen, bequemen Stuhl», sagte der Hagere.

«Wohin fahren wir?» fragte Dill.

«Nirgendwohin.»

Der Gewichtheber tippte Dill leicht auf die Schulter und zeigte auffordernd ins Innere des Wagens. Dill kletterte hinein, wandte sich nach links und sah zuerst den Stuhl und dann den Mann im rückwärtigen Teil des Wagens, der hinter einem Tisch saß. Auf dem Tisch standen einige Gläser, eine Flasche Smirnoff-Wodka, ein Thermosbehälter mit Eis, drei Flaschen Schweppes Tonic; daneben lag die Akte Jake Spivey. Das letzte Mal, daß Dill den Mann hinter dem Tisch gesehen hatte, war in Genua gewesen, im Hotel Plaza an der Piazza Corvetto. Sie waren zu viert im Wohnzimmer einer Suite im fünften Stock gewesen, Suite 523, wie er sich jetzt erinnerte und wieder einmal überrascht von seinem guten Gedächtnis war. Damals waren er, Dill, die damalige Mrs. Dill, Jake Spivey und jener Mann beisammen gewesen, der jetzt hinter dem Tisch saß: Clyde Brattle.

Brattle lächelte. «Nun», sagte er, «Ben.»

«Nun, Clyde», sagte Dill und zeigte auf den schalenförmigen Drehstuhl, der mit sehr gutem Lederimitat bezogen war. «Mein Platz?»

«Ja, bitte.»

Dill setzte sich in den Stuhl und fand ihn recht bequem. Auch die beiden Männer stiegen jetzt in den Transporter. Der hagere setzte sich Dill gegenüber in ein Pendant seines eigenen Stuhls. Dill konnte nicht erkennen, wo der Gewichtheber sich hingesetzt hatte, vielleicht auf den Fußboden. Dill drehte sich nach ihm um. Der Gewichtheber saß auf einem im Boden verankerten Stuhl, der ebenfalls schwenkbar war und zur Kücheneinrichtung gehörte. Darauf sitzt man wahrscheinlich, während man Mohrrüben putzt, dachte Dill.

«Alles bemerkenswert solide, die Einbauten, wie?» sagte Brattle, nachdem sich ihm Dill wieder zugewandt hatte.

«Bemerkenswert.»

«Das ist Sid, der Ihnen gegenübersitzt, und das dahinten ist Harley.»

«Harley und Sid», sagte Dill.

«Ist lange Zeit her, wie?» Brattle legte eine Pause ein. «Sieben Jahre?»

«Eher acht. Genua, Hotel Plaza, Suite 523. Ihre Suite.»

Brattle lächelte anerkennend über Dills hervorragendes Gedächtnis. «Sie werden wohl recht haben. Und wie geht's der charmanten Mrs. Dill?»

«Es geht ihr gut, und wir sind geschieden.»

«Tatsächlich, das wußte ich nicht, oder falls ich's gewußt habe, muß ich es wohl vergessen haben.» Er runzelte die Stirn. Das verlieh ihm einen nachdenklichen, ernsten, beinahe feierlichen Ausdruck. «Ich hab da von Ihrer Schwester gelesen, Ben.» Die Pause war sehr wirkungsvoll und zeitlich exakt berechnet. «Es tut mir leid.»

Dill nickte.

«Die Beerdigung ist morgen, soweit ich weiß.»

«Ja.»

«Ich vermute, das ist der eigentliche Grund, weswegen Sie hier sind», mit einem Zeigefinger tippte Brattle auf die Akte Jake Spivey, «und nicht wegen diesem Mist hier.» Er lächelte warm. «Wie geht's übrigens Jake?»

«Jake geht's gut.»

Brattle schüttelte nachsichtig den Kopf, noch immer in sich hineinlächelnd, offenbar vor lauter Wertschätzung all der vielen liebenswerten Eigenschaften dieses alten Halunken Jake Spivey. Der Kopf, den Brattle schüttelte, sah gut geschnitten und gefällig aus, etwa in der Art, wie die Büsten vor langer Zeit gestorbener römischer Staatsmänner oftmals gut geschnitten und gefällig wirkten – aber nicht allzu gefällig. Die Gesichtszüge waren nie völlig regelmäßig, der Ausdruck nie völlig entrückt, die leeren Augen ließen sich nichts vormachen. Dill hatte einst einen langen verregneten Nachmittag in einem Raum voller solcher Hermen in Merida in Spanien verbracht und sie eingehend studiert. Er hatte auf diesen seit unvordenklichen Zeiten toten Gesichtern das gesehen, was er jetzt im Gesicht von Clyde Brattle entdeckte: Weltgewandtheit, kühle Zurückhaltung und deutlichen Zynismus. Er konnte nachfühlen, daß dies zur Zeit des römischen Imperiums eine nützliche Geistesverfassung gewesen sein mußte, kurz bevor die Goten zu ihrem Zug von Osten und Norden aufbrachen.

Jetzt, im Alter von fünfundfünfzig Jahren, konnte Brattle durchaus als einer jener verbannten römischen Konsuln durchgehen, die zu lange in irgendeiner öden, abgelegenen Provinz Dienst getan hatten. Das waren dieselbe leicht geschürzte Lippe, dieselbe dünne, geschwungene Nase und dieselben illusionslosen Augen, die keine bestimmte Farbe hatten, es sei denn, Winterregen hat eine

Farbe. Das kurze Haar war schließlich grau geworden – grau wie ein verhangener Himmel –, doch es war noch immer dicht, ungescheitelt und wurde, wenn überhaupt, nur mit den Fingern gekämmt. Die Stimme war noch immer jenes kratzige, schleppende Sprechen der Hochgebildeten, aus dem schon seit langer Zeit jede Spur eines Akzents verschwunden war, die seine Herkunft verraten hätte.

«Wie wär's mit einem Drink?» fragte Brattle.

«Wäre mir recht.»

«Schön.»

Sid, der Hagere, stand auf und mischte fast geräuschlos zwei Wodka Tonics. Den einen stellte er vor Brattle hin, den anderen reichte er Dill. Brattle nahm einen Schluck, seufzte und lächelte. «Ich vermute, man hat Ihnen gesagt, daß ich zurückgekommen bin», sagte er.

Dill nickte. «Man sagt, Sie seien über Detroit gekommen.»

«Es ist ziemlich eklig, Ben, wie Sie vielleicht selbst wissen, so auf dem Sprung zu sein wie jetzt.» Er sah zu Sid hinüber. «Mr. Dill war damals bei *Jasper*, Sid.»

«Keinen blassen Schimmer», sagte Sid, «wer ist Jasper?»

«Es ist ein ‹Was›, nicht ein ‹Wer›», klang die Stimme des Gewichthebers von dem Stuhl herüber, in den er eingezwängt war.

«Du hast recht, Harley», sagte Brattle. «Es war tatsächlich ein ‹Was›. Das Weiße Haus zur Amtszeit Fords hat es kurz nach Mr. Nixons unrühmlichem Abgang eingesetzt. Was meinen Sie, wieviel er damals abgeräumt hat, Ben? Ein gutes Fünftel?»

«Ich weiß nicht», sagte Dill, «ich weiß nicht, wie gut er darin war, solche Dinge zu deichseln.»

«Warum haben sie denn nun dieses Dingsda eigentlich *Jasper* genannt?» fragte Sid.

«Soweit ich weiß», sagte Brattle, «und Ben kann mich berichtigen, falls ich etwas Falsches sage, war Mr. Ford damals, als über einen Generalpardon für Mr. Nixon verhandelt wurde, in höchstem Maße darüber schockiert, daß, um mit seinen Worten zu reden, ‹irgendein Jasper sich mit verdammten drei Millionen Dollar aus dem Staub gemacht hat›. Sie stammten aus dem Topf voller Geld, das damals vom ‹Komitee für die Wiederwahl des Präsidenten› in Umlauf gesetzt wurde. Schmiergelder.»

«Klar», sagte Sid, «daran erinnere ich mich noch. Ich hab mich immer gefragt, wer bei diesem Deal den großen Schnitt gemacht hat.»

«Also haben sie *Jasper* eingesetzt», fuhr Brattle fort, «und sich ein paar Leute herangeholt, Leute von außen, unbelastete Leute wie unseren Ben hier, und haben sie auf die Spur der verschwundenen Beute gesetzt. Alles ganz streng geheim, nicht einmal Langley wußte Bescheid oder das FBI. Tatsächlich standen die selbst auf der Liste der Verdächtigen ganz weit oben. Stimmt's, Ben?»

«Stimmt.»

«Also verbrachten Ben und ein paar andere Patrioten die Jahre der Ford-Administration damit, überall in Europa herumzujagen und nach den Jaspers Ausschau zu halten, die sich mit den drei Millionen verdammten Dollar davongemacht hatten. Sie waren doch fast ein Jahr lang in London, nicht wahr, Ben, und dann fast zwei Jahre in Barcelona?»

«Ungefähr so lange.»

«Und was ist eigentlich passiert?» fragte Harley von der Kombüse des Transporters herüber. «Ich hab nie gehört, was dann passiert ist.»

«Nichts ist passiert, obwohl sie der Sache ziemlich dicht auf den Fersen gewesen sind. Stimmt's Ben?»

«Sehr dicht.»

«Ich möchte glauben, daß Jake und ich eine große Hilfe gewesen sind.»

«Sie haben geholfen, Clyde.»

«Aber eben nicht genug.» Brattle seufzte. «Sie waren inzwischen tot – die Jaspers, meine ich. Soweit ich mich entsinnen kann, waren es drei.» Um Bestätigung heischend, blickte er zu Dill auf.

«Drei», bestätigte Dill.

«Zwei Männer und eine Frau. Eine gewagte Kombination, würde ich meinen, zum Scheitern verurteilt.»

«Wer hat denn nun schließlich das Geld bekommen – die drei Millionen?» fragte Sid.

Dill sah ihn an. «Die Leute, die sie umgebracht haben.»

«Oh», sagte Sid mit einem Blick, in dem sich volles Begreifen spiegelte. «Ja, natürlich, das leuchtet mir ein.» Er nickte, als wäre ihm jetzt alles sonnenklar.

«Und Ben hier verbrachte drei herrliche Jahre in Europa.» Brattle sah Dill an und lächelte. «Das waren doch gute Jahre, Ben, oder nicht?»

«Wie Sie sagen, Clyde, sie waren herrlich.»

Brattle trug ein weißes Polohemd, das seine gebräunte Haut noch dunkler erscheinen ließ. Auf der Hemdtasche fand sich kein Hinweis auf den Hersteller. Dill vermutete, daß Brattle jederzeit Fabelpreise für ein Hemd hinblättern würde, solange es kein Markenzeichen trug. Er langte jetzt in seine Hemdtasche, zog ein goldenes Schweizer Gasfeuerzeug heraus, nahm eine Packung Gauloise vom Tisch und bot sie Dill an, der kopfschüttelnd ablehnte. Brattle zündete eine der Zigaretten an, inhalierte genußvoll und blies den Rauch aus. Seine fünfte Zigarette am Tag, dachte Dill, vielleicht auch seine sechste.

«Sie sind jetzt wie lange bei diesem Unterausschuß – drei Jahre?» fragte Brattle.

«So ungefähr.»

«Als Berater.»

«Richtig.»

«Springt dabei was raus?»

«Gerade genug.»

«Spartanische Gewohnheiten, schlichte Bedürfnisse, stimmt's?»

«Absolut.»

«Sie und der junge Senator Ramirez kommen bei der Arbeit vermutlich ganz gut miteinander zurecht?»

«Beruht auf warmem, gegenseitigem Respekt.»

Brattle lächelte über Dills Antwort, aus der er den leichten Sarkasmus herausgehört hatte. «Und dann ist da noch der Berater in Minderheitenangelegenheiten, der junge Mr. Dolan. Timothy, so heißt er doch?»

«Timothy.»

«Aufgezogen von den Jesuiten und den alten Politprofis in Boston. Wer könnte sich eine gesündere oder passendere Erziehung vorstellen. Er ist vermutlich ein Typ mit gehörigem Ehrgeiz – der junge Tim.»

«Er ist ein professioneller Demokrat aus Boston, Clyde.»

«Dann ist das ja gar keine Frage.» Brattle nahm wieder einen Schluck von seinem Drink und sog tief an seiner Zigarette, worum Dill ihn beneidete. «Wie Sie zweifellos vermuten werden, Ben, hab ich einen Vorschlag für den Senator – und natürlich auch für den jungen Dolan.»

Dill nickte.

«Ich bin bereit, meine Medizin zu schlucken, könnte man sagen.»

«Wieviel Medizin, Clyde?»

«Vielleicht zwei Jahre in einem der angenehmeren Bundesgefängnisse, wo es ein bißchen lockerer zugeht, und dazu eine Geldbuße von, sagen wir, nicht mehr als zwei- oder dreihunderttausend.» Er lächelte. Es war ein warmherziges Lächeln, das von einem unerschütterlichen Selbstvertrauen zeugte.

«Zwei Jahre anstatt lebenslänglich, stimmt's?» sagte Dill.

«Lebenslänglich ist immer so unbestimmt. Sobald das Gefängnistor rasselnd hinter mir zufällt – es fällt doch wohl *rasselnd* zu, nicht wahr? –, könnte ich doch schon binnen einer Woche tot sein und müßte mir dann vorwerfen, wie betrogen sich dann alle Welt vorkommt.»

«In manchen Löchern, die ich kenne», sagte Sid, «würdest du vielleicht nicht mal 'ne Woche durchhalten, Clyde. Nachdem die Tunten erst mal einen Blick auf deinen knackigen Arsch geworfen haben ...»

«Was bekommt der Senator dafür?» fragte Dill.

«Ein hübsches Paket. Er könnte damit zur Justiz gehen und denen drei Leute anliefern, einschließlich mich, was insgesamt vier macht, falls meine Arithmetik immer noch stimmt.»

«Wer sind die drei, die du verkaufen willst?»

«Als ersten Dick Glander und dann noch Frank Cour. Sie könnten sie innerhalb von vierundzwanzig Stunden im Sack haben.»

«Glander und Cour, das reicht ja alles ziemlich weit zurück, oder? Neunzehn Jahre? Zwanzig?»

Brattle nickte mit einem leichten, traurigen Lächeln auf den Lippen. «Neunzehn.» Er zuckte die Achseln, und das traurige Lächeln verschwand. «Aber im Leben jedes Menschen kommt einmal die Zeit, daß sogar die ältesten Freundschaften dem allgemeinen Wohl geopfert werden müssen. Glücklicherweise habe ich alles über sie gesammelt – gute, handfeste Sachen –, und sie haben gegen mich praktisch nichts in den Händen. Wären die Rollen vertauscht, nun ja, dann würde ich erwarten, daß beide dieselbe sichere Wahl treffen, die ich getroffen habe. Mit anderen Worten, ich würde erwarten, daß sie mich in den Sack hauen, bevor ich ihnen zuvorkomme.» Er lächelte wieder, und diesmal schien er echt belustigt. «Meine salbungsvolle Art sagt Ihnen wohl nicht zu, Ben?»

«Sie ist erfrischend», sagte Dill, «nur Ihre Arithmetik macht mir Sorgen. Drei, sagten Sie. Glander und Cour, das macht erst zwei.»

Harley kicherte in seinem Stuhl von der Kombüse her. «Du hast noch jemanden vergessen, Clyde.»

Aus der Tiefe von Sids Kehle entrang sich ein Laut, den Dill als fröhliches Glucksen deutete. Noch immer geschüttelt von seinem Ausbruch, winkte Sid Dill zu und nickte zu Brattle hinüber, als wollte er sagen: «Der alte Clyde!»

Brattles Augenbrauen schossen in gespieltem Erstaunen steil nach oben. «Mein Gott, sag bloß nicht, ich hätte Jake vergessen.»

«Ja, du hast Jake vergessen, Clyde», sagte Sid, dem noch immer das Glucksen im Hals steckte.

Brattles Augenbrauen senkten sich, und er lächelte Dill wieder zu. «Mit Jake sind also die drei vollzählig, und dann ich noch, macht insgesamt vier, wie ich gesagt habe.»

«Was haben Sie denn gegen Jake in der Hand?» fragte Dill.

«Gegen Jake?» sagte Brattle. Das Lächeln verlor sich. «Meine Güte, Ben – das ist mein voller Ernst –, ich habe genug über Jake Spivey, um ihm zu dreimal lebenslänglich zu verhelfen, ohne jede Hoffnung auf Bewährung.»

«Mindestens dreimal», sagte Harley, «vielleicht sogar viermal.»

«Jake ist meine Nummer eins», fuhr Brattle fort, «mein echtes Quidproquo, meine bombensichere Lebensversicherung, mein unwiderstehlicher Köder, mein Fahrschein in die goldenen Jahre wohlverdienter Ruhe und Zurückgezogenheit. Jake hat furchtbare Dinge getan, Ben – furchtbare, schreckliche, schockierende Dinge.»

«Jake ist schon ein übler Kerl», pflichtete Sid ihm bei.

«Unaussprechliche Untaten», Brattle sah Dill mit einem ganz neuen und gutgelaunten Lächeln an, «und ich kann sie ihm alle nachweisen. Erzählen Sie das dem Senator – und auch dem jungen Dolan.»

«Okay», sagte Dill.

«Gut», sagte Brattle. «Oh», ergänzte er dann, als hätte er sich gerade noch an etwas erinnert. «Sie wollen das vielleicht zurückhaben.» Er nahm die Akte Jake Spivey und reichte sie Dill hin, der aufgestanden war, jetzt sein Glas auf den Tisch stellte, die Akte entgegennahm und sich dann noch einmal hinsetzte. «Das da ist eigentlich alles nur Plunder», sagte Brattle, und in seinem Ton schwang verhaltenes Bedauern mit.

«Was zwischen den Zeilen steht, ist wirklich wichtig, Clyde.»

«Ich bin nicht sicher, ob ich Ihnen da folgen kann.»

«Natürlich können Sie das. Jake behauptet, daß er Sie am höchsten Baum aufhängen kann. Irgendwie nehme ich ihm das ab.»

In Brattles Gesicht trat ein Ausdruck tiefster Ernsthaftigkeit, den jemals vorher gesehen zu haben Dill sich nicht erinnern konnte. Der alte Knabe hat seit unserem letzten Zusammentreffen seine Schauspielkunst entschieden verbessert, dachte Dill. Früher war er schon gut, aber heute ist er einfach unschlagbar.

«Ich möchte Ihnen noch einen guten Rat geben, Ben», sagte Brattle, «eine echte Empfehlung, wirklich. Für das, was ich Ihnen jetzt sagen werde, habe ich –», er hielt kurz inne, um die Jahre sorgfältig nachzurechnen –, «habe ich sechzehn Jahre gebraucht, bis ich es begriffen habe. Es ist wirklich ziemlich simpel, und es ist ganz einfach folgendes: Glauben Sie kein einziges Wort von dem, was Jake Spivey sagt.»

«Nicht ein einziges Wort», echote Sid.

«Selbst wenn er sagen würde, daß er atmet, würde ich's ihm nicht abnehmen», meinte Harley.

«Nicht ... ein ... einziges ... Wort», betonte Brattle jedes einzelne Wort nachdrücklich. «Sagen Sie das dem Senator.»

«Okay.»

«Wann glauben Sie denn, daß Sie mit ihm sprechen könnten?»

«Mit dem Senator?» sagte Dill. «Gleich nachdem ich das FBI verständigt habe, wo ich Ihnen begegnet bin.»

«Natürlich», sagte Brattle, «wie dumm von mir.» Er streckte seine Hand aus. Dill zögerte nicht. Er stand auf, drückte sie und ging zu der Schiebetür. Harley stemmte sich aus seinem Stuhl hoch, um die Tür zuzumachen.

«Das mit dem Hals tut mir leid», sagte Harley.

Dill sah ihn an und nickte. «Jede Wette, daß ...», sagte er und kletterte aus dem Lieferwagen. Bevor Dill die Fahrstuhltür erreichte, konnte er den Motor des Transporters starten hören. Er betätigte den Rufknopf, wandte sich noch einmal zurück und sah zu, wie der Kleinbus die Rampe hinauffuhr und aus seinem Sichtfeld verschwand. Er machte sich nicht die Mühe, sich die Zulassungsnummer einzuprägen.

18

Wieder oben in seinem Zimmer, stand Dill am Fenster und starrte hinab auf die um zwei Uhr morgens wie leergefegten Straßen. Er konnte die Digitalanzeige der First National Bank sehen, die ihm mitteilte, daß die Temperatur auf 28 Grad Celsius abgesunken und die genaue Zeit zwei Uhr neun nachts war. Es war jetzt also Samstag, der sechste August, der Tag, an dem sie Felicity Dill beerdigen würden, verstorbener Detective zweiten Grades bei der Mordkommission.

Dill versuchte zu einem Entschluß zu kommen, welchen Anruf er zuerst erledigen sollte. Er bedachte die Möglichkeit, daß die Anrufe und vor allem die Reihenfolge, in der sie getätigt worden waren, in späteren Jahren vielleicht Folgen für das Leben jener haben würde, die er angerufen hatte. Da er Schwierigkeiten hatte, sich über die Reihenfolge schlüssig zu werden, bezichtigte Dill sich selbst einer unverzeihlichen Laxheit im philosophischen Denken – daß er zugelassen hätte, daß Freundschaftsgefühle ihm in die Quere kämen und ihm den klaren Pfad der Pflicht und Verantwortung und dergleichen anderer moralischer Verbindlichkeiten verstellte. Du hast eine böse Anwandlung von Schwäche, sagte er zu sich selbst, und das beste Gegenmittel ist Logik, und zwar von der kältesten und unnachsichtigsten Art.

Er ging zum Schreibtisch hinüber, wo er den Whisky aufbewahrte, setzte sich hin und nahm einen Briefbogen des Hotels heraus. Mit dem Kugelschreiber des Hotels schrieb er vier Namen untereinander:

FBI
Sen. Ramirez

J. Spivey
T. Dolan

Dill starrte eine Weile auf die vier Namen und versuchte zu entscheiden, welchen er zuerst wählen sollte. Er langte nach der Whiskyflasche und goß sich eine reichliche Portion ein. Ein ordentlicher Schuß vom harten, alten Logikverschnitt würde helfen, dachte er, stürzte den Whisky in zwei Schlucken hinunter und wünschte sich, vielleicht jetzt schon zum tausendsten Mal, daß er noch immer rauchte.

Er starrte weiter auf die Liste nieder, bis er wieder zum Kugelschreiber griff und eine einzelne Ziffer hinter jeden Namen setzte. Als das erledigt war, legte er den Kuli nieder, lehnte sich in seinem Stuhl zurück und stierte blicklos auf das, was er geschrieben hatte:

FBI – 4
Sen. Ramirez – 3
J. Spivey – 1
T. Dolan – 2

Du solltest deinen eigenen Arsch retten und dich absichern, dachte er, du solltest nach unten ins Foyer gehen und den Münzfernsprecher benutzen, weil vielleicht eines Tages, womöglich noch Jahre später, ein adretter blauer Anzug mit einer blitzenden Plastikdienstmarke der Regierung hier im Hotel aufkreuzt und die Herausgabe der Unterlagen über sämtliche Telefonate verlangt, die ein gewisser Benjamin Dill am Morgen des sechsten August geführt hat – an jenem selben Augustmorgen, als er seine Schwester zu Grabe trug und dem international berüchtigten und seither flüchtigen John Jacob Spivey einen Tip gegeben hat. Sie müssen selbst entscheiden, Ladys und Gentlemen der Jury: Hat Dill dies alles aus reiner persönlicher Gewinnsucht getan – oder aus irgendeinem anderen Motiv heraus, das Ihnen oder mir vielleicht verständlich ist? Das hat er wohl nicht, er tat es wegen etwas, das er als Freundschaft beschreibt, aus einem Gefühl heraus, das er selbst Loyalität nennt. Und was ist nun der Grund dieser angeblichen Loyalität? Sehen Sie, Dill möchte Sie glauben machen, daß er und Spivey einst Kumpel gewesen sind, unzertrennliche Gefährten, Jugendfreunde – ja sogar Busenfreunde. Jetzt frage ich Sie, meine Damen und Herren Geschworenen, was muß jemand für ein Soziopath sein, der ein Busenfreund von jemandem wie John Jacob Spivey sein kann, dem meistgesuchten Mann der Welt? Und so weiter und so fort, dachte Dill, seufzte tief auf, nahm den Hörer von der Gabel und wählte eine Nummer.

Das Telefon klingelte neun-, zehnmal, und endlich, beim elften Läuten ertönte ein schläfriges Knurren aus der Leitung. «Scheiße, welcher Wichser ist das?»

«Dein Busenfreund, Benjamin Dill.»

«Bist du besoffen?» fragte Spivey.

«Bist du wach?»

«Warte, ich hol mir nur eine Zigarette.»

Im Hintergrund konnte Dill die Stimme von Daphne Owen hören, die fragte: «Wer ist dran?», und Spiveys Antwort: «Pick.» – «Was will er von dir um diese Zeit?» verlangte sie in einem halb wachen, halb quengelnden Ton zu wissen. «Wie zum Teufel soll ich wissen, was er will, solange ich nicht mit ihm gesprochen habe», sagte Spivey und meldete sich dann wieder. «Was ist?»

«Ich bin's.»

«Ja, weiß ich schon, aber was sonst?»

«Brattle ist zurück.»

Es entstand ein Schweigen, das geraume Zeit dauerte, bis Spivey schließlich sagte: «So?»

«Wieder hier, meine ich.»

«Hier in der Stadt?»

«Genau.»

«Na ja», Spivey ließ wieder einige Sekunden verstreichen. «Wer ist bei ihm?»

«So ein Hüne mit Namen Harley, und dann noch einer mit gefärbten schwarzen Haaren, der sich Sid nennt.»

«Diese Saftsäcke!»

«Er will dich meistbietend verkaufen, Jake. Er will dich hübsch verschnürt Ramirez präsentieren, zusammen mit Dick Glander und Frank Cour. Er sagt, daß er sie innerhalb von vierundzwanzig Stunden im Sack haben kann. Er sagt auch, daß er reichlich was über dich hat, um dir dreimal lebenslänglich zu verschaffen – ohne Bewährung. Allemal. Clyde sagt, daß er das machen will im Austausch gegen zwei Jahre Bau in irgendeinem Bundeserholungsheim und eine Geldstrafe von nicht mehr als zwei- oder dreihundert Dollar.»

«Wie sieht er aus?» sagte Spivey.

«Sehr selbstbewußt.»

«So sieht er immer aus. Wo hast du ihn getroffen?»

«In der Tiefgarage im Hotel, in einem Transporter.»

Es entstand wieder eine längere Pause, und dann sagte Spivey: «Also, ich danke für deinen Anruf, Pick, das rechne ich dir hoch an.»

An seiner Reaktion stimmt was nicht, dachte Dill, wo sind Panik, Furcht, die zitternde Stimme? Er dankt mir dafür, daß ich ihm mitteile, wo ich seinen entlaufenen Hund zuletzt gesehen habe. «Das wär also alles?» fragte Dill.

«Mir fällt nichts weiter dazu ein.»

«Clyde schien sich seiner Sache sehr, sehr sicher, Jake.»

«Das ist halt sein Geschäft – das Sie-können-mir-absolut-vertrauen-Geschäft.»

«Er klang noch selbstsicherer als gewöhnlich.»

«Sieh mal, er will einen Handel machen, das ist alles. Du sagst, er ist bereit, dafür zwei Jahre in den Bau zu gehen. Nun, ich möchte auch einen Handel abschließen, aber ich denk nicht dran, dafür zwei Jahre abzureißen. Ich will Immunität. Ich würde also vorschlagen, daß du mal mit deinem Baby-Senator redest und herauszufinden versuchst, wen die Justiz lieber festnageln will – mich oder Brattle. Ich hab das Gefühl, daß er sagen wird: Brattle. Nun, ich kann ihm Brattle auf einem Tablett servieren. Sag ihm das, sieh zu, was er dazu meint. Falls er zustimmt, daß er lieber Brattle als mich am Kanthaken haben will, dann muß ich allerdings anfangen, mir wegen des alten Clyde Sorgen zu machen, weil dann Clyde nämlich versuchen wird – na ja, er wird versuchen, was dagegen zu tun.»

«Ich muß erst noch das FBI anrufen und ihnen sagen, wo ich Brattle gesehen habe.»

«Ja», sagte Spivey, sein Ton klang völlig desinteressiert, das mach nur.» Er lachte glucksend. «Heißt das, du hast sie noch gar nicht angerufen?»

«Nein.»

Spivey kicherte wieder. «Weißt du, was du bist, Pick? Du bist ein sentimentaler Hund.»

«Mag sein.»

«Laß mich wissen, was der Senator sagt.»

«In Ordnung.»

«Und Sonntag können wir mit dir rechnen?»

«Klar, Jake», sagte Dill, «du kannst auf mich rechnen.»

Nachdem er eingehängt hatte, beschlich Dill das Gefühl, als wäre er während der ganzen letzten Stunde durch ein ödes und weitgehend unbekanntes Gebiet gewandert, in Händen nur eine jener vergilbten Landkarten mit der knappen Eintragung: Hier hausen Ungeheuer. Dill wußte, daß die Karte stimmte, er war diesen Weg schon einmal gekommen, trotzdem wollte man nicht glauben, daß sie wirklich existierten – die Ungeheuer. Nein, das war falsch, man glaubte schon, daß sie tatsächlich existierten, doch nach fünfzehn Jahren, die man sie beobachtet hatte, über sie geschrieben und sogar ihre Spuren verfolgt hatte, glaubte man inzwischen, sie wären ganz normal, harmlos und gebändigt, ja, sogar stubenrein.

Aber was wäre denn, wenn sie die Norm sind und du die Abweichung? Dill griff entzückt diesen Gedanken auf. Seine Schlichtheit war zwingend, das darin enthaltene Versprechen der Absolution unwiderstehlich. Er war so tief befriedigt über diesen vom Whisky inspirierten Einfall, daß er den Rest Old Smuggler in ein Glas goß und ihn hinunterstürzte. Dann änderte er die vorher so sorgfältig festgelegte Reihenfolge (ade, kühle, klare Logik!) und rief alle drei Telefonnummern an, unter denen Senator Ramirez angeblich in New Mexico zu erreichen war.

Später wollte dann der eine oder andere zu bedenken geben, daß Senator Ramirez – wenn er wirklich dort gewesen wäre, wo er vorgegeben hatte zu sein, erreichbar unter einer der drei hinterlassenen Nummern – den Lauf der Dinge vielleicht hätte aufhalten können – oder zumindest einiges davon verhindert hätte. Aber diejenigen, die das behaupteten, waren zumeist berufsmäßige Heckenschützen und Gegner des Senators. Tim Dolans Einwand lautete stets, es wäre völlig belanglos gewesen, wen Dill an jenem Morgen angerufen hatte, da niemand hätte aufhalten können, was dann schließlich so und nicht anders geschehen mußte. Dill stellte nie dergleichen Mutmaßungen an, und er war es, der die drei Anrufe in New Mexico tätigte und stets mit den drei verschiedenen Anrufbeantwortern verbunden wurde, die ihm in zwei Sprachen mitteilten, daß der Senator derzeit nicht erreichbar wäre, jedoch umgehend zurückrufen würde, falls der Anrufer nach dem Pfeifton seinen Namen und seine Telefonnummer hinterlassen wollte. Dill hinterließ dreimal Namen und Telefonnummer und weckte dann Tim Dolan in Washington.

Nachdem Dill ihn von seinen Gesprächen sowohl mit Jake Spivey als auch mit Clyde Brattle unterrichtet hatte, brach er ab und wartete auf Dolans Reaktion. Dieser durch und durch politische Kopf brauchte nicht lange, um zu einem Entschluß zu gelangen, den Dill längst vorhergesehen hatte.

«Sie wollen doch, daß beide einander in Stücke hauen, nicht wahr – Spivey und Brattle», sagte Dolan in befriedigtem Ton, aus dem alle Verschlafenheit gewichen war.

«Es sieht ganz so aus.»

«Dann schnappen wir sie uns beide.»

«Tim», sagte Dill, «ich glaube nicht, daß du diese beiden Typen richtig verstanden hast.»

«Was gibt's da groß zu verstehen? Die hacken sich beide in Stücke, und wir überreichen sie auf Toast gebakken der Justiz. Der Senator bekommt neunzig Minuten Sendezeit in den Radionachrichten und ist dann drei Tage lang zu Hause ein Held, vielleicht sogar eine Woche.»

«Ich glaube, du wirst dich wohl schon für den einen oder anderen entscheiden müssen», sagte Dill.

«Nicht beide, wie?»

«Nein.»

«Okay», sagte Dolan, «welchen denn?»

«Die Wahl liegt nicht bei mir.»

«Du ziehst dich da ganz schon heraus, Ben.»

«Ja, ich weiß.»

«Also gut, ich sag dir, was wir machen werden. Wir laden das Ganze dem Senator auf und lassen ihn entscheiden. Was meinst du dazu?»

«Schön.» sagte Dill.

«Das wäre dann also geklärt. Er und ich kommen dann also Montag abend oder Dienstag früh zu dir runter.»

«Das mit dem Hearing, läuft das noch?»

«Nicht eigentlich», meinte Dolan, «wir haben beschlossen, daß wir damit doch nicht so schnell an die Öffentlichkeit gehen. Der Senator möchte sich erst mal privat mit Spivey treffen. Kannst du das arrangieren?»

«Ja.»

«Und wie steht's mit Brattle?»

«Ich hab das Gefühl, daß er mit mir in Verbindung bleiben wird», sagte Dill.

«Mit dir?»

«Mit mir.»

«Sieh doch mal zu, ob du für ihn ein Treffen mit dem Senator in die Wege leiten kannst.»

«Was ist mit dem FBI?»

«Was soll schon mit denen sein?»

«Irgend jemand muß sie anrufen, wegen Brattle.»

«Laß mich das von hier aus machen», sagte Dolan, «ich kenne hier ein paar von den Knaben, die halbwegs vernünftig sind.»

«Du kümmerst dich dann also darum», sagte Dill.

«Ich mach das schon», versprach Dolan, «du gehst jetzt besser schlafen, du klingst ein bißchen angeschlagen.»

Viel später hatte niemand außer Dill eine zufriedenstellende Antwort auf die Frage, die von ratlosen Mitgliedern der Jury des obersten Gerichtshofes am häufigsten gestellt wurde: Warum habt ihr Burschen denn nicht einfach das FBI verständigt oder andere Stellen?

«Ich dachte, das hätte schon jemand getan», gab Dill darauf dann stets zur Antwort.

19

Die Limousine der Polizeidienststelle, die einen leicht verkaterten Benjamin Dill Samstag morgen um neun Uhr fünfzehn abholte, war ein schwarzer Cadillac Baujahr 1977, der, wie der Fahrer zu erzählen wußte, zweihundertfünfzigtausend Kilometer auf dem Tacho hatte und vormals vom Bürgermeister gefahren worden war.

«Er hat ihm nicht wirklich gehört, verstehen Sie», erklärte der Sergeant in mittleren Jahren, der einen rotbraunen Anzug trug und sich mit dem Namen Mock vorgestellt hatte, «aber er ist ihm als Dienstwagen zur Verfügung gestellt worden, und als sie ihm dann seinen neuen gekauft haben, ging dieser hier zurück an den städtischen Fahrzeugpark. Wie sagten Sie, Sie möchten jemand abholen?»

«Eine Miss Singe an der Ecke 22nd und Van Buren.»

«Ah, das Old Folks Home, stimmt's?» sagte Sergeant Mock, der den hinteren Wagenschlag für Dill aufhielt, der in den klimatisierten Wagen stieg und sich in die weichen Polster sinken ließ. «So hat man sie doch früher genannt – ich meine die Van Buren Towers», ergänzte Mock, als er sich ans Steuer setzte. «Ich weiß selbst nicht, warum sie es so genannt haben, aber so war es eben.»

Der Sergeant schwenkte vom Bordstein vor dem Hawkins Hotel in den Verkehr ein und fuhr den schweren Wagen in nördlicher Richtung den Broadway hinunter. Mit einem Blick in den Rückspiegel musterte er Dill, der zusammengekauert in der rechten Ecke saß und auf den schwachen Samstagmorgenverkehr starrte.

«Das mit Ihrer Schwester tut mir lied, Mr. Dill», sagte Sergeant Mock, «sie war ein echt nettes kleines Mädel – obwohl, ich meine, na ja, eigentlich war ja Felicity gar nicht so klein – eins zweiundsiebzig oder eins fünfundsiebzig müßte so ungefähr hinkommen.»

«Eins fünfundsiebzig», sagte Dill.

«Für 'ne Frau ziemlich groß.»

«Ja.»

«Wär's Ihnen lieber, wenn ich den Schnabel halte?»

«Das könnte helfen.»

«Kleiner Kater?»

«Ein bißchen schon.»

«Werfen Sie mal einen Blick in das Fach vorn rechts von Ihnen – Sie müssen es aufschieben. Ich hab drei Dosen kaltes Budweiser hineingetan, nur für den Fall.»

«Sie sind ein Heiliger», sagte Dill, öffnete das Schubfach und nahm eine der noch beschlagenen Dosen heraus. Er öffnete sie und nahm dankbar einen tiefen Zug daraus.

«Der Sergeant grinste in den Rückspiegel. «Ich mach das immer, wo's um eine Beerdigung geht. Das erste, was ich nach dem Aufstehen mache, ist, daß ich morgens in die Küche renn und drei oder vier Dosen ins Tiefkühlfach tue – wissen Sie, damit man sie so richtig kalt bekommt. Manche Leute brauchen 'n bißchen was, wenn sie zu einer Beerdigung gehen. Ist ja immer 'ne traurige Sache, so 'ne Beerdigung.» Er blieb einen Augenblick still. «Also, ich halt jetzt die Klappe.»

«Danke», sagte Dill.

Anna Maude Singe war ganz in Schwarz – einfaches, teures, einheitliches Schwarz –, mit Ausnahme der weißen Handschuhe, die sie in der Hand hielt. Eskortiert von Sergeant Mock, der sich bereit erklärt hatte, zu ihr hinaufzugehen, kam sie aus den Van Buren Towers. Dill rutschte hinüber in die linke Ecke des Wagens, als Mock die rechte Tür für Anna Maude öffnete. Graziös stieg sie ins Auto, das Hinterteil zuerst, gefolgt von den langen Tänzerinnenbeinen, die sie in einer einzigen gleitenden Bewegung hineinschwang. Sie wandte sich prüfend zu Dill, der seinen dunkelblauen Anzug trug, ein weißes Hemd und die gestrickte schwarze Seidenkrawatte. Anna Maude nickte ihm grüßend zu und meinte anerkennend: «Hübsch siehst du aus, und dein Kater, den du verheimlichen willst, verleiht dir eine gewisse traurige Würde.»

«Irgendwie hab ich ja gewußt, daß du jemand bist, der schon morgens gern redet», sagte Dill.

«Sie lächelte. «Macht das nicht jeder?»

Sergeant Mock, der wieder auf dem Fahrersitz saß, startete den Motor, wandte den Kopf zurück und sagte: «Die Dame sieht nicht so aus, als würde sie auch schon ein Bier brauchen, Mr. Dill, aber falls doch, wissen Sie ja, wo Sie es finden. Ich werd jetzt die Trennscheibe hochmachen, damit Sie ganz ungestört sind. Leute, die auf Beerdigungen gehen, brauchen immer ihre ungestörte Ruhe.»

«Danke», sagte Dill. Mock drückte einen Knopf, und die gläserne Trennwand glitt aus dem Rückenteil des Vordersitzes, und dann schwenkte der große Wagen wieder vom Bordstein auf die Straße.

«Möchtest du ein Bier?» fragte Dill.

Anna Maude schüttelte ablehnend den Kopf. «Wo hast du deinen Kater her?»

«Das war oben in meinem Zimmer, allein.»

«Mir ist gar nicht so, als hättest du mit mir soviel getrunken.»

«Ich hatte noch einen Besucher.»

«Oben in deinem Zimmer?»

«Unten in der Hotelgarage. Wir haben in seinem Transporter miteinander geredet.»

«Wer?»

«Clyde Brattle», Dill machte eine Pause. «Übrigens, von Brattle hab ich dir wohl noch nicht erzählt.»

Wieder schüttelte sie verneinend den Kopf.

«Das sollte ich vielleicht besser tun.»

«Wo haben die ihr Bier versteckt?» fragte sie.

«Das Fach da, gleich vor dir – du mußt es aufschieben.»

Anna Maude öffnete es, nahm ein Bier heraus, drückte den Verschluß ein und reichte es Dill. «Okay», sagte sie, «los, erzähl.»

Dill nahm einen tiefen Schluck von seinem nächsten Bier und erzählte ihr dann von seinem Treffen mit Clyde Brattle in dessen blauem Dodge-Lieferwagen und von den beiden Männern namens Harley und Sid. Als er geendet hatte, näherten sie sich bereits der Trinity Baptist Church, die an der Ecke Thirteenth und Sherman Street lag, kaum fünfzehn Blocks von den Van Buren Towers entfernt.

Anna Maude Singe blickte eine Weile nachdenklich vor sich hin, nachdem Dill ihr Bericht erstattet hatte, dann meinte sie stirnrunzelnd: «Mir wäre angenehmer, wenn du das FBI selbst angerufen hättest.»

«Ja», sagte Dill, «geht mir genauso.»

Es gab weitaus mehr Baptisten in der Stadt und im gesamten Bundesstaat als Angehörige anderer Bekenntnisse, gefolgt – aber mit einigem Abstand – von Methodisten, Presbyterianern, Reformierten, Fundamentalisten verschiedenster Couleur, Katholiken und einer überraschend großen Zahl von Anhängern der Episkopalischen Kirche, von denen weithin angenommen wurde, sie wären wohlhabend, stilbewußt, von der für die Bewohner der Oststaaten typischen Gediegenheit und nicht halb so versessen auf sonderbare Rituale wie die Katholiken mit ihrer verdächtigen Verbundenheit gegenüber Rom. 1922 war ein Gerücht in Umlauf gewesen, daß der Papst mit dem Zug um zwölf Uhr siebzehn, aus Chicago kommend, im Bahnhof Union Station eintreffen würde, und schätzungsweise dreitausend Menschen hatten sich daraufhin dort eingefunden, um herauszufinden, ob es stimmte. Die meisten von ihnen waren hauptsächlich gekommen, um zu gaffen, doch der eine oder andere hatte schon ernsthaft erwogen, Teer und Federn mitzubringen. Alle waren tief enttäuscht gewesen, als Pius XI. dann doch nicht aus dem Zug gestiegen war.

Trinity Baptist war Mitte der fünfziger Jahre nach Plänen eines Architekturprofessors der hiesigen Universität erbaut worden, der für seinen extremen Geschmack berüchtigt gewesen war, den er im Hinblick auf Entwürfe, Frauen und Politik unter Beweis gestellt hatte. Die Legislative dieses Bundesstaates war zwar nicht unbedingt der Auffassung, daß es sie etwas anzugehen hätte, mit welchem Weibervolk sich ein Mann umgab oder welche Art Ziegel er bevorzugte, doch sie wußte durchaus, wie eins ihrer Mitglieder sich ausdrückte, sehr genau über Politik Bescheid. Die verfassunggebenden Mitglieder wußten darüber hinaus auch noch sehr genau, daß sie keine «rosarot angehauchten Typen» an der Hochschule haben wollten, die ihre Kinder unterrichteten, also zerrten sie den Professor vor einen Unterausschuß des Abgeordnetenhauses über subversive Aktivitäten und grillten ihn gnadenlos wegen seiner verrückten politischen Theorien und, nachdem sie dessen müde geworden waren, wegen seiner Weibergeschichten und architektonischen Entwürfe.

Ein zweiundsiebzig Jahre alter Abgeordneter aus einem Wahlbezirk des Staates, der den Beinamen Little Dixie hatte, brandmarkte entrüstet die Aufstellung einer in ziemlich freier Form ausgeführten Plastik, die den geweihten Boden der Kirche würdig schmücken sollte. Er begehrte zu wissen, ob der Professor tatsächlich glaubte, daß Johannes der Täufer wirklich so ausgesehen hätte wie das, was er da vorlegte. Der Professor hatte darauf erwidert, er fände sehr wohl, daß es Johannes nicht unähnlich wäre. Sanft lächelnd hatte er dann gefragt, ob das Komitee denn inzwischen schon Spuren von Rosa im Bart des Heiligen gefunden hätte? Doch keines seiner Mitglieder begriff, worauf er hinauswollte. Die Anhörung wurde kurz darauf abgeschlossen. Der Professor schrieb ein aus vier Worten bestehendes Abschiedsgesuch («Scheiße. Ich hör auf!») und ging dann an die University of California nach Berkeley, um dort zu unterrichten. Die Baptisten machten sich dann daran, die Kirche zu bauen, die er ihnen entworfen hatte. Fast jedem war sie inzwischen sehr ans Herz gewachsen.

Dill war überrascht von der Anzahl der Autos, die den Parkplatz der Kirche füllten und draußen in zwei Reihen geparkt waren. Er zählte vierundzwanzig Polizeimotorräder – durchweg knochenbrechende Harley-Davidsons, stellte er fest, und nicht die unendlich überlegenen Kawasakis. Made in America gilt hier im Lande noch einiges, dachte er, drückte auf den Knopf, der die Trennscheibe absenkte, und fragte: «Diese Leute hier, die sind doch nicht alle zur Beerdigung meiner Schwester gekommen, oder?»

«Aber sicher doch», sagte Sergeant Mock, «Ihre Schwester war ein Cop, Mr. Dill, und wenn Cops umgebracht werden, kommen die anderen Cops angeschwärmt. Ich hab die Liste gesehen. Die Cops kommen von überallher, sogar aus Denver und Omaha und Memphis und sogar den ganzen weiten Weg von New Orleans hierher.»

«Von wo noch?» fragte Anna Maude.

«Mal nachdenken. Dallas, Fort Worth, Houston, Amarillo, Oklahoma City, Tulsa, Kansas City, Little Rock, Santa Fe, Albuquerque und – ja richtig – dann noch der eine, der gesagt hat, er sei von Cheyenne hierher. Sie wollen ihr das letzte Geleit geben, Mr. Dill, deshalb. Sie sind alle deshalb hier.»

Es war wenige Minuten vor zehn, als Mock die Limousine auf dem Abstellplatz für die Hauptleidtragenden parkte, ausstieg und die Tür für Anna Maude und Dill öffnete. Fünfzig oder sechzig unbewaffnete Polizisten standen noch immer draußen, alle in einheitliches Rotbraun gekleidet. Aus irgendeinem Grund hatte Dill erwartet, daß sie Blau tragen würden. Er konnte spüren, wie sie einander auf ihn aufmerksam machten als den Bruder der verstorbenen Felicity Dill.

Ein geschniegelt aussehender Leutnant mit olivfarbener Haut, der sich als Lieutenant Sanchez vorstellte, brachte gewandt sein Mitgefühl zum Ausdruck und bot an, Dill und Anna Maude auf ihre Plätze zu bringen. Er steuerte sie durch die Gruppe der Polizisten ins Innere der Kirche. Es war das erste Mal, daß Dill sie von innen sah, und er war beeindruckt vom Witz des Architekten. Sie sieht wirklich wie eine echte Baptistenkirche aus, dachte er, aber wie eine, wo sie wirklich mit freudigem Lärm den Herrn lobpreisen und ungeheuren Spaß dabei haben.

Die Innenwände waren aus Granit (mit einem ganz

kleinen Einschuß von Rosa), und der Stein strebte mühelos und fast beschwingt in die Höhe, als stiege er tatsächlich auf zum Ruhme des Höchsten. Dill fand, daß die buntbemalten Glasfenster vom Entwurf her sehr spannend und gar nicht so abstrakt waren. Er konnte nachfühlen, wie jemand, den die Predigt langweilte, zu den Fenstern hinaufstarrte und sich seine eigenen Geschichten ausdachte. Wenn schon ein Gottesdienst für seine Schwester in der Kirche abgehalten wurde, so dachte Dill, dann in einer wie dieser hier. Zumindest die Architektur hätte ihr sehr gefallen.

Lieutenant Sanchez führte Anna Maude und Dill zum Mittelgang und übergab sie dem bereits wartenden Leiter der Kriminalabteilung, John Strucker. Zum ersten Mal sah Dill Strucker in Uniform. Er war beeindruckt von der Art, wie der Chief sie trug, und von der Uniform selbst, die wie angegossen aus einem Stoff geschneidert zu sein schien, der wie rostrotes Leinen wirkte, jedoch nicht wie Leinen knitterte. Unter den linken Arm geklemmt trug Strucker seine Mütze, die reichlich mit Goldlitze verziert war.

«Wir alle vorn in der ersten Reihe», murmelte Strucker, und geleitete sie zur ersten Reihe rechts. In der ersten Reihe links erhob sich ein Mann und bewegte sich auf sie zu. Es war ein älterer Mann, mindestens schon über sechzig, und schließlich erkannte Dill in ihm den alten Dwayne Rinkler, den Polizeichef. Es war Jahre her, seit Dill ihn zum letzten Mal gesehen hatte, und das lange schmale Gesicht des Chefs schien noch länger geworden; die frostigen blauen Augen schienen noch älter als er selbst, die dünnen Lippen waren inzwischen ganz verschwunden und hatten nur einen schmalen, geraden Strich hinterlassen. Rinkler hatte fast alles Haar eingebüßt, und seine Haut war tief gebräunt. Er trug seine Uniform fast in so guter Haltung wie Strucker. Seine Mütze zierte sogar noch mehr goldene Litze.

Strucker machte miteinander bekannt, und Chief Rinkler schüttelte zuerst Anna Maude Singe und dann Dill die Hand. «Wir sind zutiefst betroffen, Mr. Dill», sagte er in seinem rauhen Baß, «wir alle hier.»

«Danke», sagte Dill.

«Sie war eine großartige Frau», ergänzte Rinkler und nickte, als wollte er seine eigene Feststellung bekräftigen. Noch immer ernst nickend, machte er auf dem Absatz kehrt und ging zu seinem Platz zurück. Strucker schloß sich ihm an. Dill und Anna Maude nahmen ihre Plätze auf der anderen Seite ein.

Nachdem er sich gesetzt hatte, musterte Dill den Katafalk, den er zum ersten Mal zu Gesicht bekam. Den Sarg konnte er gar nicht sehen, da er von einer großen amerikanischen Flagge verhüllt war. Zu beiden Seiten des Katafalks stand eine Totenwache von sechs Polizisten in makellosen Sommeruniformen bewegungslos in Habachtstellung.

Von irgendwoher begann ein gemischter Chor zu singen. Dill ging dem Klang nach, wandte sich um und schaute hoch. Oben im Chorgestühl erhoben zwölf blutjunge männliche und weibliche Polizisten ihre Stimmen ohne Instrumentalbegleitung zu einer langsamen, feierlichen Wiedergabe von *The Battle Hymn of the Republic*. Offenbar hatten sie vor, alle vier Strophen zu singen, während die Kirche sich langsam füllte. Dill fand, daß sie recht hübsch sangen, und fragte sich, ob Felicity Einwände gegen die Hymne gehabt hätte. Vielleicht früher einmal, befand er, aber jetzt nicht mehr.

Als der Chorgesang vorüber war, gab es das übliche Gescharre und Geräusper und halbersticktes Husten. Der noch sehr jung aussehende Prediger hatte seinen Auftritt und stieg langsam in die Kanzel, von wo aus er aus traurigen Augen hinter einer schmucklos ernsten Hornbrille auf die hier Versammelten blickte.

«Wir sind heute hier zusammengekommen», sagte er, «um jemandes Tod zu betrauern und für die Seele eines Menschen zu beten, der nicht dieser Kirche oder ihrem Bekenntnis angehörte, eines Menschen aber, der sein Leben dem öffentlichen Dienst geweiht hat, der sowohl dieses unser Bekenntnis als auch diese Kirche beschützt. Wir sind hier, um zu trauern und zu beten für Detective Felicity Dill und ihr zu danken für ihr allzu kurzes Leben im hingebungsvollen Dienst für diese Gemeinde.»

So ging es noch fünf Minuten weiter – ein tödlich öder junger Mann, dachte Dill, der offenbar seiner Sache inbrünstig ergeben und anscheinend todernst war. Als der junge Prediger salbungsvoll das unvermeidliche Wort «vergebens» aussprach, schaltete Dill endgültig ab, wie er es immer tat, sobald er jemanden dieses Wort aussprechen hörte. Es folgte stets in unmittelbarem Anschluß an «Opfer», ein weiteres Wort, das Dills Gedanken auf Wanderschaft schickte. Jemand hat meine Schwester ermordet, dachte er, während die Stimme des jungen Predigers sich hob und senkte. Wenn Felicity nicht vergebens gestorben ist, dann weiß ich nicht, wessen Tod ohne Sinn war.

Erneut waren Geräusche aus der Menge zu hören, und Dill stellte fest, daß der junge Prediger geendet hatte und der Polizeichor einen neuen Choral sang. Das Dutzend frisch geschrubbter junger Polizisten und Polizistinnen brachte jetzt *Amazing Grace*, einen Choral, den Felicity ganz besonders verabscheut hatte. «Lies den Text irgendwann, Pick», hatte sie ihm geschrieben, kurz nachdem Jimmy Carter hatte durchblicken lassen, daß *Amazing Grace* sein Lieblingschoral wäre. «Du mußt das wirklich gelesen haben, und dann wirst du verstehen können, warum Menschen sich die ganze Scheiße zumuten lassen, mit der sie sich herumquälen.» Dill horchte auf den Text, hörte wirklich genau hin, aber die Worte waren für ihn absolut bedeutungslos, wenngleich er fand, daß der Polizeichor sie wirklich wunderschön sang.

Nachdem der Choral vorüber war, hoffte Dill, daß damit auch der Gottesdienst zu Ende wäre, doch er sah sich getäuscht. Der junge Prediger war bereits von der Kanzel gestiegen, und jetzt erklomm sie jemand anderer. Dieser andere war Gene Colder, baptistischer Diakon und Captain der Mordkommission, der in seiner Ausgehuniform, die genauso maßgeschneidert wirkte wie die des Leiters der Kriminalabteilung, gepflegt und melancholisch aussah. Colder umklammerte die Brüstung nicht aus Nervosität, sondern mit dem Aussehen des geschulten Redners, der Wichtiges zu sagen hatte. Seine Augen überflogen prüfend die Zuhörerschaft, beginnend mit den ganz hinten Sitzenden und dann den Blick Dills in der ersten Reihe festhaltend, dem er unmerklich zunickte. Dann schien Colder sich denjenigen aus den Trauernden herauszugreifen, an der er sich ganz besonders zu wenden gedachte – er schien irgendwo in der Mitte zu sitzen –, und hub dann an: «Ich bin gebeten worden, einige Worte des Gedenkens über Detective zweiten Grades Felicity Fredericka Dill zu sagen (O Gott, wie sie den Namen Fredericka gehaßt hatte!, dachte Dill), nicht nur weil sie in meiner Abteilung im Morddezernat gewesen ist, sondern auch, weil wir Freunde waren.» Colder machte eine Pause und setzte hinzu: «Sehr gute Freunde.» Jetzt wußte auch noch der letzte, daß sie miteinander geschlafen hatten, falls sie es nicht schon vorher gewußt hatten, dachte Dill.

«Detective Dill war das, was ich einen Cops Cop: einen mustergültigen Cop, nennen würde», fuhr Colder fort.

«Sie bekam ihre Beförderungen, und es waren in der Tat schnelle Beförderungen, und das wegen ihrer harten, oftmals brillanten Arbeit. Ich zögere nicht, vorherzusagen, daß sie, wäre sie noch unter uns Lebenden und könnte ihrer Karriere mit derselben Entschlossenheit und Brillanz weiter nachgehen, die erste weibliche Leiterin einer Kriminalabteilung geworden wäre und sogar – auch das ist nicht unvorstellbar – der erste weibliche Polizeichef dieser Stadt.» Captain Colder zeigte den Anflug eines Lächelns. «Mit Sicherheit aber läßt sich behaupten, daß sie zum Captain ernannt worden wäre.»

Danach ließ Colder sich darüber aus, was für ein wunderbarer Mensch Detective Dill gewesen war. Er pries ihre Klugheit und Tapferkeit. Er sagte Nettigkeiten über ihren gesunden Menschenverstand und ihre ungewöhnliche Begeisterungsfähigkeit. Er beklagte ihren Verlust als tragisch und ihr Vermächtnis als ewig unvergessen, obwohl Dill nicht die blasseste Ahnung hatte, was er damit meinen mochte. Colder vergaß allerdings, die Lebensversicherung über zweihundertfünfzigtausend Dollar und das gelbe Ziegelhaus zu erwähnen, die immerhin auch Teil ihres Vermächtnisses waren, doch nach Meinung Dills eines, das nicht ewig unvergessen und besonders dauerhaft sein würde.

Abschließend sagte Colder: «Ich kann nur noch einmal das höchste Lob wiederholen, das wir ihr zollen können: Sie war ein Cops Cop, ein Vorbild, und wir werden sie vermissen, alle, die wir hier sind.»

Der Laienprediger ließ den Blick über die Gemeinde der Gläubigen schweifen, denn das, dachte Dill, waren sie jetzt wohl für ihn geworden, und forderte sie auf, sich ihm zum Gebet anzuschließen. Dill beobachtete, wie sich die Köpfe der Ehrenwache ruckartig senkten, die sich in Habachtstellung zum Gebet anschickte.

Als das Gebet vorüber war, brach der Polizeichor wieder in lautstarken Gesang aus. Dill, der kein Kirchengänger war, vermutete, daß es sich diesmal um *Abide With Me* handelte. Er warf einen Seitenblick auf Anna Maude Singe, die seine Hand ergriff und sie drückte. «Denk immer daran», sagte sie mit gedämpfter Stimme, «sie ist irgendwo und schüttet sich vor Lachen aus.»

«Bestimmt», sagte Dill, der allerdings nicht daran glauben konnte. Er wandte sich dem auf sie zugehenden Captain Colder zu, der zuerst Anna Maude und dann Dill die Hand schüttelte. «Ich weiß Ihre Gedenkrede zu würdigen, Captain», sagte Dill.

«Jedes Wort war mir aus der Seele gesprochen.»

«Es war sehr bewegend», sagte Anna Maude.

«Ich danke Ihnen.» Er sah zu Dill hin. «Alles andere ging glatt – mit dem Wagen und so weiter?»

«Es war perfekt. Ich möchte Ihnen dafür meinen Dank aussprechen.»

«Ich werde Sie jetzt zu Ihrem Wagen begleiten. Er wird direkt hinter Felicity fahren.» Nicht etwa hinter dem Leichenwagen, fiel Dill auf, sondern hinter der noch nicht beerdigten Felicity. Colder lächelte aufmunternd. «Die Grabrede wird sehr kurz sein, sehr formell. Wollen wir gehen?»

Als sie den Mittelgang hinunterschritten, hielt Dill nach bekannten Gesichtern Ausschau – nach alten Freunden der Familie, denen er zunicken oder zulächeln konnte –, doch da war niemand mehr. Sie hat hier sicher Freunde gehabt, dachte er, aber du kennst sie nicht, weil die Kluft von zehn Jahren, die zwischen euch lag, unüberbrückbar gewesen ist. Er bemerkte die Polizeiabordnung von auswärts, untadelig und korrekt in ihren unterschiedlichen Uniformen, Gesichter, die neugierig und mit Anteilnahme zu ihm herüberschauten, als er vorbeiging.

Das sind also die, die gekommen sind, Felicity zu Grabe zu tragen, fuhr es Dill durch den Kopf. Cops oder die Ehefrauen von Cops. Die Cops selbst waren jung oder in mittleren Jahren. Ich vermute, es gibt gar keine alten Cops mehr, mit Ausnahme des Polizeichefs. Ich glaube, sie reißen ihre zwanzig oder dreißig Jahre ab, nehmen ihre Pension und scheiden aus. Detective Dill. Sergeant Dill. Captain Dill. Leiterin der Kriminalabteilung Dill. Polizeichefin F.F.Dill. Nun ja, wer weiß, vielleicht wäre es wirklich so gekommen.

In dem Außensitz am Gang, in der vorletzten Reihe, saß Fred Y. Laffter, der altersgraue Polizeireporter. Er stand auf, trat von der Seite an Dill heran und sagte mit heiserem Wispern: «Wir werden mit dem Zeug über die Versicherungspolice Ihrer Schwester und das Geld, das sie für ihr Haus angezahlt hat und mit der ganzen anderen Scheiße rauskommen. Wollen Sie dazu irgendeine Stellungnahme abgeben?»

Dill blieb stehen. «Wen meinen Sie mit ‹wir›?»

Laffter zeigte mit einem Finger himmelwärts und zuckte die Achseln. «Die in der oberen Etage haben mir gesagt, daß sie es bringen wollen, also bringen wir es. Ich kann Sie noch immer ganz raushalten, falls Sie das wollen, obwohl das Ganze mein Einfall gewesen ist, nicht Ihrer.»

«Kein wörtliches Zitat von mir», sagte Dill, «absolut nichts.»

«Herrgott noch mal, Laffter, doch nicht jetzt!» sagte Colder und schob sich zwischen Dill und den alten Mann.

«Ich tu ihm doch nur einen Gefallen», sagte Laffter.

«Aber verdammt, nicht jetzt!» sagte Colder.

Laffter starrte kalt zu ihm zurück. «Das ist mein Job, Sonny», schnappte er, machte einen unbeholfenen Bogen um Colder und baute sich wieder vor Dill auf. «Nichts für ungut, Junge.»

«Scheiß drauf, geh mir aus dem Weg», sagte Dill.

20

Angeführt von den zwei Dutzend Harley Davidsons, an deren Spitze wiederum ein grün-weißer Einsatzwagen mit eingeschaltetem Blaulicht fuhr, rollte die anderthalb Kilometer lange Trauerprozession in einem gemessenen Tempo von zwanzig Stundenkilometern auf den Green-Glade-of-Rest-Friedhof zu, der einst ein abgewirtschaftetes Bauerngehöft am östlichen Stadtrand gewesen war.

Der Mittelteil des Green Glade war ein nicht allzu kompliziert angelegter Irrgarten, der etwa ein Viertel der Größe eines Footballfeldes maß. Dieses Labyrinth wurde gebildet aus Ligusterhecken, die zwei Meter fünfzig hoch und vielleicht einen Meter dick waren. Es gab auch Kiespfade, auf denen man entlangschlendern, und Steinbänke in lauschigen Ecken, wo Trauernde sich setzen und ausruhen und ihren Gedanken über Leben und Tod und deren höhere Bedeutung nachhängen konnten. Allerdings lief es sich auf dem Kies nicht sehr bequem, die Steinbänke waren hart und drückten, und der Irrgarten wurde gewöhnlich von jenen gemieden, die einen Friedhofsbesuch machten.

Innerhalb der vergangenen fünf Jahre hatte die Polizeitruppe hier im Green Glade of Rest siebzehn ihrer ermordeten Angehörigen beerdigt. Mit Detective Felicity Dill erhöhte sich die Zahl auf achtzehn. Bevor die Abteilung sich einen eigenen Abschnitt auf dem Friedhof gekauft hatte, waren KOD-Polizisten über die ganze Stadt verstreut bestattet worden. Die Abkürzung KOD stand für Killed on Duty – getötet im Dienst.

Nahezu alle von denen, die zum Gottesdienst in der Kirche gewesen waren, hörten sich auch die Grabrede an und nahmen an der Zeremonie am Grab teil. Wie angekündigt, dauerte es nur kurz. Ein Kaplan der Polizei las den dreiundzwanzigsten Psalm, eine Einheit Scharfschützen feuerte einen Salut ab, ein Hornist spielte *Taps* auf seinem Kornett. Die Totenwache, die zum Tragen des Sarges verdoppelt worden war, faltete die amerikanische Flagge, die den Katafalk verhängt hatte, zu einem ordentlichen Dreieck zusammen und überreichte sie Dill, der nicht die geringste Vorstellung davon hatte, was er damit anfangen sollte. Dann war alles vorbei, die tote Schwester war beerdigt, und es war noch nicht einmal Mittag.

Der KOD-Abschnitt der Polizeiabteilung lag auf einer sanft geschwungenen Hügelkuppe. Nach Beendigung der Trauerfeierlichkeiten begannen die meist uniformierten Trauergäste, langsam zu ihren geparkten Wagen hinunterzugehen, wobei sie einen Bogen um das Labyrinth machten. Einige blieben noch stehen, um Dill die Hand zu schütteln und ihr Beileid zu murmeln. Während Dill und Anna Maude Singe mit langsamen Schritten den Weg zum Parkplatz hinuntergingen, schüttelte er Hände, die sich ihm entgegenstreckten, und dankte höflich für die gemurmelten Beileidsbezeugungen.

Dill und Anna Maude waren mit einemmal fast allein im Labyrinth, als jemand Dill auf die Schulter klopfte. Sie wandten sich beide um. Sie fanden sich plötzlich eingetaucht in den engelsgleichen Schmelz eines Lächelns, das zu Clay Corcoran gehörte, der die tote Schwester geliebt hatte.

«Ich konnte einfach nicht wegbleiben, Mr. Dill», sagte Corcoran.

«Ben», sagte Dill.

«Ben», berichtigte sich Corcoran und richtete sein warmherziges Lächeln auf Anna Maude. «Wie geht's, Smokey?»

Anna Maude meinte, es ginge ihr gut. Das verwirrende Lächeln des hünenhaften Mannes verschwand, und er wurde ernst. «Ich glaube, es war eine überwältigende Beerdigung», sagte er, «vermutlich hätte Felicity hier und da ein bißchen gekichert, aber sonst war alles doch wirklich schön.»

Corcoran wartete offenbar auf eine Bestätigung von Dill, also meinte auch er, daß alles doch sehr schön und würdig verlaufen wäre. Corcoran blickte prüfend über die Köpfe von Dill und Anna Maude Singe hinweg zu den anderen. Etwas weiter weg bewegten sich die Polizisten in ihren Sommeruniformen am Irrgarten vorbei auf ihre Autos zu, obgleich ungefähr ein Viertel von ihnen, zumeist jene, die ihre Frauen mitgebracht hatten, sich jetzt zu kleinen, schwatzenden Grüppchen zusammenfanden.

Corcoran dämpfte seine tiefe Stimme so sehr, bis er offenbar überzeugt war, daß sie jetzt einem vertraulichen Gemurmel gleichkam. «Hab ich Ihnen nicht gesagt, daß ich ein bißchen herumschnüffeln wollte?» Er ließ es wie eine Frage klingen, also nickte Dill bestätigend.

«Also», fuhr Corcoran in demselben Tonfall fort, «möglicherweise bin ich da auf etwas gestoßen.» Wieder blickte er über ihre Köpfe hinweg, als müßte er sich gegen einen Lauschangriff sichern. Anscheinend zufrieden mit dem, was er gesehen hatte, fügte er ergänzend hinzu: «Aber ich muß Ihnen zuerst ein paar Fragen stellen.»

«Okay», sagte Dill.

«Da ist dieser Mann namens Jake Spivey, der –» Corcoran brachte den Satz nie zu Ende, und erst später ging Dill richtig auf, daß die Reflexe dieses riesenhaften Mannes unglaublich schnell gewesen sein mußten. Corcoran versetzte Dill mit seiner Hüfte einen Stoß, der ihn von den Füßen riß, so daß er hinsegelte. Er ging anderthalb Meter weiter zu Boden. Es war Dills erster Kontakt mit einer Sportart, die den Bodycheck verfeinert hatte, und diese Erfahrung war für ihn sehr ernüchternd.

Bevor Dill noch auf dem Boden aufgekommen war, hatte Corcoran mit dem linken Arm Anna Maude Singe am Kleid gepackt und sie niedergeworfen. Der nette, freundliche Ausdruck auf seinem Gesicht war wie weggewischt, und Corcorans furchteinflößende, grimmige Miene war zurückgekehrt, als er sich auf ein Knie niederließ, und eine Hand blitzschnell unter sein rechtes Hosenbein fuhr.

Dill schaute in dieselbe Richtung wie Corcoran. Er sah die große Faust und die kleine Pistole, die in etwa zehn Meter Entfernung aus der Ligusterhecke herausragte. Oder vielleicht war es die Winzigkeit der Pistole, wie Dill später dachte, wodurch die Faust so riesengroß gewirkt hatte. Er sah, wie die Pistole abgefeuert wurde. Er hörte den scharfen, häßlichen Knall eines einzelnen Schusses. Dill drehte sich um und sah, daß er den am Boden knieenden Corcoran am Halsansatz getroffen hatte. Der große, wuchtige Mann ließ die kleine stumpfe Automatik vom Kaliber 635 fallen, die er gerade aus dem Halfter über dem rechten Fußknöchel gerissen hatte. Einen kurzen Moment später nahm er die blutigen Hände vom Hals und starrte sie mit ungläubigem Erstaunen an,

Corcoran blieb auf ein Knie gestützt hocken, zwei Sekunden, drei Sekunden, vier Sekunden, dann seufzte er und kippte langsam auf den Rasen. Blut pumpte aus seiner Kehle. Dill erhob sich und schaute sich um. Die einzigen, die noch immer reglos dastanden, waren die Frauen der Polizisten. Die Polizisten selbst hatten sich ins Gras fallen lassen. Einige lagen flach am Boden, ein Dutzend andere knieten, gestützt auf ihr rechtes oder linkes Bein, die Hosenbeine hochgeschoben, wobei haarige weiße Waden und die kleinen Lederhalfter sichtbar wurden, die sie umgeschnallt hatten.

Ein Dutzend Pistolen, zumeist kleine, flache Automatiks, ähnlich der, die Corcoran gehabt hatte, wurden plötzlich von schweren Fäusten umspannt. Die Cops mit den Pistolen ließen ihre Köpfe hin und her schweifen, auf der Suche nach jemandem, auf den sie schießen, den sie festnehmen könnten. Doch was sie ringsum sahen, waren nur andere Cops – und viele davon wildfremde –, die ebenfalls mit Pistolen herumfuchtelten.

Dill überlegte später, daß die Stille, die nach dem einzelnen Schuß eingetreten war, nicht länger als drei oder vier Sekunden gedauert haben konnte, und nicht eine volle Stunde, wie er damals geglaubt hatte. Eine der Polizistenfrauen schrie schließlich beim Anblick des im Gras liegenden Corcoran auf, dessen Knie fast bis zur Brust angezogen waren und dem das Blut noch immer stoßweise aus der Kehle schoß. Nach dem Schrei setzten lautes Rufen und Brüllen und ein unentwirrbares Durcheinander ein.

Dill war als erster bei Corcoran. Die grünen Augen des großen Mannes standen noch immer offen, und obwohl sein Blick verschwommen war, schien er Dill doch zu erkennen. Er versuchte zu sprechen, doch auf seinen Lippen bildete sich nur eine große rosafarbene Blase, die mit einem leisen «Plop» zerplatzte. Wieder bewegten sich Corcorans Lippen, und Dill beugte sich herab, um zu verstehen, was er sagen wollte. Diejenigen, die Zeuge geworden waren, sagte später aus, nach ihrem Eindruck wäre es Corcoran nur noch gelungen, drei oder vier Worte zu sprechen, bevor das Blut aufhörte, aus der Wunde hervorzuschießen. Corcorans Mund entrang sich ein letzter Seufzer, er bildete wieder eine rosa Blase, die fast sofort zerplatzte. Dann hatte sein Herz ausgesetzt – Corcoran war tot.

Dill erhob sich langsam auf die Füße. Ein Polizist, der in Erster Hilfe ausgebildet zu sein schien, kniete sich schnell neben Corcoran hin und prüfte mit kundigen Fingern nach irgendwelchen Anzeichen von Leben. Er fand keins und ging kopfschüttelnd wieder in Hockstellung.

Dill half der zitternden Anna Maude Singe auf die Beine. Als er fragte, ob sie verletzt wäre, schüttelte sie langsam verneinend den Kopf, ihre Augen starr auf den gewaltigen, zusammengekrümmten Körper Clay Corcorans gerichtet. Dill legte einen Arm um sie und führte sie weg. Er bemerkte, wie Captain Gene Colder ihnen den Weg verstellte. Nur einen Augenblick später eilte der Leiter der Kriminalabteilung, John Strucker, auf sie zu. Colder warf einen Blick auf Strucker, als wollte er Erlaubnis einholen. Strucker gab ihm mit einem Kopfnicken zu verstehen, daß er die Befragung durchführen könnte.

«Antworten Sie schnell, Dill», sagte Colder mit angespannter, schneidender Stimme, «man behauptet, er hätte noch etwas gesagt. Konnten Sie verstehen, was es war?»

Dill nickte. «Gewiß, er sagte: ‹Es tut weh, es tut weh.› Das sagte er zweimal.»

«Das ist alles?» sagte Strucker in ungläubigem Ton, und auch seine Miene drückte Zweifel aus.

«Das war alles.»

Strucker wandte sich zu Colder. «Sie wissen ja, was Sie zu tun haben, Captain. Sie erledigen das am besten gleich.»

«Ja, Sir», sagte Colder, machte auf dem Absatz kehrt und lief eilends davon, zeigte auf den einen oder anderen Polizisten und rief wieder andere zu sich heran. Es war, soweit Dill sich erinnern konnte, das erste Mal, daß er Colder «Sir» zu Strucker sagen gehört hatte.

Der Chef der Kriminalabteilung zog eine Zigarre aus seiner Innentasche und streifte langsam die zellophanähnliche Plastikumhüllung ab, ohne dabei seine Augen vom Körper des toten Corcoran abzuwenden. Er zerknüllte das Zellophan zu einer kleinen Kugel und schnippte sie weg. Noch immer auf Corcoran hinbabstarrend, biß er das eine Ende der Zigarre ab, spuckte es aus und zündete sie mit einem Wegwerffeuerzeug an.

«Sie kannten ihn, wie – Corcoran», sagte Strucker, der noch immer auf den toten Mann niedersah.

«Er sagte, er wäre früher mit meiner Schwester gegangen.»

«Das stimmt», sagte Strucker, der seinen Blick schließlich Dill zuwandte. «So war's.»

«Er sagte, er wäre ein ehemaliger Cop.»

«Das war er. Auch ganz und gar kein schlechter, obwohl er als Verteidiger noch um einiges besser gewesen ist. Hat er gesagt, was er gegenwärtig machte?»

«Er behauptete, Privatdetektiv zu sein», sagte Dill, «ein Mann, der andere einschüchtert, wie er es nannte.»

Strucker lächelte ein kleines, verkniffenes Lächeln. «Auch darin war er nicht schlecht, obwohl er im Football besser war als in sonst irgendwas. Er kam also einfach so an und stellte sich Ihnen vor – im Hotel, oder wo?»

«Richtig.»

«Worüber haben Sie sich unterhalten?»

«Über meine Schwester, worüber wohl sonst!»

«Hat er Ihnen auch erzählt, daß sie ihn urplötzlich fallengelassen hat?»

«Ja.»

«Hat er deswegen noch immer vor Wut geschäumt?»

«Er schien eher resigniert als sonst irgend etwas – resigniert und traurig, natürlich.»

Strucker wandte sich zu Anna Maude Singe. «Sie haben ihn doch auch gekannt, nicht wahr, Miss Singe?»

«Ja, ziemlich gut.»

«Was ist hier passiert – ich meine, vor einigen Minuten?»

«Ich bin mir nicht absolut sicher.»

Strucker zog paffend an seiner Zigarre, stieß Rauch in die Luft und wedelte ihn aus Anna Maudes Richtung. Er nickte ihr ermutigend zu. «Erzählen Sie mir einfach, was Sie gesehen haben und woran Sie sich erinnern können.»

Sie runzelte die Stirn. «Ja, also, Clay kam zu uns und meinte, es wäre ja eine ganz schöne Beerdigung gewesen und alles wäre doch ganz reibungslos und glatt abgelaufen. Mr. Dill stimmte ihm zu, und dann sagte Clay noch, er hätte sich ein bißchen umgesehen, oder vielleicht auch, er hätte herumgestöbert und müßte Mr. Dill noch etwas fragen. Aber dann, ja, dann hat er vermutlich irgend etwas hinter uns gesehen – hinter Mr. Dill und mir –, denn danach geschah dann alles ganz furchtbar schnell. Er stieß Mr. Dill an –»

Dill unterbrach sie. «Er checkte mich mit der Hüfte.»

Strucker nickte und lächelte Anna Maude weiter ermutigend zu.

«Dann schoß sein Arm vor – so», sagte sie und deutete an, wie Corcorans Arm vorgeschnellt war, «und dann weiß ich nur noch, daß ich flach auf dem Rücken gelegen habe.»

«An der Kleidung gepackt und umgerissen?» fragte Strucker.

«Ja, offenbar.»

«Dann hörte ich den Schuß», fuhr Anna Maude Singe fort, «und dann schaute ich hoch und sah Clay, nur daß er inzwischen sein eines Knie unten hatte, daß er kniete, und dann war sein Hosenbein oben und eine kleine Pistole in seiner Hand. Aber er ließ die Pistole fallen, und seine Hände fuhren hoch zu seiner Kehle, und als er sie wegnahm, waren sie ganz blutig. Danach beschloß er, sich einfach hinzulegen, jedenfalls sah es ganz so aus. Er legte sich nieder, und seine Knie gingen hoch zu seiner Brust, und er – er rollte sich einfach zusammen und starb.»

Sie mußte wegsehen. «Mit Ihnen alles in Ordnung?» fragte Strucker.

Sie nickte. «Ja, soweit in Ordnung.»

Strucker wandte sich zu Dill. «Und was haben Sie gesehen?»

«Genau dasselbe – nur daß ich noch eine Hand gesehen habe, die genau da drüben eine Pistole durch die Hecke geschoben hat.» Dill zeigte zu der Stelle hinüber, wo ein Grüppchen Polizisten auf Händen und Knien in ihren Galauniformen nahe dem Punkt in der Ligusterhecke, auf den Dill gezeigt hatte, den Rasen des Friedhofs sorgfältig absuchten. Er vermutete, daß sie eine Patronenhülse zu finden hofften.

Strucker sah ihnen eine Weile zu und schüttelte dann bekümmert den Kopf. «Sehen Sie mal hinüber», sagte er, «alle in Uniform und gleich wie ein Ei dem anderen. Er kann sich von irgendwo eine Uniform von auswärts beschafft haben, zur Beerdigung gegangen, hier herausgekommen sein, dann auf Corcoran geschossen und sich auf der anderen Seite des Irrgartens aus dem Staub gemacht haben. Genauso könnte es passiert sein.»

«Vielleicht», sagte Dill.

Strucker sah ihn mit neu erwachtem Interesse an. «Was meinen Sie mit ‹vielleicht›?»

«Als ich mich dieses eine Mal mit Corcoran unterhalten habe, erzählte er mir, daß er oft als Leibwächter gearbeitet hat. Vielleicht war es auch das, was er hier gemacht hat – beinahe reflexartig. Er schaffte Anna Maude und mich aus dem Weg und nahm sich dann den Schützen vor – nur, daß es eben nicht so gut geklappt hat.»

Strucker paffte nachdenklich an seiner Zigarre, hustete zweimal und nickte dann – ein bißchen mürrisch, wie Dill fand. «Und hinter wem war der Schütze her?» sagte Strucker, «hinter Ihnen?»

Dill sah Anna Maude an. «Oder hinter ihr.»

Anna Maude Singes Augen weiteten sich einen Moment lang, und ihr Mund klappte auf, schloß sich jedoch sofort wieder, so daß sie noch das ‹M› in dem fassungslos hervorgebrachten «Mich?» bilden konnte.

«Vielleicht», sagte Dill.

«Warum denn ich, zum Teufel?»

«Man könnte genausogut sagen: Verdammt, warum überhaupt irgendeiner», gab Dill zurück.

21

Draußen vor der Polizeizentrale wartete Sergeant Mock im Wagen, während Dill und Anna Maude Singe eine kurze Aussage auf ein Tonband sprachen. Danach fuhr er sie zum Hawkins Hotel zurück. Die Frage, mit der Dill gerechnet hatte, kam erst, nachdem er und Anna Maude mit dem Fahrstuhl nach unten in die Tiefgarage gefahren waren und in dem gemieteten Ford saßen, dessen Motor im Leerlauf vor sich hin schnurrte und in dem die Klimaanlage auf vollen Touren lief. Die Anzeige außen an der First National Bank verriet ihnen, daß die Temperatur 39 Grad Celsius betrug und es genau 13.31 Uhr war.

«Warum hast du ihnen nicht erzählt, was Clay über Jake Spivey gesagt hat?» fragte Anna Maude Singe.

«Was hat er denn gesagt?»

«Er sagte, da ist ein Bursche namens Jake Spivey, der –» Sie machte eine Pause. «Das war's wortwörtlich.»

«Da ist dieser Kerl namens Jake Spivey, der – nun was denn!» sagte Dill.

«Ich weiß nicht.»

«Ich weiß es genausowenig, und deswegen hab ich ihnen auch nichts davon erzählt. Warum hast du's denn nicht gemacht?»

«Du bist mein Klient.»

«Das ist es doch nicht», sagte Dill und fuhr den Ford rückwärts aus der Parkbox.

«Vielleicht», sagte sie, «vielleicht habe ich's auch deswegen nicht getan, weil Clay gerade sagen wollte, ›da ist dieser Kerl namens Jake Spivey, der mich aufgefordert hat, Sonntag zum Barbecue zu seinem Haus zu kommen und in seinen Swimmingpool zu hüpfen, und man hat mir gesagt, daß ihr beide auch kommt‹ oder …» Sie ließ den Satz in der Luft hängen.

«Oder was?» sagte Dill, während er die Rampe hochfuhr.

«Ich weiß nicht.»

Sie kamen in der Our Jack Street heraus, fuhren Ecke Broadway an eine rote Ampel heran, hielten an und bogen bei Rot rechts ab – eine durchaus logische Regelung, die sich die Stadt 1929 zu eigen gemacht hatte und die dann später auch ohne vorherige Absprache von Kalifornien übernommen worden war.

Nachdem sie den Broadway zwei Blocks in nördlicher Richtung gefahren waren, fragte Dill: «Hunger?»

«Nein.»

«Also, dann bring das mit dem angefangenen ‹Oder› zu Ende.»

«Oder», sagte sie, «da ist so ein Kerl namens Jake Spivey, der mich gebeten hat, bei ihm Leibwächter zu spielen und jemanden davon abzuhalten, ihn umzubringen.»

«Gar nicht schlecht», sagte Dill.

Sie schüttelte den Kopf und verwarf all diese Mutmaßungen. «Die Variationen dazu sind endlos», sagte sie, «und sie ergeben keinen Sinn.»

«Bist du ganz sicher, daß du keinen Hunger hast?» fragte er.

«Ich möchte einen Drink.»

«Okay, dann halten wir irgendwo an, du bekommst deinen Drink, und ich bestell mir ein Sandwich und einen Drink.»

«Und was dann?»

«Dann», sagte Dill, «nun, dann wollen wir mal nachsehen, wo Felicity wirklich gewohnt hat.»

Anna Maude Singe änderte ihren Entschluß und wählte ein Sandwich mit Schinken, Salatblättern und Tomaten sowie einen Bloody Mary in *Binkies Bar and Grille*. Das «e» in der Endung von Grille hatte Dill anfangs etwas irritiert, doch drinnen war das Lokal ganz gemütlich, trotz übertrieben vieler Fleischerhackklötze, die als Tische dienten, und allzu vieler Pflanzen. Er bestellte ein Bier und einen Cheeseburger. Der Cheeseburger erwies sich als ganz ausgezeichnet. Auch Anna Maude fand ihr Sandwich hervorragend.

Nachdem sie aufgegessen und den letzten Rest Mayonnaise von den Fingern geleckt hatte, sagte sie: «Was erwartest du denn zu finden?»

«In ihrer Garagenwohnung?»

Anna Maude nickte.

«Ich weiß nicht», sagte er.

«Sind denn nicht die Cops schon dagewesen?»

«Doch, na klar.»

«Wonach willst du dann eigentlich noch suchen?»

«Ich suche nach einer noch so kleinen Spur von meiner Schwester», sagte Dill. «Bislang war es ja scheinbar so, als gäbe es gar kleine.»

Das große Haus stand auf der anderen Straßenseite genau gegenüber dem Washington Park. Den Park bildete ein tief abgesunkenes Gelände von etwa zehn Hektar, das dadurch entstanden war, daß hier einst eine Ziegelgrube gewesen war. Der Ziegelton, der aus der Grube gefördert wurde, war zu dem gewöhnlichen roten Backstein verarbeitet worden, den man vor 1910 hier in der Stadt zumeist für den Hausbau verwendet hatte. Danach hatte in der Stadt ein plötzliches Wachstum eingesetzt, die Bodenpreise stiegen, und die Gegend rund um die Ziegelgrube wurde von Grundstücksspekulanten heiß umkämpft – nur, daß eben niemand in der Nachbarschaft einer Ziegelei wohnen wollte. Die Stadt gelangte schnell zu dem Entschluß, daß Fortschritt und Profit weitaus wichtiger wären als Backsteine. Sie erzwang die Stilllegung der Ziegelei und wandelte das zehn Hektar große Loch in den Washington Park um. Eben hier, im öffentlichen Schwimmbad des Parks, hatten Benjamin Dill und Jake Spivey Schwimmen gelernt.

Das alte Backsteinhaus war ein ausladender, drei Stockwerke hoher Kasten, erbaut 1914, mit breiten, überstehenden Dachkanten und einer gewaltigen überdachten Veranda. Das Sechzehn-Zimmer-Haus stand auf einem Eckgrundstück, das zur Straße hin dreißig Meter breit und sechzig Meter tief war. Der Baumbestand waren Ulmen, Hartriegel, Rubinie, zwei Aprikosenbäume und ein Birnbaum. Am hinteren Ende der Auffahrt befand sich eine zweigeschossige Remise, wo dem Vernehmen nach seine tote Schwester gelebt hatte.

Nachdem sie den Ford an der Nineteenth Street abgestellt hatten, gingen Dill und Anna Maude Singe die Auffahrt hinauf zum Haus. Dill angelte nach dem Schlüssel, den Captain Colder ihm gegeben hatte, und benutzte ihn, um die Tür im Erdgeschoß aufzuschließen. Das Treppenhaus war fensterlos, so daß sie sich in völliger Dunkelheit bewegten und Unbehagen verspürten. Dill tastete die Wände entlang, fand schließlich einen Schalter und drückte ihn nieder. Eine Vierzig-Watt-Birne verbreitete ein bläßliches Licht. Gefolgt von Anna Maude Singe stieg er die Treppen hinauf.

Am Ende der Treppe befand sich ein schmaler Absatz, kaum mehr als ein mal ein Meter zwanzig groß. Dill benutzte denselben Schlüssel auch für die zweite Tür. Es war der richtige. Er stieß die Tür auf, ging hinein, fand den Lichtschalter, legte ihn um und wußte im selben Augenblick, daß Felicity Dill tatsächlich hier gelebt hatte.

Vor allem waren die Bücher nicht zu übersehen: Beide Querwände waren damit vollgestellt, sie lagen in wohlgeordneten Stapeln auf dem Fußboden und in den tiefen Nischen der vier Fenster, die auf die Einfahrt hinaussahen. In eins der Fenster war eine Klimaanlage von General Electric eingebaut. Dill ging hin und schaltete sie ein. Er hob eins der Bücher auf, das offenbar von einem heimischen Universitätsverlag herausgegeben war. Während er die Seiten durchblätterte, las er Anna Maude den Titel laut vor: «Die Bienenzucht Neu-Englands im neunzehnten Jahrhundert.» Im Text gab es massenhaft Unterstreichungen und Randnotizen. Dill stellte das Buch zurück und wandte sich von dem Regal ab, um das ganze Zimmer in Augenschein zu nehmen.

Nicht weit von der Stelle, an der Anna Maude Singe stand, befand sich ein ausladender Sessel mit breiten Armlehnen, daneben eine Ottomane. Eine Bogenlampe aus Messing, die auf dem Fußboden stand, war so plaziert, daß das Licht über die linke Schulter dessen fiel, der dort behaglich lesend saß. Dill erinnerte sich, daß man ihn dies schon in der Grundschule gelehrt hatte: das Leselicht sollte immer über die linke Schulter einfallen. Er hatte niemals so recht begriffen, warum, und versuchte sich zu erinnern, ob er diese erstaunliche Erkenntnis Felicity weitergegeben hatte. Er war einigermaßen überzeugt, daß die Schulen derartige Kenntnisse heutzutage nicht weitervermittelten.

«Kein Zweifel, das war ihr Zimmer», sagte er.

Anna Maude Singe nahm eine blaugelbe Vase von einem Beistelltisch, musterte sie eingehend und stellte sie dann wieder zurück. «Ich erinnere mich noch genau, wann sie die hier gekauft hat», sagte sie. «Das hier stammt aus einer Versteigerung in einer leerstehenden Garage. Da hat Felicity eine Menge von ihren Sachen gekauft – auf Auktionen in irgendwelchen Garagen. Sie meinte immer, das verleihe allem etwas heillos Brüchiges und Verletzliches – ein geradezu dramatisches Flair.»

«Das ist ganz meine Schwester», sagte Dill.

«Ist dir sonst nichts aufgefallen?»

«Was denn?»

«Nirgendwo ist Staub.»

Dill sah sich im Zimmer um, fuhr mit einem Finger über die Kante des höchsten Bücherregals und prüfte dann, ob Staub daran haftengeblieben war. «Du hast recht. Vermutlich haben sie sich jedes Buch einzeln vorgenommen.»

«Die Polizei?»

Er nickte.

«Die müssen mächtig pingelig gewesen sein.»

«Darauf hat Gene Colder wahrscheinlich großen Wert gelegt.»

Dill schaute sich noch einmal im Zimmer um. Es gab wirklich kaum etwas zu sehen: Einen verschlissenen Orientteppich auf dem Fußboden, der, wie er mit einiger Sicherheit annahm, maschinell gewebt war; einige Bilder an den Wänden – ebensolche, wie Felicity sie schätzte, dachte Dill, was gleichbedeutend damit war, daß sie zwar sehr gefühlvoll, aber nicht eben kunstsinnig ausgeführt waren. Eines davon zeigte eine trübsinnig aussehende Frau, gekleidet nach der Mode des achtzehnten Jahrhunderts, die sich über eine Fensterbrüstung lehnte. Die ganze Haltung und die Mimik hatten für Dill etwas Selbstmörderisches. Das andere zeigte einen fetten, lärmend fröhlichen Trunkenbold, der auf einem dreibeinigen Schemel saß, auf einem Knie einen Bierkrug und auf dem anderen eine Schankmamsell. Das war offenbar frühes neunzehntes Jahrhundert. Das dritte war das Werk eines Abstrakten in einer derart grellen Farbgebung, daß das Ganze ein einziger wütender Schrei zu sein schien. Vor eine der Wände war eine Couch gerückt. Davor stand der obligatorische Couchtisch. Außerdem standen noch einige Stühle herum, ein Zeitschriftenständer (voll) sowie ein weiteres undefinierbares Kleinmöbel. Keines der Einrichtungsstücke paßte zusammen, aber irgendwie wirkte auch nichts völlig deplaziert.

Vom Wohnzimmer ging ein schmaler Flur ab. Dill durchquerte ihn und stellte fest, daß rechts ein Badezimmer und links eine kleine Küche war. Er schaltete das Licht in der Küche ein und sah sofort die Gewürze. Da war ein Gewürzständer für sechzig verschiedene Sorten, in dem mindestens dreißig oder vierzig verschiedene Gefäße standen. Dann war da noch ein ein Meter zwanzig langes Regal, das mit Kochbüchern vollgestellt war. Er öffnete eine der Türen der Küchenschränke und stellte fest, daß das Fach mit Konserven vollgestellt war, nicht zu vergessen ein reichlicher Vorrat an Kool-Aid. Wie immer, dachte Dill lächelnd, sollten die eingelagerten Vorräte einen ganzen Winter hindurch reichen. Eine kurze Überprüfung des Kühlschranks ergab, daß verderbliche Lebensmittel entfernt worden waren – wahrscheinlich die vorausschauende Polizei –, mit Ausnahme von sechs Flaschen Beck's Bier. Der Kühlschrank war nicht abgeschaltet und das Bier noch immer gut gekühlt.

«Willst du ein Bier?» fragte er Anna Maude Singe, die gerade die Küchenschubladen auf- und zuzog.

«Ein Bier, ja, das wäre gerade richtig», sagte sie.

«Siehst du irgendwo einen Öffner?»

«Hier», sagte sie, nahm das Ding aus der Schublade und reichte es Dill.

Er öffnete die zwei Bierflaschen und drückte ihr eine in die Hand. «Brauchst du ein Glas?» fragte er.

«In der Flasche bleibt es kälter.» Sie nahm einen Schluck, ging zurück zu der Reihe von Schubladen und zog sie auf. «Hier, da ist das ganze Silber.»

«Das war ihr Erbteil, als unsere beiden Eltern gestorben sind. Das war alles.»

«Sie hat es sogar blankgeputzt», sagte Anna Maude und schloß die Schublade wieder. «Was kommt als nächstes? Das Badezimmer?»

«Okay.»

Es war ein geräumiges, altmodisches Badezimmer, dessen Wände bis auf halbe Höhe mit quadratischen weißen Kacheln gefliest waren. Auf dem Boden waren sechseckige weiße Fliesen verlegt. Badewanne und Waschbecken hatten getrennte Hähne für Warm- und Kaltwasser. Im Medizinschränkchen fand sich nichts von Interesse.

«Keine verschreibungspflichtigen Medikamente», sagte Dill und klappte die Tür wieder zu.

«Felicity war kerngesund.» Anna Maude musterte ihn neugierig. «Hast du gefunden, wonach du gesucht hast?»

Er nickte. «Hier hat sie gelebt, und es schien ihr hier zu gefallen. Das ist eigentlich alles, was ich wissen wollte.»

«Wollen wir uns auch das Schlafzimmer ansehen?»

«Ja, sicher.»

Das Schlafzimmer war nicht ganz so groß wie das Wohnzimmer, da der Einbau eines riesigen Wandschrankes viel Platz beansprucht hatte. Vor den Fenstern hingen hübsche gelbe Vorhänge, und auf dem Fußboden lag ein fröhlich wirkender, weißbrauner Teppich. Das Bett hatte gewissermaßen Dreiviertelgröße, das heißt, es war reichlich Platz für einen oder sogar für zwei, vorausgesetzt, der Zweite beabsichtigte nicht, über Nacht zu bleiben.

Das Schlafzimmer enthielt auch noch eine altmodische Chaiselongue, was ihm das Aussehen eines Boudoirs verlieh. Mit dem Kartentisch, einer Bridgelampe, einer elektrischen Reiseschreibmaschine und einem Regisseurstuhl war es ein Zimmer genau nach Felicity Dills Geschmack.

Dill ging hinüber zum Wandschrank und schob eine der Türen auf. Der Wandschrank war voll mit Frauenkleidung, alles ordentlich auf Bügel gehängt, die Wintersachen in Plastiksäcken und die Sommerkleidung jederzeit greifbar. Dill schob die aufgehängten Sachen zur Seite, um nachzusehen, ob sich noch irgend etwas Interessantes darin fände, und entdeckte den Mann in der dunkelsten Ecke des Schrankes. Der Mann hatte ein langes, schmales Gesicht, das zu einem törichten Lächeln verzogen war. Seine Augen waren von einem gelblichen

Braun und schauten ihn an wie ein in die Enge getriebenes Tier. Sie wirkten auch recht intelligent, fand Dill.

«Wer zum Teufel sind Sie denn, Freundchen?» fragte Dill.

«Das muß ich erklären», sagte der Mann.

Dill trat schnell einen Schritt zurück, sah sich nach einer harten Kante um, entschied sich für das Fensterbrett und zerschlug die Bierflasche darauf. Jetzt verfügte er über eine Waffe in Gestalt eines Flaschenhalses mit sechs oder sieben Zentimetern grünen, scharfkantigen, zackigen Glases.

«Das wirst du schön hier draußen erklären», sagte Dill.

Der Mann stieg aus dem Wandschrank, hielt einen kleinen Werkzeugkasten an sich gepreßt und trug noch immer das alberne, einfältige Lächeln.

«Ich sag dir genau, was du tun sollst», sagte Dill, «du wirst jetzt den Kasten ganz vorsichtig abstellen, dann greifst du genauso langsam und vorsichtig in deine Tasche – es ist mir ganz gleich, in welche – und holst irgendwas vor, womit du dich ausweisen kannst. Wenn du das nicht tust, schneide ich dir das Gesicht auf.»

«Immer mit der Ruhe», sagte der Mann und lächelte ihn noch immer starr an. Gehorsam und vorsichtig setzte er den Werkzeugkasten ab, langte in eine Hüfttasche und zog eine verschlissene schwarze Ausweishülle hervor. Er reichte sie Dill hin.

«Gib sie ihr», sagte Dill.

Der Mann streckte die Hülle jetzt Anna Maude Singe entgegen. Wachsam machte sie einen Schritt nach vorn, riß ihm die Schutzhülle fast aus der Hand und brachte sich schleunigst wieder außer Reichweite. Sie öffnete das schwarze Ding und fand darin einen Führerschein.

«Es ist Harold Snow», sagte Anna Maude, «irgendwoher kenne ich den Namen.»

«Ich auch», sagte Dill. «Du bist also Cindys Mitbewohner, nicht wahr?»

«Sie kennen Cindy?» sagte der Mann in verwundertem Tonfall und mit dem stets gleichen, törichten Lächeln, mit dem er offenbar zu gefallen hoffte.

«Wir sind uns über den Weg gelaufen», sagte Dill.

«Harold ist der Mieter», sagte Anna Maude, «in Felicitys Haus. Sein Name steht im Mietvertrag.»

«Ich weiß», sagte Dill.

Endlich verschwand das blöde Lächeln aus Harold Snows Gesicht, die grellbraunen Augen wirkten nicht mehr in die Enge getrieben und machten jetzt einem eher verschlagenen Ausdruck Platz.

«Sie beide sind also wenigstens keine Cops», sagte er, und ihm war die Erleichterung anzuhören.

«Ich bin jemand viel Schlimmeres, Harold», sagte Dill, «ich bin der Bruder.»

22

Harold Snow befolgte peinlich genau Dills Anweisungen. Die Arme auf dem Rücken, ging er auf die Knie, tastete nach dem Griff des Werkzeugkastens, fand ihn, kam wieder hoch und hielt den Werkzeugkasten kurz unterhalb seiner Gürtellinie.

«Wir wollen ins Wohnzimmer gehen, wo es kühler ist, Harold», sagte Dill, «aber wenn ich sage ‹stop!›, dann verlange ich, daß du stehenbleibst, oder ich schneid dir ein Ohr ab, verstanden?»

«Hab verstanden», sagte Snow.

«Also los.»

Gefolgt von Dill, ging Snow zuerst in den Korridor. Anna Maude Singe bildete das Schlußlicht. Als sie zur Küchentür kamen, sagte Dill: «Stop, Harold.»

Snow blieb stehen. «Weißt du, wo die Messer sind?» fragte Dill Anna Maude.

«Was für eins willst du haben?»

«Irgendeins, das auf Harold Eindruck macht.»

«Gut.»

«Sie brauchen gar kein Messer», sagte Snow.

«Schnauze, Harold», sagte Dill.

Dill konnte hören, wie Anna Maude in der Küche eine Schublade aufzog und wieder schloß. Kurz darauf hörte er sie sagen: «Wie wär's denn mit diesem hier?»

Dill wandte sich zu ihr. Sie hatte ein tückisch aussehendes Brotmesser in der Hand. «Sehr schön», sagte Dill, nahm ihr das Messer ab und reichte ihr den zerbrochenen Hals der Bierflasche.

«Okay, Harold, marsch ab ins Wohnzimmer.»

Noch immer den Werkzeugkasten hinter sich hertragend, ging Snow, dicht gefolgt von Dill und Anna Maude, ins Wohnzimmer hinein. Sie warf den schartigen Flaschenhals in einen Papierkorb.

«Du kannst die Kiste jetzt absetzen, Harold», sagte Dill.

Etwas mühsam und ungeschickt, den Kasten noch immer hinter sich, gelang Snow schließlich das komplizierte Manöver, und er erhob sich wieder. «Was kommt jetzt?» fragte er.

«Setz dich da drüben hin!»

«Hierhin?» sagte Snow und bewegte sich auf den ausladenden Sessel mit der Ottomane und der Stehlampe daneben zu.

«Genau dahin.»

Snow ließ sich in dem Sessel nieder. «Ist dein Werkzeugkasten unverschlossen, Harold?» fragte Dill.

«Nicht verschlossen.»

«Machen wir ihn also mal auf und werfen einen Blick hinein.» Snow machte Anstalten aufzustehen. «Nicht du, Harold», sagte Dill, wedelte mit dem Brotmesser und scheuchte ihn zurück in seinen Sessel.

Anna Maude Singe kniete sich neben die Werkzeugkiste und öffnete sie. Sie hob ein Fach mit sorgfältig darin angeordneten Werkzeugen hoch und schaute auf den Boden der Kiste. «Entweder ist er der Mann vom Telefondienst oder einer, der die Stereoanlage repariert», sagte sie. «Ich glaube allerdings nicht, daß einer von denen dies hier unter seinem Werkzeug hätte.»

Dill warf einen schnellen Seitenblick nach links und wandte sich dann wieder Harold Snow zu. «Ist er geladen?» fragte er Anna Maude.

«Er ist geladen.»

«Gib ihn mir mal rüber.» Anna Maude stand auf, ging zu Dill und händigte ihm den kurzläufigen, fünfschüssigen Smith-&-Wesson-Revolver vom Kaliber 38 aus. Er reichte ihr das Brotmesser. Dill zielte auf Snow und lächelte. Das Lächeln verursachte bei Snow nervöse Schluckbewegungen.

«Harold, wir werden den Cops erzählen, daß wir dich bei einem Einbruch überrascht haben, daß du uns mit dem Ding hier bedroht hast, daß ich's dir weggenommen habe und dich dann ins Knie geschossen habe. Am besten das rechte Knie hier, würde ich denken.» Dill senkte den Revolver, so daß er genau auf Snows rechte Kniescheibe zeigte.

«Das würden Sie nie und nimmer machen», sagte Snow.

«Warum denn nicht, um alles in der Welt?» sagte Anna Maude Singe.

«Gott, Lady, es kann doch nicht einfach jemand daherkommen und auf andere schießen!»

«Er ist der Bruder, Harold – ist dir das klar? Der Tod seiner Schwester hat ihn ein bißchen durcheinandergebracht.»

«Harold», sagte Dill.

Snow schaute ihn an. «Was denn?»

«Ich frag dich jetzt, was du hier zu suchen hattest. Ich versprech dir eins: Falls du mich belügst, schieße ich – genau ins Knie, verstanden?»

«Sie werden nicht auf mich schießen», sagte Snow und versuchte, es so zuversichtlich wie möglich klingen zu lassen.

Dill riß den Abzug durch. Der Revolver ging los. Die Kugel vom Kaliber 38 riß kurz vor Snows Knie ein Loch in die Ottomane. Snow stieß einen winselnden Schrei aus, riß die Beine hoch und machte sich ganz klein. Dill fragte sich, ob jemand den Schuß gehört haben könnte. Wahrscheinlich nicht, entschied er, nicht hier im hinteren Teil der Durchfahrt, sechzig Meter von der Straße entfernt. Außerdem, so fand er, war es ihm völlig gleichgültig.

«'tschuldigung, Harold», sagte Dill und zielte, diesmal den Revolver mit beiden Händen haltend, sorgfältig auf Snows rechte Kniescheibe.

«Das Tonband», brüllte Snow, «das ist alles, bloß das Tonband.»

Dill senkte die Waffe. «Welches Tonband, Harold?» sagte er freundlich.

«Nur das letzte», sagte Snow.

«Das letzte Band also. Und wo finde ich das?»

Snow zeigte zur Zimmerdecke hoch. «Da oben, da ist eine Art Zwischenboden. Man kann da langkriechen. Man kommt da oben rein, indem man durch eine Falltür im Schlafzimmer klettert.»

«Woher willst du wissen, daß das Band da oben ist, Harold?»

«Ich hab doch den Recorder da hochgebracht.»

«Das Tonbandgerät?»

Snow nickte. «Es wird durch Stimmen aktiviert, und ich hab's hier ans Stromnetz angeschlossen, damit ich mich nicht mit Batterien herumschlagen muß.»

«Wann hast du denn das alles gemacht, Harold?» fragte Anna Maude Singe.

Snow sah sie an und schaute dann fragend zu Dill hin. «Wer ist die denn, Teufel noch mal?»

«Sie ist meine Zeugin, Harold, falls ich dich ins Knie schießen muß. Aber wenn du unsere Fragen beantwortest, ist das vielleicht gar nicht nötig.»

«Darf ich rauchen?» sagte Snow.

«Nein», erwiderte Dill. «Wann hast du das Tonband da oben im Zwischenboden aufgestellt?»

«Vor ungefähr sechs Monaten», gab Snow widerwillig zu. «Warum darf ich denn nicht rauchen?»

«Nein, darfst du nicht», sagte Dill. «Warum hast du den Recorder da oben installiert?»

«Man hat mich dafür bezahlt, darum.»

«Wer hat dich bezahlt, Harold?»

«Irgend so ein Typ.»

«Ich wette, der Kerl hat auch einen Namen.»

«Den Namen darf ich Ihnen nicht sagen.» Snow tat geheimnisvoll. «Er ist ein ... nun ja, ein Klient.»

«Harold», sagte Anna Maude Singe sanft.

Er sah zu ihr hoch. «Was?»

«Du bist kein Anwalt, Harold, auch kein Doktor oder ein Priester oder auch nur ein Privatdetektiv, also gibt's für dich auch keine Schweigepflicht, die du wahren müßtest. Was du hast, sind keine Klienten, Harold. Du hast allenfalls ein paar schmierige Kunden, und wenn du uns nicht erzählen willst, wer dieser Typ ist, wird Mr. Dill dich wohl ins Knie schießen müssen. Stimmt's, Mr. Dill?»

«Absolut», sagte Dill.

Snow blickte zuerst zu Dill hin, schielte dann noch einmal zu Anna Maude hinüber und wandte dann seinen Blick wieder Dill zu. Er fuhr sich mit der Zunge über die Oberlippe, wie in dem Versuch, den Schweiß abzulecken, der sich dort gesammelt hatte. Auch seine Stirn war schweißnaß. Er benutzte den Ärmel seines durchgeweichten T-Shirts, um ihn wegzuwischen. Danach rieb er sich die Hände an den Beinen seiner Baumwollhose trocken. Schließlich senkte er den Blick und richtete seine Augen starr auf das gezackte Loch, das die 38er Kugel in die Ottomane gerissen hatte. Mit leiser, fast unhörbarer Stimme sagte er, zu der Ottomane gewandt: «Er heißt Corcoran. Clay Corcoran.» Er sah hoch zu Dill. «Er ist früher mal mit Ihrer Schwester gegangen, und er wird mir meinen verdammten Kopf abreißen, wenn er herausfindet, daß ich es Ihnen erzählt habe.»

Dill schüttelte den Kopf. «Er wird dir nicht den Kopf abreißen, Harold.»

«Sie haben ihn noch nicht kennengelernt.»

«Sicher kenne ich ihn, aber er wird dir wohl kaum den Kopf abreißen können, weil jemand ihn erschossen hat. Heute, so gegen Mittag.»

Snows Überraschung war offenbar nicht gespielt. Sein Kinn klappte runter, und seine Augen wurden weit. Ungläubigkeit stand ihm im Gesicht geschrieben. Mühsam brachte er heraus: «Ihn erschossen? Ihn?» Und der Zweifel in seiner Stimme war deutlich hörbar.

«Er wurde einfach erschossen, Harold», sagte Anna Maude Singe. «Auf dem Friedhof.»

«Nun erzähl mal, Harold», sagte Dill beinahe sanft,

«fang ganz von vorne an, und erzähl uns alles über dich und meine Schwester und Clay Corcoran.»

«Darf ich rauchen?»

«Natürlich, nur zu.»

Snow fischte eine Packung Mentholzigaretten aus seiner Hosentasche und steckte sich die Zigarette mit einem Wachsstreichholz an. Heftig stieß er den Rauch aus, sah zu Dill hinüber und fragte zaghaft: «Und Sie sind sicher, daß er tot ist?»

«Er ist tot, Harold, ich hab ihn sterben sehen.»

Snows gelblich-braune Augen konzentrierten sich auf einen Punkt. «Sie haben ihn umgelegt?»

Dill lächelte nur und sagte: «Von Anfang an, Harold.»

Snow blickte sich nach einem Aschenbecher um. Anna Maude Singe entdeckte einen und reichte ihn hinüber. Er dankte ihr nicht, statt dessen streifte er die Asche ab und sagte: «Wir sind eingezogen, kurz nachdem Ihre Schwester das Haus gekauft hat – das Haus Ecke 32nd und Texas. Wir haben sie kaum zu Gesicht bekommen, Cindy und ich. Dann kam eines Abends Corcoran vorbei, als sie nicht da war, und machte oben im ersten Stock vor ihrer Tür einen Heidenlärm.»

«Als meine Schwester nicht da war, richtig?»

«Ja, stimmt. Er ist schon einmal dagewesen und hat Zoff gemacht, und damals ist Ihre Schwester zu Hause gewesen. Aber diesmal war sie weg. Cindy war auch nicht da, nur ich allein. Also bin ich nachsehen gegangen, was da los war. Er war besoffen und redselig und erzählte mir, daß er und Ihre Schwester sich getrennt hätten und daß sie jetzt mit irgendeinem anderen rumvögelte. Er sagte mir zwar nicht, wer dieser andere war, aber das wußte ich schon. Na ja, Scheiß drauf, ich witterte jedenfalls ein paar Dollar und machte ihm einen Vorschlag. Ich sagte ihm, ich könnte durch die Decke ein Abhörmikrofon oben installieren und alles, was Ihre Schwester und der andere Kerl miteinander redeten, auf Band aufnehmen. Corcoran wollte wissen, wer zum Teufel ich eigentlich wäre. Ich sagte ihm meinen Namen und dann, daß ich mit Elektronik zu tun hätte. Er wollte dann wissen, wieviel das kosten würde. Ich sagte es ihm, und er meinte dann: ‹Abgemacht, wir beide sind im Geschäft.› Ich sagte ihm dann, wir kämen so lange nicht ins Geschäft, bis er nicht mit Geld rüberkäme. Er meinte, ich sollte dann am nächsten Tag zu ihm ins Büro kommen, und da würden wir dann alles regeln. Das hab ich gemacht. Ich ging zu ihm ins Büro. Da stellte sich dann heraus, daß er Privatdetektiv ist. Ich kann mich an ihn noch aus seiner Zeit als Footballstar erinnern, aber ich hatte nicht gewußt, daß er Privatdetektiv ist.»

«Er hatte ein Büro», sagte Dill, «wo?»

«Sie kennen doch das Cordell Building, oder?»

Dill nickte.

«Aber er war wieder ganz nüchtern, als Sie ihn in seinem Büro aufsuchten», sagte Anna Maude.

«Doch, stocknüchtern, Lady, und ganz geschäftsmäßig. Er sagte mir ganz genau, was er wollte. Er wollte, daß das Mikro durch die Zimmerdecke in ihr Schlafzimmer geht und dann auch noch 'ne Wanze in ihrem Telefon. Alles sollte durch Stimme aktiviert werden. ‹Also schön, aber das kostet einiges›, sagte ich ihm, und zwar soundsoviel. Er zog ein Geldbündel heraus und blätterte mir einige Hunderter hin – keine Empfangsquittung, keine Fragen, nichts. Also habe ich das dann gemacht.»

«Wie oft hat Corcoran sich die Bänder geholt?» fragte Dill.

«Einmal die Woche», erwiderte Snow und drückte seine Zigarette im Aschenbecher aus.

«Was war auf den Bändern?» wollte Dill wissen.

Snow starrte lauernd zu ihm hinüber, und Dill hatte den Eindruck, daß seinen Augen jetzt nichts mehr von Bockigkeit oder Angst anzumerken war. Sie hatten etwas Platz gemacht, das Dill schließlich als unverhüllte Gier erkannte. So, so, dachte Dill, er glaubt also, daß er auf jeden Fall noch ein paar Dollar aus mir herausschinden kann.

«Sie wollen also wissen, was auf den Bändern war, wie?» fragte Snow. «Na ja, vermutlich die Geräusche von einer zünftigen Bumserei. Die werden wohl mit auf den Bändern drauf sein, aber so genau weiß ich das auch nicht, weil ich sie mir nicht angehört habe. Ich hab in dieser Branche eine ganze Menge gemacht, und am Anfang, nachdem ich eingestiegen war, hab ich die Bänder immer abgehört, aber nach 'ner gewissen Zeit läßt man's dann sein, weil es immer derselbe abgestandene Scheiß ist.»

«Du hast sie dir also nicht angehört», sagte Anna Maude.

«Nein.»

«Kein einziges Mal?»

«Ich hab ein bißchen ins erste reingehört, um die Qualität zu prüfen, aber danach hab ich sie dann einfach in einen Umschlag gesteckt.»

«Und was dann?» fragte Dill.

«Na ja, dann hat Corcoran mich angerufen und gesagt, daß er mich sehen will. Er war immer ganz der eiskalte Geschäftsmann. Ich meine, irgendwie war das so, als würde man mit IBM oder ähnlichen Leuten Geschäfte machen. Dann erzählte er mir, daß Ihre Schwester noch eine andere Wohnung hat, in der sie sich aufhält, und daß ich auch da alles anzapfen soll. Er meinte diese Wohnung hier. Ich fuhr also erst mal her und schaute mich um, und das Ganze gefiel mir nicht so recht. Also ging ich zu ihm und sagte ihm das. Wollen Sie wissen, was er mir darauf geantwortet hat? Er sagte: ‹Wieviel?› Einfach so, ‹wieviel?› Aber ich hatte hier ein Problem. Er wollte sowohl das Schlafzimmer als auch das Telefon. Schön und gut, das konnte ich alles machen und das ganze Zeug in der Zwischendecke unterbringen. Aber wie sollte ich an die Bänder rankommen? Ich meine, einmal konnte ich hier ja vielleicht einbrechen und meine Anlage installieren, aber Woche für Woche konnte ich hier keinen Bruch machen, nur um die Bänder abzuholen. Verstehen Sie?»

«Wie hast du das dann gelöst, Harold?» fragte Dill.

«Abkupfern. Schnellkopieren», sagte Snow.

«Aha, schnellkopieren.»

«Ja, ich hab einen Sender angeschlossen, so was ähnliches wie CB-Funk.»

Dill nickte.

«Also, ich benutze dieses langsam laufende Band mit der Sprachsteuerung. Kapiert? Ich meine, Sie können stundenlang damit aufnehmen. Ich bin also jeden zweiten oder dritten Tag mit meinem Kombi hergefahren, habe ihn draußen geparkt und hab dem Sender oben im Zwischenboden ein Signal gegeben. Der hat dann das Band zurückgespult und die ganzen Impulse im Schnellgang zurückgefeuert – so etwa in zwei, drei, allenfalls vier Sekunden, aber nie mehr als fünf. Das hab ich dann hinten im Kombi mit meinem anderen Zeug aufgezeichnet, das Ganze dann auf Normalgeschwindigkeit überspielt und anschließend Corcoran gegeben.»

«Und das hat funktioniert?» fragte Dill.

«Klar, das hat es.»

«Hört sich ziemlich kostspielig an.»

«Das war's auch.»

«Wie teuer, Harold?» fragte Anna Maude Singe.

Statt darauf einzugehen, zog Snow wieder umständlich

die Packung Mentholzigaretten aus seiner Hosentasche und zündete sich bedächtig eine an. «Wissen Sie, ich hab nachgedacht», sagte er, während er lässig mit dem noch brennenden Streichholz wedelte und es dann in den Aschenbecher warf. «Zwei Typen wie ihr müßten für all das doch eigentlich 'n bißchen was springen lassen.»

Dill seufzte, beugte sich vor und schlug Snow mit dem Revolverknauf krachend auf sein rechtes Knie. Snow wimmerte, ließ seine Zigarette fallen und umklammerte mit beiden Händen sein angeschlagenes Knie. Dill beugte sich ganz hinunter, hob die Zigarette auf und steckte sie Snow zwischen die Lippen. «Sei doch nicht blöd, Harold», knurrte er, «du bist zwar nicht superklug, aber ganz so blöd bist du nun auch wieder nicht. Wieviel hat Corcoran dir bezahlt?»

Die Zigerette hing noch immer zwischen Snows Lippen, und er fuhr fort, sein lädiertes Knie zu massieren. Schließlich rückte er damit heraus: «Einen Tausender die Woche.»

Anna Maude Singe ließ einen anerkennenden Pfiff hören. «Wie hat er dich bezahlt, Harold?» fragte sie.

«Was meinen Sie damit, wie er mich bezahlt hat?» sagte Snow und nahm die Zigarette aus dem Mund, «mit Geld natürlich.»

«Bar?»

«Stimmt. Bar auf die Hand.»

«Was meinst du, Harold, war das sein eigenes Geld?» fragte Dill.

Wieder lag die alte Verschlagenheit in seinem Blick. «Wissen Sie, irgendwie ist das 'ne ganz interessante Frage. Ich glaube, es war schon sein eigenes Geld, als ich diese erste Sache für ihn gemacht habe. Aber irgendwie denk ich mir, daß er dann später Geld von anderen Leuten verwendet hat. Wie ich das sehe, gab es noch andere

Leute, die herausfinden wollten, hinter welchen Geschichten ihre Schwester her war.»

«Er fand also dafür einen Kunden, wie?» fragte Dill.

«Ja, einen Klienten.»

«Wen?»

«Woher soll ich das wissen? Jemand reicht einem pro Woche einen Tausender in Zehnern und Zwanzigern rüber, also ist man gar nicht scharf darauf, allzu viele Fragen zu stellen.»

«Oder sich die Bänder vorzuspielen», sagte Anna Maude Singe.

«Ich hab sie mir nicht angehört, Lady. Das bißchen, das ich gehört habe, war meistens bloß Bumspalaver, und dabei kommt ja nichts rüber.» Er legte eine Pause ein. «Aber eins will ich Ihnen noch sagen ...»

«Was?» fragte Dill.

«Er wollte, daß ich noch bei jemand anderem auf Horchposten gehe.»

«Das wollte Corcoran?»

«Ja. Er sagte nur: ‹Nenn mir deinen Preis.› Also bin ich losmarschiert und hab mich umgesehen und bin dann zurück zu ihm und hab gesagt: ‹Da läuft nichts.› Ich meine, dieser Typ hatte sich so abgeschirmt, als würde er geradezu darauf warten, daß jemand sich an ihn ranmacht.»

«Was hat Corcoran denn dazu gesagt, als du ihm gesteckt hast, daß du es nicht tun würdest?» fragte Dill.

«Was soll er schon groß gesagt haben? Schließlich hatte ich ihm ja nicht gesagt, daß ich es nicht tun würde; ich hab nur gesagt, daß ich's nicht kann. Wenn man nicht kann, kann man eben nicht.»

«Wer war's denn, Harold?» fragte Dill.

«Irgendein Kerl in einem Riesenhaus draußen in Cherry Hills. Und das ist auch schon alles, was ich weiß.»

«War sein Name Jake Spivey?»

Harold Snow machte sich längst nicht mehr die Mühe, bei dem, was Dill sagte, überrascht auszusehen. «Ja», gab Snow zu, «Jake Spivey. Woher zum Teufel haben Sie das gewußt?»

23

Die eigene Pistole noch immer auf sich gerichtet, benutzte Harold Snow einen Küchenhocker, um in den Zwischenboden über den Einbauschrank im Schlafzimmer zu gelangen und die Aufnahme- und Sendegeräte abzubauen. Das Ganze war kleiner, als Dill erwartet hatte – nicht viel größer als eine Zigarrenkiste –, und in einer grünen Metallschachtel untergebracht.

«Ist es das?» fragte er Snow.

«Das ist es.»

«Was ist mit den Mikrofonen?»

Snow zeigte auf einen Punkt an der Decke genau über dem Bett. «Können Sie sehen?»

«Was denn?»

«Sieht aus wie das Loch von einem Nagel.»

«Ich seh's jetzt.»

«Das ist die Wanze. Ich werd sie drin lassen. Lohnt gar nicht, die auch noch abzubauen. Das Telefon war auch hiermit – er zeigte auf die grüne Schachtel – zusammengeschaltet.»

«Du glaubst also nicht, daß die Cops das hier gefunden haben, als sie die Wohnung durchkämmt haben?»

Snow schüttelte den Kopf. «So lange sie nicht oben in die Zwischendecke rein sind. Und da waren sie nicht.»

«Wie willst du das wissen?»

«Talkumpuder. Nachdem ich alles eingebaut hatte, hab ich ein bißchen Talkumpuder verstreut. Es war noch alles da, keine Spuren irgendwo.»

Anna Maude Singe kam näher und schaute auf die kleine grüne Metallschachtel herunter, die Harold Snow noch immer in der Hand hielt. «Du sagtest vorhin, daß da noch ein letztes Band drauf ist.»

«Stimmt.»

«Kannst du's abspielen?» sagte sie. «Ich meine, kannst du es so abspielen, daß wir es uns anhören können?»

Snow sah zu Dill hinüber, der den Revolver seitlich herabbaumeln ließ. «Wenn ich's mache, kann ich mein Zeug dann behalten? Kann ich das hier mitnehmen?» Er drehte die grüne Schachtel ein Stückchen seitwärts. Dill riß den Revolver wieder hoch. Snow brachte hastig seine Erklärung vor. «Sehen Sie, ich hab's selbst zusammengestellt und zusammengebastelt, und es ist glatt ein paar Tausender wert. Jedenfalls weiß ich, wo ich mindestens ein paar Tausender dafür bekommen könnte.»

«Du kannst es behalten, Harold», sagte Dill.

Sie mußten ins Wohnzimmer zurückgehen, so Snow seine Ausrüstung zurückgelassen hatte. Er brauchte weniger als zwei Minuten, um das Kabel, das aus der grünen Schachtel heraushing, in der Buchse einer Verlängerungsschnur festzumachen. Er verband sie mit einer Steckdose in der Wand und sagte: «Der Lautsprecher hier in dem Ding hat nur einen Durchmesser von drei Zentimetern, also wird die Qualität nicht gerade erstklassig sein.»

«Trotzdem, Harold, spiel's einfach ab», sagte Dill.

«Viel ist da aber nicht drauf», wandte Snow ein.

«Spiel's einfach mal ab, Harold», wiederholte Dill.

Das erste, was sie zu hören bekamen, war ein gedämpftes Klicken. «Das ist das Telefon, das gerade abgehoben wird», erklärte Snow.

«Warum klingelt es nicht?»

«Das Klingeln kann er nicht aufnehmen.»

«Hallo», sagte die Frauenstimme. Es war die Stimme von Dills toter Schwester. Dill spürte einen kleinen frostigen Schauder, einen *frisson*, dachte er, ganz überrascht davon, daß ihm das Wort so plötzlich in den Sinn gekommen war.

Eine Männerstimme sagte: «Also.»

«Ich denke, selbe Zeit, selber Ort», sagte Felicity Dill.

«Schön», sagte der Mann. Wieder ein ganz leises Klicken, dann eine ganze Weile Stille, und dann machte es wieder «klick». Und wieder sagte Felicity Dill: «Hallo.»

«Ein anderer Anrufer», erläuterte Snow.

MÄNNERSTIMME: «Ich bin's.»

FELICITY: «Hi.»

MÄNNERSTIMME: «Verfluchter Mist, ich schaff's heut abend nicht.»

Dill erkannte die Stimme wieder. Sie gehörte Captain Gene Colder.

FELICITY: «Tut mir echt leid. Was ist passiert?»

COLDER: «Wir haben grad was reingekriegt, und der Troll meint, daß er mich dabei braucht.»

FELICITY: «Laß ihm besser nie zu Ohren kommen, wie du ihn nennst.»

COLDER: (lachend) «Ich hab's schließlich bei dir aufgeschnappt, oder nicht?»

FELICITY: «Aber laß das bloß Strucker nicht hören.»

COLDER: «Werd ich dir fehlen?»

FELICITY: «Natürlich wirst du mir fehlen.»

COLDER: «Was machst du gerade?»

FELICITY: «Na ja, da du ja nicht zu mir kommen

kannst, werd ich wohl rüber zum Haus fahren und mir die Haare waschen.»

COLDER: «Ich würd dir gern dabei helfen.»

FELICITY: «Beim Haarewaschen?»

COLDER: «Ja, dabei, dich ganz und überall zu waschen.»

FELICITY: (lachend) «Nächstes Mal.»

COLDER: «Ich muß aufhängen. Ich hab dich lieb.»

FELICITY: «Ich dich auch.»

COLDER: «Tschüs.»

FELICITY: »Mach's gut, Darling.»

Dann kam wieder das vertraute «Klick» und danach lange Zeit nichts mehr, bis eine Männerstimme sagte: «Sieht aus, als hätte sie 'ne Menge gelesen.»

Snow schaltete das Gerät ab. «Das sind die Cops. Wollen Sie das auch noch hören?»

Dill nickte, und Snow ließ das Band weiterlaufen. Aber es war nicht viel mehr drauf, als hin und wieder ein «Was hältste denn hiervon, Jo?» und schließlich blieb das Gerät endgültig stumm.

«Kannst du es noch mal für uns abspielen, Harold?» sagte Dill.

«Etwa das Ganze?»

«Nur das erste Gespräch.»

FELICITY: «Hallo.»

MÄNNERSTIMME: «Also.»

FELICITY: «Ich denke, selbe Zeit, selber Ort.»

MÄNNERSTIMME: «Schön.»

Als das leise Klicken ertönte, sagte Dill: «Noch einmal, Harold.» Snow spulte zurück und spielte die vier Zeilen Gespräch noch einmal ab.

«Noch mal», sagte Dill.

Und Snow ließ es noch einmal durchlaufen. Dill schaute zu Anna Maude Singe hin.

«Zwei Worte nur, und damit hat sich's», sagte sie, «‹also› und ‹schön›.»

«Nicht genug?»

Sie runzelte die Stirn. «Jedenfalls nicht für mich.»

«Für mich auch nicht», sagte Dill und wandte sich wieder Harold Snow zu. «Harold, du kannst deinen Zauberkasten behalten, aber ich brauche das Band.»

«Soll das heißen, daß ich gehen kann?»

«Erst, wenn ich das Band habe.»

Snow drückte schnell die Rücklauftaste, nahm das Band heraus und reichte es hinüber. Er stöpselte die beiden Phasen des Aufnahme-Sendegeräts heraus, wickelte das Kabel um den Kasten und schob ihn sich unter den linken Arm. «Sie hätten mich nicht schlagen müssen», sagte er, während er sich nach seinem Werkzeugkasten bückte.

«Tut mir leid», sagte Dill.

«Kann ich meine Waffe zurückhaben?»

«Nein.»

«Sie können doch die Patronen herausnehmen und sie mir dann geben.»

«Wiedersehn, Harold.»

Harold Snow ging auf die Tür zu. «Dieses Band müßte Ihnen eigentlich was wert sein, so an die hundert Dollar jedenfalls.»

«Mach, daß du nach Hause kommst, Harold.»

Snow blieb vor der Tür stehen. «Können Sie mir nicht wenigstens die Tür aufmachen?»

Dill ging an ihm vorbei und öffnete die Tür, die zur Außentreppe führte. «Darf ich Sie auch mal was fragen?» sagte Snow. «Sie hat Schmiergelder genommen, nicht wahr – ich meine, Felicity.»

«Ich weiß es nicht, Harold.»

«Sie hätten besser auf sie achtgeben sollen.»

Dill nickte. «Wahrscheinlich.» Er machte eine Pause. «Noch eine letzte Frage, Harold.»

«Was?»

«Das Band, das wir gerade gehört haben, kannst du ungefähr sagen, wann das war?»

In die Kojotenaugen trat wieder dieser Ausdruck unstillbarer Gier. «Für einen Hunderter könnt ich's schon.»

Dill schüttelte seufzend den Kopf, nahm seine Brieftasche heraus, entnahm ihr zwei Fünfziger und steckte sie in Snows Hosentasche.

«Das war diesen Mittwoch», sagte Snow.

«Woher weißt du das?»

«Weil ich am Dienstag alles abgerufen hatte. Es muß der Mittwoch gewesen sein, denn am Donnerstag – na ja, Sie wissen ja selbst, was Donnerstag passiert ist.»

«Donnerstag ist sie gestorben», sagte Dill.

Snow nickte, setzte zu einer Erwiderung an, überlegte es sich dann aber anders und ging die Treppe hinunter. Auf halber Strecke blieb er stehen, drehte sich um und schaute zu Dill zurück.

«Es tut mir leid», sagte er, «ich meine, tut mir leid, daß sie umgebracht worden ist.»

«Danke, Harold.»

Snow nickte noch einmal, machte kehrt und ging das letzte Stück die Treppe hinunter.

24

Dill hatte es sich mit einem Drink in der Hand auf Anna Maude Singes Wohnzimmercouch bequem gemacht. Wieder starrte er versonnen zu dem großen Maxfield-Parrish-Druck hoch, als sie aus ihrer Dusche kam, angetan mit nichts als einem kurzen, weißen Seidenmäntelchen, das so hauchdünn war, daß man hindurchsehen konnte. Sie setzte sich auf die Couch. Das üppige Sofakissen in der Mitte trennte sie voneinander.

Dill stellte seinen Drink auf dem niedrigen Couchtisch ab und sagte: «Ich kann voll durch das da hindurchsehen.»

«Ich weiß.»

«Du hast einen Prachtbau, wie man in Baltimore sagt.»

«Ein Teil ist ererbt, der andere Teil erworben.»

«Tanz?»

«Woher weißt du das?»

«Vor allem seh ich's an der Art und Weise, wie du dich bewegst.»

«Sie dachten, das würde mir mit dem hier ein bißchen helfen», sagte sie und tippte mit dem Finger auf die blasse Narbe an ihrer Oberlippe.

«Was ist das?»

«Früher war das mal eine Hasenscharte. Als ich sieben Jahre alt war, war meine Aussprache ein bißchen komisch, wie behauptet wurde. Dann hatte ich die Operation und war danach ständig bei Logopäden in Behandlung und – dann hörte es sich nicht mehr komisch an, wie ich gesprochen habe. Aber ich hatte noch immer das Gefühl. Also bekam ich Tanzunterricht – mein Selbstvertrauen sollte dadurch gestärkt werden.»

«Und – war's so?»

«Eigentlich nicht. Aber mit dreizehn wurde ich dann mit einemmal hübsch. Das passierte fast über Nacht, jedenfalls schien es so. Also beschloß ich, daß ich etwas tun wollte, bei dem gutes Aussehen keine Rolle spielte. Ich faßte den Entschluß, Rechtsanwältin zu werden.»

«Mit dreizehn?»

«Sicher, warum nicht?»

«Mit dreizehn», sagte Dill, «wollte ich Gesandter bei den Vereinten Nationen werden.»

«Warum das denn?»

«Zum einen mußte man in New York leben, dann mußte man seinen Beruf auch nicht aufrecht stehend ausüben. Es gab immer Leute, die hinter einem saßen, einem Geheimnisse ins Ohr flüsterten und wichtige Zettel hinüberreichten. Es sah nach einem gesicherten Job aus. Ich fand Leute mit einem sicheren Job sehr eindrucksvoll, als ich dreizehn war.»

Er nahm den Drink von dem kleinen Beistelltisch, nippte bedächtig daran, stellte ihn wieder ab und rückte ein kleines Stück zu Anna Maude Singe hinüber. Er berührte die kleine Narbe auf ihrer Lippe. «Mit den R's fällt es mir noch immer ein bißchen schwer», sagt sie.

«Ist mir nie aufgefallen», log Dill und küßte die Narbe.

«Willst du wissen, warum ich das Tanzen dann aufgegeben habe?»

«Warum?»

«Weil es als Therapie gedacht war. Man sagte mir, ich wäre sehr gut, doch ich hatte immer den Eindruck, man wollte mich damit nur ermuntern, daß ich in meiner Therapie gute Fortschritte machte – eben dabei, ganz gesund zu werden. Als ich dann dreizehn wurde, fand ich, daß ich jetzt geheilt wäre, und hängte es an den Nagel.»

Dill ließ seine Hand zu ihrer Taille hinabwandern und begann, den locker geschlungenen Gürtel zu lösen. Sie beugte den Kopf vor, um ihm dabei zuzusehen. «Dein Kleidchen», sagte er, «das sieht fast so aus wie auf dem Parrish-Druck.»

«Ich weiß. Als ich unter der Dusche war, mußte ich an dich denken und wurde ganz aufgeregt. Ich dachte mir, daß dieses Fähnchen dabei helfen könnte, alles ein bißchen zu beschleunigen.»

Er streifte ihr den seidigen Stoff über die Schultern. Ihre Brüste waren heller als die übrige Haut. Die Brustwarzen waren ganz fest und aufgerichtet. Er berührte leicht erst die rechte, dann die linke. «Auf dem Parrish-Print», sagte er, «konnte ich nie eindeutig feststellen, ob es Mädchen oder Jungen sind.»

«Ich hoffe, du magst Mädchen. Wenn nicht, würden wir uns nur unnötig Umstände machen.»

«Ich mag Mädchen sehr gern», sagte er und küßte die rechte Spitze ihrer Brust.

«Erdbeere», sagte sie, «die andere ist Vanille.»

Er küßte die linke. «Stimmt genau.»

Als sie sich aufrichtete, sagte sie: «Du hast viel zuviel Sachen an», und begann, seine Krawatte zu lösen. Dill mühte sich mit seinen Hemdknöpfen. Einige Sekunden später lagen all seine Sachen am Boden. Sie betrachtete ihn mit offenem Interesse und sagte: «Ich schaue mir gern nackte Männer an.»

«Frauen sehen hübscher aus.»

«Sie sind ganz okay, aber Männer sind besser – wie soll ich sagen? – ausgerüstet. Nimm zum Beispiel mal das hier.»

«Du hast es schon genommen.»

«Na schön», sagte sie, «es ist doch aber auch das bemerkenswerteste Ding der Welt.»

«Nicht ganz», sagte er. Und er erkundete jetzt mit Hand und Fingern die feuchte Weichheit zwischen ihren Beinen. Mit leicht zurückgeworfenem Kopf schloß sie die Augen und lächelte. «Wir können auf der Couch anfangen und dann auf dem Fußboden weitermachen.»

«Wo wir mehr Platz haben.»

«Stimmt, und dann kannst du mich ins Schlafzimmer tragen, mich aufs Bett werfen und dich an mir gütlich tun.»

«Hört sich ganz nach einem ausgelassenen Nachmittag an.»

«Will ich doch stark hoffen», sagte sie.

Mit einem heißen, hungrigen, wilden Kuß machten sie sich übereinander her. Auf der Couch hielt es sie eine ganze Weile, bis sie sich dann schließlich irgendwie auf dem Fußboden wiederfanden. Dort blieben sie viel, viel länger. Sie schafften es nie bis ins Bett.

Dill blieb auf dem mit Teppichen ausgelegten Fußboden liegen, die Arme unter dem Kopf verschränkt, als Anna Maude Singe mit zwei Dosen Bier nackt ins Wohnzimmer zurückkam. Sie kniete sich neben ihm hin und stellte eine der eiskalten Dosen auf seine nackte Brust. «Jesus», stöhnte Dill und grinste, zog hastig seine rechte Hand unter dem Kopf hervor und schnappte sich das Bier von seiner Brust.

Anna Maude erhob ihr Bier zu einem scherzhaften Toast und sagte: «Auf unseren stürmischen, ausgelassenen Nachmittag.»

«Das war er wirklich», sagte er und stemmte sich hoch, so daß er sich auf den linken Arm stützen konnte.

«Läufst du regelmäßig?» fragte sie und unterzog ihn noch einmal einer eingehenden Musterung. «Du siehst aus wie ein trainierter Läufer.»

Dill schaute an sich herab. «Nein, ich laufe nicht. Das ist mein Erbteil, und ich fürchte, es ist bald aufgebraucht. Das ist alles, was mir mein alter Herr hinterlassen hat – einen bemerkenswert gesunden Stoffwechsel. Auch die Nase hab ich von ihm, aber die hätte er gut und gern behalten können.»

«Es ist eine hübsche Nase», meinte sie. «Du siehst damit aus wie Captain Easy, *Soldier of Fortune*.»

«Komm mir bloß nicht mit Captain Easy!»

«Der hatte einen ständigen Schatten namens Wash Tubbs. Ich hab früher mal einen Fall von Copyright-Verletzung übernommen. Es war ein alter Comic strip. Bei meinen Nachforschungen habe ich eine unglaubliche Menge über das gelernt, was man früher die Funnies genannt hat – wahrscheinlich viel mehr, als ich darüber wissen wollte. Aber es ist eigentlich das, warum ich Jura so spannend finde. Es führt dich auf die sonderbarsten Abwege.»

Sie stand auf, fröstelte leicht im Luftzug der Klimaanlage, stellte ihr Bier ab und schlüpfte in ihr weißes Negligé. Dill blieb in seiner faulen Seitenlage, aufgestützt auf seinen linken Ellenbogen. Anna Maude setzte sich auf die Couch und griff nach ihrem Bier.

«Na», sagte sie, «woran denkst du gerade?»

Dill legte sich auf den Teppich zurück und starrte zur Decke. «Felicity hat keine Schmiergelder genommen.»

«Nein, ich glaub's auch nicht.»

«Aber irgendwoher muß sie Geld haben.»

«Ich frag mich, von wem?»

«Wer weiß.» Ohne sich mit den Händen abzustützen, setzte Dill sich auf. Er langte nach seinem Hemd und den Shorts und begann, sich anzuziehen. «Was machst du hier bloß – hältst du die Zimmertemperatur so bei 19 oder 20 Grad?»

«Ich hab's gern kühl», sagte sie. Nach dem nächsten Schluck Bier bemerkte sie in einem leicht spielerischen Tonfall: «Jake Spivey.»

«Old Jake.»

«Clay Corcoran wollte uns irgend etwas über ihn erzählen.»

«Wer immer Corcoran erschossen hat, tat es nicht deswegen, um ihn davon abzuhalten, mit uns zu reden.»

«Wie willst du das wissen?» fragte sie.

«Es ist alles zu einfach, zu sauber, zu ...»

«Bequem?»

«Auch das», sagte er.

«Aber dann gibt's ja auch noch diese andere Verbindung zwischen Spivey und Corcoran», meinte sie.

«Sofern man Harold Snow Glauben schenken kann. Vielleicht werd ich morgen Jake danach fragen.»

«Meinst du wirklich, daß er sich dazu äußert?»

«Könnte sein.» Dill griff sich seine Hosen, stand auf und machte sich daran, sie überzuziehen.

«Mein Gott!» sagte sie, «ein Bein nach dem anderen – genau wie jeder x-beliebige andere auch.»

«Was hast du denn erwartet?»

«Nach diesem Nachmittag irgendwas – nun ja, ganz anderes.»

Dill lächelte. «Ich betrachte das als Kompliment.»

«Das solltest du auch.»

Dill drehte sich um, um noch einmal den Maxfield-Parrish-Druck in Augenschein zu nehmen. «Mädchen», sagte er schließlich, «eindeutig Mädchen.» Er wandte sich wieder zu Anna Maude. «Dieser alte Knabe in der Kirche ...»

«Der Reporter?»

«Ja, Laffter. Ich glaube, ich werd noch mal mit ihm reden.»

«Ruf ihn doch an.»

Dill schüttelte den Kopf. «Irgend jemand hat ihm das mit Felicitys Geldproblemen gesteckt, unmittelbar nachdem sie gestorben war. Bis heute ist er auf der Story sitzengeblieben, aber jetzt hat man ihm mit einemmal grünes Licht gegeben, weil irgend jemandem daran liegt. Ich möchte wirklich gern wissen, wer all diese Jemande sind.»

«Weißt du, wo er wohnt?»

«Lafftter? Ich weiß, wo er ständig herumhängt. Magst du Steak?»

Sie zuckte die Achseln. «Ich kann's essen. Was meinst du denn, wohin wir gehen sollen?»

«In den Presseclub.»

«Wann?»

«So gegen acht.»

«Und was machen wir bis dahin?»

Dill grinste. «Wir könnten ja dein Bett ausprobieren.»

Sie gab das Grinsen zurück. «Du wirst dann allerdings deine Hosen noch mal ausziehen müssen.»

«Damit werd ich schon fertig.»

Sie schafften es an diesem Samstagabend nicht, vor acht Uhr fünfunddreißig in den Presseclub zu kommen, da Dill beschlossen hatte, noch vorher bei seinem Hotel vorbeizufahren, damit er sein Hemd wechseln und nachsehen konnte, ob eine Nachricht für ihn hinterlassen worden wäre. In seinem Fach fand er die Aufforderung, Senator Ramirez in Tucumcari anzurufen, doch als Dill die Nummer wählte, hörte er nur wieder die höflichen zweisprachigen Ausflüchte des Anrufbeantworters.

Die Temperatur war auf 28 Grad gefallen, als sie den Presseclub betraten. Dill in einem frischen weißen Hemd und dem blauen Anzug, den er zur Beerdigung getragen hatte, und Anna Maude Singe in einem ärmellosen gelben Kleid. Echtes Leinen, dachte er, doch sie behauptete, es wäre nur eine Art knitterfeste Synthetik.

Er drückte die Klingel zum Presseclub. Als sie drinnen waren, sah Levides, der Grieche, ihnen entgegen, als sie auf die L-förmige Bar zugingen. Am kürzeren Ende des L waren noch zwei Plätze frei, und Levides forderte sie mit einer Kopfbewegung auf, sich dort hinzusetzen. Als sie auf ihren Hockern Platz genommen hatten, sagte Levides zu Anna Maude Singe: «Sie sind doch früher auch manchmal hierhergekommen? Mit einem gewissen Geary von AP, falls das der Richtige ist.»

«Wer könnte es denn sonst noch sein?»

«Geary von UPI.»

«Ich kenne keinen UPI-Geary.»

«Übrigens ist er ein Schwätzer. Wie war der Name? Singe, nicht wahr?»

«Anna Maude.»

«Ah, richtig.» Levides nickte zu Dill hin, hielt jedoch seine Augen unverwandt auf Anna Maude gerichtet. «Wissen Sie, man kann nicht gerade sagen, daß Sie sich mit dem da verbessert haben.»

«Er war halt der einzige, den ich mir noch schnappen konnte», sagte sie.

Levides wandte sich zu Dill. «Eine Riesenbeerdigung, wie ich gehört habe. Und jemand ist umgelegt worden. Tausend Cops stehen herum, und jemand erschießt irgendeinen armen Hund, und keiner hat auch nur das geringste gesehen. Eigentlich wollte ich kommen. Ich wünschte, ich hätte es getan.»

«Scotch», sagte Dill.

«Was möchten Sie?» fragte Levides Anna Maude.

«Weißwein.»

Nachdem er Anna Maude ihren Wein und Dill seinen

Scotch mit Wasser gebracht hatte, fragte Levides: «Schon die Zeitungen gelesen?»

«Die Spätausgabe?» fragte Dill zurück.

Levides nickte, langte unter den Bartresen und zog die Sonntagsausgabe der *Tribune* hervor, die auf Seite drei aufgeschlagen war. «Chukles behauptet, Ihre Schwester wäre schwer reich geworden.»

Es war ein Zweispalter, der neben den drei Spalten umfassenden Artikel gesetzt war, in dem vom Mord auf dem Friedhof berichtet wurde. Die zweizeilige Titelüberschrift lautete:

POLIZEI UNTERSUCHT
VERMÖGENSVERHÄLTNISSE
DER ERMORDETEN POLIZISTIN

Die Story war in jenem Stil geschrieben, mit dem Dill bestens vertraut war: Es war die patentierte, staubtrockene Schreibe der *Tribune*, deren sie sich bediente, wann immer sie über Vergewaltigung, Mord, Unzucht mit Kindern, Verrat, demokratische Wahlerforge sowie andere ausgesuchte Scheußlichkeiten berichtete, die am Frühstückstisch der Familie verlesen werden würden. Im letzten Absatz hatte Laffter ihn zitiert und hervorgehoben, daß er dazu keinen Kommentar abgeben wollte.

Dill reichte die Zeitung an Anna Maude weiter und fragte Levides: «Ist Laffter schon hier?»

«Er sitzt drüben in seiner Ecke, besoffen wie ein Stint und gerade dabei, sein Chili mit irgendwas in sich reinzuschaufeln.»

«Fragen Sie bitte Harry den Kellner, ob er uns einen Tisch direkt neben ihm geben kann.»

Während er über Dills Bitte nachdachte, fuhr Levides gedankenvoll mit einem Fingerknöchel über seinen Schnauzbart. «Ach zum Teufel, warum eigentlich nicht», sagte er schließlich und machte sich auf die Suche nach Harry dem Kellner.

Anna Maude Singe brauchte nur eine halbe Minute, um die Geschichte zu Ende zu lesen. Sie legte die Zeitung zurück auf den Tresen und sagte zu Dill: «Es steht nichts Neues drin; nichts, was auch nur schwach nach Verleumdung riecht. Das Wort ‹angeblich› findet sich insgesamt fünfmal. Alles, außer ihrem Tod, ist ‹angeblich›. Sie räumen allerdings ohne Umschweife ein, daß sie tot ist.»

«Hab ich bemerkt», sagte Dill und trank einen Schluck von seinem Scotch. «Ich werd sehr unangenehm zu dem alten Knaben sein müssen.»

«Laffter?»

Er nickte.

«Noch gemeiner als heute nachmittag zu Harold?»

Wieder nickte Dill.

«Das muß ich sehen.»

«Ich brauche deine eiskalte Unterstützung.»

«Als eiskalten, zugeknöpften Rechtsbeistand?»

«Stimmt. Und ganz gleich, was ich sage, laß dir keine Überraschung anmerken.»

«Okay.» Sie nippte an ihrem Wein und musterte ihn neugierig. «Wo hast du gelernt, solche Sachen zu machen?»

«Welche denn?»

Bevor Anna Maude darauf erwidern konnte, kehrte Levides zum schmalen Ende der Bar zurück. «Harry sagt, daß er Sie in etwa fünf Minuten am Nebentisch von Chuckles unterbringen kann, okay?»

«Sehr schön.»

«Er möchte wissen, was Sie essen wollen.»

Dill sah Anna Maude Singe an und fragte: «Filet, gebackene Kartoffeln und Salat?»

Sie nickte. «Meins bitte halb roh.»

«Und das andere halb durchgebraten.»

Levides nickte und verschwand wieder. Anna Maude Singe wiederholte, zu Dill gewandt, noch einmal ihre Frage: «Wo hast du das bloß gelernt, was du heute nachmittag mit Harold gemacht hast?»

«Ich weiß nicht», sagte Dill, «ich glaube, ich bin schon immer so gewesen.»

«Aber es ist nur gespielt, nicht wahr?»

«Sicher», sagte Dill, «ist bloß gespielt.» Und er fragte sich, ob das wirklich stimmte.

25

Der alte Mann hatte sein vergilbtes rohseidenes Hemd mit seinem Chili-Mac bekleckert. Er war gerade dabei, mit einer Serviette daran herumzuwischen, die er in sein Wasserglas getaucht hatte, als Dill und Anna Maude sich neben ihn setzten. Laffter blickte zu ihnen auf und rieb dann weiter auf dem Chilifleck herum. Die gepolsterte Sitzbank, die an der Wand stand, endete in der Ecke, in der der Alte saß. Auch Anna Maude hatte sich auf die Bank gesetzt, während Dill ihr gegenüber am Tisch auf einem Stuhl saß. Ohne zu Dill aufzusehen, sagte der alte Mann: «Hat Ihnen meine Geschichte gefallen?»

«Ich glaube, ich habe dreizehnmal den Gebrauch des Wortes ‹angeblich› gezählt.»

«Ich hab's nur viermal verwendet, aber irgendein Scheißer hat es dann bei der Korrektur noch ein fünftes

Mal eingefügt.» Jetzt blickte er hoch. «Was führen Sie im Schilde?»

«Möchten Sie einen Drink?»

«Wenn Sie bezahlen, klar.» Er nickte zu Anna Maude Singe hinüber. «Wer ist die denn?»

«Meine Anwältin», sagte Dill. «Miss Singe, das hier ist Mr. Laffter, der von einigen Chuckles* genannt wird.»

Anna Maude wandte den Kopf und nickte Laffter kühl zu. «Kichern Sie denn so viel, Mr. Laffter?»

«So gut wie nie», sagte der alte Mann.

An Dills Tisch tauchte Harry der Kellner mit Servietten und Silberbesteck auf. Während er sie vor ihnen auslegte, fragte er Dill und Anna Maude, ob sie die nächsten Drinks bestellen wollten. Dill sagte ihm, daß sie noch ein Weilchen bei denen bleiben wollten, die sie sich von der Bar mitgebracht hatten, fügte jedoch hinzu: «Sie können Chuckles einen Drink bringen.»

«Der alte Bock hat genug», sagte Harry der Kellner.

«Ich möchte Cognac, mein rabenschwarzer Freund», sagte Laffter, «einen doppelten.»

Harry der Kellner schaute prüfend zu ihm herunter. «Ein paar Brocken aufs Hemd gekleckert, wie? Na, ja, macht gar nichts, du trägst es ja erst seit vier Tagen. Du könntest noch gut und gern zwei Tage rausschinden, wenn du dir nicht das Zeug da raufgeschüttet hättest.»

«Zieh Leine und hol den Drink, Kellner», sagte der Alte, und seine Stimme war so laut, daß sich einige Köpfe nach ihnen umdrehten.

«Ich laß mir gerade durch den Kopf gehen, ob ich dir nicht hier und jetzt Lokalverbot erteile», sagte Harry der Kellner.

* von amer. to chuckle = kichern

Der alte Mann schaute blinzelnd zu ihm hoch. «Durch den Kopf? Du?» In gutgespielter Fassungslosigkeit schüttelte er den Kopf.

«Ein alter, runtergekommener Reporter», sagte Harry der Kellner und schnalzte dabei mitfühlend. «Es gibt nichts Traurigeres. Verbraucht. Ausgebrannt. War immer schon so. Meistens angesoffen und halb weggetreten.» Er wandte sich zu Dill. «Wollen Sie diesem blöden alten Knacker wirklich einen Drink kaufen?»

«Doch, doch gewiß», sagte Dill.

Harry der Kellner schüttelte verständnislos den Kopf und machte kehrt. Während er davonging, sagte der alte Mann, wie um Nachsicht bittend, mit lauter Stimme: «Man muß das verstehen, ihm fehlt der Urwald.» Schamlos grinste er Dill zu. «Was glauben Sie wohl, was Sie sich mit einem doppelten Cognac kaufen können?»

«Ich will herausfinden, wer so dringend daran interessiert gewesen ist, die Geschichte über meine Schwester gedruckt zu sehen.» Dill lächelte, doch es war ein kaltes und sogar herzloses Lächeln, ganz wie er beabsichtigt hatte. «Das ist das eine», sagte er, «zum zweiten, ich muß herausfinden, wer Ihnen das alles gesteckt hat.»

«Ist ja nicht zu fassen», sagte der Alte.

«Und drittens, falls Sie es mir nicht sagen wollen, werden Sie sich schon sehr bald wünschen, daß Sie es getan hätten.»

Der alte Mann schnaubte. «Was glauben Sie denn, was Sie mir groß anhaben können, Dill? Verdammt, ich bin dreiundsiebzig Jahre alt. Ich hab das alles schon mitgemacht. Sie wollen die Scheiße aus mir rausprügeln? – Ein Schlag, und ich bin tot. Und wollen Sie wissen, was meine letzten Worte wären? Besten Dank auch, das wär's! Veranlassen, daß man mich rausschmeißt? Ich würde nach Florida gehen und mich in der Sonne braten lassen, wie ich's schon vor fünf Jahren hätte tun sollen. Ich soll mir *wünschen*, daß ich irgendwas getan hätte? Daß ich nicht lache!»

Dill setzte wieder sein böses Lächeln auf. «Meine Schwester hatte eine Lebensversicherung, Chuckles. Ich bin der einzige Nutznießer. Die Summe, die sie mir hinterläßt, beläuft sich auf eine viertel Million Dollar. Sind Sie mittellos?»

Lafters verwaschene blaue Augen wurden mißtrauisch. «Was meinen Sie mit ‹mittellos›?»

«Haben Sie keine Rücklagen? Sind Sie pleite, abgebrannt, blank? Pfeifen Sie aus dem letzten Loch?»

Der Alte zuckte die Achseln. «Ich hab ein paar Dollar.»

«Sehr gut, dann können Sie sich ja auch einen Rechtsanwalt leisten.»

«Wozu das denn?»

«Sie werden ihn brauchen, wenn ich Sie wegen Verleumdung verklage. Nein, nicht die *Tribune*, nur Sie allein. Ich weiß, Chuckles, daß meine Schwester sich nicht auf Bestechung eingelassen hat, aber Ihre Geschichte besagt genau das Gegenteil. Ich glaube, es wird nicht allzu schwierig sein, Ihnen Böswilligkeit nachzuweisen – Miss Singe, was meinen Sie?»

«Ich glaube, Ihr Fall ist wasserdicht», sagte Anna Maude.

«Und was läßt sich so mit zweihundertfünfzigtausend Dollar an Rechtsmitteln kaufen», fragte Dill sie.

Anna Maude lächelte. «Das reicht jahrelang, viele, viele Jahre.»

«Wenn ich Sie also jetzt verklage, Chuckles, was glauben Sie: Wird die *Tribune* wohl Ihre gesamten Kosten für den Rechtsstreit übernehmen?»

«Sie haben ja gar keinen Fall», sagte der alte Mann

und schnaubte verächtlich. «Sie verstehen nicht die Bohne von Verleumdung. Alle beide nicht. Von Verleumdung verstehe ich mehr, als Sie beide sich auch nur vorstellen können! Vor Gericht wird man Sie auslachen.»

«Gut, dann werden wir also klagen», sagte Anna Maude Singe mit einem kühlen Lächeln.

«Klagen kostet Geld», sagte Dill, «ich kann immerhin zweihundertfünfzigtausend dafür springen lassen, Chuckles. Wieviel haben Sie?»

«Einen Scheiß haben Sie», sagte der alte Mann gerade, als Harry der Kellner auftauchte und einen Cognacschwenker vor ihn hinstellte.

«Wer hat Scheiße», sagte Harry der Kellner.

«Dieser Wichser hier sagt, daß er mich wegen Verleumdung verklagen will.»

Harry der Kellner grinste Dill selig zu. «Brauchen Sie einen Zeugen? Sie brauchen doch bestimmt jemanden, der mit Ihnen vor Gericht geht und aussagt, was für ein gemeiner alter Knilch der hier ist. Los, machen Sie nur! Ich bin Ihr Mann.»

«Hau ab», sagte Laffter.

Harry der Kellner zog grinsend ab. Laffter sah ihm nach. Dann erinnerte er sich an seinen Cognac, hob sein Glas und trank. Nachdem er es abgesetzt hatte, schmatzte er laut und zündete sich eine seiner Pall Malls an.

«Da ist nichts Verleumderisches an dieser Geschichte», klärte er Dill auf. «Sie glauben wohl, ich wüßte nicht, wann ich den Bogen überspannt habe?»

Dill zuckte die Achseln und sah zu Anna Maude hinüber.

«Verleumdungsprozesse können sich lange hinziehen, nicht wahr?»

«Sie können endlos lange dauern», sagte sie.

Dill wandte sich wieder Laffter zu. «Wissen Sie, was der alte Hartshorne machen wird, wenn ich Sie verklage? Er läßt Sie am ausgestreckten Arm verhungern, Chuckles, besonders dann, wenn die *Tribune* nicht mit angeklagt ist. Er wird sich nicht mal an Ihren Namen erinnern können. Vielleicht feuert er Sie sogar, aber das hält die Klage auch nicht auf. Ich habe zweierlei: das Geld und die Zeit. Ich glaube nicht, daß Sie von beidem genug haben.»

Laffter stützte seinen Cognac mit einem Riesenschluck hinunter. «Erpressung», sagte er.

«Gerechtigkeit», sagte Dill.

«Ich hab nicht gesagt, daß sie bestechlich war.»

«Aber Sie haben es durchblicken lassen. Dann haben Sie mir auch erzählt, daß Sie schon früher mal eine andere Geschichte über sie geschrieben haben, ein Feature, aber daß es nicht gedruckt worden ist. Es wäre schon interessant, herauszufinden, warum nicht.»

«Sie haben sie sterben lassen, das ist alles.»

«Aber warum?» fragte Anna Maude Singe. «Haben Sie sie denn etwa sterben lassen – falls es so gewesen ist –, weil sie schlampig, bösartig, ungerecht – verleumderisch gewesen ist? Oder wie?»

«Es war ein lausiges Feature, Lady, das war's. Es war allenfalls nett und brav. Sie können mich nicht dafür verklagen, daß es lieb und nett war.»

«Die Story in der heutigen Ausgabe war nicht nett, Chuckles», sagte Dill.

Der alte Mann starrte Dill lange an. Bis er schließlich seufzend sagte: «Das würden Sie tatsächlich tun, wie?» Dill wußte jetzt, daß er gewonnen hatte, und er wünschte fast, es wäre nicht so.

«Sie können sich drauf verlassen.»

«Vor fünf Jahren hätte ich Ihnen gesagt: ‹Hau ab und fick dich selber.»›

«Vor fünf Jahren waren Sie auch erst achtundsechzig Jahre alt.»

«Also, was wollen Sie denn nun von mir?»

«Wer hat all das Zeug über die Finanzen meiner Schwester durchsickern lassen?»

«Durchsickern?» sagte Laffter. «Woher wollen Sie denn wissen, daß es eine undichte Stelle gab? Ich hab da überall meine Drähte, die ich spielen lassen kann. Wissen Sie, wie lange ich schon mit der Polizei zu tun habe? – Fünfzig Jahre, so lange schon! Stellen Sie sich das mal vor! Fünfzig Jahre – außer während des Krieges. Ich hab sie als blutige Anfänger kennengelernt, mit angesehen, wie sie alt wurden und in Pension gingen. Gott, ich habe sogar Leute als Anfänger gekannt, die jetzt selber Kinder haben, die kurz vor der Pensionierung stehen. Ich bin hier so was wie eine Institution, Dill. Undichte Stellen!» Das letzte Wort spuckte er fast heraus.

«Also, woher haben Sie es, Chuckles?» sagte Dill.

Der Alte seufzte wieder, setzte das leere Glas an den Mund und flößte sich die letzten Tropfen ein. «Vom Chief», sagte er in resigniertem Tonfall.

«Sie meinen den Polizeichef – Rinkler?»

«Vom Chef der Kriminalabteilung, Sie Arschloch. Strucker.»

«Warum?»

«Warum?» sagte der alte Mann mit ungläubigem Staunen. «Haben Sie schon jemals irgend jemanden gefragt, *warum* er Ihnen etwas erzählt hat? Haben Sie das damals während Ihrer Zeit bei UP etwa auch so gemacht, Dill? Irgend jemand von der Regierung läßt eine Bemerkung fallen, und dann sagen sie vielleicht: ‹Du meine Güte, warum erzählt er mir das eigentlich alles?› Wollen sie mir etwa weismachen, Sie hätten's so und nicht anders gemacht, Kollege?»

«Nein.»

«Also, dann fragen Sie mich auch nicht, *warum!*»

«Was hat er Ihnen denn gesagt?»

«Strucker? Er sagte: ‹Hier, da ist vielleicht was Interessantes für Sie.› Er hat dann das Ganze ausgespuckt, und ich hab's aufgeschrieben. Und bin drauf sitzengeblieben – bis heute, als dann schließlich grünes Licht kam, und sie sagten: ‹Los, ab geht's, bringen wir das Zeug, das du über Felicity Dill hast!› Es war einfach eine Story – mit echtem Nachrichtenwert –, und ich hab sie kurz und knapp runtergeschrieben, wie das nun mal meine Art ist. Und es war keine einzige verleumderische Behauptung dabei. Das wissen Sie genau, und ich weiß es auch.»

«Wer hat denn nun eigentlich das Startzeichen gegeben – der alte Hartshorne?» fragte Dill.

«Ich weiß nicht», sagte Laffter, «entweder er oder sein Junior. Verdammt, welchen Unterschied macht das auch schon?» Er stockte und sagte dann: «Das wäre alles. Mehr ist nicht.» Er schob den Tisch beiseite und stand auf. «Wenn Sie jetzt immer noch klagen wollen, Dill, na, dann machen Sie zu, und klagen Sie schon, verdammt noch mal.»

Laffter schob sich am Tisch vorbei, doch er blieb plötzlich stehen. Seine blaßblauen Augen traten hervor, sein Gesicht verfärbte sich dunkelrot und verzerrte sich in wildem Schmerz. Die rechte Hand fuhr zu seiner Brust hoch, und er kippte vornüber. Er begann wegzusacken und versuchte, sich mit der linken Hand und dem Arm am Tisch abzustützen, doch sie verweigerten ihm den Dienst. Er krümmte sich zusammen und wäre hingestürzt, hätte Harry der Kellner ihn nicht gepackt und sanft auf dem Boden abgesetzt.

Harry blickte zu Dill hoch. «Sagen Sie dem Griechen, er möchte für den alten Kauz hier den Notarzt rufen.»

«Das mach ich», sagte Anna Maude Singe. Sie stand auf und hastete auf den Tresen zu.

«Du wirst mir nicht hier wegsterben, Alter», murmelte Harry der Kellner, während er Laffter die speckige graue Krawatte herunterriß. «Du wirst mir nicht in meinem Lokal krepieren!»

Harry der Kellner schüttelte den alten Mann bei den Schultern und schrie ihn an: «Bist du in Ordnung?» Es kam keinerlei Reaktion, aber er schien auch nicht damit gerechnet zu haben. Er schob die linke Hand unter den Hals des Alten, hob ihn an und drückte mit der rechten Hand die schweißnasse Stirn nach unten. Der Mund des Alten klappte auf. Harry der Kellner beugte sich nieder, um ihn abzuhorchen, und schüttelte dann fast angewidert den Kopf.

«Ich werd dich schon wieder auf den Mund küssen müssen, Alter», murmelte Harry der Kellner vor sich hin. Er ließ die linke Hand unter Laffters Nacken, hob ihn noch weiter an und kniff mit der rechten Hand Laffters Nasenflügel zusammen, bis sie sich fest schlossen. Harry der Kellner holte tief Atem, öffnete seinen Mund, so weit es ging, preßte ihn auf den Mund des Alten und atmete kräftig aus. Dill konnte sehen, wie sich die Brust des Alten hob. Harry der Kellner löste seinen Mund von dem des Alten, schaute prüfend nach, ob sich der Brustkorb des alten Mannes senkte, und als er sah, daß das nicht der Fall war, beatmete er viermal mit kurzen Stößen Laffters Mund. Diesmal hob sich der Brustkorb des Alten, fiel wieder in sich zusammen, dann rührte sich nichts mehr.

Harry erhob sich auf die Knie und ertastete Laffters Halsschlagader dicht neben dem Kehlkopf. «Du gottverdammter alter Hundesohn», sagte er. Er setzte den Ballen seiner linken Hand etwa drei Zentimeter unterhalb des Brustbeins am Schwertfortsatz an, verschränkte die Finger beider Hände, beugte sich über Laffter und drückte nach unten. Der Brustkorb des alten Mannes schien sich um fünf Zentimeter zu senken. Harry der Kellner beugte sich ruckartig zurück, ließ sich wieder nach vorn sinken und wiederholte das Ganze. Das machte er fünfzehnmal hintereinander, beugte sich dann schnell nach vorn und beatmete zweimal den Mund des Alten.

Eine Frauenstimme in Dills Rücken gellte kreischend: «Das ist ja widerwärtig!» Er drehte sich um und entdeckte, daß eine kleine Gruppe neugieriger Tischgäste sich um sie gebildet hatte.

Harry der Kellner schaute zu Dill hoch. «Können Sie ihn jetzt vielleicht beatmen?»

«Klar», sagte Dill und kniete sich neben Laffter. «Sie müssen mir nur sagen, wann.»

«Wenn ich bei fünf angelangt bin», sagte Harry der Kellner und begann jeden Preßdruck, den er ausübte, laut mitzuzählen. Als der Kellner beim fünften Mal angelangt war, holte Dill tief Luft, bedeckte den Mund des alten Mannes mit seinem eigenen und atmete machtvoll aus.

«Noch mal», sagte Harry der Kellner.

Dill holte noch einmal tief Luft und preßte seinen Atem in die Lungen des Alten. Der Mund des alten Mannes schmeckte nach schalem Zigarettenrauch und Cognac. Und wahrscheinlich auch Kukident, dachte Dill und mußte sich zwingen, nicht zu würgen.

«Jetzt noch mal, bei fünf», sagte Harry.

«Gut», erwiderte Dill.

Nachdem der Kellner zum fünften Mal die Herzmassage wiederholt hatte, beatmete Dill erneut den Mund des Alten. Sie waren noch Minuten später damit beschäftigt, als der Notfalldienst der Feuerwehr eintraf und übernahm. Die Männer vom Notdienst gaben Laffter Sauerstoff, hoben ihn auf eine Trage und rollten ihn zur

Eingangstür des Clubs. Dill und Harry der Kellner gingen mit ihnen. Die Gaffer kehrten zu ihren Drinks und zu ihrem Essen zurück.

«Wird er durchkommen?» fragte Harry einen der Sanitäter.

«Doch, ich denke schon, Harry, deine Herzmassage war wieder mal große Klasse! Danke!»

Als die Erste-Hilfe-Leute gegangen waren, fragte Dill Harry: «Das war nicht das erste Mal, daß Sie ihn wiederbelebt haben?»

«Nein, nein, auch früher schon zweimal.»

«Jesus.»

«Ich habe dem alten Narren immer und immer wieder gesagt, daß er mir in *meinem* Lokal nicht abkratzen wird. Er soll zu Hause allein in seinem Bett sterben. Da und nicht anderswo soll er den Löffel abgeben! Aber nicht hier in meinem Lokal. Haben Sie das ernst gemeint, daß Sie ihn verklagen wollen?»

Dill nickte.

Harry der Kellner schüttelte den Kopf und grinste. «Das hat ihn sicher schwer mitgenommen. Klar, das muß ihm einen Schlag versetzt haben. Wissen Sie übrigens, wem der alte Kauz alles vermachen wird, was er hat?»

Dill konnte Harry den Kellner nur ungläubig anstarren.

Das breite Grinsen blieb auf Harrys Gesicht. «So ist es. Mir. Ist das nicht ein tolles Ding?» Er fuhr sich mit der Zunge über die Lippen und zog ein Gesicht. «Mein Gott, schmeckt der alte Mann schlecht.»

26

Dill fand Anna Maude Singe am schmalen Ende der L-förmigen Bar über ein Glas gebeugt, dessen Inhalt wie Wodka on the Rocks aussah. Zum Griechen gewandt, sagte er, daß er dasselbe wollte, ganz gleich, was es wäre. Levides schenkte ein und zeigte auf die vor sich hin brütende Frau. «Ich hab ihr gesagt, daß es wirklich nichts mit dem zu tun hat, was Sie beide ihm gesagt oder getan haben, aber sie will's mir nicht abkaufen.»

Dill nickte und trank. Es war tatsächlich Wodka. Er sah zu Anna Maude hin. Sie starrte weiter in ihr Glas.

«Ich hab ihr erzählt, daß der alte Knabe dreiundsiebzig ist», fuhr Levides fort, «und daß er täglich mindestens einen halben Liter Schnaps wegsäuft, drei Päckchen Pall Mall raucht, fettiges Zeug und Fast food in sich reinschlingt und pro Woche höchstens fünfzig bis sechzig Schritte läuft, wenn überhaupt, und daß es mit Sicherheit das ist, was ihn heute abend von den Füßen geholt hat. Bestimmt nicht das, was jemand zu ihm gesagt hat.» Er machte eine Pause. «Mein Gott, Sie und Harry der Kellner haben ihm das Leben gerettet.»

«Falls er am Leben bleibt», sagte Dill.

«Na und? Er ist dreiundsiebzig.» Levides schwieg. Dann meinte er: «Verdammter alter Narr.»

«Ich möchte hier raus», sagte Anna Maude Singe, die noch immer in ihren Drink starrte.

Dill legte einen Zehndollarschein auf die Bar, hob sein Glas und trank es in drei Schlucken leer, schüttelte sich und sagte: «Dann laß uns gehen.»

Ganz still und klein ließ sie sich von ihrem Barhocker gleiten und ging auf die Tür zu. Dill sammelte sein Wechselgeld ein, als Levides, der wieder ganz woanders hinsah, in seinem viel zu beiläufigen Tonfall fragte: «Was haben Sie eigentlich zu dem alten Chuckles gesagt?»

«Ich sagte, daß ich ihn wegen Verleumdung verklagen werde.»

«Nicht schlecht», sagte Levides, als Dill sich abwandte und hinter Anna Maude Singe herlief.

Dill fuhr südlich über den TR Boulevard in Richtung Innenstadt. Anna Maude Singe saß zusammengekauert gegen die rechte Wagentür gelehnt. Dill sah zu ihr hin und sagte: «Vermutlich hast du jetzt keinen Hunger.»

«Nein.»

«Ich ebensowenig.»

«Ich möchte nach Hause.»

«In Ordnung», sagte er. «Du hast nichts dagegen, wenn ich kurz vor einem Drugstore anhalte?»

«Weswegen?»

«Mundspülung. Ich kann ihn noch immer schmekken.»

Dill hielt vor einem Drugstore, dessen Digitaluhr 21.39 Uhr und dessen Thermometer 31 Grad Celsius anzeigte. Er kaufte eine kleine Flasche Scope, kam wieder heraus, schraubte die Flasche noch am Rinnstein auf, spülte sich den Mund aus und spuckte in die Gosse, wobei er sich nicht erinnern konnte, daß er etwas Ähnliches je schon einmal gemacht hätte.

Er stieg wieder ins Auto, ließ den Motor an und zog hinüber auf die Fahrspur. Anna Maude sagte: «Du konntest wohl nicht damit warten, bis du wieder zu Hause bist?»

«Nein», sagte er, «ich konnte nicht. Ich konnte ihn noch immer schmecken.»

«Wonach schmeckte er denn?»

«Wie Freund Hein persönlich.»

«Ja», sagte sie, «so hab ich mir auch vorgestellt, daß er schmecken würde.»

Als sie sich den Van Buren Towers näherten, hielt Dill nach einem Parkplatz Ausschau. «Die Mühe kannst du dir sparen», meinte sie. «Laß mich einfach hier raus.»

«Okay.»

Er fuhr vor ihrem Haus vor und hielt an. Anna Maude Singe machte keine Anstalten auszusteigen. Statt dessen sagte sie, vor sich hin ins Leere blickend: «Ich glaube nicht, daß ich noch länger deine Freundin sein möchte. Ich bin deine Anwältin, falls du das willst, aber ich möchte nicht deine Freundin sein.»

«Das tut mir leid», sagte er. «Weißt du, so viele Freunde habe ich nicht.»

«Die hat keiner.»

«Liegt es daran, daß der alte Mann fast gestorben ist?»

Sie sah ihn an und schüttelte langsam den Kopf. «Du hast ja schließlich nicht versucht, ihn umzubringen.»

«Du hast recht, das habe ich nicht.»

«Wenn ich deine Freundin bleiben wollte und nicht nur deine Anwältin, dann, fürchte ich, könnten zwei Dinge passieren.»

«Was?»

«Ich könnte mich in dich verlieben – und wahrscheinlich würde ich in irgendwelche Schwierigkeiten geraten, in die ich nicht hineingezogen werden will. Dich zu lieben – nun, damit würde ich wohl fertig werden, jedenfalls glaube ich das, aber das andere – nein, ich weiß wirklich nicht.»

«Welches andere denn?»

«Die Schwierigkeiten.»

«Du meinst, solche wie heute nachmittag mit Harold Snow?»

Sie nickte.

«Dir hat's Spaß gemacht», sagte Dill, «ich konnte es dir ansehen.»

«Du hast recht», sagte sie, «das hat es auch. Ich hätte früher nie geglaubt, daß ich daran Gefallen finden könnte. Ich dachte immer, daß mir mehr die sicheren, freundlichen, netten Sachen liegen.» Sie schüttelte den Kopf, als wäre sie über sich selbst verwundert. «Sogar heute abend hat es mir gefallen, als wir nur mit diesem alten Mann geredet haben, diesem Laffter. Und der hat ja bestimmt nicht nur Männchen gemacht und alles geschluckt. Der hat herzhaft zurückgeschlagen. Eigentlich war er sogar besser als du – als wir beide –, jedenfalls die überwiegende Zeit, und, na ja, auch das hat mir gefallen. Jedenfalls so lange, bis er dann abgekippt ist. Das hat mir dann schon einen mächtigen Schlag versetzt. Nicht einmal, daß Clay erschossen wurde, ist mir so an die Nieren gegangen. Und der arme bekloppte Harold Snow, na ja, das war einfach ein Heidenspaß. Aber bei der Sache mit dem alten Mann war ich aktiv beteiligt. Ich hab dazu beigetragen, daß es dann so gekommen ist. Und das traf mich dann schon sehr hart, weil ich schließlich einsehen mußte, daß es eben nicht nur ein So-tun-als-Ob ist, oder?»

«Nein», sagte Dill.

«Du erinnerst dich, daß ich dich gefragt habe, ob du das alles nicht nur spielst.»

«Ja.»

«Du hast nicht gespielt.»

«Vermutlich nicht.»

«Es macht mir angst, und ich möchte keine Angst haben müssen. Und ich will auch nicht in dich verliebt sein. Und ich will nicht deine Freundin sein.»

«Nur meine Anwältin?»

«Falls überhaupt.»

Dill war sich ganz und gar nicht sicher, was er dazu sagen sollte. Also schwieg er. Statt dessen streckte er den Arm aus und zog sie an sich. Zuerst sträubte sie sich ein wenig, doch dann war aller Widerstand dahin, und ihre Münder preßten sich zu einem jener langen, wilden, beinahe wütenden Küsse aufeinander.

Als er vorüber war, lag sie halb im Autositz und hatte den Kopf an seiner Schulter. «Das war's, was ich wollte», sagte sie. «Ich wollte wissen, ob ich Freund Hein persönlich schmecken kann.»

«Und hast du?»

«Falls er nach Scope schmeckt, dann hat er mich gestreift.»

Er küßte sie noch einmal, diesmal ganz sacht, fast liebevoll, und sagte: «Du willst doch nicht wirklich nur meine Anwältin sein, nicht wahr?»

Sie seufzte schwer. «Ich schätze nein, nicht eigentlich.»

«Du kannst doch beides sein, meine Anwältin und meine Süße.»

«Deine Süße?! Großer Gott!»

«Was ist denn so Schlimmes dabei?»

Sie setzte sich auf und schaute ihn an. «Ich will keine weiteren Schwierigkeiten.»

Dill grinste. «Du magst sie aber, Schwierigkeiten. Du hast es doch selbst gesagt.»

Sie legte ihren Kopf zurück an seine Schulter. «Süße», murmelte sie ungläubig, «mein Gott, Süße!»

Als er über die Our Jack Street ins Hawkins Hotel zurückfuhr, bemerkte Dill im Vorüberfahren, daß die First National Bank um 22.31 Uhr eine Temperatur von dreißig Grad verkündete. Als er in die Tiefgarage einfuhr, hielt er automatisch nach Clyde Brattles blauem Dodge-

Lieferwagen Ausschau, doch konnte er ihn nirgendwo entdecken. Dill stieg aus dem Ford und eilte zum Fahrstuhl hinüber, wobei er vorsichtig einen weiten Bogen um die großen quadratischen Betonpfeiler machte. Er fuhr mit dem Fahrstuhl direkt zum neunten Stockwerk hinauf, ohne noch mal bei der Rezeption vorbeizuschauen und nachzusehen, ob eine Nachricht für ihn hinterlassen worden war.

Dill schloß die Tür zu Zimmer 981 auf und stieß sie weit zurück, ohne jedoch hineinzugehen. Das einzige Geräusch, das er hörte, kam von der Klimaanlage. Er ging schnell hinein, schloß die Tür hinter sich und sah im Badezimmer nach, wo jedoch nur der Wasserhahn am Waschbecken tropfte. Er drehte ihn fest zu.

Wieder zurück im Zimmer, ging Dill hinüber zum Telefon und rief die Auskunft an. Er fragte nach der Nummer des St. Anthony Hospitals, die man ihm auch bereitwillig gab. Er rief das Krankenhaus an, und nachdem er viermal zu verschiedenen Abteilungen weitergereicht worden war, verband man ihn schließlich mit einem Mr. Wade, der sich sehr jung und unbekümmert anhörte.

«Ich wüßte gern, wie es einem Ihrer Patienten auf der Intensivstation geht», sagte Dill. «Laffter. Fred Y.»

«Laughter, so wie haha?» fragte Mr. Wade.

«Nein, Laffter. L-a-f-f-t-e-r.»

«Ich seh mal nach. Laffter. O ja, der ist gestorben. Vor etwa zwanzig Minuten. Sind Sie ein Verwandter?»

«Nein.»

«Bei der Aufnahme wurden keine nächsten Angehörigen angegeben. Was meinen Sie, wen sollte ich benachrichtigen?»

Dill dachte einen Augenblick nach und teilte dann Mr. Wade mit, er sollte doch bitte Harry den Kellner im Presseclub anrufen.

Etwas später rief Dill den Zimmerservice und bat darum, ihm eine Flasche J&B Scotch heraufzuschicken, etwas Eis und ein Steaksandwich. Als alles gebracht worden war, vergaß er das Sandwich und mixte sich einen Drink. Er goß ihn sehr schnell hinunter, stand auf und mixte sich den nächsten.

Er nahm den zweiten mit hinüber ans Fenster und blieb, daran nippend, davor stehen und starrte auf die Our Jack Street an einem Sonnabendabend hinunter. Nur wenige Autos fuhren vorbei, und Fußgänger waren auch kaum auf der Straße. Früher waren die Leute Samstag nachts in die Innenstadt geströmt, aber das taten sie nicht mehr, und er fragte sich, wohin sie jetzt wohl gingen – oder ob sie überhaupt irgendwohin gingen. Dann dachte er über Clay Strucker nach, den einstigen Footballstar und späteren Privatdetektiv, der Dills tote Schwester geliebt hatte. Irgendwo gab es zwischen dem Tod der einen und des anderen einen Zusammenhang, soviel war Dill klar. Doch er wurde es bald müde, den Versuch zu machen, zu begreifen, worin diese Verbindung wohl bestehen mochte. Danach dachte er an den schafsgesichtigen Harold Snow, aber nur ganz kurz, und dann wanderten seine Gedanken in eine Richtung, die er gern vermieden hätte, und er dachte an den alten reizbaren Polizeireporter, der allein im Krankenhaus gestorben war, möglicherweise an einem Schlaganfall. Seine Gedanken kreisten lange um Laffter, und sie fanden nur deswegen ein jähes Ende, weil er feststellte, daß sein Glas wieder leer war. Er schaute hinüber zur Zeit- und Temperaturanzeige der First National Bank. Danach war es genau zwei Minuten nach Mitternacht am Samstag, den siebten August. Die Temperatur betrug angeblich noch immer 28 Grad Celsius.

Dill gab seinen nächtlichen Beobachtungsposten auf,

ging zum Telefon hinüber und rief Anna Maude Singe an. Beim siebten Läuten nahm sie mit einem fast unhörbaren «Hallo» ab.

«Er ist vor ungefähr zwei Stunden gestorben», sagte Dill.

Am anderen Ende war es eine ganze Weile still, dann sagte sie: «Das tut mir leid.» Und nach einer Pause: «Kann ich irgend etwas tun?»

«Nein.»

«Du machst dir Vorwürfe, nicht wahr?»

«Einige, ja, ich glaube schon. Ich hab ihn wohl ziemlich aufgeregt.»

«Nun, es ist geschehen und nichts mehr zu ändern. Es ist vorbei. Es gibt nichts mehr, was du noch tun könntest, es sei denn, du willst um ihn trauern.»

«So gut habe ich ihn auch nicht gekannt.»

«Ja, dann kann ich dir nur noch einen juristischen Rat geben.»

«Nur zu.»

«Vergiß es, Süßer», sagte sie und legte auf.

27

Sonntag morgen kurz nach neun Uhr klingelte das Telefon in Dills Hotelzimmer. Beim ersten Läuten hatte er noch geschlafen, und er war auch jetzt nur halb wach, als er sich mit einem kratzigen «Hallo» meldete und Senator Ramirez sagen hörte: «Hier ist Joe Ramirez, Ben. Sind Sie wach?»

«Wir kommen morgen nachmittag so gegen vier Uhr

rüber. Könnten Sie ein Auto mieten und uns nach Möglichkeit vom Flughafen abholen?»

«Uns?»

«Dolan und mich. Er wird aus Washington anreisen. Ich bin noch immer in Santa Fe.»

«Gegen vier also», sagte Dill. «Morgen.»

«Natürlich nur, wenn's keine Umstände macht.»

«Ich werd da sein. Können Sie noch einen Moment dranbleiben?»

«Natürlich.»

Dill legte den Hörer ab, ging hinüber ins Badezimmer, spritzte sich kaltes Wasser ins Gesicht, machte kehrt, entdeckte die Whiskyflasche, blieb kurz stehen, schnappte sie sich, nahm einen hastigen Schluck und meldete sich wieder mit einer Frage. «Hat Dolan Ihnen von Clyde Brattle erzählt?»

«Ja, ja, hat er, und das stellt uns wohl vor ein kleines Problem, nicht wahr?»

«Ich hab Dolan gesagt, daß Sie entweder Brattle oder Jake Spivey haben können – aber nicht beide.»

«Ich bin da vielleicht nicht ganz einverstanden, Ben. Ich denke, ich werde mich wohl mit beiden unterhalten müssen. Könnten Sie das veranlassen?»

«Spivey ist kein Problem. Ich treffe ihn heute. Aber ich muß warten, bis Brattle mich anruft, wobei ich mir allerdings ziemlich sicher bin, daß er es tun wird – es sei denn, das FBI hat ihn geschnappt.»

«Sie haben doch denen nicht gesagt, daß er da ist, oder?» Der Bariton des Senators klang um einige Lagen höher. Hoch erregt, ja geradezu alarmiert, dachte Dill.

«Ich habe nicht mit dem FBI gesprochen, Senator», sagte er betont. «Ich wollte Sie schon anrufen, aber Dolan meinte dann, er würde das von Washington aus tun. Hat er denn?»

«Sicher, sicher, das wird er wohl.»

«Vielleicht ist es besser, wenn ich das örtliche Büro hier anrufe – nur um mich zu vergewissern.»

«Das wird nicht nötig sein, Ben», sagte der Senator in einem Tonfall, dem es gelang, sowohl vernünftig als auch fest und bestimmt zu klingen. «Ich baue fest darauf, daß Dolan das alles schon in Washington geregelt hat. Ein Anruf von Ihnen könnte – na ja, die Dinge durcheinanderbringen und zunichte machen, was wir eventuell an politischem Vorteil daraus ziehen könnten. Ich spreche von politischem Vorteil natürlich nur im weitesten Sinne.»

«Natürlich», sagte Dill, der sich nicht die Mühe machte, seine Skepsis zu verbergen. «Was möchten Sie denn, was ich Brattle erzähle, wenn er mich anruft?»

«Sagen Sie ihm, ich hätte mich auf ein völlig vertrauliches Sondierungsgespräch entweder morgen oder Dienstag vormittag eingerichtet.» Der Senator legte eine Pause ein. «Anwesend sind dabei nur er, Dolan, ich ... und natürlich auch Sie.»

«Wie machen wir das mit Jake Spivey?»

«Machen Sie ihm dasselbe Angebot, aber sehen Sie zu, daß sich die Zeiten nicht überschneiden.»

«Ich werd's schon hinbekommen», sagte Dill.

«Gut.» Der Senator ließ wieder etliche Sekunden verstreichen. «Und dann noch eins, Ben.»

«Ja?»

«Ich hab heut morgen eine Kurzmeldung in *The New Mexican* gelesen. Es ging darin um die Beerdigung Ihrer Schwester. Ein Expolizist soll dabei ermordet worden sein?»

«Clay Corcoran.»

«Derselbe Corcoran, der früher mal für die Raiders gespielt hat?»

«Derselbe, ja. Er war früher auch mit meiner Schwester liiert.»

«Ich – nun, ich weiß nicht so recht, wie ich meine nächste Frage formulieren soll.»

«Am besten wird sein, Sie fragen einfach.»

«Nichts von dem, was mit Ihrer Schwester oder mit Corcoran geschehen ist, hängt doch irgendwie mit Ihnen zusammen – oder mit uns, nicht wahr?»

«Nicht daß ich wüßte.»

«Es könnte furchtbar peinlich sein, falls es so wäre – obwohl ich eigentlich nicht sehen kann, wie das möglich sein sollte.»

«Ich ebensowenig», sagte Dill.

«Nun, also gut. Ich seh Sie dann morgen – am Flughafen.»

Dill versicherte ihm, daß er dort sein würde. Nachdem der Senator aufgelegt hatte, rief Dill den Zimmerservice an. Im Badezimmer stellte er sich fünf Minuten unter die Dusche, rasierte sich, putzte sich weitere fünf Minuten lang die Zähne und zog seine grauen Slacks, ein weißes Buttondown-Hemd und die auf Hochglanz polierten schwarzen Halbschuhe an. Der Kaffee wurde gebracht, als er gerade mit dem Ankleiden fertig war. Er gab demselben Zimmerkellner noch einmal zwei Dollar Trinkgeld und erhielt zum Dank ein freudiges «Danke schön, Sir».

Der Kellner ging hinaus, Dill schenkte sich Kaffee ein, zögerte, fügte noch einen Schuß Scotch hinzu und setzte sich dann an den Schreibtisch, um in Ruhe zu trinken. Er hatte gerade seinen vierten Schluck genommen, als das Telefon wieder läutete.

Nachdem sich Dill mit «hallo» gemeldet hatte, hörte er die Stimme Clyde Brattles. «Haben Sie schon mit unserem Freund aus dem Land der Erleuchteten gesprochen?»

«Er hat gerade aufgehängt.»

«Ja und?»

«Er wünscht ein garantiert vertrauliches Treffen, entweder morgen abend oder Dienstag morgen. Früh. Nur Sie, dann er, Dolan und ich.»

«Das ist alles ein bißchen eng, nicht wahr?»

«Was würden Sie denn vorschlagen?»

«Nun, ich würde gern Sid und Harley mitbringen – nur für eine kleine Sicherheitsüberprüfung, natürlich.»

«Wenn Sie die beiden mitbringen, darf ich den Treffpunkt vorschlagen.»

Es entstand eine längere Pause, bis Brattle sagte: «Vorausgesetzt, es ist ein neutraler Ort.»

«Meine Schwester hatte eine Garagenwohnung – am Ende einer Zufahrt und genau gegenüber einem Park. Sehr zurückgezogen. Wie klingt das?»

Brattle dachte darüber nach. «Ja», sagte er, «das könnte gehen. Wie lautet die Adresse?»

«Es ist Ecke Nineteenth und Fillmore – in der Zufahrt.»

«Wie wär's mit morgen? Achtzehn Uhr?»

«Sagen wir besser, neunzehn Uhr», meinte Dill.

«Dann also bis neunzehn Uhr», sagte Brattle. «Übrigens, ich hab mir sagen lassen, daß Sie das FBI gar nicht angerufen haben. Warum eigentlich nicht, wenn ich fragen darf?»

«Woher wissen Sie eigentlich, daß ich sie nicht benachrichtigt habe, Clyde?»

«Was für eine seltsame Frage.»

«Dolan kümmert sich von Washington aus darum.»

«So, tut er das? Nun, das ist schön. Ja, das ist ganz hervorragend. Also dann, bis morgen.»

Nachdem Brattle aufgelegt hatte, drückte Dill die Gabel nieder und wählte dann die Auskunft. Er stellte seine Frage und erhielt die gewünschte Nummer. Er wählte sie, und beim dritten Läuten meldete sich eine Frauenstimme mit «Hallo».

«Cindy», sagte Dill mit gespielt fröhlicher Munterkeit, «hier ist Ben Dill.»

«Wer?»

«Ben Dill – Felicitys Bruder.»

«Oh. Ach so. Sie. Also, ich kann jetzt nicht so offen sprechen.»

«Ich möchte mit Harold reden, Cindy.»

«Mit Harold?»

«Ja, richtig.»

Es entstand eine Pause, und Dill konnte hören, wie Cindy McCabe mit gedämpfter Stimme rief: «Es ist Felicitys Bruder, und er sagt, daß er mit dir sprechen will.»

Dann war Harold am Apparat und meldete sich mit der mürrisch vorgebrachten Frage: «Was zum Teufel wollen Sie?»

«Was hältst du davon, tausend Dollar zu verdienen, Harold? Und das für eine einzige Stunde Arbeit.»

«Häh?»

Dill wiederholte seine Frage.

«Und was hab ich dabei zu tun?»

«Nur das wieder anbringen, was du gestern abgebaut hast.»

«Sie meinen da draußen – gegenüber dem Park, und dann die Zwischendecke hoch ...»

«Aber diesmal über dem Wohnzimmer, Harold – das macht das Zuhören leichter.»

«Wann?»

«Entweder heute morgen oder am Nachmittag.»

«Wann wird gelöhnt?»

«Nimmst du einen Scheck?»

«Nein.»

«Okay, also bar. Dann später. Irgendwann heut abend.»

«Wo?»

«Bei dir.»

«Und was läuft da?»

«Das kann dir doch völlig Wurscht sein, Harold.»

«Sie möchten also, daß ich alles wie vorher anbringe – außer daß es diesmal über dem Wohnzimmer sein soll.»

«Richtig.»

«Und Sie kommen dann später am Tag mit dem Wie-heißt-es-noch rüber.»

«Spätestens um sieben. Ich geh davon aus, du möchtest nicht, daß Cindy das mit dem Wie-heißt-es-noch mitbekommt.»

«Ich glaub nicht, daß das unbedingt nötig ist», sagte Snow.

«Glaub ich auch nicht, Harold», sagte Dill und legte auf.

Als Dill Anna Maude Singe aus ihrer Wohnung abholte, war es kurz vor Mittag, und die Vorhersage im Autoradio des Ford verkündete, daß Sonntag, der siebte August, einen nie dagewesenen Hitzerekord aufstellen würde. Um zwölf Uhr mittags waren es bereits 35 Grad Celsius. Es wehte kein Lüftchen, es war wolkenlos, und mit Abkühlung war nicht zu rechnen.

Anna Maude trug weiße Shorts aus Segeltuch, locker darüber ein gelbes Baumwollhemd und Sandalen. Als sie zu Dill in den Wagen stieg, musterte sie ihn kritisch. «Wohin, sagtest du, wollen wir heut gehen?»

«Zu Jake Spivey.»

«Zu einer Andacht?»

Dill schaute auf sein weißes Hemd und die grauen Hosen. «Na ja, ich könnte ja die Ärmel hochkrempeln.»

«Auf dem Weg gibt es einen TG & Y, der geöffnet hat», sagte sie. «Wir kaufen dir da ein Hemd und irgendwas, das du zum Schwimmen anziehen kannst. Dann könntest du auch deine Socken ausziehen und barfuß in deinen Mokassins gehen, und jeder wird dann denken, daß du gerade aus Südkalifornien eingeflogen bist.»

«Wofür steht eigentlich TG & Y?» sagte Dill. «Ich hab's vergessen.»

«Tops, Gewehre und Yo-Yos», sagte sie. «Jedenfalls hat Felicity das immer behauptet.»

Sie hielten vor einem weitläufigen Warenhaus in einem Shopping-Center, das früher einmal, als Dill noch in der Gegend herumgezogen war, ein Molkereihof gewesen war. Er kaufte ein einfaches weißes Polohemd und eine dunkelbraune Badehose. Als er zum Auto zurückkam, zog er sich das Buttendown-Hemd aus und streifte sich das Polohemd über.

«Jetzt die Socken», sagte sie.

«Findest du das nicht ein bißchen gewagt?»

«Du bist hier wieder daheim und nicht in Georgetown!»

«Auch in Georgetown takeln sie sich manchmal ganz verwegen auf», sagte Dill, als er sich nach vorn beugte und sich die knöchellangen schwarzen Socken auszog. Es waren die einzigen, die er überhaupt je getragen hatte, und das vor allem deswegen, weil sie alle einander genau gleich waren, und wenn er schon mal in das Fach mit den Socken griff, mußte er sich nie Gedanken darüber machen, ob sie auch zusammenpaßten.

«Nun?»

Anna Maude unterzog ihn wieder einer kritischen Prüfung. «Du siehst noch immer so aus, als würdest du an einem Samstag ins Büro gehen, aber vermutlich können wir jetzt nichts mehr daran ändern.»

«Wo hast du deinen Badeanzug?» fragte er.

«Ich hab ihn drunter – jedenfalls das wenige, was davon da ist.»

Dill grinste, während er den Motor anließ und vom Parkplatz herunterfuhr. «Ist das Werbung, was du da treibst?» fragte er.

Sie lächelte. «Ich könnte einen reichen Klienten brauchen. Die sind doch heute massenhaft da – reiche Leute.»

«Bei Jake Spivey?» sagte Dill und schüttelte den Kopf. «Man kann nie vorhersagen, wer alles bei Jack aufkreuzen wird.»

28

Am großen schmiedeeisernen Tor zu Jake Spiveys Grundstück stand ein junger mexikanischer Wächter. Als Dill ihn das letzte Mal gesehen hatte, war der Mexikaner gerade damit beschäftigt gewesen, beim Ausgraben eines größeren Gegenstandes im hinteren Teil von Spiveys Garten zu helfen. Jetzt saß er in einem leinenbespannten Regiestuhl unter einem Cinzano-Sonnenschirm. Am Boden zu seinen Füßen stand eine Dreiliterthermoskanne mit einem kühlen Getränk. Quer über seinen Schenkeln lag ein Schrotgewehr. An seiner rechten Hüfte ragte aus einem Halfter ein Revolver mit einem perlmuttähnlichen Griff aus Plastikimitat heraus.

Der Mexikaner erhob sich, als Dill den Wagen halb durch die Toreinfahrt fuhr und anhielt. Der Mexikaner ging zu Dills Seite des Wagens hinüber. Er trug das Schrotgewehr quer vor der Brust. Dill konnte sehen, daß es entsichert war. Der Mexikaner beugte sich herab und blickte durch seine dunkle Pilotenbrille prüfend auf Dill und Anna Maude Singe ins Wageninnere. Nachdem die Musterung beendet war, nickte er nachdenklich und sagte: «Sie sind?»

«Ich bin Ben Dill, und das ist Miss Singe.»

Den einen Zeigefinger noch immer vorsichtig am Abzug des Schrotgewehrs, mit dem, wie Dill erkennen konnte, Zwölferschrot geschossen wurde, griff der Mexikaner mit der anderen Hand in eine Hemdtasche und zog ein Stück Karton heraus, auf dem die Namen der Gäste standen. Er brauchte eine ganze Weile, sie zu prüfen, dann nickte er und sagte: «Dill», wobei er den Namen so ähnlich aussprach wie «Deal».

Der Mexikaner zeigte mit seiner Schrotflinte zum Haus hinüber. «Fahren Sie bis zum Haus vor», sagte er, «da wird dann jemand Ihren Wagen einparken.»

Dill dankte ihm und fuhr über die kurvenreiche Teerstraße. Auch jetzt liefen die Wassersprenger wieder auf Hochtouren, und das Gras sah kühl und feucht und sehr grün aus.

«Beauchamp Lane», sagte Anna Maude gedankenverloren wie zu sich selbst. «Mein Gott, also habe ich es endlich doch geschafft, in das Haus des alten Ace Dawson in der Beauchamp Lane hineinzukommen.»

«Ich war zum ersten Mal mit elf Jahren hier draußen», sagte Dill, «anläßlich einer Weihnachtsfeier.»

«Du und Spivey, ihr beide habt euch damals mit Lügen und Tricks hier eingeschlichen. Felicity hat mir davon erzählt. Aber ich habe eine richtige Einladung – na ja, jedenfalls was ähnliches.»

Der asphaltierte Fahrweg endete kurz hinter der großen eichenen Eingangstür und mündete dann in einen weiträumigen Platz, wo bereits ein Dutzend andere Wagen geparkt waren. Es waren alles ganz neue Modelle, zumeist sündhaft teure einheimische Marken, darunter vier Cadillacs, zwei Lincolns, ein Oldsmobile 98 und ein Buick Riviera Cabrio. Außerdem standen dort auch noch zwei Mercedes, ein Porsche und ein gewaltiger BMW. Dill schätzte, daß hier auf engstem Raum drei- oder vierhunderttausend Dollar geparkt waren – und ein gemieteter Ford.

«Sieht so aus, als hätte ich recht behalten», sagte Anna Maude, als ein weiterer junger Mexikaner sich ihrem Auto näherte.

«Du meinst, was die betuchten Leute hier angeht?»

Anna Maude Singe nickte, während der junge Mexikaner beflissen um den Ford herumging und ihr den Wagenschlag aufhielt. Er zeigte ein höfliches Lächeln, als sie ausstieg. Der Mexikaner wartete dann darauf, daß Dill hinter dem Steuer hervorkletterte. Nachdem er ausgestiegen war, ließ sich der Mexikaner mit eingefrorenem Lächeln auf den Fahrersitz gleiten. Er trug ein weites weißes Hemd über seinen schwarzen Hosen. Beim Hinüberrutschen auf den Fahrersitz verschob sich das Hemd gerade weit genug, daß Dill einen Blick auf die Automatik im Halfter werfen konnte. Sie sah aus wie ein ausländisches Fabrikat vom Kaliber 9 mm. Dem Mexikaner entging nicht, wie Dill interessiert seine Pistole betrachtete. Das Lächeln verflog kurz und kehrte fast sofort höflicher denn je zurück, während er den Motor anließ und den Ford gekonnt in eine Parklücke zwischen einem Cadillac und dem BMW einparkte.

Noch bevor Dill und Anna Maude Singe die Türglocke mit der Melodie *How dry I am* läuten konnten, wurde ihnen von einer lächelnden Daphne Owens geöffnet, die heute sogar noch weniger Stoff am Leibe trug als beim ersten Mal, als Dill ihr begegnet war. Diesmal trug sie nichts das ein blaßgrünes Bikinihöschen und ein ärmelloses Oberteil mit enorm weitem Ausschnitt für die Arme, das so aussah, als wäre es ein abgeändertes altes Sweatshirt, obwohl Dill durchaus klar war, daß es das nicht sein konnte. Er machte die beiden Frauen miteinander bekannt und empfand aus irgendeinem Grund große Befriedigung darüber, daß beiden vom ersten Augenblick an eine gründliche gegenseitige Abneigung anzumerken war. Obwohl ihr Lächeln höflich ausfiel, ihre Begrüßung förmlich und ihr Händeschütteln lässig war, begründete ihre Begegnung eine wertvolle lebenslange Feindschaft.

«Wie soll ich Sie nennen?» fragte Daphne Owens. «Anna oder Maude oder beides?»

«Die meisten Leute machen sich die Mühe mit beiden Namen.»

«Ich werd mich also auch daran halten. Sie müssen mich Daffy nennen – wie in Duck. Stimmt's, Mr. Dill?»

«Stimmt», sagte er.

«Also lassen Sie uns nach hinten gehen, damit Sie Ihre Drinks bekommen und die anderen begrüßen können.»

Sie folgten ihr durch die langgestreckte, großzügige Vorhalle und gingen vorbei an den hohen Glastüren, die auf eine Veranda führten, deren Boden wie ein Puzzlespiel aus unregelmäßig großen Schieferplatten gebildet wurde. Aus den Fugen zwischen den Platten wuchs sorgfältig gepflegtes, kurzgeschnittenes Gras. Dill hatte den Verdacht, daß von hoch droben, vielleicht vom Dach des Hauses aus, das grüne Gras ein Wort oder einen Namen oder vielleicht sogar ein Bild sichtbar werden ließ und sich zu einer Botschaft zusammenfügte. Wahrscheinlich etwas ganz Unanständiges und Unzüchtiges, dachte er und beschloß, Spivey danach zu fragen.

Als er sich umschaute, sah er, daß sich in dem großen Swimmingpool vier Leute tummelten und herumplanschten. Daphne Owens machte sie mit drei verschiedenen Grüppchen von Gästen bekannt, alle um die dreißig oder vierzig Jahre alt. Sie waren durchweg schlank und rank, gut gepflegt und hielten Gläser mit Weißwein oder Perrier in Händen, jedoch keine Zigaretten. Die Männer sahen aus, als würden sie ein tägliches Lauftraining von zehn Kilometern absolvieren; die Frauen wirkten wie Elevinnen von Jane Fondas Fitneßschule. Dill vergaß ihre Namen fast sofort wieder.

Was er nicht vergaß, waren die Namen der nächsten beiden Personen, mit denen er und Anna Maude bekannt gemacht wurden. Es waren Männer, und beide waren schon älter. Der ältere war in der Tat so alt, daß er vielleicht nicht einmal mehr imstande war, sich aus seinem weißlackierten eisernen Gartenstuhl zu erheben. Der andere, der erst siebenundsechzig Jahre alt war, kam noch mit Leichtigkeit auf die Beine.

«Ich glaube nicht, daß Sie die Hartshornes schon kennen», sagte Daphne Owens. «Mr. Jim Hartshorne, und das hier ist ...»

Bevor sie zu Ende sprechen konnte, streckte der siebenundsechzig Jahre alte Mann, der aus seinem Stuhl aufgestanden war, Anna Maude Singe seine Hand entgegen und sagte: «Ich bin Jimmy junior.»

Sie schüttelten einander die Hände, und sie sagte: «Anna Maude Singe und Ben Dill.»

«Wer ist das, Junior?» fragte der sehr alte Mann in seinem Eisenstuhl.

«Miss Singe und Mr. Dill, Daddy.»

«Dill? Dill?» sagte der sehr alte Mann mit brüchiger Stimme. «Trinken Sie was mit uns, Dill.»

Daphne Owens fragte Dill und Anna Maude, was sie haben wollten. Nachdem sie bestellt hatten, meinte sie, sie würde es ihnen bringen lassen, und ging weg. Der ältere Mann klopfte auf den Gartenstuhl neben sich und sagte: «Die junge Dame, deren Namen ich leider nicht verstanden habe, setzt sich hierhin.»

«Anna Maude», sagte sie und setzte sich neben den uralten Mann, der graue Kammgarnhosen trug, die ihm fast bis zur Brust reichten. Sie bedeckten den blauen, kurzärmligen Pullover, auf dem ein kleines Krokodil aufgestickt war, fast vollständig. Seine Füße steckten in blauen Laufschuhen, die Augen verbargen sich hinter purpur getönten Gläsern. Das linke Ohr, das er Anna Maude Singe zugewandt hatte, war mit einem winzigen Hörgerät ausgestattet. Kurz über den Ohren waren noch ein paar Haare stehengeblieben, doch sonst war der Kopf völlig kahl. Zurückgeblieben war eine spitze, glatte Wölbung, die bis zu der Stelle, wo früher der Haaransatz gewesen war, tief gebräunt war. Dort begannen auch seine Runzeln – Furche auf Furche in Parallelrichtung bis fast zu seiner Nase herab, wo sie die Richtung änderten und sich in feine, senkrechte Rillen verwandelten, die strahlenförmig in kurze winzige Fältchen und andere, gröbere und tiefere Rinnen ausliefen, die sich in alle Richtungen verzweigten. Die Lippen des alten Mannes waren bläulich verfärbt, und wenn er den Mund öffnete, war nur ein schwarzes Loch zu sehen. Die Nase war noch immer fest und schmal und witternd, doch das einstmals harte Kinn war lappig und schien kurz vor der Auflösung. James Hartshorne senior war siebenundneunzig Jahre alt.

«Dill, Sie setzen sich hierhin», sagte der alte Mann, indem er auf den Stuhl zu seiner anderen Seite klopfte. «Junior, du holst dir einen anderen Stuhl.»

Während sein Sohn einen anderen Stuhl heranschleppte, wandte sich der alte Mann wieder zu Anna Maude Singe. «Ich mag nackte Frauenarme», sagte er und strich flüchtig über Anna Maudes rechten Arm. «Sie erregen mich so, wie heutzutage alles mögliche andere, was auch nicht mehr gerade viel ist. Aber mit nackten Armen ging's mir schon immer so. Und dann noch mit einem hellbraunen Flaum darauf. Liest ihn heute eigentlich noch jemand?»

«Ja, die Kids im College, wie man hört», sagte Anna Maude. «Sie haben ihn gekannt, nicht wahr?»

«Elliot?»

«Oh, Entschuldigung, ich meinte Ace Dawson.»

«Old Ace. O ja, ich kannte Ace. Das schlitzohrigste Exemplar von einem Kerl, das je den Yellowfork heraufgekommen ist.» Der alte Mann gab einen krächzenden Laut von sich, den Dill für ein Kichern hielt. «Er kam irgendwo aus Texas, und ich kam aus Shreveport. Ich hab immer geglaubt, daß Typen wie Ace heutzutage nicht mehr hergestellt werden. Ja, wirklich, das dachte ich. Bis ich diesem Jungen begegnet bin, dem heute dies alles hier gehört. Wo sind Sie Jake eigentlich über den Weg gelaufen?»

«Bisher noch gar nicht», sagte Anna Maude.

Der alte Mann wandte sich Dill gerade in dem Moment zu, als der mexikanische Gärtner/Hausdiener mit den Drinks herankam. «Dann ist Spivey also ein alter Kumpel von Ihnen, Dill?»

«Das ist richtig», sagte Dill und nahm seinen Drink entgegen.

«Kennen Sie ihn schon lange?»

«Ewig.»

«Wenn Sie an meiner Stelle wären, würden Sie dann mit ihm Geschäfte machen?»

«Welche Art Geschäfte?»

«Vielleicht Politik.»

«Es mag durchaus die Politik sein, hinter der Jake Spivey schon sein ganzes Leben lang her ist.»

Die blauen Lippen des alten Mannes verzogen sich zu einem Lächeln. «Jene fernen Gestade, wie?»

«Vielleicht.»

«Daddy», sagte Hartshorne junior.

«Was?»

«Ich meine, wir sollten Mr. Dill danken.»

«Ja, du hast recht.» Der alte Mann wandte ruckartig seinen Kopf und beäugte Dill. «Junior und ich danken Ihnen für das, was Sie gestern abend gemacht haben.»

«Gestern abend?»

«Nun, für Ihren Versuch, das Leben des jungen Laffter zu retten – Sie wissen schon, das Beatmen von Mund zu Mund und alles andere, was Sie und dieser Niggerkellner im Presseclub – wie war doch gleich sein Name – Harry?, gemacht haben. Ich hab schon angerufen und mich bei ihm bedankt. Scheint so, als hätte das Krankenhaus einen blödsinnigen Fehler gemacht und den Nigger angerufen, nachdem Laffter gestorben war. Na ja, es sah jedenfalls so aus, als wäre es ein Fehler gewesen, bis ich dann gehört habe, daß Fred dem Nigger alles hinterlassen hat, was er besaß.» Er schaute seinen Sohn an. «Bist du dir nach alldem noch ganz sicher, daß Laffter kein Schwuler gewesen ist?»

Hartshorne junior runzelte die Stirn. «Er hat alles Harry hinterlassen, Daddy, weil Harry sich in all den vergangenen Jahren um ihn gekümmert hat. Ich hab's dir doch erzählt.»

«Na, du mußt es ja wissen – jedenfalls alles über Schwule.»

Er wandte sich Dill zu und gab wieder krächzende Laute von sich. «Junior hat aus irgendeinem Grund nie geheiratet. Er ist jetzt schon seit fünfundvierzig, sechsundvierzig Jahren der heißbegehrteste Junggeselle der Stadt. Stimmt's, Junior?»

Hartshorne Junior beachtete seinen Vater nicht und wandte sich Dill zu. «Jedenfalls, Mr. Dill, möchte ich Ihnen versichern, wie sehr wir es zu würdigen wissen, was Sie getan haben.»

«Wie sehr würdigen Sie es denn nun wirklich?» fragte Dill.

Hartshorne senior nahm langsam die purpurn getönte Brille ab und ersetzte sie durch Gläser mit einem runden Horngestell.

Drei Stärken, stellte Dill fest. Der alte Mann warf seinen Kopf zurück und musterte Dill durch die Schärfe aller drei Linsen. Die Augen hinter den Gläsern sahen glänzend und schwarz und neugierig jung aus.

«Was geht Ihnen denn gerade durch den Kopf, Dill?»

«Warum haben Sie diese Geschichte über meine Schwester gebracht?»

Der alte Mann schaute zu seinem ältlichen Sohn hinüber. «Welche Geschichte?»

Der Sohn zog wieder die Stirn kraus. «Felicity Dill. Detective bei der Mordkommission. Ermordet. Finanzielle Unregelmäßigkeiten. Laffters letzte Geschichte.»

«Oh», sagte der alte Mann und starrte Dill an. «Sie sind also der Dill, wie? Der Bruder. Das hätte mir doch gleich aufgehen müssen. Aber ich verstehe Ihre Frage noch immer nicht.»

«Warum haben Sie diese Geschichte über finanzielle Angelegenheiten meiner Schwester gebracht?»

«Denken Sie daran zu klagen?»

«Nein.»

«Würde Ihnen auch ganz und gar nicht bekommen. Es steht nichts Verleumderisches drin. Wir haben Anwälte, die da ganz auf Nummer Sicher gehen. Und warum hätte ich sie auch nicht bringen sollen? Versuchen Sie etwa mir klarzumachen, daß irgend jemand mir vorschreiben kann, was ich drucken darf und was nicht?» Bevor Dill antworten konnte, hatte sich der alte Mann wieder seinem Sohn zugekehrt und sagte: «Sag mal, warum haben wir das verdammte Ding eigentlich gebracht?»

Hartshorne war ein molliger Mann mit großem rundem Kopf und einem kleinen, rosafarbenen Gesicht. Das Fett an seinem nackten rechten Arm wabbelte, als er das Glas an die Lippen führte. Sein Mund war klein und schmollend gespitzt, als wollte er dauernd «oh, oh» sagen. Er trug gelbe Slacks und ein hellgrünes kurzärmliges Hemd über der Hose. Mit Ausnahme der Augen sah er seinem Vater nicht sehr ähnlich. Hartshorne juniors Augen waren ebenfalls schwarz und glänzend, doch sie trugen nicht den Ausdruck jugendlicher Neugier. Sie wirkten unsäglich alt. Er trank nippend von seinem Weißwein. Als er ihn auf dem niedrigen Tisch mit der Glasplatte abstellte, schwabbelte wieder das Fett an seinem rechten Arm.

«Wir haben die Geschichte gebracht», sagte er gedehnt, «weil uns die Polizei darum gebeten hatte.» Er räusperte sich. «Wir arbeiten regelmäßig mit der Polizei zusammen, besonders wenn uns gesagt wird, daß es bei ihren Ermittlungen hilfreich sein könnte. Das macht fast jede andere Zeitung auch.»

«Was wird denn ermittelt?» fragte Dill.

«Natürlich der Tod Ihrer Schwester», sagte Hartshorne Junior. «Und dann auch der Tod des Mannes, der gestern umgebracht wurde – der Exfootballspieler.»

«Corcoran», sagte Dill.

«Stimmt. Ja, Corcoran. Clay Corcoran.»

«Mr. Hartshorne», meldete sich Anne Maude Singe. Vater und Sohn schauten beide zu ihr hin. «Jimmy junior, meine ich.» Er lächelte. «Darf ich Ihnen eine Frage stellen?»

«Natürlich.»

«Welcher Cop hat Sie dazu aufgefordert, sie zu bringen?» fragte sie in einem kühlen, spröden Ton.

Hartshorne senior ließ wieder sein Krähen hören. «Das ist genau die Art Frage, die ich mag. Gerade heraus, kurz und knapp zur Sache kommend ... Kein Drum-herum-Geschwafel. Eine Frage wie diese verdient eine Antwort. Sag's ihr, Junior. Sag ihr, welcher Cop uns dazu aufgefordert hat, sie zu bringen.»

Hartshorne junior spitzte die Lippen. «Es war eine Bitte, kein Befehl, Daddy.»

«Sag's ihr.»

«Es war Strucker», erklärte Hartshorne junior. «Chef der Kriminalabteilung Strucker.»

Hartshorne senior sah Dill an. «Wollen Sie es mit ihm aufnehmen, mit Strucker? Ihn vielleicht fragen, warum?»

«Das könnte ich tun.»

«Er ist auch hier, wissen Sie.»

«Strucker?»

«Ja. Als ich ihn zuletzt gesehen habe – das war noch vor einer halben Stunde –, entfernte er sich mit Ihrem alten Kumpel Jake Spivey zu einem Schwätzchen. In die Bibliothek.» Der alte Mann sah zum Schwimmbecken hinüber. «Das da drüben ist Mrs. Strucker», sagte er, «die in dem schwarzen Badeanzug.»

Dill schaute hin und sah eine hochgewachsene, schwarzhaarige Frau, die nahe der Sprunggrube am Bekkenrand stand. Ihrem Aussehen nach schätzte er sie auf Anfang Vierzig. Mit einem sauberen Kopfsprung tauchte sie ins Wasser. Der Sprung war sehr gekonnt.

«Gutaussehende Frau», sagte Hartshorne senior. «Ihr Mann und Jake sind drinnen und reden über Politik.»

«Wir wollten uns später anschließen», sagte Hartshorne junior.

«Ja, über die Zukunft der Chefs reden», meinte sein Vater, drehte den Kopf und beobachtete Mrs. Strucker dabei, wie sie aus dem Schwimmbecken kletterte. Er wandte sich wieder zu Dill zurück. «Was meinen Sie, ist wohl das Allerwichtigste, das eine Frau zur politischen Kampagne ihres Mannes beisteuern kann?»

«Geld», sagte Dill.

Der alte Mann nickte zustimmend und wandte den Blick wieder zu Mrs. Strucker. «Und die da hat reichlich von allem, was man braucht.»

«Vor einiger Zeit», sagte Dill, «vielleicht vor einem Jahr, haben Sie eine Geschichte sterben lassen, die Laffter über meine Schwester geschrieben hat. Er hat mir erzählt, es hätte sich dabei um ein ganz harmloses Feature gehandelt. So in der Art: hübsches Mädchen als Detective. Warum haben Sie sie abgewürgt – falls Sie es gewesen sind?»

Der alte Mann starrte noch immer zu Mrs. Strucker hinüber. «Ich schätze, das sollten Sie auch besser den Chef fragen, Mr. Dill.»

29

Ihr trautes Gespräch zu viert wurde durch das Nahen des mexikanischen Hausdieners/Gärtners (und mutmaßlichen Butlers) unterbrochen, der Dill höflich aufforderte, Senior Spivey in der Biblioteca aufzusuchen. Die Vorstellung, daß Jake Spivey einen Butler mit der Einladung zu einer Zusammenkunft in Senior Spiveys höchsteigener Bibliothek schickte, erschien Dill schon einigermaßen komisch, doch niemand sonst war auch nur zu einem Lächeln bereit, nicht einmal Anna Maude Singe, die erklärte, daß sie jetzt ein wenig schwimmen gehen wollte, und schon begann, sich die Bluse aufzuknöpfen. Hartshorne junior meinte, er wollte jetzt ein bißchen herumschlendern. Hartshorne Senior krächzte fröhlich und sagte, er würde ein Nickerchen machen, gleich nachdem Anna Maude auch ihre übrigen Kleider ausgezogen hatte.

Dill schloß sich dem Hausdiener/Gärtner an. Sie kamen an der Stelle des Gartens vorbei, wo die drei Mexikaner am Freitag gegraben hatten. Dill erkannte jetzt, daß das, was sie ausgehoben hatten, eine gewaltige Grube für den Grill war. Ein Rinderviertel drehte sich an einem Spieß über einem Bett aus Holzkohle. Die Rippenspeere von mindestens drei oder vier Schweinen brutzelten auf einem Grill. Ein großer Stahltopf mit Sauce köchelte daneben vor sich hin. Der Chef dieser Gartenküche war ein älterer Schwarzer mit weißem Haar, der genau zu wissen schien, was er tat. Der Geruch von gebratenem Fleisch machte Dill rasend hungrig.

Kurz bevor er ins Haus ging, schaute Dill noch einmal zum Swimmingpool zurück. Er sah, daß Anna Maude Singe mit Mrs. Strucker schwatzte. Kurze Zeit später gesellte sich Daphne Owens zu ihnen. Anna Maude sagte lachend etwas zu Mrs. Strucker und sprang dann mit einem Hechtsprung ins Schwimmbecken. Dill, der von kunstreichen Sprüngen allerlei verstand, fand, daß sie sehr gut eintauchte.

Nach der Temperatur außen, die inzwischen 38 Grad erreicht hatte, befiel ihn in dem vollklimatisierten Haus fast ein leichtes Frösteln. Nachdem der Mexikaner die Doppeltüren der Bibliothek zurückgeschoben hatte, betrat Dill das Zimmer, wo er Spivey hinter dem Schreibtisch sitzend und Strucker davor stehend antraf, als wollte er sich gerade verabschieden.

Spivey rief Dill entgegen: «Wie geht's dir, Pick?»

«Sehr gut», sagte Dill.

«Du kennst den Chef hier ja wohl schon.»

Dill bejahte und nickte Strucker zu, der zurücknickte und sagte: «Ich war gerade am Aufbrechen.»

«Ich würde Sie später gern noch mal sprechen», sagte Dill.

«Ist gut», sagte Strucker, drehte sich noch einmal zu Spivey um und fügte hinzu: «Wir können das heute nachmittag ja alles noch mal durchgehen.»

Spivey erhob sich. «Wir werden uns schon irgendwas einfallen lassen.»

«Ich geh jetzt wohl besser und misch mich unter das Volk», sagte Strucker, grinste und ging hinaus. Spivey sah ihm gedankenverloren nach. Nachdem Strucker die Schiebetüren hinter sich zugemacht hatte, lächelte Spivey Dill entgegen. «Er glaubt, daß er Bürgermeister werden möchte. Das soll nur der Anfang sein.»

«Und was kommt danach?»

«Kongreßabgeordneter. Oder Gouverneur. Oder Senator. Jedenfalls eins davon. Er hat Blut geleckt und will auf Wählerfang gehen.» Spivey lächelte wieder. «Natürlich macht seine Frau Dampf dahinter. Du hast sie getroffen?»

«Gesehen.»

«Die ist schon Spitze. Reich wie 'ne Made im Speck, wie wir damals zu sagen pflegten, bis du dann herausgefunden hast, wer Krösus war.»

«Da wir gerade von Geld sprechen, Jake, ich brauch ein bißchen was. Heute.»

Spivey verzog das Gesicht. «Jesus, Pick, es ist Sonntag. Wieviel brauchst du denn?»

«Eintausend in bar.»

Spiveys Gesicht glättete sich wieder. «Scheiße, ich dachte, du hättest von Geld gesprochen.» Er griff in eine Tasche seiner ausgeblichenen Jeans und zog eine Rolle mit Geldscheinen hervor, die von einem Gummiband zusammengehalten wurde: Er riß das Band herunter und zählte zehn Hundertdollarnoten auf den Schreibtisch, griff danach und reichte Dill das Geld. Nachdem Dill es entgegengenommen hatte, streifte Spivey das Gummiband wieder über die Rolle. Sie hatte noch immer einen Durchmesser von mehr als sieben Zentimetern. Dill nahm sein Scheckbuch heraus, setzte sich an den Schreibtisch und begann, einen Scheck auszustellen.

«Du bist nicht knapp bei Kasse, oder?» fragte Spivey. «Falls du knapp bist, kannst du es mir irgendwann per Post überweisen.»

«Ich bin nicht knapp», sagte Dill, riß den Scheck vom Block und händigte ihn Spivey aus, der ihn zusammenfaltete und in die Tasche seines blauen Chamoishemdes steckte, ohne auch nur einen Blick darauf zu werfen.

«Ein Bier?» fragte Spivey.

«Klar.»

Spivey setzte sich wieder, entnahm seinem Minikühlschrank zwei Dosen Michelob und reichte die eine Dill. Nachdem er sein Bier aufgemacht hatte, trank Spivey in langen Zügen, lächelte genüßlich und sagte: «Das erste heute, wenn du das nicht mitrechnest, das ich zum Frühstück getrunken habe, was ich nie mache.»

«Wer sind denn all diese properen geleckten neuen Freunde da draußen?» fragte Dill.

Spivey grinste. «Du meinst diese jungen, tüchtigen und ruhelosen Leute? Nun, Sir, lassen Sie sich erzählen, wer sie sind. Das sind alles Veteranen unserer jüngsten turbulenten Vergangenheit. Mitte der sechziger Jahre konnte man ihnen im Dutzend in Haight-Ashbury über den Weg laufen. Oder unten in Selma. Oder dann siebenundsechzig, als sie mit Norman Mailer auf das Pentagon marschierten. Aber als dann dieser ganze Scheiß zu Ende ging, kamen sie brav nach Hause zurück und drückten wieder die Schulbank, oder sie stiegen in Daddys Ölgeschäft ein oder in seine Bank oder in seine Baufirma, oder sie heirateten jemanden, der das tat, und ließen sich als Selbständige eintragen und scheffelten einen Batzen Geld und wählten Reagan oder gaben ihre Stimme immerhin dem alten John Anderson, und jetzt, wo sie vierzig sind oder dicht dran, haben sie beschlossen, sie wären jetzt reif, etwas Weltbewegendes und Welterschütterndes zu tun. Immerhin haben sie abgespeckt und Gewicht verloren, sie machen Aerobic und rauchen auch keine Dope mehr – außer vielleicht ein ganz klein wenig an Samstagabenden –, sie nehmen fast nie Koks und würden niemals harte Drinks anrühren. Und jetzt, so meinen sie, wäre bei Gott die rechte Zeit gekommen, daß sie hergehen und ihre Bürgerpflicht tun und irgendwen für irgendwas ins Amt wählen. Nun ja, ich bin für sie so was wie ihr hochgerühmter politischer Guru und der Kommandant ihres Trupps, einfach deswegen, weil ich das meiste Geld habe, mit Ausnahme von Dora Lee Strucker, die mehr Geld hat als jeder andere.»

«Und Strucker ist dein Mann», sagte Dill.

«Vorausgesetzt, die Hartshornes ziehen mit, was ich aber doch stark annehme.»

«Ein Law-and-order-Bürgermeister, wie?» sagte Dill.

Spivey grinste. «Du bist wohl nicht für Lawnorder* – was, wie du merken wirst, in diesem Haus ein einziges Wort ist.»

* Wortspiel, etwa: vorschriftsmäßiger Rasen

Dill lächelte, trank ein paar Schluck von seinem Bier und starrte dann zur Decke hinauf. «Du könntest den Bogen überspannen, Jake.»

«Ich denke, was ich wirklich tun werde, ist, meinen eigenen Schutzwall, meine eigene Dornenhecke um mich herumzuziehen. Ich laß sie hoch genug und dicht genug wachsen, so daß niemand kommen und sich ein Loch suchen kann.» Er schwieg eine Weile. «Außer vielleicht dein Baby-Senator.»

«Ich habe mit ihm gesprochen», sagte Dill und ließ seinen Blick weiter über die Decke schweifen.

«Und?»

Dill löste seinen Blick von der Decke und sah jetzt Spivey an. «Ich glaube, er wird dich fertigmachen, Jake.»

Spivey nickte ruhig. «Er schlägt sich also auf Clydes Seite, wie?»

«Ich glaube eher, er denkt, daß er euch beide festnageln kann.»

«Keine Chance, Brattle ohne mich aufzuspießen. Und mich bekommt er nur, wenn man mir Immunität garantiert.» Spivey zündete sich eine Zigarette an, sog den Rauch tief ein und blies ihn zur Decke. «Den Jungen am Tor hast du gesehen?»

«Hab ich, ja.»

«Und den Burschen, der die Autos einparkt?»

«Auch den, ja.»

«Ich kann mir vorstellen, daß der alte Clyde hinter mir her ist.»

«Er selbst?»

«Gott, nein! Er wird Harley und Sid veranlassen, jemanden zu finden», Spivey kicherte. «Vielleicht haben sie schon eine Annonce in *Soldier of Fortune** einrücken

* Magazin amerikanischer Söldner

lassen. Oder vielleicht versucht Sid es selbst. Der alte Sid liebt solche Dreckarbeit.»

«Willst du mit dem Senator sprechen?»

«Wann?»

«Morgen. Er und Dolan kommen um vier hier an.»

«Wann trifft er sich mit Brattle?»

«Um sieben.»

«Was meinst du denn, Pick, sollte ich zuerst oder zuletzt?»

Dill zögerte nicht. «Zuerst.»

«Warum?»

«Weil ich dir vielleicht zu einer kleinen Rückversicherung verhelfen könnte.»

«Was würde mich das kosten?»

«Wie viele Hebel kannst du bei Strucker ansetzen?»

Spivey zuckte die Achseln. «Reichlich, schätze ich. Was willst du von ihm?»

«Ich will, daß er sich hinsetzt und mir die Fakten mitteilt.» Dill legte eine Pause ein. «Wie auch immer sie sein mögen.»

«Über Felicity?»

Dill nickte.

«Ich werd sehen, was ich tun kann», sagte Jake Spivey.

Dill traf mit Dora Lee Strucker erst zusammen, nachdem er einen nicht ganz gelungenen Flugsalto gestreckt vom Viermeterbrett gesprungen war. Als er ins Wasser eintauchte, dachte er noch, daß er seinen Rücken etwas weiter hätte durchdrücken sollen, aber zugleich wußte er auch, daß es immer noch ein recht ordentlicher Sprung gewesen war. Turm- und Brettspringen war der einzige Sport, den Dill jemals ernsthaft betrieben hatte – wahrscheinlich, weil es ein ausgesprochener Einzelsport war. Er hatte ihn in der Mittel- und Oberstufe der High-

School betrieben und später noch als Erstsemester am College, bis er schließlich einsehen mußte, daß er niemals besser sein würde, als er zu jenem Zeitpunkt gewesen war, was einfach nie gut genug sein würde. Er hatte ihn ohne Bedauern aufgegeben, fast sogar mit einem Gefühl der Erleichterung. Wenn er heute noch Sprünge vom Brett machte, dann in das Schwimmbecken in den Watergate-Sporteinrichtungen, wann immer ihn die Laune dazu packte, was jeweils etwa alle zwei Wochen vorkam.

Als er aus dem Becken kletterte, applaudierte ihm Anna Maude Singe amüsiert mit dreimaligem Händeklatschen und sagte: «Angeber.» Sie trug einen dunkelroten Badedreß, der oben aus zwei winzigen Dreiecken bestand und unten nur eine schwache Andeutung von Bedeckung vorgab.

Wenn sie alles ausziehen würde, dachte Dill, würde sie kaum nackter aussehen. Er sagte: «Ich wollte einfach mal sehen, ob das Gehirn dem Körper noch immer befehlen kann, was er tun soll.»

«Ich glaube nicht, daß du Mrs. Strucker schon kennengelernt hast», sagte Anna Maude und wandte sich der Frau in dem einteiligen schwarzen Badeanzug zu. «Ben Dill.»

Mrs. Strucker streckte ihm ihre Hand entgegen. Dill fand, daß sie einen kräftigen, festen Griff hatte und eine kräftige, feste Stimme, mit der sie sagte: «In meinen Augen war das ein sehr schöner Sprung.»

Dill dankte ihr und setzte sich neben Anna Maude, die mit gekreuzten Beinen auf einem großen Handtuch saß. Mrs. Strucker saß in einem Stuhl aus Aluminumrohr und Kunststoffbezügen. Sie hatte lange, tiefgebräunte, straffe, fast stämmig wirkende Beine, nicht eben schwere Hüften, eine sehr schlanke Taille, große, straff aussehende Brüste und herrliche Schultern. Eine Fülle tintenschwarzen

Haars war zu einer Turmfrisur hochgesteckt. Darunter ein großflächiges, ruhiges, freundliches Gesicht: hohe Jochbeine, schwarze Augen und ein breiter Mund. Ihre Nase krümmte sich zu einem ganz leichten Haken, nur angedeutet und sehr attraktiv, und Dill fragte sich, ob sie wohl indianische Vorfahren hätte und wie sie zu so großem Reichtum gekommen wäre. Er schätzte ihr Alter auf dreiundvierzig, obwohl sie sich gut und gerne um fünf Jahre jünger machen könnte, falls es je notwendig sein würde. Strucker, der Chef der Kriminalabteilung, so befand er, hatte eine gute Wahl getroffen.

Anna Maude sagte: «Ich erzählte gerade Mrs. Strucker –»

Mrs. Strucker unterbrach sie. «Dora Lee, bitte.»

«Ach, richtig, ja. Ich habe Dora Lee gerade erzählt, daß du und Jake Spivey euch schon aus grauer Vorzeit kennt.»

«Äonen», sagte Dill.

Anne Maude grinste. «Wie lang ist denn eigentlich so ein Äon?»

«Zwei oder mehr Formationen schätzungsweise», sagte Mrs. Strucker, und da er einen Anklang an geologische Fachausdrücke herauszuhören meinte, stand für Dill fest, daß sie ihr Geld mit Öl gemacht haben mußte. Oder es war ihr Examen gewesen. Oder ihr Vater. Oder sonst irgendwer. Sie lächelte und setzte hinzu: «Was eine ganz schön lange Zeit ist.»

«Und fast genauso lange kenne ich Jake», sagte Dill. «Ziemlich lange Zeit schon.»

«War er schon immer so – na ja, so verdammt optimistisch?» fragte Mrs. Strucker.

Dill beschrieb mit der Hand einen kleinen Kreis, der das Schwimmbecken, das Haus und das ganze Grundstück umfaßte.

«Vielleicht hat er allen Grund, es zu sein», sagte er mit einem Lächeln. «Das ist das Micawber-Syndrom. Irgendeine Gelegenheit muß sich immer ergeben, und für Jake ist das stets so und war es stets so.»

«Sie klingen kein bißchen neidisch, Mr. Dill – oder Ben, falls Sie mir diese kumpelhafte Vertrautheit gestatten wollen.»

«Nein, durchaus nicht», sagte Dill. «Äh, ich meine, ich bin überhaupt nicht eifersüchtig auf Jake, und es macht mir durchaus nichts aus, wenn man mich Ben nennt.»

«Mir ist aufgefallen», sagte sie, «daß das holde Glück eines alten Freundes oftmals den anderen alten Freund ins tiefste Elend stürzt.»

«Da haben Sie vermutlich recht», sagte Dill. «Wenn jemand, den man kennt, scheitert, ist doch die unmittelbare Reaktion darauf: Gott sei Dank trifft es ihn und nicht mich. Aber wenn dann jemand, den man kennt, Erfolg hat, dann heißt es: Warum denn er, mein Gott, und nicht ich. Aber was Jake angeht – na ja, für mich ist Jake so etwas wie ein wanderndes Rätsel – man kann's nicht ganz glauben, aber man hofft in jedem Augenblick, daß alles wahr ist.»

«Sie mögen ihn wohl sehr gern, nicht wahr?»

«Jake? Sagen wir mal, Jake und ich verstehen einander und konnten es schon immer. Das geht über ein bloßes Mögen schon etwas hinaus.»

«Johnny – das ist mein Mann – sagt immer, Jake Spivey sei der smarteste Mann, der ihm je begegnet ist.»

«Ich bin mir dabei nicht ganz sicher, was ihr Mann mit smart meint. Ich denke eher, daß Jake womöglich der gerissenste Mann ist, dem ich je begegnet bin, der raffinierteste, listigste, der –»

«Verschlagenste», sprang Anna Maude ihm bei.

«Und der verschlagenste.»

Mrs. Strucker unterzog Dill einer gründlichen Prüfung, auf ihren Lippen schwebte ein leises Lächeln. «Ich habe auch das Gefühl, daß Sie ihm im Grunde sogar vertrauen.»

Bevor Dill noch erwidern konnte, daß sie damit allerdings ganz schiefläge, tönte Jake Spiveys aufgeräumte Stimme aus zehn Metern Entfernung zu ihnen herüber: «Wer ist denn dieses niedliche kleine halbnackte Ding, mit dem mich bisher noch niemand bekannt gemacht hat?»

Dill drehte sich um und sagte: «Sie ist gar nicht so klein.»

Als Spivey bei ihnen war, grinste er zu Anna Maude Singe hinunter und sagte: «Bei Gott, Pick, es stimmt, ist sie wirklich nicht.»

«Jake Spivey», sagte Dill, «darf ich Anna Maude Singe vorstellen, meine Süße.»

«Süße!» sagte Spivey. «Ich will verdammt sein, wenn du nicht schon wieder verstaubte, altmodische Wörter benutzt.» Er grinste noch immer zu Anna Maude nieder. «Wissen Sie, wie er mich manchmal nennt? Er nennt mich ein Juwel oder ‹Brick›, wobei man allerdings genau hinhören muß, wie er dies Wort betont.» Spiveys Grinsen wanderte hinüber zu Mrs. Strucker. «Wie geht's Ihnen so, Dora Lee?»

«Ganz angenehm, Jake. Danke.»

«Na, das ist schön. Wir werden so in etwa einer halben Stunde essen, also lassen Sie mich wissen, falls Sie noch irgend etwas brauchen.»

«Da ist noch eins», sagte Anna Maude.

«Und das wäre, Schätzchen?»

«Wenn ich einen Kopfstand mache und dabei einen Käfer verdrücke, wird dann wohl jemand mit mir eine Führung durchs Haus machen?»

Spivey legte den Kopf schief und lächelte zu ihr herab. «Sind Sie reich oder arm aufgewachsen, Anna Maude?»

«Eher ein bißchen arm.»

«Dann bekommen Sie Jake Spiveys ganz persönliches Geleit und Führung für arme Leute, diese Guck-mal-da-Mutti-Tour durch das Herrenhaus von Ace Dawson.»

Anna Maude sprang hastig auf die Füße. «Im Ernst?»

«Ganz im Ernst.» Er wandte sich zu Dill. «Übrigens, Pick, der Knabe, den du treffen wolltest, ich glaube, er wartet in der Bibliothek auf dich.»

«Danke.»

Spivey nahm Anna Maude bei der Hand. «Also, gehen wir, Süße.»

Chief of Detectives Strucker lächelte nicht, geschweige denn, daß er ihm diesmal zunickte, als Dill, wieder in Hemd und Slacks, die Bibliothek betrat. Strucker saß vor Spiveys großem Schreibtisch, und Dill dachte einen Augenblick lang daran, dahinter Platz zu nehmen, doch verwarf er diesen Einfall sogleich wieder, als dumm und kindisch. Auch Strucker trug ganz legere Kleidung – ein teures dunkelblaues Sporthemd, Slacks in Hellbeige, ein Paar neu aussehende, randgesteppte durchbrochene Halbschuhe mit stark geriffelten weißen Socken. Dill fand, daß Strucker diese Aufmachung wie eine neue und unbequeme Uniform trug.

Sobald sich Dill auf dem anderen Stuhl vor dem Schreibtisch niedergelassen hatte, sagte Strucker: «Ihre Schwester hat Schmiergelder genommen.»

Dill äußerte sich nicht dazu. Das Schweigen zwischen ihnen dehnte sich. Sie starrten einander an, und dem Blick des älteren Mannes gelang es irgendwie, sowohl leidenschaftslos als auch unversöhnlich zu wirken. Es war der Blick von jemandem, der für sich schon vor langer

Zeit die Trennlinie zwischen Recht und Unrecht festgelegt hatte – und der unbeirrbar zu wissen meinte, wer der Schuldige war. Es war ein gnadenloser Blick. Es war das Auge des Gesetzes. Endlich sagte Dill: «Wieviel?»

Wie in dem Versuch, eine schwierige Addition im Kopf durchzurechnen, schaute Strucker zur Decke hoch. Er nahm eine Zigarre aus seiner Hemdtasche. «Innerhalb von achtzehn Monaten», sagte er und zündete die Zigarre mit einem Streichholz an, «vielleicht eine Woche mehr oder weniger ...» Er vergewisserte sich, daß die Zigarre gut brannte. «Wir schätzen, daß ungefähr sechsundneunzigtausendzweihundertdreiundachtzig Dollar durch ihre Hände gegangen sind.» Mit einem Wedeln der Hand löschte er das Streichholz aus und ließ es in einen Aschenbecher auf Spiveys Schreibtisch fallen. «So um die eintausendzweihundertfünfzig pro Woche oder etwas weniger, wenn Sie das im Durchschnitt nehmen.» Er legte eine Pause ein, um das brennende Ende der Zigarre zu mustern. «Wir wissen auch, wohin einiges davon gegangen ist: in das Haus, in ihre Lebensversicherung, die Miete für die Zweitwohnung, die sie hatte – die Garagenwohnung –, aber es fehlen dann noch immer etwa fünfzigtausend.» Er zog an der Zigarre. «Die fünfzig Riesen sind irgendwie interessant.»

Dill nickte. «Das ist ungefähr die Summe, die sie für die Anzahlung brauchte.»

«So ungefähr.»

«Warum haben Sie mit diesem ganzen Dreck die *Tribune* gefüttert und dann noch dafür gesorgt, daß dieses üble Zeug gebracht wurde?»

Strucker zuckte die Achseln. «Publicity ist oft die wirksamste Waffe bei einer Ermittlung. Das wissen Sie selbst doch ganz genau, Dill.»

«Der alte Fred Laffter hat mir erzählt, vor einiger Zeit

hätte er ein harmloses nettes kleines Feature über Felicity geschrieben. Man behauptet, Sie hätten das abgewürgt. Warum?»

Wieder zuckte Strucker die Achseln. «Wir dachten, das wäre noch verfrüht. Das ist schon alles. Daß es ihr vielleicht mehr schaden als nützen würde.»

«Auf wessen Bestechungsliste hat sie gestanden?»

«Das wissen wir nicht.»

«Warum wurde sie getötet?»

«Auch das wissen wir nicht, und bevor Sie mich fragen, wer sie umgebracht hat oder was sie tun mußte, um sich die eintausendzweihundertfünfzig Dollar die Woche zu verdienen, muß ich Ihnen in Erinnerung rufen, daß dies eine noch schwebende Morduntersuchung ist und daß ich Ihnen nicht viel mehr erzählen kann, als ich bereits getan habe.»

«Erzählen Sie mir, wo das Verbindungsglied ist zwischen meiner Schwester und der Ermordung von Clay Corcoran.»

«Da gibt's gar keins.»

«Bockmist.»

«Bockmist», sagte Strucker nachdenklich, ganz so, als wäre er gerade über ein neuartiges und interessantes Synonym gestolpert. «Nun, hier ist noch einiges mehr: Corcoran wurde mit einer abgeplatteten Kugel vom Kaliber .25 aus einer Entfernung von annähernd elf Metern getötet. Ich bin überrascht, daß das Loch in seiner Kehle nicht noch viel größer gewesen ist. Ich bin sogar noch mehr überrascht, daß der, der auf ihn geschossen hat, ihn auch treffen konnte. Er muß tatsächlich der gottverdammt beste Schütze der Welt sein, falls er überhaupt auf Corcoran gezielt hat.»

«Auf wen sollte er denn sonst gezielt haben?»

«Nun, da sind noch Sie und dann Miss Singe.»

«Niemand hat auf mich geschossen.»

«Was ist mit Miss Singe?»

«Auf sie auch nicht.»

Strucker zog genießerisch den Rauch seiner Zigarre ein, blies ihn bedächtig in Wölkchen in die Luft und sagte: «Ich habe einige Stellen in Washington angerufen. Nicht viele. Höchstens zwei oder drei. Es scheint, daß man sie da oben sehr gut kennt. Jedenfalls gewisse Leute. Soweit ich verstanden habe, sind Sie hinter irgendwelchen Verrätern her, die irgendwo herumgeistern – und jeder einzelne von denen soll, so hab ich mir sagen lassen, ein höllisch harter, gefährlicher Brocken sein. Vielleicht hat einer von denen sich gedacht, sie wären ihm zu dicht auf den Fersen, hat sich in die Polizeiuniform eines anderen Bundesstaates geworfen (das würde doch ganz nach einem Schreckgespenst klingen, wie?), einen Schuß auf Sie abgegeben, Sie verfehlt und statt dessen den armen alten Clay Corcoran getroffen.» Er zuckte die breiten Schultern, und diesmal wirkte sein Schulterzucken etwas merkwürdig, geradezu mediterran. «So etwa könnte es doch gewesen sein.»

«Nein», sagte Dill, «das könnte es nicht.» Er stockte kurz, zum Teil wegen der Ausflüchte, die Strucker machte, aber eigentlich auch, weil es ihm widerstrebte, das zu sagen, womit er dann doch schließlich herauskam: «Mir ist zu Ohren gekommen», sagte Dill, «daß Sie Bürgermeister werden wollen.»

Strucker wedelte geringschätzig mit seiner Zigarre. «Bloßes Gerede.»

«Aber falls es doch nicht nur bei bloßem Gerede bleibt, könnte Jake Spivey Ihnen doch ungeheuer von Nutzen sein.»

«Nun ja, doch, seine Hilfe käme schon sehr gelegen, falls er es darauf anlegt, sie mir zu geben.»

Dill beugte sich etwas vor, als wollte er Strucker näher in Augenschein nehmen. «Ich kann Jake die Schlinge um den Hals legen», sagte er. «Ich kann ihn so weit in die Wüste schicken, daß er für niemanden mehr von irgendeinem Nutzen ist.»

Strucker nuckelte wieder an seiner Zigarre, nahm sie aus dem Mund, schaute sie an und sagte: «Ihren ältesten Freund.»

«Meinen ältesten Freund.» Dill lehnte sich in seinem Stuhl zurück. Seine Stimme war kalt und abweisend und beinahe ohne jede Betonung. «Sie war meine Schwester. Das einzige, was ich noch an Familie hatte. Ich kannte sie besser, als ich je in meinem Leben jemanden gekannt habe. Sie war nicht korrupt. Sie hat bei niemandem auf der Liste gestanden. Das weiß ich genau. Und ich bin mir auch ziemlich sicher, daß Sie das wissen. Ebenso glaube ich, daß Sie genau wissen, was mit Felicity geschehen ist und warum. Ich muß all das wissen, was Sie auch wissen. Entweder Sie sagen es mir also, oder ich laß meinen alten Freund und Ihre politische Zukunft den Bach runtergehen.»

Struckers Nicken war fast verständnisvoll. «Muß schon irgendwie hart sein, zwischen einem noch lebenden Freund und einer toten Schwester wählen zu müssen.»

«Ganz so schwer nun auch wieder nicht.»

«Vielleicht nicht für Sie.» Er sog den Rauch seiner Zigarre wieder tief ein, stieß ihn langsam aus und betrachtete erneut gedankenverloren das Ende der Zigarre. «Wieviel Zeit lassen Sie mir – eine Woche?»

«Drei Tage», sagte Dill.

«Eine Wocher wäre besser.»

«Ich würde sagen, okay, aber ich hab nur noch drei Tage.» Strucker erhob sich, reckte sich ein wenig und ließ wieder sein tiefes Seufzen hören. «Also, dann drei Tage.»

Er starrte fast neugierig auf Dill herab. «Das würden Sie tatsächlich tun, nicht wahr – ihren alten Freund fallenlassen?»

«Ja», sagte Dill, «das würde ich tatsächlich.»

Strucker nickte noch einmal, so als bestätigte sich für ihn eine zwar erwartete, aber nichtsdestoweniger unangenehme Neuigkeit, machte kehrt und ging aus dem Zimmer. Dill sah ihm nach. Als die Schiebetüren sich geschlossen hatten, stand Dill auf und ging hinter Spiveys Schreibtisch. Er tastete mit der Hand unter der Schreibtischkante entlang und fand schließlich den Schalter. Er ging auf Hände und Knie nieder, um ihn zu begutachten. Der Schalter stand auf «Ein». Dill ließ ihn so, zog die oberste rechte Schublade des Schreibtisches auf, dann die mittlere und schließlich die ganz untere. Das japanische Tonbandgerät war in der untersten Schublade und drehte sich langsam. Es war offenbar von einem Fachmann dort angebracht worden. Dill schob die Schublade sachte zu und stand auf.

Er sah sich im Zimmer um und sagte dann mit fester, lauter, klarer Stimme: «Ich habe ihm nichts vorgemacht, Jake. Ich würde es tatsächlich tun.»

30

Die Party bei Jake Spivey begann sich gegen Sonnenuntergang aufzulösen, und es war kurz nach einundzwanzig Uhr, als Dill und Anna Maude Singe vor dem gelben Ziegelhaus an der Ecke 32nd und Texas Avenue ankamen. In der unteren Wohnung waren die Lichter an. Die Wetteransage im Radio des gemieteten Ford sprach davon, daß die Temperatur auf 35 Grad gefallen wäre, aber nach Dills Gefühl mußte es noch viel wärmer sein.

«Er ist also zu Hause», sagte Anna Maude, als sie das Licht in Harold Snows Wohnung sahen.

«Halt sie im Wohnzimmer fest, falls er und ich in die Küche gehen», sagte Dill. «Falls sie in die Küche gehen will, geh ihr hinterher, und richte es so ein, daß sie mindestens zwei oder drei Minuten dort bleibt.»

«Okay.»

Sie stiegen aus dem Auto und gingen den schmalen Weg entlang bis zur Tür mit dem Placken abblätternder Farbe. Dill klingelte. Bereits Sekunden später wurde die Tür von Harold Snow geöffnet, der eine verschlagene Miene aufgesetzt hatte. Bevor Snow noch irgend etwas sagen konnte, tönte Dill mit viel zu lauter Stimme: «Wir sind wegen der Miete gekommen, Harold.»

Zuerst stutzte er und schaute verständnislos drein, doch dann dauerte es nur Sekunden, bis die schlauen Kojotenaugen ihr Begreifen signalisierten. Snow drehte den Kopf herum, um sicherzugehen, daß seine Stimme auch noch im Wohnzimmer gehört werden konnte. «Ja, richtig, die Miete.»

Snow führte sie durch den kleinen Vorraum ins Wohnzimmer, wo Cindy McCabe gerade rosafarbenen Nagellack auf ihre Zehennägel auftrug, während sie sich gleichzeitig eine Fernsehsendung ansah, in der angejahrte englische Schauspieler für Unterhaltung sorgten. Dill machte die beiden Frauen miteinander bekannt, und Cindy McCabe sagte: «Hi.»

«Mach den Scheiß aus», sagte Snow. «Sie sind wegen der Miete hier.»

Cindy McCabe schraubte den Verschluß der Nagellackflasche zu, stand auf und balancierte in dem Bemühen, den noch feuchten Lack auf ihren Zehennägeln zu schonen, ungeschickt auf den Hacken zu einem riesigen Fernsehgerät hinüber und schaltete es aus. «Was ist denn mit der Miete?» fragte sie.

«Gott, ist das heiß draußen», sagte Dill und hoffte, er würde nicht noch hinzusetzen müssen: Das macht mächtigen Durst.

Er mußte nicht. Der Ausdruck von Schläue kehrte in Harold Snows Gesicht zurück, und er sagte: «Möchten Sie ein Bier oder irgendwas anderes?»

Dill lächelte. «Ein Bier wäre phantastisch.»

«Hol uns vier Bier, Puppe. Ja?» sagte Snow zu Cindy McCabe.

Bevor sie antworten konnte, sagte Anna Maude Singe schnell: «Lassen Sie mich helfen, Cindy.» Cindy nickte abwesend und machte sich auf in die Küche, wobei sie noch immer ungeschickt auf ihren Hacken lief. Anna Maude ging mit ihr.

«Wo sind meine tausend Mäuse?» brachte Snow hastig mit leiser Stimme heraus.

«Hast du alles angeschlossen, Harold?»

«Ich hab's so installiert, wie Sie gesagt haben – im Wohnzimmer. Wo ist mein Geld?»

Dill zog die zehn zusammengefalteten Hundertdollarscheine aus seiner Hosentasche und händigte sie Snow aus, der sie schnell durchzählte. «Jesus», sagte er, «konnten Sie denn nicht irgendwo einen Umschlag auftreiben?» Er zählte die Scheine ein zweites Mal und stopfte sie dann in die rechte Tasche seiner Tennisshorts.

«Und du bist sicher, daß alles funktioniert, Harold?» sagte Dill.

«Es läuft alles. Ich hab's ausprobiert. Sprachgesteuert, genau wie vorher. Komisch ist nur, daß ich noch was anderes gefunden habe.»

«Was?»

«Für das ‹Was› gibt's einen Aufpreis.»

Dill schüttelte müde den Kopf. «Die Miete, Harold. Du brauchst diesmal deine Monatsmiete nicht zu bezahlen.»

«Was ist mit nächstem Monat?»

Dill knurrte. «Denk an dein Knie, Harold.»

Auf diese Warnung hin machte Snow einen hastigen Satz nach hinten. Es war fast ein Hüpfer. «Aber ich muß diesen Monat keine Miete zahlen, richtig?»

«Richtig.»

«Also, ich habe herausgefunden, daß noch ein anderer Wanzen in der Wohnung angebracht hat. Im Wohnzimmer, meine ich. Sieht ganz so aus, als wären das die Bullen gewesen.»

«Was meinst du damit, daß das Bullen waren?»

«Ich meine, daß ein Profi drangewesen ist. Zwar kein Könner wie ich, aber einer, der sich auf sein Geschäft verstand. Ich hab alles an seinem Platz gelassen, aber was ich gemacht habe, war, 'ne kleine Überraschung ins Mikro zu stecken. Das nimmt jetzt zwar immer noch Geräusche auf, aber man braucht 'ne volle Woche, um die Verzerrung wegzubekommen. Wenn sie's nicht schaffen, sind nur ein paar komische Töne drauf.» Er runzelte die Stirn. «Sie scheinen ja gar nicht mal überrascht.»

Dill vermutete, daß Clyde Brattle den Einbau der Abhöranlage an jenem Ort angeordnet hatte, wo das Treffen mit Senator Ramirez stattfinden sollte, und nichts, was Brattle jemals tun würde, konnte Dill überraschen. Er lächelte Snow zu und sagte: «Harold, nur um dir zu zeigen, wie sehr ich deine Bemühungen zu schätzen weiß, erlasse ich dir auch die Miete für nächsten Monat.»

Statt nun zufrieden auszusehen, runzelte Snow schon wieder die Stirn. Er muß sich wieder was Krummes ausdenken, dachte Dill. Er muß der Sache noch einen besonderen Haken geben. «Sagen Sie Cindy nichts», stieß Snow hastig hervor. «Ich meine, wir werden ihr einfach sagen, daß wir diesen Monat keine Miete zahlen müssen, aber nichts über nächsten Monat. Okay?»

«Na gut.»

«Also, wir sollten uns vielleicht besser hinsetzen», sagte Snow und winkte zu dem cremefarbenen Stuhl hinüber, auf dem Cindy McCabe gesessen hatte, während sie sich ihre Zehennägel lackierte. Nachdem Dill sich gesetzt hatte, machte es sich Snow auf der Couch gegenüber bequem. Die Couch war mit einem Stoff bezogen, auf den farbenprächtige Chrysipposfalter aufgedruckt waren. Snow lehnte sich mit verschwörerischer Miene, die Ellbogen auf seine nackten Knie gestützt, nach vorn und flüsterte in einem vertraulichen Tonfall: «All das hat irgendwas mit Ihrer Schwester zu tun, stimmt's?»

«Falsch», sagte Dill.

Snows treuherziger Ausdruck wich, und er setzte eine skeptische Miene auf. Doch bevor er all seine Zweifel loswerden konnte, kam Cindy McCabe mit einem Tablett zurück, auf dem vier geöffnete Bierdosen standen. Dichtauf folgte ihr Anna Maude Singe mit je zwei Gläsern in jeder Hand.

«Ich hab Gläser mitgebracht, falls jemand eins braucht», sagte sie.

Niemand wollte eins. Cindy McCabe reichte das Bier herum und setzte sich neben Harold Snow auf die Couch. Anna Maude Singe setzte sich in den einzigen Sessel im Zimmer. Cindy McCabe blickte zu Snow hinüber. «Was ist mit der Miete?» fragte sie.

«Wir müssen diesen Monat nicht zahlen!»

«Kein Scheiß? Wie kommt das denn?»

Sie hatte die Frage an Dill gerichtet, doch Harold Snow beantwortete sie. «Er möchte, daß wir uns um das Ganze hier kümmern, bis er sich entschieden hat, was er damit tun will. Hin und wieder sogar Leute durchs Haus führen, verstehst du, die es eventuell kaufen wollen.» Er sah Dill an. «Richtig so?»

«Richtig.»

«He, das ist ja prima», sagte Cindy McCabe und lächelte.

«Aber nächsten Monat müssen wir wieder zahlen», sagte Harold Snow.

«Na ja, klar, aber ein Monat mietfrei ist auch nicht zu verachten.» Dann fiel ihr noch etwas ein. «Hast du dich bei ihm schon bedankt?»

«Natürlich hab ich mich bedankt.»

«Na ja, manchmal vergißt du's nämlich.»

Die Türglocke läutete, und Harold Snow sagte genau das, was jeder andere auch sagt, wenn es nach Einbruch der Dunkelheit an der Tür läutet. Er sagte: «Zum Teufel, wer kann das sein?»

«Vielleicht Leute, die 'ne Rechnung eintreiben wollen», sagte Cindy McCabe und rutschte auf ihrem Sitz herum.

Mit der Bierdose in der Hand erhob sich Snow, durchquerte das Wohnzimmer und verschwand in dem kleinen Vorraum. Sie konnten hören, wie er die Eingangstür aufmachte. Sie hörten ihn auch noch sagen: «Ja, was gibt's denn?»

Dann hörten sie den ersten donnernden Schuß einer Schrotflinte. Dann den zweiten. Danach war absolute Stille, bis Cindy McCabe zu schreien begann. Sie stand nicht von der Couch auf. Sie saß einfach da, zerdrückte langsam die Bierdose mit beiden Händen und schrie wieder und immer wieder. Das Bier schoß aus der Dose und rann ihre nackten Beine hinab. Anna Maude Singe sprang schnell auf, ging zu Cindy hinüber und schlug sie zweimal kurz ins Gesicht. Das Schreien hörte auf. Anna Maude kniete sich neben Cindy McCabe, löste ihr sanft die Bierdose aus der Hand und nahm die laut schluchzende Frau in ihre Arme.

Dill war aufgestanden. Ganz langsam, Schritt für Schritt, näherte er sich dem Vorraum. Ich möchte ihn nicht ansehen, dachte er. Ich will nicht mit ansehen, wie er aussieht. Er schluckte, als er Harold Snow sah, und holte viermal ganz tief Luft. Snow lag auf dem Rücken. Die Bierdose hielt er noch mit der linken Hand umklammert. Die rechte Gesichtshälfte war verschwunden, aber das linke Auge war unversehrt und stand weit offen. Aber es sah nicht mehr durchtrieben aus. Die obere Hälfte von Snows Brust war ein roter, nasser Brei. Blut, Knochensplitter und Fleischstücke bedeckten die Wände und den Spiegel, der ganz hinten hing. Dill kniete sich neben dem Leichnam nieder und versuchte, sich zu erinnern, in welche Tasche Snow die tausend Dollar gesteckt hatte. Er glaubte sich zu erinnern, daß es die linke war. Aber nachdem er seine Hand hineingeschoben hatte, entdeckte er, daß er sich geirrt hatte, versuchte es in der rechten Tasche und fand das Geld. Er steckte es in seine eigene Tasche und erhob sich, wobei ihm bewußt wurde, daß er kein einziges Mal Atem geholt hatte, während er neben Harold Snow kniete. Du wolltest diesen Geruch nicht einatmen, dachte er. Du wolltest nicht das Blut und die Verwesung riechen. Du wolltest nicht den Geschmack des Todes.

Dill ging zurück ins Wohnzimmer. Cindy McCabe, die noch immer schluchzte, hob ihren Kopf von Anna Maude Singes Schulter. «Ist … ist er …»

«Er ist tot, Cindy», sagte Dill.

«O Scheiße, o Gott, o Scheiße», wimmerte sie, ließ ihren Kopf an Anna Maudes Schulter zurücksinken und begann wieder zu schluchzen.

Dill sah sich im Zimmer um und entdeckte Cindy McCabes Portemonnaie oben auf dem Fernsehapparat. Er ging hinüber, machte es auf, nahm die zehn Hundertdollarscheine aus seiner Tasche, vergewisserte sich, daß kein Blut daran war, und stopfte sie in das Portemonnaie. Dann ging Dill ans Telefon und rief die Polizei.

Die ersten, die eintrafen, waren zwei junge uniformierte Beamte. Sie kamen mit heulender Sirene und eingeschaltetem Blaulicht. Keiner der beiden konnte viel älter sein als fünfundzwanzig Jahre. Der eine von ihnen hatte eine große, gutgeschnittene Nase. Der andere hatte ein überdimensionales Kinn. Sie nannten Dill ihre Namen, die er sogleich wieder vergaß, und fortan waren die beiden für ihn nur noch Kinn und Nase. Kinn warf einen schnellen Blick auf Harold Snows Leiche und schaute dann schnell wieder weg – als suchte er nach einer Stelle, wo er sich übergeben könnte. Nase starrte fasziniert auf den leblosen Körper. Schließlich sah er zu Dill hoch.

«Abgesägt, wie?»

«Es klang ganz so», sagte Dill.

«Das muß es gewesen sein», sagte Nase und wandte sich zu seinem Partner, der mit einemmal außerordentlich interessiert an der kleinen Gruppe von Nachbarn schien, die sich draußen in sicherer, respektvoller Entfernung gesammelt hatten. «Geh raus und sprich mit ihnen», sagte Nase zu seinem Partner. «Laß dir ihre Namen geben. Frag sie, ob sie irgendwas gehört oder gesehen haben – und sieh auch hinten nach.»

«Und warum das?»

«Vielleicht lungert der mit der abgesägten Flinte noch hinten irgendwo rum.»

«Dieser Jemand ist längst abgehauen.»

«Sieh trotzdem nach.»

Nachdem Kinn zu den Nachbarn hinausgegangen war, sah Nase wieder Dill an. Sie standen noch immer in dem kleinen Vorraum. «Und wer sind Sie?» fragte der Uniformierte.

«Ben Dill.»

«Bendill?»

«Benjamin Dill.»

«So ist's recht», sagte Nase und notierte sich den Namen. «Und der da?»

«Harold Snow.»

Nachdem er auch das aufgeschrieben hatte, zeigte der junge Polizist hinüber zum Wohnzimmer. «Und wer ist das, der da drin so viel Lärm macht?»

«Seine Freundin und meine Rechtsanwältin.»

«Ihre Rechtsanwältin?» Einen kurzen Augenblick lang schien Nase mißtrauisch, doch dann ging er stillschweigend darüber hinweg und wandte seine Aufmerksamkeit wieder dem Leichnam von Harold Snow zu. Er schien noch immer davon fasziniert. «Was hat er gemacht – der Verstorbene?»

Dill schüttelte seinen Kopf. Es war eine kleine mitleidsvolle Geste. «Er hat nach Einbruch der Dunkelheit die Tür aufgemacht, wie mir scheint.»

Die eigentliche Befragung begann erst, nachdem die Männer vom Morddezernat eingetroffen waren, angeführt von Detective Sergeant Meek und Detective ersten Grades Lowe. Nachdem Dill sich ausgewiesen hatte, sah ihn Meek fragend an. «Felicitys Bruder?»

Dill nickte. «Sie haben sie gekannt?»

Meek starrte gedankenverloren auf den Boden, bevor er antwortete. Dann sah er wieder zu Dill hoch und sagte: «Ja, ich hab sie ziemlich gut gekannt. Sie war – also, Felicity war okay.»

Es war dann Meek, der die Befragung in die Hand nahm, und Detective Lowe erledigte das Technische. Meek war ein langer, beinahe dürrer Mann von Ende Dreißig. Lowe konnte nicht älter sein als ein- oder zweiunddreißig, er war etwas mehr als mittelgroß und mittelschwer, und wenn er ein besonderes Kennzeichen hatte, so war es sein völlig gelangweilter Gesichtsausdruck – mit Ausnahme der Augen. Seine graublauen Augen schienen alles mit Interesse wahrzunehmen.

Der Polizeiarzt war gekommen und wieder gegangen, der Fotograf war mit seiner Arbeit fertig, und sie waren gerade dabei, den Leichnam Harold Snows wegzubringen, als Captain Gene Colder von der Mordkommission das Wohnzimmer betrat, bekleidet mit einem marineblauen Jogginganzug, Laufschuhen von Nike und in einer Hand eine Literpackung mit Eiskrem tragend, bei der es sich, wie er behauptete, um Fondant handelte. Er reichte Detective Lowe den Beutel und forderte ihn auf, ihn ins Kühlfach zu tun. Kinn übernahm es freiwillig, das zu tun, und Detective Lowe sah ihn voll Dankbarkeit an.

Cindy McCabe hatte endlich mit dem Schluchzen aufgehört. Die Hände im Schoß gefaltet und die Knie fest aneinandergedrückt, saß sie auf der Couch. Sie sagte nur etwas, wenn man sie ansprach, ihre Stimme war leise und verwaschen. Captain Colder zuliebe erzählte sie noch einmal ihre Geschichte. Dann wiederholte Dill die seine und Anna Maude Singe die ihre. Colder schaute fragend zu Sergeant Meek hinüber, der inzwischen dieselbe Geschichte schon zum dritten Mal gehört hatte. Der Sergeant bestätigte alles mit unmerklichem Nicken.

Colder sah Dill nachdenklich an. «Gehen wir mal hinüber in die Küche. Nur Sie und ich.»

«Streng dienstlich», sagte Dill.

«Was meinen Sie mit dienstlich?»

«Wenn es was Dienstliches ist», sagte Dill, «dann kommt sie mit mir.» Mit einem Kopfnicken zeigte er auf Anna Maude Singe.

«Wenn Sie Ihre Anwältin dabeihaben wollen, na bitte sehr», sagte Colder und ging zur Küche hinüber. Dill und Anna Maude folgten ihm. Sie blieben stehen und sahen zu, wie Colder das Kühlfach öffnete, seinen Liter Eiskrem herausnahm, sich einen Löffel suchte, sich an den Küchentisch setzte, den Deckel des Bechers abnahm und anfing, sein Eiskremfondant zu löffeln, wobei er als einzige Erklärung für sein Verhalten nur kurz angebunden sagte: «Ich hab noch nichts zu Abend gegessen.»

Sie standen noch immer und sahen ihm dabei zu, bis Colder aufstand, den Deckel auf den halbleeren Becher drückte und ihn im Tiefkühlfach verstaute. Als er sich wieder am Tisch niederließ, sah er zu Dill hoch und fragte: «Was wissen Sie über Harold Snow?»

«Nicht viel.»

«Hat Felicity Ihnen jemals was über ihn geschrieben?»

«Nein», sagte Dill und wandte sich zu Anna Maude. «Möchtest du dich nicht hinsetzen.»

Sie schüttelte den Kopf. «Ich bleibe lieber stehen.»

Colder zog einen Stuhl unter dem Küchentisch hervor, aber weder Dill noch Anna Maude setzten sich. «Wir haben gleich kurz nach Felicitys Tod angefangen, Harold näher unter die Lupe zu nehmen», sagte Colder. «Und was denken Sie, haben wir dabei gefunden?» Er beantwortete seine Frage gleich selbst. «Harold war ein bis auf die Knochen korrupter Typ.»

«Sie meinen unehrlich», sagte Anna Maude Singe mit einem kleinen höflichen Lächeln.

«Sehr sogar», sagte Colder.

Dill schüttelte in fassungsloser Ungläubigkeit den Kopf. «Mir hat er erzählt, er verkaufe Heimcomputer.»

«Das hat er auch zeitweilig», sagte Colder, «aber er hat auf Kommissionsbasis gearbeitet, und wenn ihm an manchen Tagen nicht nach Arbeit zumute war, nun, dann mußte er eben nicht. Er konnte zu Hause bleiben. Oder irgendwo hingehen und das sein, worin er wirklich gut war, nämlich ein gerissener Dieb.»

«Was hat er denn gestohlen?» fragte Dill.

«Zeit.»

«Zeit?»

«Computerzeit», sagte Colder, «Großrechner und deren Zeit ist sehr kostbar.»

«Davon habe ich auch schon gehört», sagte Dill.

«Also, Snow peilte sie an und ortete sie, baldowerte aus, wie man in ihr Netz kommt, und verkaufte dann sein Wissen. Mit Computern und Elektronik war er eine Art Genie. Es gibt solche Leute. In den meisten Dingen mögen sie nicht gerade sehr helle sein, aber sie sind echte technische Genies. Sie haben doch auch sicher schon diese Art von Leuten kennengelernt, Dill? Oder nicht?»

«Ich glaube nicht», sagte Dill.

«Und Sie, Miss Singe?»

«Ich genausowenig.»

«Aha. Ich dachte immer, so einen kennt jeder. Na ja, wenn also Snow nicht gerade Computerzeit stahl, dann machte er etwas anderes, was ebenfalls nicht sehr hübsch war. Er zapfte die Telefone von Leuten an, baute Wanzen in Büros und Schlafzimmern ein und ähnliches Zeug, obwohl ich bezweifeln möchte, daß wir es ihm auch jetzt noch eindeutig nachweisen könnten. Aber raten Sie mal, wer sein letzter Kunde gewesen ist?»

«Sie glauben doch selbst nicht, daß ich das raten kann», sagte Dill.

«Sie haben recht. Können Sie auch nicht. Nun, sein

letzter Kunde war Clay Corcoran – der Ihnen gestern auf dem Friedhof tot zu Füßen fiel. Und jetzt fällt Ihnen heute abend der arme alte Harold Snow einfach tot vor die Füße. Finden Sie nicht auch, daß das ein merkwürdiges Zusammentreffen ist, Mr. Dill?»

«Seltsam und selten», sagte Dill. «Doch lassen Sie mich eines fragen: Was zum Teufel sollen Snow und Corcoran mit demjenigen zu tun haben, der Felicity umgebracht hat?»

Colder starrte Dill sekundenlang an. Es war ein Starren, bei dem Dill spürte, daß darin nichts lag als Mißtrauen und Abneigung. «Daran arbeiten wir noch», sagte Colder schließlich. «Tatsächlich arbeiten wir hart daran, sehr hart sogar.»

Colder stand vom Tisch auf, nahm seinen Liter Eiskrem aus dem Kühlfach und ging zurück ins Wohnzimmer. Dill und Anna Maude folgten ihm. Cindy McCabe saß noch immer auf der Couch, die Hände im Schoß und die Knie fest zusammengepreßt. Colder ging zu ihr.

«Miss McCabe?»

Sie sah zu ihm hoch. «Ja?»

«Gibt es jemanden, den wir jetzt für Sie anrufen können – wegen Harold?»

Sie senkte den Blick. «Da wäre sein Bruder», sagte sie.

«Wie heißt er?»

«Jordan Snow.»

«Haben Sie seine Nummer?»

«Nein, aber Sie können sie sich von der Fernauskunft geben lassen. Wo er zu Hause ist, ist er der einzige Jordan Snow im Telefonbuch.»

Colder wandte sich zu Sergeant Meek. «Veranlassen Sie, daß jemand den Bruder anruft und ihm erzählt, was passiert ist.»

«Wo ist das, sein Heimatort?» fragte Sergeant Meek.
«Kansas City», sagte Colder.
«Ach ja, stimmt», sagte Sergeant Meek.

31

Sie stritten sich den ganzen Weg zurück zum Hawkins Hotel. Ihr Streit wurde immer erbitterter, als sie in der Tiefgarage des Hotels aus dem gemieteten Ford kletterten und auf den Fahrstuhl zugingen. Im Fahrstuhl wurden sie fast handgreiflich. Sie stritten sich noch immer erbittert, als Dill die Tür zum Zimmer 981 aufschloß, sie für Anna Maude Singe aufhielt, die wutentbrannt in den Raum hineingeschossen kam, im Schlepptau einen Schwall von Beschimpfungen, von denen «du gottverdammter blöder Narr» noch die mildeste war.

«Du wirst sehen, es funktioniert», sagte Dill.

«Niemals», schnappte sie zurück.

«Du wirst sehen», sagte er und ging zum Telefon hinüber. Nachdem er den Hörer abgenommen hatte, sah er sie fragend an. «Na?»

«Was lasse ich mich denn überhaupt mit dir ein?» begehrte sie in wütendem Tonfall auf, mit vor Zorn rötlich geflecktem Gesicht unter ihrer Sonnenbräune. «Bin ich dir irgendwas schuldig? Wofür denn? Weil wir ein paarmal miteinander herumgealbert haben? Ich schulde dir ganz und gar nichts, Dill. Nicht das geringste.»

Dill war gerade dabei zu wählen. «Natürlich tust du das», sagte er. «Du bist meine Süße.»

«Deine Süße! Gott, ich kann dich nicht mal mehr ausstehen. Ich bin deine Anwältin. Das ist alles. Und was ich tue, ist einzig, daß ich dir einen vernünftigen Rat gebe. Nun, da ist einer: Laß diesen Anruf sein. Wenn du schon irgendwo anrufen willst, dann beim FBI.»

«Die hat doch schon jemand verständigt», sagte Dill, während er am anderen Ende das Rufzeichen hörte. «In Washington. Wenn ich sie jetzt anrufe und ganz falsch liege, dann verpfusche ich den ganzen Handel, den der Senator mit ihnen machen will. Aber so, wenn ich's auf meine Weise mache – nun, auch wenn ich irre, kann nichts passieren.»

«Nichts Gutes jedenfalls», meinte sie bissig, während Daphne Owens beim fünften Läuten den Hörer abnahm. Dill gab sich zu erkennen, und einige Sekunden später meldete sich Jake Spivey. «Deine Nachricht ist bei mir angekommen, Pick – die ganz am Ende des Tonbands. Ich denke, das wird den alten Chief Strucker ganz schön von den Socken gerissen haben. Du glaubst wirklich, daß er weiß, wer Felicity umgebracht hat?»

«Er glaubt es selbst.»

«Was hast du also jetzt vor?»

«Wie fändest du das, wenn ich dir Clyde Brattle endgültig vom Hals schaffe?»

Spivey antwortete darauf nicht gleich. Als er es tat, stellte er vorsichtig eine Gegenfrage: «Du meinst, ich soll mit ihm ein Geschäft machen?»

«Irgendwas in der Art.»

«Welche Art Geschäft?»

«Nicht jetzt am Telefon, Jake. Aber ich glaube, mir fällt schon was ein. Ihr zwei solltet euch zusammensetzen und darüber reden – nur du, er und ich.»

«Wann?»

«Morgen abend, gleich nachdem ihr beide mit dem Senator fertig seid.»

«Wo?» fragte Spivey. «Das ‹Wo› ist sehr wichtig, Pick. Bei einem Treffen mit Clyde ist das ‹Wo› fast genauso wichtig wie das, worüber wir reden. Wo also soll das stattfinden?»

«Sekunde nur», sagte Dill. Er drückte den Hörer fest an die Brust und schaute zu Anna Maude Singe hin, die sich jetzt auf dem Bett zurückgelegt hatte und zur Decke hochstarrte. «Nun?» fragte Dill.

Sie sah ihn gar nicht an. Sie starrte noch immer zur Decke, als sie sagte: «Okay. Bei mir.»

Dill hielt wieder den Hörer ans Ohr. «Ich denke dabei an Anna Maudes Wohnung im Old Folks Home. Aber wir müssen vorher noch ein paar Einzelheiten klären. Ich werd dich in fünfzehn oder zwanzig Minuten zurückrufen.»

«Ich werd hiersein», sagte Spivey und legte auf.

Nachdem auch Dill den Hörer auf die Gabel gelegt hatte, wandte er sich zu Anna Maude und sagte: «Gehen wir.»

Sie starrte ratlos zur Decke hoch und sagte dumpf: «Ich frage mich nur, warum ich ja gesagt habe.»

Dill entriegelte die Tür zu der engen Treppe, die zur Wohnung seiner toten Schwester über der Remise führte. Im Treppenaufgang staute sich die Luft und war um mindestens 10 Grad heißer als die Außentemperatur, die angeblich konstante 33 Grad betragen sollte.

Gefolgt von Anna Maude Singe, ging Dill langsam auf der Treppe voran, schloß die Tür am Ende des schmalen Absatzes auf, ging hinein und knipste die Leselampe aus Messing an. Als Anna Maude die Tür schließen wollte, sagte er: «Laß sie offen.»

Er ging zum Telefon, nahm den Hörer ab und wählte noch einmal Jake Spivey an. Als Spivey selbst antwortete, sagte Dill: «Ich bin's.»

«Hast du dir was einfallen lassen?»

«Nun, ich denke, es ist ein neutraler Ort, und er ist auch einigermaßen sicher.»

«Einigermaßen reicht vielleicht nicht ganz, Pick, aber ich habe noch mal nachgedacht und, na ja, das Old Folks Home ginge vielleicht. Was wir brauchen, ist jemand an der Treppe und am Fahrstuhl. Das können meine Mexikaner machen. Und ich rechne damit, daß der alte Clyde Harley und Sid mitbringt, so daß wir also so etwas wie ein mexikanisches Patt haben werden, was mir gerade recht sein soll. Welche Zeit schlägst du vor?»

«Morgen abend um zehn.»

«Wann treffen wir den Senator?»

«Er kommt morgen nachmittag um vier hier an», sagte Dill. «Warum begleitest du mich nicht zum Flughafen? Ich reserviere ihnen eine Suite im Hawkins Hotel. Wir könnten alle zusammen zurückfahren, uns im Auto unterhalten und dann oben in der Suite weiterreden.»

Spivey machte einen Gegenvorschlag. Dill wußte, daß er unvermeidlich kommen würde. «Weißt du was», sagte Spivey, «machen wir's doch so, daß ich schon um drei komme und dich dann in meinem Rolls-Royce mit zum Flughafen nehme. Ich hab noch nie gehört, daß ein bißchen Show geschadet hätte, wenn man ein Geschäft abschließen will.»

«Okay», sagte Dill, «aber kein Fahrer.»

«Junge, du kannst wohl nicht anders. Du mußt uns Dorftrotteln immer alles haarklein erklären, wie?» sagte Spivey und hängte ein.

Fünfundzwanzig Minuten später saßen sie beide in Anna Maude Singes Wohnzimmer auf der Couch. Sie hielt ein Glas mit Scotch und Wasser in der Hand und sah sich in dem Raum um, als sähe sie ihn zum ersten Mal. «So», sagte sie, «hier soll die Sache also steigen – in dem einzigen Zuhause, das ich habe.»

Vom anderen Ende der Couch ließ Dill sich vernehmen. «Genau hier.»

«Und du meinst, daß das mit den Anrufen geklappt hat? Was ist, wenn keins der Telefone angezapft war? Wie stehst du dann da?»

«Ich glaube, daß mein Telefon im Hotel abgehört wird», sagte Dill. «Und mit Sicherheit auch Jakes. Und ich bin absolut sicher – na ja, beinahe –, daß auch Felicitys Telefon in der Garagenwohnung angezapft ist. Jedenfalls wird es das inzwischen sein. Wer immer also die aufgezeichneten Gespräche abhört, wird wissen, daß Jake Spivey sich morgen abend hier mit Clyde Brattle trifft. Ich glaube, sie wollen ganz und gar nicht, daß dieses Treffen stattfindet.»

«Warum nicht?» sagte sie.

«Ich glaube, das hängt mit dem zusammen, was Corcoran herausgefunden hat. Dem ‹Warum›. Ich glaube, das ist es, warum man ihn umgebracht hat.»

«Aber du bist dir nicht ganz sicher, wie?»

«Nein.»

Sie sah sich noch einmal im Zimmer um. «Irgendwas Oberfaules wird passieren, wie?»

«Ja. Wahrscheinlich.»

«Hier. Ich meine, hier in diesem Zimmer.»

«Ja.»

«Und was wirst du machen, wenn's losgeht?»

«Das weiß ich noch nicht», sagte Dill.

«Vielleicht solltest du besser schon mal darüber nachdenken.»

«Ja», stimmte er zu, «das sollte ich vielleicht.»

Dill war am nächsten Morgen um sieben aufgestanden und machte in Anna Maude Singes Küche Wasser für Pulverkaffee heiß. Er trug zwei dampfend heiße Becher zu ihr ins Schlafzimmer. Sie öffnete die Augen und setzte sich barbusig in ihrem Bett auf. Dill hockte sich auf die Bettkante, drückte ihr einen der Becher in die Hand, beugte sich zu ihr hinab und küßte ihre rechte Brust. Mit einem Ruck zog sie sich das Laken bis zum Kinn hoch, nippte an ihrem Kaffee und starrte auf den billigen Druck eines Stillebens an der gegenüberliegenden Wand. Dann sagte sie: «Ich frag mich, was ich tun soll, wenn sie mich wieder aus dem Knast rauslassen.»

«Du könntest eine Weile in Washington leben, und wenn dir das irgendwann zuviel wird, könnten wir uns davonmachen und irgendwo anders leben.»

Sie starrte ihn verwundert an. «Warum glaubst du eigentlich, daß ich das möchte?»

«Weil du meine Süße bist.»

«Sei dir da nur nicht zu sicher, Dill.»

Um 7 Uhr und 49 Minuten morgens, am Montag, dem 8. April, blieb Dill in einem Stau nahe der Kreuzung Our Jack Street und Broadway stecken. Während er wartete, beobachtete er die Digitalanzeige an der First National Bank, wie sie gerade von 7 Uhr und 49 Minuten und 33 Grad Celsius auf 7 Uhr und 50 Minuten und 34 Grad Celsius weiterrückte. Die müde Stimme eines Nachrichtensprechers kündigte aus dem Autoradio für nachmittags 15 Uhr 41 Grad Celsius an.

Nachdem er den Ford in der Tiefgarage geparkt hatte, fuhr Dill mir dem Fahrstuhl hinauf. An der Rezeption sah er nach, ob Post für ihn da war. Es war nichts für ihn da. Die ältliche Frau, die er für den Dauergast des Hotels gehalten hatte, stand neben ihm am Tresen. Als er sich ihr zuwandte, blickte sie ihm voll ins Gesicht, zögerte und sprach ihn dann an.

«Sie sind der Junge von Henry Dill, nicht wahr?» sagte sie mit leiser, weicher Stimme.

«Ja, der bin ich. Haben Sie ihn gekannt?»

«Vor langer, langer Zeit», sagte sie. «Ich bin Joan Chambers.» Sie musterte Dill und prägte sich jeden Zug ein. «Wissen Sie, Sie sehen aus wie Ihr Vater. Dieselbe Nase. Dieselben Augen. Er und ich sind einen Sommer lang zusammengewesen. Das war 1940 – der letzte Sommer vor dem Krieg. Manchmal glaube ich, daß es damals überhaupt der allerletzte schöne Sommer gewesen ist.» Sie hielt inne und fügte dann hinzu: «Ich habe von Ihrer Schwester gelesen. Felicity. Das tut mir sehr leid.»

«Danke», sagte Dill.

«Entschuldigen Sie, Ma'am», sagte eine Männerstimme hinter ihm. Mrs. Chambers machte einen Schritt zurück. Dill drehte sich um. Die Stimme gehörte zu Captain Gene Colder. Heute trug er weder seinen blauen Jogginganzug noch seine Nike-Laufschuhe. Statt dessen trug er einen hervorragend gebügelten, dunkelbraunen Mohairanzug, eine elegante Seidenkrawatte und ein blaues Hemd, dessen Kragenecken mit einer goldenen Nadel befestigt waren. Colder war frisch rasiert, aber unter seinen Augen lagen tiefe Ringe, und die Falten um seinen Mund wirkten grimmig.

«Ich habe auf Sie gewartet», sagte er und schien die Frau, die ihm zuhörte, gar nicht zu bemerken.

«Warum?» sagte Dill.

«Wir wissen jetzt, wer Ihre Schwester umgebracht hat», sagte Colder.

«Das wurde auch höchste Zeit», meinte die Frau, die ihren allerletzten schönen Sommer mit Dills Vater verbracht hatte. Dann wandte sie sich ab und ging davon.

32

An einem Ecktisch in der Kaffeestube des Hawkins Hotel erklärte Colder weitschweifig, daß es nicht seine Idee gewesen wäre, Dill von der Entdeckung, die seine Abteilung gemacht hatte, in Kenntnis zu setzen. Er wäre nur, sagte er, auf nachdrückliches Bitten von Chief of Detectives John Strucker gekommen. «Ich bin schon seit sieben Uhr hier», fügte er hinzu.

«Wer hat sie getötet?» fragte Dill.

In diesem Augenblick erschien die Kellnerin, und Colder bestellte Kaffee, Orangensaft und Roggentoast. Dill verlangte nur Kaffee. Als die Kellnerin gegangen war, zog Colder ein kleines Ringheft aus der Jackentasche und begann zu sprechen, wobei er kaum einen Blick auf seine Notizen warf.

«Am Samstag, dem 7. August, um 11 Uhr und 57 Minuten wurde vom Bezirksrichter F.X. Mahoney ein Durchsuchungsbefehl angefordert und ausgestellt. Der Durchsuchungsbefehl wurde vollstreckt und eine gründliche Durchsuchung der Wohnräume in 3212 Texas Avenue durchgeführt, deren Eigentümerin, Felicity Dill, verstorben war und die von Harold Snow, verstorben, dem Mieter, und Lucinda McCabe, Mitmieterin des verstorbenen Snow und nach herkömmlicher Rechtsprechung dessen ständige Lebensgefährtin, bewohnt wurden. Die Durchsuchung wurde vorgenommen von Detective Sergeant Edwin Meek und Detective Kenneth Lowe unter Leitung von Captain Eugene Colder. Ebenfalls anwesend war Chief of Detectives John Strucker.»

«Also, wer hat sie umgebracht?» sagte Dill.

Colder gab darauf keine Antwort. Statt dessen machte er wieder Anstalten, von seinem Notizblock abzulesen, doch wurde er von der Kellnerin unterbrochen, die den Kaffee für Dill und Kaffee und Saft für Colder brachte und vor sie hinstellte. Sie versprach, auch den Toast gleich zu bringen. Colder nahm das Glas mit Orangensaft und trank es in einem Zug leer. Dann vertiefte er sich wieder in seinen Notizblock.

«Etwa gegen 12 Uhr und 41 Minuten mittags wurde ein grauer, verschlossener Werkzeugkasten aus Stahl entdeckt. Der Werkzeugkasten war unter beziehungsweise hinter zwei Bettlaken sowie drei Koffern im Wandschrank des Schlafzimmers versteckt, das von dem verstorbenen Snow und seiner Lebensgefährtin McCabe bewohnt wurde. Auf eindringliches Befragen blieb die McCabe dabei, sie hätte nicht die geringste Vorstellung davon, wie der Werkzeugkasten in den Wandschrank gelangt wäre.»

Colder beendete seinen Vortrag, weil die Kellnerin mit dem Roggentoast an ihren Tisch kam. Er legte den Notizblock ab, um die Toastscheiben mit Butter zu bestreichen. Er aß eine Scheibe, trank etwas Kaffee dazu und nahm den Block wieder auf. Dill beobachtete ihn schweigend und fragte sich, was wohl zwischen Colder und Strucker vorgegangen sein mochte und wie heftig ihre Auseinandersetzung wohl gewesen war.

Colder nahm das Ablesen des Durchsuchungsbefundes wieder auf. «Der Deckel des Werkzeugkastens wurde von Sergeant Meek aufgebrochen, der den Kasten sodann im Beisein von Chief Strucker, Captain Colder, Detective Low und Lucinda McCabe öffnete.» Colder schaute zu Dill hoch. «Dann kommt eine Liste von Gegenständen, die wir im obersten Fach gefunden haben, aber ich werde diese Aufzählung weglassen.»

Dill nickte.

«Im unteren Fach des Behälters wurden die folgenden

Dinge gefunden, herausgenommen und von Sergeant Meek gekennzeichnet.

Erstens – zehntausendzweihundert Dollar in Einhundertdollarnoten;

zweitens – vier Zündkapseln mit Knallquecksilber;

drittens – eine automatische Pistole, Typ Llama vom Kaliber .25, Seriennummer –» Colder brach ab und schaute Dill fragend an. «Wollen Sie die Seriennummer wissen?»

Dill schüttelte verneinend den Kopf.

Colder klappte den Notizblock zu. «Nun, das wär's. Die spanische Waffe ist bei den Ballistikexperten. Sie untersuchen, ob es dieselbe ist, mit der Clay Corcoran getötet wurde. Falls sie das ist, würde das bedeuten, daß Snow gegen eine bestimmte Summe Felicitys Wagen präpariert hat und dann Corcoran umbrachte, der ihm auf den Fersen gewesen sein muß. Ihre nächste Frage wird natürlich lauten, wer Harold Snow erschossen hat. Das wissen wir noch nicht. Und das ist auch der Grund, weswegen ich so sehr dagegen gewesen bin, Ihnen zu berichten, was wir herausgefunden haben. Sie haben ein loses Mundwerk, Dill, und Sie bewegen sich in höchst merkwürdigen Kreisen. Ich mußte Strucker sagen, daß ich nicht den Eindruck hätte, daß Sie den Mund halten würden, aber er hat mich aufgefordert, es Ihnen trotzdem mitzuteilen. Vielleicht stellt er sich vor, daß Sie ihm ein paar Stimmen zuschanzen können, wenn er sich zur Bürgermeisterwahl stellt. Aber das geht mich ja alles nichts an. Nun denn, noch irgendwelche Fragen?»

Dill ließ einige Sekunden verstreichen, schüttelte dann den Kopf und sagte: «Ich glaube nicht.»

«Ich weiß nicht, ob Sie jetzt, wo Sie wissen, war Felicity getötet hat, ein besseres Gefühl haben als vorher. Ich kann es nur hoffen.»

«Ich schätze, meine Gefühle sind noch genau dieselben.»

«Doch, ja, meine auch. Snow war bloß ein kleiner Helfershelfer. Aber wenn man den Schweinehund festnageln könnte, der ihn angeheuert hat, dann wäre das für mich das einzige, wodurch ich mich besser fühlen könnte.»

«Harold Snow», sagte Dill nachdenklich.

«Harold Snow», stimmte Colder zu.

«Zehntausend Dollar.»

«Zehntausendzweihundert.»

«Irgendwie», sagte Dill, «hätte ich gedacht, daß es weitaus mehr kosten würde, Felicity zu töten.»

Dill fuhr allein mit dem Fahrstuhl zu seinem Zimmer hinauf. Im selben Moment, in dem er am sechsten Stockwerk vorbeifuhr, verzog er das Gesicht zu einem freudlosen, beinahe traurigen Lächeln und sagte laut: «Nun, Inspektor, ich schätze, das schließt unseren Fall endgültig ab.»

Wieder auf seinem Zimmer, duschte er und rasierte sich. Nur mit seinen Shorts bekleidet, legte er sich aufs Bett, die Hände hinter dem Kopf verschränkt, und starrte zur Decke hoch. Um zehn Uhr bestellte er sich eine Kanne Kaffee. Um ein Uhr ließ er sich ein Schinkensandwich und ein Glas Milch kommen. Als er seinen Lunch beendet hatte, stellte er das Tablett auf dem Flur ab, setzte sich vor den Schreibtisch und schrieb alle Tatsachen nieder, soweit sie ihm bekannt waren. Als er damit fertig war, knallte er den Kugelschreiber ungeduldig auf die Schreibtischplatte, und ihn beschlich das unangenehme Gefühl, daß er wohl nie mit letzter Sicherheit erfahren würde, wer die Bombe im Auto seiner Schwester tatsächlich hatte anbringen lassen.

Um 14 Uhr und 30 Minuten zog er das Telefon zu sich

heran und rief die Auskunft an, um sich die Nummer der Polizei geben zu lassen. Er wählte die Nummer und fragte nach John Strucker, Chief of Detectives. Dill mußte zweimal den beiden Beamten, die ihn durchstellten, einem Mann und einer Frau, seinen Namen nennen, bevor er verbunden wurde.

Struckers joviales «Hallo» quittierte Dill mit der Frage: «Es war nicht Harold Snow, nicht wahr?»

«Er war's nicht?»

«Nein», sagte Dill. «Harold stammte aus Kansas City.»

«Kansas City», sagte Strucker.

«Das ist Ihnen wohl nie aufgefallen – Kansas City?»

Strucker stieß wieder einen seiner markanten Seufzer aus – gedehnt und klagend, einer, der gar nicht enden wollte. «Es ist mir schon aufgefallen.»

«Wann?»

«Vor etwa achtzehn Monaten.»

«Sie sind mir um einiges voraus, nicht wahr?»

«Es hängt mit dem zusammen, was ich tue, Dill. Ich bin darin gut.» Strucker seufzte wieder, diesmal ein wenig müde. «Vermasseln Sie nicht alles, Dill», sagte er und legte auf.

Dill stand vom Schreibtisch auf, nahm seinen blauen Beerdigungsanzug aus dem Wandschrank und breitete ihn auf dem Bett aus. Aus der Schreibtischschublade holte er das letzte halbwegs saubere Hemd hervor. Er zog sich schnell an, mixte sich einen Scotch mit Wasser ohne Eis, trank, stand vor seinem Fenster und starrte hinunter auf den Broadway und die Our Jack Street. Als er sein Glas geleert hatte, war es fünf Minuten vor drei. Er wandte sich ab und ging auf die Tür zu. Er kam am Schreibtisch vorbei, blieb plötzlich stehen und ging noch einmal zurück. Nach kurzem Zögern öffnete er ein Fach und zog dann unter einem Haufen schmutziger Hemden den .38iger Revolver heraus, der einst Harold Snow gehört hatte. Dill starrte sekundenlang auf die Waffe hinab. Du wirst ihn nicht brauchen, redete er sich ein. Du würdest ihn auch dann nicht benutzen, wenn du ihn wirklich bräuchtest. Er schob den Revolver zurück unter das Knäuel schmutziger Hemden, machte die Schublade zu, verhielt dann wieder einige Sekunden, zog das Fach noch einmal auf, nahm den Revolver heraus und steckte ihn in seine rechte Hüfttasche. An der Tür, die zum Korridor führte, war ein großer Spiegel angebracht. Dill vergewisserte sich, daß der Revolver unter seiner Jacke fast nicht zu sehen war.

Als Jake Spiveys grauer Rolls-Royce Silver Spur vor dem Hawkins Hotel vorfuhr, war es laut Auskunft der Digitalanzeige an der First National Bank 15 Uhr und 01 Minuten, und die Temperatur betrug 40,5 Grad Celsius.

Dill stieg in den vollklimatisierten Wagen und wartete, bis Spivey sich in den Verkehr eingeordnet hatte, bevor er sagte: «Wie lange kennen wir uns eigentlich schon, Jake?»

Spivey dachte nach. «Dreißig Jahre würde ich schätzen. Warum?»

«Hättest du dir nach all diesen dreißig Jahren jemals vorgestellt, daß du mich eines Tages vor dem Hawkins Hotel in einem Rolls-Royce abholst?»

«Es war nicht immer ein Rolls», sagte Spivey. «Damals hab ich immer geglaubt, es würde ein Cadillac sein.»

Sie fuhren auf der Forrest Street in westlicher Richtung, einer Straße, die nach dem konföderierten General Nathan Bedford Forrest benannt worden war. Einige der Alteingesessenen, vor allem die aus der Deep South, hatten sie einst zu Ehren der Strategie des Generals – oder auch seiner Taktik – Fastest Street genannt, was bedeutete, mit einer Überzahl an Leuten am schnellsten irgendwohin zu gelangen. Dill hatte sich die Geschichte von seinem Vater erzählen lassen, obwohl er noch nie jemanden kennengelernt hatte, der von ihr als der Fastest Street gesprochen hatte. Als er Spivey danach befragte, hatte der ihm die Auskunft gegeben, daß sein Großvater sie so genannt hätte, doch daß sein Granddaddy ja immerhin auch ein echter alter Wirrkopf gewesen sei, der so um das Jahr 1895 das Licht der Welt erblickt hätte.

Als sie durch das wiederaufgebaute Innenstadtgebiet fuhren, versuchten sie sich zu erinnern, was einstmals dort gestanden hatte, wo jetzt die neuen Gebäude emporragten – oder noch immer in die Höhe wuchsen. Manchmal fiel es ihnen wieder ein; manchmal setzte ihre Erinnerung aus. Spivey meinte, er fühlte sich sehr alt, wenn er sich nicht mehr daran erinnern könnte.

«Warum bist du hierher zurückgekommen, Jake – ich meine wirklich? Doch wohl nicht nur, um hier eine Dornenhecke um dich herumzuziehen. Das hättest du auch überall anderswo tun können.»

Spivey dachte einen Augenblick darüber nach. «Nun, verdammt, ich schätze, daß ich aus demselben Grund hierher zurückgekommen bin, aus dem Felicity nie von hier weggegangen ist. Das hier ist Heimat. Du, Pick, hast es ja immer gehaßt. Ich nie. Ich erinnere mich an den Sommer, als du elf gewesen bist und dein Alter dich mit nach Chicago genommen hat und du zum ersten Mal eine Wasserfläche gesehen hast, bei der deine Augen nicht bis ans andere Ende sehen konnten. Ich dachte damals, du würdest nie damit aufhören, davon zu labern. Chicago. Gott, das klang bei dir, als wäre es das verdammte Paradies. Aber als ich siebzehn oder achtzehn war, bin ich selbst hingekommen, und alles, was ich gesehen hab, war eine riesige, beschissene Stadt, die von irgendwelchen Leuten, die ein komisches Kauderwelsch sprachen, direkt an einen riesigen, dreckigen See gebaut worden ist.»

«Ich mag Chicago immer noch.»

«Und ich mag's noch immer hier am liebsten, weil ich die Hundesöhne hier verstehen kann, und wie die Leute so sagen, heißt das eben, daß das meine Heimat ist. Heimat – das ist genau da, wo ich meine Dornenhecke wachsen sehen will und meinen Schutzwall baue und damit protze, wie der stinkreiche, arme, kleine, alte Jake Spivey es zu was gebracht hat.» Er grinste. «Das gehört dazu. Den Hundesöhnen unter die Nase reiben, wie reich man geworden ist.»

«Rache», sagte Dill.

«Nun übertreib's mal nicht.»

«Tu ich nicht», sagte Dill. «Ich glaube, das tu ich ganz und gar nicht.»

Auf halbem Weg zum Gatty International Airport stellte Dill eine Frage, deren Antwort er bereits zu kennen glaubte. Es war die erste einer Reihe von Fragen, deren Beantwortung darüber entscheiden mochte, wer am Leben blieb, wer sterben mußte und wer im Knast landen würde.

Dill stellte die erste Frage so beiläufig wie möglich. «Wann, sagst du, hast du Brattle zum letztenmal gesehen?»

«Vor ungefähr anderthalb Jahren – in Kansas City.»

«Du sagst, du wärst damals hingefahren, um ein paar Schriftstücke zu unterzeichnen.»

«Nun jaaa», sagte Spivey gedehnt, «es könnte noch ein bißchen mehr gewesen sein als das, Pick.»

«Wie das?»

«Clyde war ziemlich sauer auf mich. Er dachte, ich

schuldete ihm was – schuldete ihm jedenfalls genug, um gegenüber dem Bundesanwalt für ihn zu lügen. Ich mußte ihm sagen, daß ich niemandem so viel schuldig wäre. Nun, wir gossen uns ein paar hinter die Binde, und plötzlich fing er an, herumzutönen und sich aufzuspielen, und drohte, wenn ich nicht für ihn aussagen wollte, würde er schon dafür sorgen, daß ich auch nie gegen ihn aussagen könnte. Ich gab ihm zurück, daß er dann schon ganz auf Nummer Sicher gehen und mich umlegen müßte. Er sagte, darauf könnte ich Gift nehmen. Da habe ich ihm eine geschmiert, und er hat zurückgeschlagen, und mittendrin kamen dann mit einemmal Sid und Harley reingestürzt und machten der Sache ein Ende, bevor wir beide einen Herzanfall bekamen. Und dann griff er sich Sid und Harley, zeigte auf mich und sagte: ‹Seht ihr den da?› und die beiden sagten: ‹Ja, wir sehen den Typ.› Und dann wurde Clyde hochdramatisch und sagte: ‹Also, merkt ihn euch gut, weil er von heute an ein toter Mann ist, habt ihr mich verstanden?› Dann war es entweder Harley oder Sid, ich weiß nicht mehr genau wer, der dann so ungefähr sagte: ‹Klar, Clyde, wir haben's mitgekriegt.› Ich glaube, es muß Harley gewesen sein, der das gesagt hat. Na ja, wir hatten unser Geschäft erledigt, die Papiere waren alle unterzeichnet, also machte ich mich aus dem Staub und flog zurück nach Hause und heuerte mir da meine Mexikanertruppe an.»

«Hat Brattle schon mal irgendwas versucht?» fragte Dill.

«Ich bin mir nicht ganz sicher. Ungefähr ein Jahr nachdem ich mir die Mexikaner gekauft hatte, hab ich mir auch einen Mann namens Clay Corcoran angeheuert – ebenden, der auf Felicitys Beerdigung umgelegt worden ist.»

Dill nickte. «Und wofür hast du ihn gebraucht?»

«Er sollte versuchen, an meinen Mexikanern vorbei und an mich ranzukommen.»

«Konnte er?»

«Er sagte, er hätte es nicht geschafft, aber er wollte noch einen Schritt weitergehen und noch einen anderen Kerl anheuern, den er für Spitze hielt im Anzapfen von Telefonen und im Anbringen von Wanzen und all diesem Scheiß. Also meinte ich, er sollte es mal probieren. Na ja, ungefähr einen Monat bevor er umgebracht wurde, rief mich Corcoran an und erzählte mir, dieser Kerl, den er angeheuert hatte, hätte ihm gesagt, es wäre unmöglich, an mein Haus heranzukommen. Danach habe ich mich dann ein bißchen ruhiger gefühlt, aber als Corcoran dann umgelegt wurde, hatte ich das Gefühl ganz und gar nicht mehr.»

«Hat Corcoran jemals den Namen des Burschen erwähnt, den er sich dafür gesucht hatte?»

«Er hat ihn nicht erwähnt, und ich hab ihn nicht danach gefragt. Warum?»

«Ist nicht so wichtig», sagte Dill. «Wer hat Kansas City als Ort für euer Treffen ausgewählt – du oder Brattle?»

«Brattle.»

«Warum?»

«Warum? Na hör mal, Pick, Clyde ist doch dort geboren. Es ist sein Schutzwall, seine Dornenhecke, seine Heimatstadt.»

«Das wußte ich nicht», log Dill. «Oder falls ich es gewußt habe, muß ich es wieder vergessen haben.»

33

Der Berater für Probleme der Minderheiten, Tim Dolan, und Jake Spivey waren einander nie begegnet. Als sie sich vor der Bronzestatue von William Gatty die Hände schüttelten, war Dill verblüfft von der Ähnlichkeit der beiden. Sie wurde von ihrer Kleidung noch unterstrichen. Beide trugen ausgebeulte und zerknitterte leichte Leinenanzüge (der eine blau, der andere grau), Hemden, deren Kragen offenstanden, dazu nachlässig gelockerte Krawatten, die wie nutzlose Anhängsel herunterbaumelten. Beide hatten fünfzehn oder zwanzig Pfund Übergewicht, und das meiste davon steckte in ihren rundlichen Bäuchen. Trotz der Klimaanlage in der Ankunftshalle schwitzten beide stark. Und sie sahen durstig aus.

Die Ähnlichkeit lag nicht nur am Äußeren. Als sie einander die Hände schüttelten, spürte Dill, daß jeder im anderen den verwandten Geist witterte, Gemeinsamkeiten in der Einstellung, im Anpacken der Dinge und in ihrer Anpassungsfähigkeit. Ihr Instinkt schien ihnen zu signalisieren, daß hier jemand war, mit dem man ein Geschäft abschließen, eine Vereinbarung treffen, einen vernünftigen Kompromiß aushandeln könnte. Hier, so schien es jedem, ist einer, mit dem man Geschäfte machen kann.

Zuerst mußten programmgemäß Banalitäten ausgetauscht werden. Als Spivey fragte, ob Dolan einen guten Flug gehabt hätte, erwiderte dieser ihm, das könnte er gar nicht so genau sagen, da er die ganze Strecke von Herndon, Virginia, bis hierher geschlafen hätte. Als Dolan dann Spivey fragte, ob das Wetter hier denn immer so wäre, antwortete Spivey, daß es für August eigentlich noch etwas kühl sei, aber gegen Ende des Monats wahrscheinlich etwas wärmer werden würde. Sie platzen beide lachend heraus, als sie sich als langjährige Mitglieder der internationalen Bruderschaft der Phrasenredner wiedererkannten.

Dolan wandte sich dann zu Dill, und nachdem er ihn gefragt hatte, wie es ihm ginge, eröffnete er ihm, daß sich die Maschine des Senators um zwanzig Minuten verspäten würde. Er schlug vor, daß sie sich in der Flughafenbar ein kühles Naß bestellen sollten. Dill pflichtete ihm bei, und Spivey meinte, das wäre eine glänzende Idee. Kein einziges Mal äußerte Dolan auch nur die leiseste Verwunderung über Spiveys unerwartete Anwesenheit.

Sie saßen in einer runden Nische am Tisch und bestellten drei Flaschen Budweiser. Jake Spivey bezahlte. Keiner hatte etwas dagegen einzuwenden. Sie hoben ihre Gläser, prosteten einander zu, tranken in tiefen Zügen und unterhielten sich dann über Baseball, vielmehr palaverten Dolan und Spivey über Baseball, während Dill vorgab, ihnen zuzuhören. Dolan schien schwer beeindruckt von Spiveys scharfsinniger Analyse darüber, wie es die Red Sox vielleicht doch noch schaffen könnten, ins Endspiel zu gelangen. Mit unvermindertem Durst bestellten sie eine weitere Runde Bier, und gerade als sie es ausgetrunken hatten, wurde die Ankunft der Maschine des Senators aufgerufen. Dill wählte diesen Augenblick, um seinen nächsten Zug zu machen.

Er wandte sich an Spivey und sagte: «Jake, ich muß dringend ein paar Sachen mit Tim hier besprechen, und vielleicht würde es dir nichts ausmachen, wenn du hingehst und den Senator an der Sperre abholst.»

Spivey zögerte nur einen ganz kurzen Moment. «Klar», sagte er. «Bin ich ganz froh darüber. Weißt du, ich hab ihn zwar nie getroffen, aber sein Bild in den Zeitungen und im Fernsehen gesehen, so daß ich ihn wohl nicht verfehlen werde.»

«Halten Sie einfach nach dem jüngsten Typen in der Maschine Ausschau», riet ihm Dolan.

Spivey lachte, meinte, das werde er tun, und schob ab. Dolan wandte sich an Dill, und seinem Tonfall und seiner ganzen Miene war die Überraschung anzumerken. «Sag mal, was sollte das denn eigentlich?»

«Erzähl mir zuerst von dir und dem FBI. Was für'n Abkommen hast du mit denen getroffen?»

«Gar keins, Ben.»

«Nichts?»

«Überhaupt keins.»

«Warum denn, um Himmels willen, nicht?»

Dolan runzelte nachdenklich, ja fast sogar vorwurfsvoll die Stirn. Jetzt kommt der Unschuldsengel aus Boston, dachte Dill. Dolan sagte: «Aus zwei Gründen. Punkt eins: undichte Stellen.»

«Beim FBI?»

«Wie eine durchgeweichte Tüte.»

«Und was wäre der zweite?»

«Nun, zweitens geht es um politischen Gewinn. Falls der Baby-Senator dies alles ganz allein durchzieht, wird er damit ganz groß rauskommen.»

«Und falls nicht», sagte Dill, «wird er tief in der Scheiße stecken – und du auch, mittendrin.»

«Wir haben das schon durchgesprochen», sagte Dolan. «Wir sind uns beide darin einig, daß das Risiko tragbar ist.»

«Hör mir mal zu, Tim. Ihr habt die Sache beide nicht aktenkundig gemacht. Das ist ein Riesenfehler, ein sehr großer. Ich meine, ich hätte das FBI benachrichtigen sollen – und wenn's nur wegen der Akten gewesen wäre.»

Dolan zuckte die Achseln. «Okay. Jedenfalls wird dein Anteil daran festgehalten. Und jetzt sag mir mal, warum du Spivey geschickt hast, um den Senator abzuholen?»

«Ist dir aufgefallen, wie bereitwillig er gegangen ist?»

Dolan nickte.

«Das heißt doch wohl, daß er keinerlei Bedenken hatte, durch die Sicherheitsschleuse mit dem Metalldetektor zu gehen.»

Diesmal machten sich sowohl Überraschung als auch Schock auf Dolans rundlichem, hübschem, irischem Gesicht breit. Und auch Angst, dachte Dill. Nur eine winzige Spur. «Jesus», sagte Dolan. «Du meinst wirklich, daß es hier unten so zugeht?»

«Allerdings», sagte Dill, «genau so.»

Der Senator und Jake Spivey schienen freundschaftlich miteinander zu plaudern, während sie die Rolltreppe hinunter in den langen Korridor fuhren, wo Dill und Dolan auf sie warteten. Spivey trug die Reisetasche des Senators; sein Aktenköfferchen trug der Senator selbst.

Nachdem der Senator Dill und Dolan begrüßt hatte, übergab Spivey Dill die Reisetasche und ging das Auto holen. Die drei Männer blieben wartend drinnen vor dem Haupteingang des Flughafens stehen. «Sieht aus, als wäre es draußen sehr heiß», sagte Senator Ramirez.

«Ist es auch», meinte Dill.

Ramirez wandte sich zu Dolan. «Nun?»

«Ben hat sich mit einem Aktenvermerk abgesichert. Er meint, wir hätten das FBI miteinbeziehen sollen.»

Der Senator nickte, als hätte er diese Einstellung von Dill erwartet. «Kein Gewinn ohne Einsatz, Ben», sagte er und schaute sich prüfend in dem noch nicht ganz zwei Jahre alten Flughafengebäude um. «Wer war eigentlich Gatty?» fragte er.

«Er ist 1931 mit Wiley Post um die ganze Welt geflogen», sagte Dill, wobei es ihm gleichgültig war, ob der Senator wußte, wer Post gewesen war.

Offenbar hatte er doch von ihm gehört, denn er sagte in anerkennendem Ton «oh», umfaßte den Flughafen noch einmal mit einem Blick und fügte hinzu «ein hübscher Flughafen». Dann wandte er sich wieder fragend an Dill: «Was ist Jake Spivey letztes Angebot?»

«Immunität.»

«Und was glauben Sie?»

«Nehmen Sie an», sagte Dill.

«Tim?»

«Annehmen unter Vorbehalt.»

Wieder nickte der Senator, diesmal gedankenvoll, und fügte dann hinzu: «Zumindest bis wir herausgefunden haben, was Clyde Brattle in eigener Sache zu sagen hat.»

«Richtig», sagte Dolan. «Niemals einen Vertrag machen, solange man nicht weiß, wieviel Paddy bezahlen will.»

Eine der vornehmen Augenbrauen des Senators zuckte hoch. «Bostoner Folklore?»

«Nee, so steht's im Katechismus.»

«Nun», sagte der Senator, «was wir tun werden, ist, mit allen beiden zu sprechen, und dann treffen wir unsere Entscheidungen.» Er drehte sich noch einmal zu der Bronzestatue um und musterte sie. «William Gatty, wie? Sieht ganz nach einem Mordskerl aus.»

Während sie darauf warteten, daß Jake Spivey mit dem Wagen käme, musterte Dill verstohlen den Senator, der noch immer die Statue begutachtete. Du kommst hierher, junges Herrchen, dachte Dill, völlig unberührt von irgendwelchen Bedenken oder Gewissenszweifeln, ganz zu schweigen von gesundem Menschenverstand. Du kommst hierher, deine einzige Waffe ein rücksichtsloser, brennender Ehrgeiz, und es ist keineswegs ausgemacht, ob das reichen wird oder nicht. Es wird interessant sein, zuzusehen, wenn die kämpfenden Parteien aufeinandertreffen. Es wird sogar noch interessanter sein, zuzusehen, wer gewinnt.

«Jesus», seufzte Tim Dolan, als Spivey seine Hunderttausend-Dollar-Karosse vor dem Flughafeneingang zum Halten brachte.

Der Senator lächelte fein. «Irgendwie», sagte er, «habe ich gewußt, daß es ein Rolls sein würde.»

Es war keine richtige Suite, die Dill für Senator Ramirez und Tim Dolan im sechsten Stock des Hawkins Hotel reserviert hatte. Es waren nur zwei zusammenhängende Zimmer – eins davon mit einem Doppelbett, das andere mit einem Einzelbett, einer Couch und einigen zusätzlichen Sitzgelegenheiten. Sie hatten sich Kaffee heraufschicken lassen. Die leeren Tassen standen jetzt zusammen mit den Aschenbechern auf dem runden, niedrigen Tisch, daneben lag Tim Dolans gelber Schreibblock, in den er bisher kein einziges Wort geschrieben hatte. Spivey rauchte eine Zigarre, Dolan seine Zigaretten, der Senator und Dill rauchten nicht. Sie waren alle in Hemdsärmeln, mit Ausnahme von Dill, der den Revolver noch immer in seiner Hüfttasche stecken hatte. Die Besprechung, obwohl erst fünfundvierzig Minuten alt, war bereits an einen toten Punkt gelangt.

Jake Spivey lehnte sich in seinen Stuhl zurück, schob die Zigarre in einen Mundwinkel und bedachte alles mit einem fröhlichen Lächeln. «Tim, was Sie von mir verlangen, ist, daß ich aufs Gerüst steige, den Kopf in die Schlinge stecke, während ihr Burschen ein bißchen ruckt und daran zieht – nur um sicherzugehen, daß alles richtig sitzt –, und dann erwartet ihr von mir, daß ich verkünde, welche Ehre es für mich ist, bei meiner eigenen Hinrichtung durch den Strang anwesend sein zu dürfen. Und dann, je nachdem, wie euch an diesem Tag gerade zumute ist, laßt ihr vielleicht die Klappe runterfallen, oder ihr tut es womöglich auch nicht.»

«Niemand läßt eine Falle zuschnappen, Jake», sagte Dolan.

Spivey sah ihn forschend an. «Haben Sie die Zustimmung des gesamten Komitees?»

«Die haben wir», sagte Senator Ramirez.

Spivey schaute zum Senator hinüber und musterte ihn voller Interesse. «Nun, Sir, ich bin sicher, Sie können zwei und zwei genausogut zusammenzählen wie ich, und wahrscheinlich sind Sie mir darin über, denn ich bin darin eigentlich kein großes Licht. Aber in Washington hab ich mir ein paar Anwälte genommen, von denen jeder behauptet, daß sie im Zusammenrechnen und -raffen verdammt gut sind. Weiß Gott, das sind sie. Sie nehmen mich genug aus. Nun, also diese Anwälte dort – die meinen, nachdem sie hier ein bißchen hinzugefügt und da ein bißchen abgezogen haben, daß Ihnen noch so zwischen zwei und drei Stimmen fehlen könnten. Wahrscheinlich drei.»

«Dann würde ich doch vorschlagen, daß Sie sich Ihren Rat woanders holen», sagte Ramirez.

«Senator, lassen Sie mich Ihnen eine ganz einfache Frage stellen.»

«Selbstverständlich.»

«Was Sie von mir wollen, ist doch – nachdem Sie diese ganze Geschichte abgekocht haben –, daß ich Ihnen helfe, Clyde Brattle ans Messer zu liefern, stimmt's?»

Der Senator nickte.

«Was also ist dann für mich dabei drin?»

«Sie haben uneingeschränkte Immunität verlangt.»

«Sicher, die verlange ich. Aber was springt für mich dabei raus?»

«Immunität ist doch eine ganz annehmbare Möglichkeit», sagte Ramirez.

Spivey lächelte. «Eine Möglichkeit ist vielleicht auch nicht das Gelbe vom Ei, sei sie nun ganz annehmbar oder nicht.»

«Es wäre verfrüht, wenn wir zu diesem Zeitpunkt schon irgendwelche Versprechungen machen wollten, Mr. Spivey. Das wissen Sie ganz genau.»

«Jake», sagte Tim Dolan.

Spivey drehte sich halb zu ihm hin, Dolan beugte sich eifrig vor, ganz der gewiefte Verkäufer. «Lassen Sie es mich mal so formulieren, Jake. Brattle ist sehr übel, und wir brauchen ihn ganz dringend. Sie, na ja, Sie sind nur halb so übel, oder vielleicht sogar nur zu einem Viertel so übel wie er, und wenn wir also zu wählen hätten zwischen Ihnen und Brattle – wählen könnten, wem wir die Eisen anlegen, dann nehmen wir uns den echt schlimmen Typ, also Brattle, und der Ankläger wird dasselbe wollen, und in diesem Fall kann ich Ihnen beinahe mit Sicherheit unbeschränkte Immunität garantieren.»

Spivey lächelte wieder, und diesmal fiel Dill auf, daß sein Lächeln von Mal zu Mal kühler wurde. «Da ist schon wieder dieses ‹Beinahe»›, sagte Spivey, «was beinahe so schlecht ist wie eine ‹annehmbare Möglichkeit›.» Das kühle Lächeln wurde eisig. «Wissen Sie, was ich denke, was ihr Freunde wirklich mit mir vorhabt?» Das Lächeln war wie angefroren, als er zuerst zu Dolan, dann zum Senator hinschaute und dann wieder zurück zu Dolan. Sein Blick ging über Dill hinweg.

Der Senator ergriff schließlich wieder das Wort. «Und das wäre?»

«Ich glaube, Sie wollen sowohl mich als auch den guten Clyde fertigmachen. Ich vermute, Sie haben sich ausgerechnet, Sie könnten es mit Clyde so hinbiegen, daß er für ein Jahr oder zwei in einem dieser staatlichen Country Clubs behaglich untertaucht, und als Gegenleistung dafür bietet er mich an – und, wie ich mir vorstellen könnte, vielleicht noch ein paar andere Figuren als Zugabe. Oder er sagt eben nur, daß er uns ausliefern wird. Clyde erzählt einen Haufen Lügen, wissen Sie. Eigentlich lügt er schon, wenn er den Mund aufmacht – morgens, mittags, abends. Aber eins ist nun mal Tatsache: Clyde kann mich niemandem ausliefern – ganz gleich, was er behauptet.»

«Und was ist mit all diesen Vietnamgeschichten, Jake?» sagte Dill.

Spivey schien ihm dankbar für diese Frage. «Nun, das ist ja alles vor langer, langer Zeit gewesen, nicht wahr? Und das kümmert doch heute niemanden mehr einen Dreck. Aber was ich dort gemacht habe, hab ich als Beauftragter der Regierung der Vereinigten Staaten getan. Und obwohl das, was ich dort getan habe, nicht gerade schön gewesen ist, war es auch um keinen Deut schlimmer als das, was die anderen dort verbrochen haben. Falls Sie also glauben sollten, Sie könnten mich dafür zum Sündenbock machen, dann liegen Sie verdammt schief. Wenn Sie das versuchen sollten, brauchen Sie mehr als einen Clyde Brattle. Sie müßten dabei schon die Unterstützung der Agency haben, und die werden Sie nie und nimmer bekommen.»

«Und danach?» sagte Dill.

«Du meinst, nachdem der letzte Helikopter vom Botschaftsdach abgehoben hat, da unten alles verloren war und es ab nach Hause ging? Na ja, hinterher hab ich 'ne Menge Zeugs gekauft und dann weiter verkauft. Das ist schon alles.»

«Manch einer würde das natürlich geschäftliche Verbindungen mit einer feindlichen Macht nennen», sagte der Senator.

Der Anflug eines Lächelns, der sich auf Spiveys Gesicht zeigte, konnte die Bosheit nicht verdrängen, die immer stärker spürbar geworden war. Jetzt kommt es, dachte Dill. Das, was er in der Hinterhand behalten hatte. Er sah zu Dolan und Ramirez hinüber und konnte es ihnen ansehen, daß sie es auch gespürt hatten.

Spiveys Stimme war leise und beinahe sanft, als er sagte: «Bisher haben sie es noch nicht Geschäfte mit einer feindlichen Macht genannt – und wissen Sie auch, warum?»

Dill hatte nicht den Eindruck, daß sie Bescheid wußten. Schließlich war es der Senator, der ganz verhalten die Frage stellte: «Ja, warum?»

«Es ist mir aufgetragen worden», sagte Spivey.

«Und auf wessen Weisung sind Sie tätig geworden?»

«Langley.» Da war es wieder, dieser halbversteckte Lächeln, jetzt nicht mehr hintergründig, und boshaft, sondern ganz einfach triumphierend. Oder rachsüchtig, dachte Dill. «Das war vor langer, langer Zeit, Senator», fuhr Spivey fort. «Es ist jetzt fast zehn Jahre her, und vielleicht können Sie sich nicht mehr so genau erinnern, aber –»

Der Senator unterbrach ihn. «Ich erinnere mich.»

«– wir sind Hals über Kopf raus und haben das Zeug zurückgelassen. Tonnenweise, Tausende und Abertausende von Tonnen davon. Schweres Gerät, leichtes Gerät, was immer Sie wollen – es lag nur so herum. Na ja, Ausschuß eben. Es war aus und vorbei, und am Ende hatten Onkel Hos Leute gewonnen, genau wie jeder, der noch alle auf der Latte hatte, es ja auch von vornherein gewußt hatte. Aber immerhin brauchten sie ja den ganzen Kram nicht mehr. Manches schön, natürlich, aber nicht alles. Aber Langley wußte Adressen, wo Bedarf war. Leute in Afrika und im Nahen Osten und Südamerika und Mittelamerika und wo sonst noch. Also bestand unser Job, der von mir und Clyde, darin, das Zeug gegen bar von Hos

Leuten zu kaufen und es für bares Geld all denen weiterzuverkaufen, die sich mit Aufständen im eigenen Land rumschlagen mußten – oder mit Konterrevolutionen, einem Putsch hier und da von irgendwelchen Arschlöchern oder ähnlichem. Es waren alles Leute, um die sich Langley kümmerte und die Unterstützung bekamen. Man hat uns also aufgefordert zu machen, was wir dann auch getan haben, und auf diese Weise sind wir dann auch mit Gottes Segen reich geworden. Wenn Sie mich also deswegen vor Gericht stellen wollen, müssen Sie auch halb Langley und eine Reihe anderer Leute vor Gericht stellen. Und, Senator, ganz im Vertrauen, ich glaube eigentlich nicht, daß Sie den Nerv haben, so etwas durchzuziehen.»

«Aber was war danach, Jake?» sagte Dill. «Nach Vietnam.»

«Was heißt danach? Nun, danach hatte Clyde Blut geleckt und wurde gierig, böse, gemein und immer reicher, und ich bin ausgestiegen. Mit dem, was später war, hab ich nichts mehr zu tun, aber was danach passiert ist, weiß ich ganz genau. Falls Sie also den guten alten Clyde Brattle hängen sehen wollen – wenn's nur das ist, Freunde, spendier ich euch den Strick.» Er legte eine Pause ein und fügte mit gefährlich leiser Stimme hinzu: «Aber mich rührt keiner von euch an.»

Ein längeres Schweigen entstand, bis der Senator lächelte und sagte: «Gut. Ich würde also denken, daß jeder im Grundsätzlichen weiß, woran er ist. Was meinen Sie, Tim?»

Dolan sah Spivey an und grinste. «Ich glaube, wir wissen jetzt immerhin ganz genau, wo Jake steht.»

Der Senator stand auf. Das Treffen war zu Ende. Nachdem auch Spivey sich erhoben hatte, reichte ihm der Senator die Hand. «Sie sind mit uns sehr offen gewesen, Jake – Sie haben doch nichts dagegen, oder? Daß ich Sie

Jake nenne?» Spivey schüttelte den Kopf. «Nein, wir wissen das durchaus zu schätzen. Wir werden das alles noch mal untereinander durchsprechen, und ich bin sicher, daß wir eine Lösung finden, die uns alle zufriedenstellt.» Der Senator lächelte, als er Spiveys Hand ergriff. Es war ein liebenswürdiges, beinahe warmherziges Lächeln, aber weder warmherzig noch liebenswürdig genug, um als Versprechen durchzugehen, auf das Verlaß sein konnte.

Spivey lächelte zurück – ein beinahe vorschnelles, zögerndes, halbes Lächeln –, machte auf dem Absatz kehrt, griff nach seinem Leinenjackett, legte es sich über die Schulter und ging zur Tür. Er blieb stehen, als Dill ihm zurief: «Ich komme mit, Jake.»

Als sie auf den Fahrstuhl warteten, sagte Spivey: «Ich glaube, ich komm wohl nicht daran vorbei, mit dem alten Clyde einen Handel abzuschließen.»

«Das solltest du wohl besser tun», sagte Dill.

34

Montag abend gegen achtzehn Uhr an diesem heißen achten August betrug die Außentemperatur noch immer 39 Grad Celsius. Kurz nach achtzehn Uhr liebten sie sich auf dem riesigen alten Schreibtisch aus massiver Eiche. Der Schreibtisch stand in ihrem Büro in der großen Gewerbewohnung, die Anna Maude Singe sich mit einer staatlich anerkannten Buchprüferin teilte. Die Buchprüferin hatte es kurz nach sechzehn Uhr am heißesten Tag des Jahres – wie sich später herausstellen sollte – nicht mehr ausgehalten und war nach Hause gegangen. Auch die Sekretärin, die sie und Anna Maude Singe sich teilten, hatte nur noch eine Viertelstunde weitergemacht und sich dann auf den Heimweg begeben.

Dill hatte zuerst alle Vollmachten unterzeichnet. Sie machten Anna Maude Singe zu seiner anwaltlichen Vertreterin und beauftragten sie damit, die Auszahlung der Lebensversicherung seiner Schwester zu erwirken und, falls möglich, das gelbe zweigeschossige Ziegelhaus zu verkaufen. Nachdem er ein letztes Mal schwungvoll seinen Namen hingekritzelt hatte, legte Dill den Kugelschreiber hin und berührte Anna Maudes nackten, gebräunten Arm. Plötzlich umklammerten sie einander heftig und küßten sich wild, wobei sie an seinem Gürtel und er an ihrem Höschen zerrte, das er ihr über Hüften und nackte Beine streifte. Es gelang ihr, seinen Gürtel zu öffnen, und er nahm sich gerade noch die Zeit, unbeholfen seine Jacke abzuschütteln. Hosen und Shorts glitten zu einem kleinen Häufchen auf dem Fußboden hinunter, und die Pistole fiel dabei aus seiner Hüfttasche. Beide bemerkten davon nichts, weil sie mit Feuereifer bei der Sache waren. Aber dann hatten sie es geschafft, und danach war alles ein Klammern und Drücken und Schieben und Stoßen und kleine Schreie und Stöhnen und schließlich eine gemeinsame Explosion und lustvolle Entspannung.

Dill blieb danach eine Weile stehen, Hosen und Shorts noch immer um seine Knöchel hängend. Anna Maude Singe setzte sich auf die Kante des Schreibtisches, zog ihren Rock über die Knie und lächelte aus tiefster Befriedigung über sich selbst. Sie schaute nach unten und machte schon Anstalten, über seine lustig zusammengerollten und zerknitterten Hosen und Shorts zu lachen. Doch als sie die Pistole auf den Fußbodendielen liegen sah, verflog das Lächeln, und das Lachen blieb ihr im Hals stecken. Sie sagte nur: «O Scheiße!»

Dill langte nach unten und zog Shorts und Hosen über, machte den Gürtel zu, bückte sich, hob den Revolver auf und stopfte ihn in seine rechte Hüfttasche. Dann nahm er sein Jackett von da auf, wo er es fallen gelassen hatte, und streifte es über.

«Wen willst du denn nun erschießen?» fragte sie.

«Wen würdest du denn vorschlagen?»

«Klugscheißergeschwätz», sagte sie, ließ sich von der Tischkante gleiten und ging zu einem Fenster hinüber, das sechs Stockwerke tief auf die Second und Main Street hinabschaute. «Ich kann solches Klugscheißergeschwätz jetzt nicht haben. Was wir auf der Tischplatte hier fünf oder zehn oder fünfzehn Minuten oder wie lange auch immer gemacht haben, nun, das war die erotischste und stürmischste Vögelei, die ich je erlebt habe, und das ist, so möchte ich mal festhalten, schon etwas Denkwürdiges und Einmaliges.» Sie blieb einen Augenblick lang still. «Warum das so gewesen ist, weiß ich eigentlich auch nicht, aber das war's.»

Dill nickte beinahe andächtig. «Ich hab das auch so empfunden.»

«Dann sah ich das Scheißding da unten liegen, und alles war wie weggeblasen. Dieses Nachleuten – oder was immer es war. Jetzt seh ich mir diesen Schreibtisch an, mir wird wieder einfallen, daß wir uns darauf geliebt haben, aber das Gefühl, wie packend und sinnlich es gewesen ist, ist verflogen. Das einzige, woran ich mich dann noch erinnern werde, ist diese verfluchte Waffe.»

«Es tut mir leid», sagte er. «Ich meine das mit der Waffe.»

Sie wandte sich ab, setzte sich vor den Schreibtisch und öffnete eine Schublade. Sie nahm ihre Handtasche heraus, zog einen Schlüsselbund hervor und reichte ihn Dill. «Der mit dem Pünktchen mit rotem Nagellack drauf ist für die Vordertür.» Er nahm ihn, sah sich den Schlüssel mit dem roten Punkt darauf an und verstaute ihn in seiner Tasche. Sie schaute auf ihre Uhr. «Du mußt jetzt wohl gehen.»

«Ich hab noch ein paar Minuten Zeit», sagte er.

«Es ist besser, wenn du jetzt gehst.»

«Na schön.»

Sie runzelte die Stirn. «Wann darf ich nach Hause kommen?»

Dill dachte kurz nach. «Um elf Uhr dreißig würde ich sagen. Jedenfalls nicht später.»

«Wirst du noch dort sein?»

«Sicher, falls du das möchtest.»

Ihre Stirn war noch immer kraus, als sie sagte: «Ich weiß selbst nicht, ob ich möchte.»

«Wenn du nicht willst, kannst du mich ja rauswerfen.»

Sie nickte und sagte: «Also, nun geh schon.»

«Gut», sagte er, machte kehrt und ging zur Tür.

«Dill», sagte sie.

«Ja?»

«Mir wär's lieber gewesen, du hättest die Pistole nicht dabeigehabt.»

«Mir auch», sagte er, öffnete die Tür und ging.

Fünf Minuten vor sieben an diesem Abend war die Temperatur auf 35 Grad Celsius gefallen. Der gemietete Ford mit Dill am Steuer parkte etwa zehn Meter vor der Einfahrt, die an der Ecke Nineteenth und Fillmore hinter dem großen alten Haus verlief. An der Durchfahrt lag die Garagenwohnung oder die Remise, wo Dills tote Schwester gelegentlich gewohnt hatte und wo er für sieben Uhr mit Clyde Brattle verabredet war.

Auf dem Nebensitz saß Tim Dolan. Ganz hinten hockte Joseph Emilio Ramirez, der Baby-Senator aus

New Mexico, dessen schwarze Augen vor Erregung glitzerten. Jedenfalls hatte Dill diesen Eindruck.

«Wie heißen die beiden doch gleich?» fragte der Senator, der zu dem dunkelblauen Oldsmobile 98 hinüberstarrte, der ein Stück weiter die Straße herauf in falscher Richtung geparkt war, genau auf der entgegengesetzten Seite der Zufahrt. Zwei Männer saßen auf dem Vordersitz des Olds. Ihre Gesichter waren nicht zu unterscheiden.

«Harley und Sid», sagte Dill. «Sie arbeiten für Brattle. Soweit ich weiß, schon seit ewigen Zeiten.»

«Was machen sie für ihn?»

«Was immer er ihnen sagt. Augenblicklich wollen sie wohl nur sichergehen, daß das FBI nicht miteingeladen ist.»

«Wo ist Brattle?» fragte Dolan.

«Er wird schon kommen.»

Minutenlang saßen sie schweigend im Dunkeln. Ein Taxi bog Ecke 20th und Fillmore ein, näherte sich Dills Ford, wendete in einem schwungvollen Bogen und hielt vor der alten Ziegelei auf der anderen Straßenseite.

«Da drüben im Taxi, das wird Brattle sein», sagte Dill.

Kurz bevor es auf gleicher Höhe mit dem Oldsmobile war, beschleunigte das Taxi. Als es an Dills geparktem Ford vorüberfuhr, hatte es mindestens achtzig Stundenkilometer drauf. «Ja richtig, das war Brattle», sagte Dill.

«Warum hat er nicht angehalten?»

«Er wird schon zurückkommen. Harley und Sid haben ihm wahrscheinlich mit ihren Bremsleuchten Zeichen gegeben.» Dill schaute auf seine Uhr. «Nun, wir haben noch genau eine Minute Zeit. Ich finde, wir sollten jetzt gehen.»

Er stieg aus und ging um den Wagen herum. Der Senator rutschte herüber und stieg auf der rechten Seite aus, wobei er sein Aktenköfferchen umklammert hielt. «Tun Sie es wieder zurück», sagte Dill, «es sei denn, Sie möchten, daß Harley und Sid darin herumkramen.»

«Oh», sagte der Senator. «Ja richtig. Versteh schon.» Er warf das Köfferchen auf den Rücksitz des Ford. Dill vergewisserte sich, daß alle vier Türen abgeschlossen waren. Sie gingen auf die Remise zu. Das Oldsmobile blendete mehrmals kurz auf. Dill winkte.

«Brattle wird sichergehen wollen, daß keiner von uns ein Bandgerät eingeschaltet hat», sagte Dill, während er den Schlüssel ins Türschloß schob, aufschloß und sie dann zu der stickigen Treppe führte. Bevor er die Treppen hinaufstieg, wandte er sich noch einmal zu Ramirez und Dolan um und sagte: «Sie haben doch keins dabei, oder?»

Der Senator schüttelte verneinend den Kopf. Dolan meinte: «Verdammt noch mal, nein.»

«Wahrscheinlich werden wir unsere Hemden aufknöpfen müssen.»

«Und wie steht's mit ihm?» fragte Dolan.

«Brattle? Nun, der muß seines eben auch aufknöpfen.»

Es war fünf Minuten nach sieben, als Brattle in Begleitung von Harley und Sid eintraf. Dill hatte die Klimaanlage eingeschaltet, und die Temperatur von jetzt 23 Grad war angenehm zu ertragen. Der Senator und Dolan hatten ihre Jacketts abgelegt. Als Tim Dolan fragte, warum Dill seine Jacke nicht ausgezogen hätte, sagte er, er fände es gar nicht so warm. Dolan starrte ihn neugierig an, sagte jedoch nichts, als es an der Tür klopfte.

Dill ging öffnen. Der Mann, der geklopft hatte, war Harley der Klotz. Hinter Harley stand Sid, und noch weiter hinten, halb auf der Treppe, war Clyde Brattle.

«Nur ihr drei und sonst niemand?» sagte Harley.

Dill nickte. «Nur wir drei.»

«Entschuldigung, aber Sid und ich wollen auf Nummer Sicher gehen.»

«Soll mir recht sein.»

Haley und Sid kamen herein. Clyde Brattle folgte ihnen langsam und vorsichtig, nickte zu Dolan und dem Senator hinüber, während er Dill keinerlei Beachtung schenkte. Harley erkundete den hinteren Teil der Wohnung und untersuchte das Schlafzimmer und das Bad. Sid ging ins Wohnzimmer und in die Küche. Dill ging mit ihm und beobachtete ihn bei seiner Arbeit. Er fand, daß Sid sie sehr gekonnt machte. Er wußte, wo und wonach er zu suchen hatte, und auch, wo er nicht eigens nachsehen mußte. Er verschwendete keine Zeit. Nach weniger als fünf Minuten war Sid wieder im Wohnzimmer. Durch ein Kopfschütteln verständigte er sich mit Brattle. Harley kam kurze Zeit später und machte dieselbe verneinende Geste.

Brattle lächelte Ramirez beinahe entschuldigend zu und sagte: «Senator, falls Sie nichts dagegen haben, hätte ich gern, daß Sie und Mr. Dolan Ihre Hemden aufknöpfen – damit uns solche Unannehmlichkeiten später erspart bleiben.»

«Natürlich», sagte Ramirez und machte sich daran, sein Hemd aufzuknöpfen, das, wie Dill feststellte, handgemacht war. Unter dem aufgeknöpften Hemd zeigte Ramirez eine sonnengebräunte Brust und einen flachen, straffen Bauch. Dolans geöffnetes Hemd enthüllte einen weichlichen, weißen, bemerkenswert haarlosen Körper.

«Und jetzt Sie, Clyde», sagte Dill, während er sein eigenes Hemd aufknöpfte. Brattle lächelte, zog seine Jacke aus und machte sein Hemd auf. Sein Bauch war flach und hatte offenbar keine Sonnenbräune abbekommen. Dill behielt sein Jackett an, doch zog er das Hemd aus der Hose und hielt es weit offen, so daß jeder es sehen konnte.

Brattle lächelte zu Sid hinüber und nickte Dill zu. «Taste ihn trotzdem noch mal gut ab, Sid.»

Sid fand den Revolver fast sofort und zeigte ihn Brattle. «Er hat nur dieses Schießeisen hier», sagte Sid.

Nachdem Brattle kurz über diesen Fund nachgedacht hatte, zuckte er die Achseln und meinte: «Ich glaube, wir können uns jetzt alle wieder anziehen.»

Sid gab Dill die Pistole zurück, der sie wieder einsteckte und die Enden seines Hemdes wieder in die Hosen zurückschob, während er sich zu Harley und Sid wandte und sagte: «Ihr könnt jetzt verschwinden, Jungs.» Sie schauten zu Brattle hinüber. Er nickte. Harley und Sid gingen. Ohne erkennbaren Grund sagte niemand ein Wort, bis ihre Schritte auf der Treppe verhallt waren.

Dann ergriff der Senator die Initiative. Er bat Brattle, auf einem Stuhl Platz zu nehmen, und setzte sich mit Dolan auf die Couch. Er fragte Dill, ob etwas Kaltes zu trinken da wäre, und meinte dann, daß er auch mit Wasser vorliebnehmen würde. Dill sagte, vielleicht könnte er auch ein Bier auftreiben.

Mit Felicitys letzten vier Flaschen und vier Gläsern kam Dill aus der Küche. Er stellte alles auf dem Couchtisch ab und forderte die anderen auf, sich zu bedienen. Brattle goß sich Bier ein, kostete, lächelte, wandte sich dem Senator zu und sagte: «Also dann. Ich vermute, daß Sie mit Jake bereits gesprochen haben.»

«Sie meinen heute?» sagte Ramirez, der sich ganz zugeknöpft geben wollte.

«Wie geht's ihm denn – beteuert er noch immer seine Unschuld?»

Der Senator lächelte. «Immerhin ist er nicht auf der Flucht.»

Tim Dolan beugte sich nach vorn. «Sie sind doch hier, um mildernde Umstände auszuhandeln, Mr. Brattle. Lassen Sie hören, was Sie uns zu bieten haben.»

Brattle machte eine beschwichtigende Geste. «Da bin also erst mal ich, der sich anbietet. Ich plädiere auf schuldig und begehe einige Indiskretionen im Austausch gegen etwas Entgegenkommen und Strafnachlaß.»

«Wieviel Nachlaß?» fragte Dolan.

«Na ja, ein milder Spruch von achtzehn Monaten würde schon reichen.»

Dolan lächelte, doch hinter der glatten, freundlichen Miene zeigte sich auch Hohn. «Und das, anstatt neunundneunzig Jahre abzusitzen, wie?»

«Ich bin noch nicht ganz fertig», sagte Brattle.

«Fahren Sie fort», sagte der Senator.

«Außer mir selbst bekommen Sie noch Jake Spivey, dessen Schuldanteil nur unwesentlich geringer ist als mein eigener.»

«Spivey», sagte der Senator. «Nun ja, ich denke Spivey wird sich eh nicht mehr herauswinden können. Wir könnten ihn aufs Bänkchen zerren, ihn nach allen Seiten durchleuchten und ihn entweder einbuchten oder wieder loslassen.»

«Spivey gehört zu meinem ganzen Paket», sagte Brattle. «Ich fürchte, Sie müssen ihn schon mit in Kauf nehmen – kleiner Fisch oder nicht.»

Der Senator schaute zu Tim Dolan hinüber, dessen Mundwinkel sich verächtlich herabzogen, als wollte er sagen: Na und, wenn Spivey ein oder zwei Jahre absitzt – wen kümmert das groß? Der Senator bestätigte mit einem unmerklichen Nicken, daß ihn das auch völlig kaltlassen würde.

«So weit, so gut, Clyde», sagte Dill, «du bietest uns Jake an und dich selbst. Ich weiß nicht, ob Jake dabei überhaupt eine Rolle spielt oder nicht. Aber du bist der große Preis. Der ganz große Fisch. Du machst das Rennen. Aber merkwürdig bleibt doch, daß wir nur aufstehen müßten, zum Telefon gehen und das FBI anrufen, ihnen nur mitteilen müßten, daß du hier bist, damit sie die Maschen dicht machen. Wir müßten ja gar nicht verhandeln und dir irgendwelche Zugeständnisse machen. Ein Anruf würde schon genügen.»

«Das ist mir klar», sagte Brattle.

Dill lächelte. «Es würde mich auch wundern, wenn es anders wäre.» Er wandte sich an den Senator. «Ich glaube, Clyde hat noch etwas anderes zu bieten. Etwas Unschlagbares.»

«Ja, das ist schon verführerisch», sagte Brattle mit einem ermunternden Lächeln.

Der Senator versuchte ganz kühl zu bleiben. «Und das wäre?» fragte er.

Brattle griff in seine Jackentasche und zog eine Karte im Format DIN A 7 heraus. Er reichte sie zuerst Dolan hinüber, dessen Augenbrauen hochzuckten, nachdem er sie gelesen hatte, und der dann fast bestürzt vor sich hinmurmelte: «Heilige Mutter Gottes.» Er reichte die Karte an den Senator weiter, der sie ohne die leiseste Regung las und gerade in die Tasche stecken wollte, als er Dills ausgestreckte Hand sah. Nach einigem Zögern gab der Senator die Karte an Dill weiter, der die vier Namen, die darauf geschrieben waren, mit klarer, lauter Stimme vorlas.

Zwei der Namen waren allen bestens aus den Schlagzeilen vertraut, vorausgesetzt, sie hörten zumindest gelegentlich die überregionalen Nachrichten, las die Aufmacher mindestens einer Tageszeitung und war Käufer oder Abonnent jeder beliebigen anderen Zeitschift neben dem

TV-Guide. Die beiden anderen Namen waren etwas weniger gut bekannt, doch hatten sie immerhin bei denen einen vertrauten Klang und wurden respektvoll von ihnen erwähnt, die sich selber für Makler der politischen Macht in Washington hielten. Der erste, weniger bekannte Name gehörte einem Mann, der noch immer ein sehr hochgestelltes Tier bei der CIA war. Der zweite, weniger klangvolle Name war der eines anderen Mannes, der ebenfalls Spitzenagent bei der CIA gewesen war, sich jedoch inzwischen als Lobbyist in Washington betätigte, dessen Dienste einiges kosteten. Der erste, landauf, landab bekannte Name war der eines stellvertretenden Stabschefs im Weißen Haus. Der zweite Name war der eigentlich sensationelle Hit: Es war der eines vormaligen CIA-Superstars, der sich inzwischen zum US-Senator gemausert hatte.

«Was Sie damit wohl zu verstehen geben wollen, Clyde», bemerkte Dill, «ist doch, daß Sie all diese Typen hier in der Tasche haben.» Und wieder las Dill die vier Namen vor, doch diesmal mit normaler, fast gleichgültiger Stimme.

«Ich habe allen vieren zu Reichtum verholfen», sagte Brattle. «Na ja, auf jeden Fall zu Wohlstand.»

«Sie können das natürlich beweisen», sagte der Senator.

«Ich kann's beweisen.»

Von Tim Dolans nächster Frage war Dill in höchstem Maße überrascht. Und er hatte die Vermutung, daß seine Kumpane in Boston nicht nur überrascht gewesen wären, sondern auch tief enttäuscht. Dolans Frage lautete: «Und jetzt möchten Sie, daß wir dabei helfen, diese vier Typen in die Pfanne zu hauen!»

Der Senator konnte die wütende Ungeduld in seiner Stimme nicht ganz zurückhalten, als er sich Dolan zuwandte und grollend sagte: «Herrgott noch mal, Tim.»

Dolan starrte den Senator an, und dann breitete sich auf seinem hübschen irischen Gesicht ein Ausdruck tiefen Verstehens und entzückten Einverständnisses aus. Dill glaubte auch eine Spur von Ehrfucht in seiner Miene festzustellen, als Dolan sich langsam zu Brattle zurückwandte und sagte: «Oh. Ja. Jetzt verstehe ich. Sie wollen sie nicht im Knast haben. Was Sie uns bieten wollen, ist die Gelegenheit, sie draußen zu halten.»

Brattle lächelte Dolan ermunternd an, so wie er etwa einem leicht begriffsstutzigen Schüler zugelächelt haben würde, der ganz unerwartet zu größeren Hoffnungen berechtigte. «Genau», sagte er und wandte sich wieder zu Ramirez. «Nun, Senator?»

Dill glaubte jetzt zu wissen, welchen Kurs der Senator einschlagen würde. Trotzdem gab er ihm stillschweigend einen guten Rat mit. Bring wichtige Männer ins Gefängnis, junges Herrchen, und alles, was du dabei gewinnst, ist ein sehr vergänglicher Ruhm. Bewahre wichtige Männer vor dem Gefängnis und stell dabei sicher, daß sie genau wissen, daß du es bist, der sie davor bewahrt, und du erwirbst dir beträchtliche Macht. Und Macht ist doch selbstverständlich das, worum sich in deinem erwählten Beruf alles dreht: Wie man sie bekommt; wie man sie behält; wie man sie verwendet.

Es verstrichen etwa zehn Sekunden, bevor der Senator auf Clyde Brattles Frage antwortete. «Ich glaube schon», sagte er ganz langsam, «daß wir zu irgendeiner Vereinbarung gelangen können, Mr. Brattle.»

Und im selben Moment wußte Dill auch, daß Jake Spivey, vorausgesetzt, der tote Harold Snow hatte ihn nicht angelogen, nie auch nur einen einzigen Tag im Gefängnis absitzen müßte.

35

Dill brachte Clyde Brattle die Treppen hinunter. Als sie auf der letzten Stufe standen, sagte Dill: «Jake möchte ein Treffen. Er will mit Ihnen ein Geschäft machen.»

Brattle wandte sich zur Seite und musterte Dill eingehend. Die Prüfung begann bei Dills Schuhen und arbeitete sich bis zu seinen Augen hoch. Er schien Dills Augen ganz besonders interessant zu finden. «Wann?» fragte Brattle.

«Heute abend um zehn.»

«Wo?»

«In der Wohnung meiner Anwältin. Hier ist die Adresse.» Dill reichte Brattle einen kleinen Zettel, auf den Anna Maude Singes Namen und Adresse geschrieben waren. Brattle machte sich nicht die Mühe, ihn zu lesen. Er steckte ihn einfach in seine Jackentasche.

«Wie sieht's da aus?» fragte Brattle.

«Der einzige Weg nach oben sind die Treppen und ein Fahrstuhl. Jake bringt zwei seiner Mexikaner mit. Sie können sich von Harley und Sid begleiten lassen. Sie können alle irgendwo herumstehen und sich angiften.»

«Wer wird sonst noch da sein?» fragte Brattle. «Nur Sie, Jake und ich.»

«Warum Sie?»

Dill zuckte die Achseln. «Warum nicht?»

Nach einer kleinen Pause nickte Brattle mit seinem feinen Römerkopf. «Ich werd's mir überlegen», sagte er, ging zur Tür und schritt in den heißen Augustabend hinaus.

Es war noch nicht ganz acht Uhr abends, als Dill in das Wohnzimmer seiner toten Schwester zurückkam. Indem er Brattle nach unten begleitet hatte, hatte er dem Senator und Tim Dolan hinreichend Zeit gegeben, die nächsten Züge vorauszuplanen, die es ihnen ermöglichen würden, Brattles Vorschlag anzunehmen. Doch zuerst mußte es ihnen darauf ankommen, Dill aus der ganzen Sache herauszubugsieren. Er fragte sich, wie sie das wohl anstellen wollten. Er wußte, daß sie sich ausweichend verhalten würden; irgendwie hoffte er auch, daß sie clever sein würden.

Als er das Wohnzimmer wieder betrat, stellte ihm Tim Dolan eine Frage, die Dill sofort als gerissen einstufte. Dolan fragte: «Was meinst du, hat er uns unsere Show abgekauft?»

«Brattle?»

«Ja.»

«Es schien ganz so», meinte Dill.

Der Senator lächelte. «Ich glaube, wir haben alle diese Nummer mit ihm sehr gekonnt abgezogen. Finden Sie nicht?» Bevor Dill darauf antworten konnte, fuhr der Senator fort: «Besonders, als Tim hier seine Rolle als Trottel gespielt hat.»

Dill nickte. «Das war allerdings sehr überzeugend.»

«Er hat's mir abgekauft», sagte Dolan mit zuversichtlicher Miene, doch sein Tonfall drückte leichten Zweifel aus.

«Doch, doch, das hat er», sagte Dill und fragte zum Senator gewandt: «Und was jetzt?»

«Jetzt? Nun, wir halten ihn ein oder zwei Tage hin, und dann liefern wir ihn aus. Ich würde allerdings meinen», fügte er langsam hinzu, wobei sich ein weiser, gedankenvoller Ausdruck auf seinem beinahe vollkommenen Gesicht ausbreitete. «Das heißt, ich meine, von jetzt an sollten wir Tim alle Verhandlungen mit Brattle überlassen. Finden Sie nicht?»

«Er ist der Berater», sagte Dill, «das sollte seine Aufgabe sein.»

«Gut», sagte Ramirez. «Übrigens, Ben, ich möchte Ihnen ein Kompliment dafür machen, wie Sie das hier angepackt haben. Wirklich hervorragend.»

«Danke.»

Der Senator hatte noch eine weitere Frage auf dem Herzen. Er stellte sie so beiläufig wie möglich. «Glauben Sie, daß das alles wahr ist?»

«Sie meinen das mit den vier Namen der Männer, die er reich gemacht hat?»

Der Senator nickte.

«Ganz sicher», sagte Dill. «Es ist wahr. Wenn es nicht so wäre, warum hätte Brattle sie dann wohl ins Spiel gebracht. Was hätte es ihm nutzen sollen?»

«Genau das, was ich auch denke.»

«Und ich auch», meinte Dolan.

«Nun, dann», verkündete der Senator mit viel zu munterer, launiger Stimme. «Ich bin am Verhungern. Warum besorgen wir uns nicht irgendwo ein riesiges Steak?»

«Ich muß später mal darauf zurückkommen», sagte Dill und bemerkte einen kleinen Anflug von Erleichterung im Gesicht des Senators, das jedoch fast übergangslos einem Ausdruck leisen Mißtrauens Platz machte. Dill beeilte sich mit seiner Erklärung. «Ich will morgen oder übermorgen nach Washington zurückfliegen, und das ist jetzt wahrscheinlich die letzte Chance, die ich habe, mich hier noch einmal umzusehen, ob unter Felicitys Sachen irgend etwas ist, das ich haben will – Familienfotos, Briefe und Ähnliches. Nehmen Sie doch einfach den Wagen, und ich ruf mir dann später ein Taxi.»

Nachdem Dill Dolan die Autoschlüssel ausgehändigt und ihn gebeten hatte, sie im Postfach des Hotels zu hinterlegen, ließ der Senator seine Blicke ein letztes Mal durchs Wohnzimmer schweifen und sagte: «Ihre Schwester hat hier ziemlich lange gelebt?»

«Nein, nicht sehr lange.»

«Eine sehr gemütliche kleine Wohnung, wie?»

Nachdem der Senator und Dolan gegangen waren, trug Dill den Küchenstuhl zurück ins Schlafzimmer. Er schob die Tür des Wandschranks auf, schob Felicitys Sachen zur Seite und stellte den Stuhl im Wandschrank direkt unter die Klappe, die auf den Zwischenboden der Garagenwohnung führte.

Auf dem Küchenstuhl stehend, drückte Dill mit der Innenhand gegen die Falltür. Sie gab leicht nach. Er klappte sie auf eine Seite zurück. Der Küchenhocker war nur neunzig Zentimeter hoch, und Dill stieß mit dem Scheitel an die zwei Meter zwanzig hohe Decke. Er klammerte sich an die Kante der Falltür, sprang hoch, bekam seine Ellbogen über den Rand, und nach einigem wildem Gestrampel schaffte er es, ein Knie nachzuziehen. Danach war alles andere ziemlich leicht.

Die Querträger der Decke waren mit übriggebliebenen Sperrholzabschnitten bedeckt, die eine Art Pfad bildeten. Dill holte die Kerze aus der Tasche, die er in der Küche gefunden hatte, und zündete sie mit einem Streichholz an. Er folgte der Spur der Sperrholzstücken, bis er über der Wohnzimmerdecke war. Als er über dem Sperrholz entlangkroch, redete er unaufhörlich mit dem toten Harold Snow: Du hast mich doch nicht belogen, Harold, oder? Nein, ausgeschlossen. Niemals. Tausend Dollar für fünfzehn Minuten Arbeit. Warum hättest du mich also anlügen sollen?

Als Dill nach seiner Schätzung etwa auf der Mitte der Wohnzimmerdecke war, machte er halt, hielt die Kerze hoch und fand den Beweis dafür, daß Harold Snow nicht gelogen hatte. Das kleine Tonbandgerät mit der Sprachsteuerung befand sich genau da, wo Snow behauptet hatte. Dill drückte den Rücklauf, nahm die Kassette heraus und steckte sie in die Tasche. Er ließ das Tonband, wo es war, und kroch über die Sperrholzspur zurück zu der Falltür. Es war viel leichter, hinab- als heraufzusteigen. Wieder auf dem Küchenschemel stehend, ließ er die Klappe in ihre Halterung einrasten.

Nachdem er den Hocker in die Küche zurückgetragen hatte, blieb er lauschend stehen. Es war nicht irgendein bestimmtes Geräusch, das ihn dazu veranlaßt hatte, sondern die völlige Stille. Er ging zum Küchenfenster und sah hinaus. Es ging auf die Durchfahrt, und gegenüber befand sich ein Hinterhof, der von sechs hohen Silberpappeln bestanden war. Gewöhnlich schwankten, rauschten und zitterten die Pappeln schon bei der leisesten Brise. Sie waren jetzt vollkommen still, weil nicht der leiseste Luftzug ging. Dann plötzlich kam es herab aus dem Norden, herunter von Kanada und Montana und den Dakotas. Anfangs zitterten die Pappeln, dann schwankten sie, und schließlich tanzten sie wie verrückt geworden in dem kalten, scharfen Nordwind.

Bis Dill alle Lichter gelöscht, sich vergewissert hatte, daß sämtliche Fenster geschlossen, die Treppe hinab und aus der Tür gegangen war, war es zwanzig Uhr dreiunddreißig und stockfinster. Die Temperatur war innerhalb der vergangenen fünfunddreißig Minuten um 18 Grad gefallen und betrug jetzt nur noch 19 Grad. Der Nordwind kam in heftigen Böen. In der Luft lag der Geruch von Regen. Dill fröstelte in der plötzlichen Kühle und fand diese Empfindung seltsam ungewohnt. Aber so geht es einem schließlich an jedem kalten Augusttag, dachte er.

Dill ging quer über den alten Ziegeleihof, der in einen Park umgewandelt worden war. Als er zu der städtischen Badeanstalt kam, wo er und Jake Spivey schwimmen gelernt und Dill sich das Kunstspringen beigebracht hatte, setzte der Regen ein – große, dicke, niederprasselnde Tropfen, die auf den staubigen Boden auftrafen und einen wunderbar sauberen Geruch verströmten. Dill blieb stehen und hob sein Gesicht dem Regen entgegen. Das angenehme Gefühl hielt nur wenige Sekunden vor, dann schauderte er vor Kälte. Dill trabte jetzt schnell durch den Regen. Er wurde naß, weichte dann völlig durch, und als er schließlich nahe der 18th und dem TR Boulevard aus dem Park herauskam, war er pudelnaß, zitterte und wünschte sich, daß der Regen aufhören würde.

Seit vielen, vielen Jahren war an der Ecke 18th und TR Boulevard ein Drugstore gewesen, wie Dill sich erinnerte. Er fragte sich, ob er wohl noch dort wäre. Die King Brothers, so fiel ihm wieder ein. Lieferung frei Haus. Sie hatten ihre Trinkbrunnen mit Sodawasser behalten, noch lange, nachdem alle anderen Drugstores sie abgeschafft hatten. Die King Brothers hatten damals erklärt, ein Drugstore ohne einen Trinkbrunnen mit Sodawasser könnte gar kein richtiger Drugstore sein. Als Dill aus dem Park herauskam, entdeckte er das alte Neonschild mit der sinnfällig einfachen Abkürzung «King Bros Drugs». Er hastete über den Bürgersteig und brachte sich im Eingang des Ladens in Sicherheit.

Es war ein Geschäft, das von allem etwas auf Lager hatte, und der erste Kauf, den Dill tätigte, war ein Badehandtuch. Er benutzte es, um sich trockenzureiben, während er die Regale entlangschlenderte und nach einem kleinen Recorder Ausschau hielt. Eingeklemmt zwischen

Mr.-Coffee-Packungen und mehreren Sätzen mit verchromten Schraubenschlüsseln, entdeckte er schließlich einen Sony-Super-Walkman. Dill nahm das Gerät mit hinüber zur Ladentheke. Ein Mann von etwa sechzig Jahren stand hinter der Registrierkasse. Dill dachte, er könnte sehr gut einer der King-Brüder sein, doch war er sich dessen nicht ganz sicher und führte sein schwächer werdendes Gedächtnis auf seine zunehmende Senilität zurück.

Der Mann nahm das Sony-Gerät, schaute den Preis nach, nickte beifällig und sagte: «Diese Japaner sind unschlagbar», während Dill ihm eine Hundertdollarnote hinüberreichte.

Der Mann steckte den Walkman in einen Beutel und schob ihn zusammen mit neunundneunzig Cents Wechselgeld über den Tresen. «Ich habe ihn in einen Eiskrembeutel gesteckt», sagte er. «Das hält den Regen ab.»

«Danke», sagte Dill. «Haben Sie hier ein Münztelefon? Ich muß mir ein Taxi rufen.»

«Sie können ja versuchen, eins zu rufen, aber es wird nie und nimmer kommen. Nicht an einem Abend wie diesem.»

«Dann rufe ich jemand anderen an», sagte Dill.

«Das Telefon ist hinten», sagte der Mann und nickte zum anderen Ende des Ladens hinüber. Er starrte Dill eine ganze Weile aufmerksam ins Gesicht. «Sagen Sie, sind Sie nicht früher oft hierhergekommen, als Sie noch ein Junge waren – Himmel, das müssen jetzt fünfundzwanzig, dreißig Jahre her sein –, Sie und Ihr Kumpel, der damals ein bißchen pummelig war?»

«Ist er noch immer», sagte Dill.

«Ich kann mich an Ihre Nase erinnern», sagte der Mann. «In letzter Zeit habe ich Sie allerdings nicht mehr gesehen. Was haben Sie gemacht? Sind Sie hier aus der Gegend abgehauen?»

«Ich war 'ne Zeitlang im Norden und Osten», sagte Dill.

Der Mann nickte. «Ja, ja, eine Menge Leute haben sich in diese Richtung abgesetzt.»

Dill steckte einen Vierteldollar in den Münzschlitz und rief Anna Maude Singe in ihrem Büro an. Sie nahm beim zweiten Läuten ab. Er sagte ihr, wo er hängengeblieben war, und sie versprach, daß sie kommen und ihn abholen würde. Den zweiten Anruf machte Dill bei Jake Spivey.

Nach Spiveys kurzem «Hallo» sagte Dill: «Die Sache läuft.»

«Also wird Clyde kommen?»

«Er meinte, er wollte sich's überlegen.»

«Das bedeutet, daß er dasein wird. Wer sonst noch?»

«Nur noch ich», sagte Dill. «Komm lieber schon um neun Uhr dreißig als erst um zehn.»

«Also, das wird ja eine interessante Nacht werden», sagte Spivey und legte auf.

Dill ging zur Straßenseite des Drugstores und stieg auf einen Hocker neben der Sodafontäne. Er fragte sich, ob sie das noch immer den Sodastrahl nannten. Wie immer sie es nennen mochten, Dill jedenfalls bestellte sich eine Tasse Kaffee bei dem Mann hinter dem Tresen. Während er wartete, überprüfte er das Sony-Gerät, um nachzusehen, ob Batterien drin waren. Das Batteriefach war leer, also kaufte er welche, setzte sie ein, verband den Stecker der Kopfhörer mit der richtigen Buchse, legte die Kassette ein, drückte den Hörknopf ans Ohr und drückte die Play-Taste nieder.

Die erste Stimme, die er hörte, sagte laut: «Neunundsechzig ist ganz mächtig, Kontrolle. Kontrolle. Zehn, neun, acht, sieben, sechs, fünf, vier, drei, zwei, und jetzt wird gezündet. Kontrolle ... Kontrolle ... Kontrolle und Scheiße, Dill.» Es war die Stimme des toten Harold

Snow, die sehr sehr lebendig klang. Danach war es kurze Zeit still. Dann hörte Dill Tim Dolans eigene Stimme: «Willst du nicht deine Jacke ablegen?» und seine eigene Antwort: «Mir ist nicht so warm.» Darauf folgte Harleys Stimme, die sagte: «Nur ihr drei und sonst niemand?» und darauf wieder Dill. «Nur wir drei.» Danke, Harold, dachte Dill, drückte die Stopptaste und ließ das Band dann schnell vorlaufen.

Mit einigem Aufwand an Vor- und Zurückspulen fand Dill dann bald die Stelle auf dem Band, auf die es ihm ankam – die, wo Senator Ramirez und Tim Dolan sich miteinander berieten, während Dill Clyde Brattle nach unten gebracht hatte. Hinterher konnte sich Dill nie anders an das Gespräch erinnern, als in Verbindung mit einem Wort, das ihm immer wieder in den Sinn kam: aufschlußreich.

Dolan sprach zuerst: «Ist er weg?»

Dann der Senator: «Ja. Nun?»

DOLAN: «Jesus.»

SENATOR: «Jetzt verstehst du also?»

DOLAN: «Klar, jetzt hab ich's verstanden. Ein Kind könnte das verstehen.»

SENATOR: «Ich möchte diese vier Kerle, Tim.»

DOLAN: «Himmel, ich kann's dir nicht verübeln. Du hast alles beisammen, um Brattle und Spivey dem Gericht zu übergeben, und diese anderen vier Typen werden bis in alle Ewigkeit fragen: ‹Wie hoch›, wenn man ihnen befiehlt zu springen.»

SENATOR: «Aber da ist noch Dill.»

DOLAN: «Man könnte ihn feuern.»

SENATOR: «Wäre nicht sehr klug.»

DOLAN: «Vielleicht wäre ein ruhiger, bequemer Job in Rom oder Paris das Richtige für ihn. Das würde ihn zur Dankbarkeit verpflichten.»

Senator: «Schon besser. Ich glaube, ich werd ihn heute abend abhängen. Paß auf, wie ich das in die Wege leite.»

Dolan: «Er kommt zurück.»

Senator: «Ja, stimmt.»

Dann hörte man, wie eine Tür geöffnet und geschlossen wurde, und Dolans Frage: «Was meinst du, hat er uns unsere Show abgekauft?» und dann Dills Gegenfrage: «Brattle?» An dieser Stelle drückte Dill die Stopptaste und ließ das Band zurücklaufen. Er steckte den Recorder und den Kopfhörer zurück in den Eiskrembeutel. Sein Kaffee fiel ihm wieder ein, und er hob die Tasse an die Lippen und kostete ihn. Er hatte den Zucker vergessen, also tat er einige Löffel voll hinein. Er blieb an der Marmortheke mit der Sodafontäne sitzen, derselben Theke, an der er als Kind Stunden zugebracht hatte, und dachte über die Grube nach, die er sich selbst gegraben hatte. Er bewunderte selbst, wie tief sie war und wie schlüpfrig die Ränder, und er fragte sich, wie er wohl jemals aus ihr heraussteigen sollte.

36

Wieder auf seinem Zimmer im Hawkins Hotel, duschte Dill und zog sich sein Leinenjackett und graue Hosen an, während Anna Maude Singe das Band auf dem Sony-Gerät abhörte. Das Band war fast vorüber, als Dill sich die Jacke überstreifte, zum Schreibtisch hinüberging und anfing Münzen, Schlüssel, Flugticket und Brieftasche in seine Taschen zu stopfen. Als letztes kam der 38er Revolver. Er schob ihn wieder in seine rechte Hüfttasche. Sie beobachtete ihn dabei, machte jedoch keine Bemerkung dazu und lauschte weiter den letzten Worten auf dem Band, die über den Kopfhörer kamen. Als das Gerät still blieb, drückte sie die Stopptaste, spulte dann zurück und meinte: «Das ist Dynamit.»

«Ich weiß.»

«Hast du's überspielt?»

«Nein.»

«Du solltest dir Kopien machen lassen.»

«Das kann Spivey besorgen.»

«Du willst es ihm geben?»

«Ich glaub schon.»

Sie nickte langsam. «Dann hast du also eine entscheidende Wahl getroffen, oder?»

«Hab ich das?»

«Sicher doch. Du mußtest zwischen deinem Freund und deiner Regierung wählen und hast dich für deinen Freund entschieden.»

«Da gibt es nichts groß zu wählen», sagte Dill. «Nein, da gibt's eigentlich gar keine Wahl.»

Er zog das Telefon zu sich heran und wählte die Auskunft. Als die Vermittlung sich schließlich meldete – nachdem eine Stimme auf Band ihm erst einmal geraten hatte, im Telefonbuch nachzuschlagen –, fragte Dill nach der Privatnummer von John Strucker, dem Chief of Detectives. Die Dame in der Auskunft teilte ihm nach wenigen Sekunden mit, daß es für eine solche Nummer keine Eintragung gäbe. Dill legte auf.

«Nicht eingetragen?» fragte Anna Maude.

Er nickte.

«Laß mich mal versuchen.» Sie nahm ein Adreßbuch aus ihrer Handtasche, blätterte darin, fand eine Nummer und wählte sie. Als am anderen Ende abgenommen wurde, sagte sie: «Mike?» und als Mike sich meldete, sagte sie: «Hier ist Anna Maude.» Sie wechselten ein paar belanglose Worte, und dann erklärte sie ihm, daß sie sich privat mit John Strucker in Verbindung setzen müßte. Mike mußte offenbar nicht erst lange suchen, denn sie schrieb die Nummer auf die Rückseite eines Hotelkuverts, das sie auf dem Schreibtisch gefunden hatte. Sie dankte Mike, sagte «Wiedersehen» und legte auf.

«Wer ist Mike?» fragte Dill.

«Mike Geary, eben jener AP-Geary.»

«Der, mit dem du früher in den Presseclub gegangen bist?»

«Stimmt.»

«Ich bin eifersüchtig», sagte Dill, während er den Hörer abnahm und die Nummer wählte, die sie auf den Umschlag geschrieben hatte.

«Nein, das bist du nicht», sagte sie.

Nach dreimaligem Läuten meldete sich eine weibliche Stimme. Dill vermutete, daß es Dora Lee Strucker war, die schwerreiche Ehefrau. Er nannte seinen Namen, entschuldigte sich für den späten Anruf und fragte, ob er mit ihrem Mann sprechen könnte. Sie sagte, sie freue sich zu jeder Tageszeit, von Dill zu hören, und daß Johnny den Anruf in seinem Arbeitszimmer entgegennehmen würde.

Strucker meldete sich mit einem ausdruckslosen: «Ja, bitte.»

«Wie würde es Ihnen gefallen, Clyde Brattle die Schlinge um den Hals zu legen?»

«Brattle, wie?»

«Brattle.»

Strucker seufzte. Es war ein hohler, grabesgleicher Seufzer, wie Dill ihn bisher noch nie von Strucker gehört hatte. «Aus Kansas City?» gab Strucker zurück, fast, als hätte er gehofft, daß Dill sagen würde, nein, dieser bestimmte Brattle ist aus Sacramento oder Buffalo oder Des Moines.

«Aus Kansas City», sagte Dill. «Jedenfalls ursprünglich.»

«Wo?» fragte Strucker.

Dill nannte ihm das Haus und die Apartmentnummer von Anna Maude Singe.

«Wann?»

«Punkt zehn.»

«Zehn, wie?»

«Zehn.»

«Ich werd's mir durch den Kopf gehen lassen», sagte Strucker und legte auf. Es war nicht ganz die Reaktion, die Dill erwartet hatte. Eigentlich, fand Dill, hätte Strucker begierig danach schnappen müssen. Es sei denn natürlich, er mußte sich vorher noch mit jemandem absprechen. Dill wählte Struckers Nummer noch einmal. Sie war besetzt. Er drückte die Gabel und wählte gleich darauf Jake Spiveys Nummer. Auch sie war besetzt. Dill legte langsam den Hörer zurück. Gewiß, die beiden mochten jetzt miteinander sprechen, redete er sich selbst ein, aber denkbar war schließlich auch, daß sie mit einer Million anderer Leute telefonierten.

«Du machst ein komisches Gesicht», sagte Anna Maude.

«Tatsächlich?»

«Du siehst aus, als hätte er nein gesagt.»

«Er sagt, er will es sich durch den Kopf gehen lassen.»

«Das ist nicht grad das, was man von einem Bullen erwarten würde. Richtig wäre, wenn er gesagt hätte: ‹Halten Sie Brattle unbedingt so lange fest, bis ich komme, und lassen Sie ihn nicht aus den Augen› – jedenfalls so ähnlich.»

«Es sei denn, er ...» Dill dachte den Gedanken nicht

zu Ende, weil er so unausgegoren war, so außergewöhnlich häßlich und sogar grotesk.

«Es sei denn, was?» fragte Anna Maude.

«Nun, daß er schon gewußt hat, daß Brattle hier ist.»

Ihre Augen öffneten sich wieder weit, und Dill konnte feststellen, wie schön sie waren. Wenn sie besorgt ist, dachte er, sehen sie sogar noch dunkler aus. Beinahe echt violett.

«Falls er über Brattle schon Bescheid gewußt hat, bevor du angerufen hast», sagte sie, «dann würde das bedeuten, daß irgend jemand gewaltig aufs Kreuz gelegt wird. Wahrscheinlich du.»

«Vielleicht», sagte Dill. «Aber vielleicht auch nicht.»

Und hier begann erneut ein heftiger Streit zwischen ihnen. Anna Maude Singe bestand dadrauf, Dill zu begleiten. Er lehnte ab. Sie protestierte, es wäre schließlich ihr eigenes verdammtes Apartment, und sie könnte dort ein und aus gehen, wann immer es ihr, verdammt noch mal, paßte. Dill erwiderte, daß sie auf gar keinen Fall mit ihm gehen würde. Sie drohte damit, den Senator anzurufen und ihm von dem Tonband zu erzählen. Dill schob ihr das Telefon hin. Sie nahm ab, wählte die 0 vor und fragte nach Senator Ramirez' Zimmernummer. Dill riß ihr den Hörer aus der Hand und schmiß ihn auf die Gabel. Nach einigem Hin und Her gelangten sie zu einem Kompromiß: Sie würde zwar mitkommen, aber nicht mit hineingehen. Statt dessen sollte sie in Dills Wagen warten und beobachten, wer hineinging und herauskam. Sie hielt das für einen wahnsinnig blöden Einfall. Dill meinte darauf, falls er nicht nach einer Stunde wieder herauskäme, dann wäre das keineswegs verdammt blöde, sondern könnte riesengroße Schwierigkeiten bedeuten. Sie wollte wissen, was er denn von ihr erwarte, falls er nach einer Stunde nicht herauskäme. Er riet ihr, daß sie dann jemanden anrufen sollte, aber als sie ihn fragte wen, sagte er nur: «Keinen blassen Schimmer. Irgendwen.» Sie beließen es dabei.

Es regnete noch immer, als sie in Dills gemietetem Ford vor den Van Buren Towers wendeten. Er ertappte sich plötzlich dabei, daß er dieses Apartmenthaus bei sich zuerst immer ganz automatisch das Old Folks Haus nannte und es erst nachträglich in seinen richtigen Namen übersetzen mußte. Der Regen war stetig und unerbittlich und, wie alles Stetige und Unerbittliche, etwas langweilig. Dill fand eine Parklücke genau dem Hauseingang gegenüber, doch Anna Maude Singe sagte mit Nachdruck: «Du wirst das Ding dort nie reinbekommen.»

«Du wirst sehen», sagte Dill, der mächtig stolz auf seine Fähigkeit war, Riesenschlitten auch noch auf engstem Raum abzustellen. Er parkte den Ford zügig und sogar mit einiger Bravour. Als er es schließlich geschafft hatte, blieben am vorderen und hinteren Ende des Wagens allenfalls noch fünfzehn Zentimeter zum Manövrieren. Anna Maude zeigte sich unbeeindruckt. «Was ist, wenn ich hier schnell raus muß?» fragte sie.

«Ich schätze, das geht nicht», sagte er.

Sie schaute auf ihre Uhr. «Einundzwanzig Uhr fünfundzwanzig.»

«Ich geh jetzt wohl besser.»

«Hast du keinen Regenmantel?»

«Nein.»

«Du solltest aber einen Regenmantel haben.»

«Na ja, ich hab eben keinen.»

Sie runzelte die Stirn. «Ich möchte nicht, daß du da reingehst.»

«Warum nicht?»

«Ach Herrgott, rate einfach mal.»

Er lächelte, legte einen Arm um sie und zog sie sanft zu sich heran. Sie schmiegte sich an ihn. Sie küßten sich lange, beinahe andächtig, und als sie sich voneinander lösten, lehnte sie sich tief in den Sitz und schaute ihn prüfend an.

«Ich weiß auch nicht, Dill», sagte sie.

«Was?»

«Vielleicht bin ich eigentlich doch deine Süße.»

Mit dem kleinen Sony-Recorder im Eiskrembeutel der King Brothers rannte Dill im strömenden Regen über die Straße und in den Eingang der Van Buren Towers. In der Vorhalle stellte er fest, daß er zwar ein paar Tropfen abbekommen hatte, aber nicht richtig naß geworden war. Er fuhr in der einzigen Kabine bis hinauf in den fünften Stock, ging den Korridor hinab, schloß die Tür zu Anna Maude Singes Apartment auf und ging hinein. Nachdem er zwei Lampen eingeschaltet hatte, warf er einen prüfenden Blick auf seine Uhr und stellte fest, daß es einundzwanzig Uhr neunundzwanzig war. Auf dem Weg ins Badezimmer blieb er noch einmal vor dem Maxfield-Parrish-Druck stehen, um sich ein letztes Mal zu überzeugen. Wieder gelangte er zu dem Schluß, daß die beiden Figuren auf dem Druck Mädchen waren.

Im Badezimmer benutzte er ein Handtuch, um sich Hände und Gesicht zu trocknen, und fuhr sich damit nachdenklich über sein kupferfarbenes Haar. Er besah sich im Spiegel und entdeckte eine Spur Lippenstift an seinem Mund. Er wischte sie mit dem Handtuch weg und starrte sein Spiegelbild an. Du siehst müde aus, alt, ängstlich, und deine Nase ist wie immer zu lang, sagte er zu sich selbst und ging zurück ins Wohnzimmer.

Er stand schon wieder vor dem Maxfield-Parrish-

Druck, als er das Klopfen hörte. Er ging zur Tür, öffnete, und Jake Spivey kam in seinem Burberry-Trenchcoat herein.

«Jesus, Jake, du siehst ja aus wie jemand, der gerade Foreign Intrigue entstiegen ist.»

«Nein, tu ich nicht», sagte Spivey. «Ich seh aus wie ein fetter Knabe in einem Trenchcoat, und das einzige, was noch dümmer aussieht, ist eine Sau in einem blütenweißen Hemd. Aber Daffy hat ihn für mich gekauft, und, na ja, zum Teufel, schließlich regnet es, und so trage ich das blöde Ding.»

Spivey war schon dabei, den nassen Trenchcoat aufzuknöpfen, und sah sich dabei neugierig im Wohnzimmer um. «Also mich trifft der Schlag, hier sieht's ja aus wie irgendwann in den vierziger Jahren. Es war doch wohl nicht in diesem Stockwerk, oder?»

«Was denn?»

«Tante Louise. Du erinnerst dich doch an Jack Sacketts Tante Louise?»

«Ich erinnere mich.»

Spivey schloß die Augen und lächelte versonnen. «19. Juli 1959. Ungefähr vierzehn Uhr dreißig nachmittags.» Noch immer lächelnd, öffnete er die Augen. «An all das kann ich mich gut erinnern, aber nicht mehr daran, auf welchem Stockwerk es gewesen ist.»

«Im vierten», sagte Dill, der sich plötzlich wieder erinnern konnte. «Nummer vier-zwei-acht.»

Spivey nickte. «Du wirst schon recht haben.» Er hielt den nassen Trenchcoat hoch. «Und wo soll ich damit hin?»

Dill nahm den Mantel und sagte, daß er ihn an der Badezimmertür aufhängen wollte. Als er zurückkam, saß Spivey auf der Couch und starrte auf den Parrish-Druck. Dill fragte ihn, ob er einen Drink wollte. Spivey schüttelte den Kopf und sagte: «Schnaps und Clyde Brattle, das verträgt sich nicht.» Sein Blick schweifte von dem Druck an der Wand zu Dill. «Hat sich Clyde so angehört, als wollte er ins Geschäft kommen?»

«Könnte sein – es wird davon abhängen, was du ihm zu bieten hast.»

«Ich hab schon darüber nachgedacht, Pick, und es ist nicht gerade verdammt viel. Was ich habe, könnte Clyde fünfundzwanzig Jahre einbringen, aber Scheiße, was sind schon fünfundzwanzig Jahre, wenn man sich hundert Jahren gegenübersieht?»

Dill nahm den King-Brothers-Eiskrembeutel vom Dekkel des alten Plattenspielers und reichte ihn Spivey, der ihn fragte: «Was ist das denn?» Sein Tonfall wie seine ganze Miene wirkten mißtrauisch.

«Reinstes Schokoladenfondant.»

Spivey starrte Dill einige Sekunden an und öffnete den Beutel dann so vorsichtig, als enthielte er eine Bombe oder eine Schlange. Er zog den kleinen Sony-Recorder heraus. «Sony Fondant war schon immer meine Spezialität.» Er schaute wieder zu Dill hoch. «Soll ich das jetzt gleich abspielen?»

«Ja, genau.»

Spivey blickte kurz auf die Bedienungselemente, stellte den Recorder auf den Couchtisch und drückte den Startknopf. Diesmal kam der Ton von dem kleinen Zweieinhalb-Zentimeter-Lautsprecher des Apparats. Die Stimmen waren klar, aber nur schwach zu hören. Dill beobachtet Spivey, während er zuhörte. Und Spivey hörte gebannt und mit voller Konzentration zu, stellte lediglich die zwei Ein-Wort-Fragen «Ramirez?» und «Dolan?», als die Stimmen des Senators und des Beraters in Angelegenheiten der Minderheiten zum ersten Mal hörbar wurden. Er zeigte keinerlei Überraschung, stellte Dill fest. Keine

Überraschung, keine Begeisterung, keine Anerkennung. Da war nichts als der neugierige, ausdruckslose und gleichmütige Blick, der sich einstellt, wenn der Verstand sich absolut auf etwas konzentriert.

Doch als das Band abgespielt war, erschien das Lächeln – das Spivey-Lächeln: schurkenhaft und fröhlich, voll Bosheit und Spott. Das Lächeln eines Ganoven, dachte Dill.

Das strahlende Lächeln noch immer im Gesicht, nur daß sich diesmal noch ein Ausdruck leichter Versonnenheit darauf abzeichnete, sagte Spivey: «Du würdest mir dieses kleine Band wohl nicht verkaufen, Pick, wie?»

«Könnte ich schon.»

«Wieviel willst du dafür»

«Wieviel würdest du denn dafür zahlen, Jake?»

«So ziemlich jeden Dollar, den ich habe – und Daffy samt Tisch und Bett noch als Zugabe.»

«Mit diesem Band», sagte Dill, «bliebe dir auch der Knast erspart.»

«Du weißt ja gar nicht, was dieses Band wirklich wert ist, Pick, oder?»

«Was denn?»

«Nun, das ist die höchste Dornenhecke, der dickste Schutzwall, den du dir wünschen kannst. Scheiße, mit dem Ding in Händen müßte ich mir überhaupt keine Gedanken darüber machen, ob ich in den Bau gehen muß oder nicht.» Wieder zeigte er sein Lächeln. «Na komm schon, Pick, wieviel verlangst du wirklich dafür?»

«Mein allerletztes, endgültiges Angebot ohne Wenn und Aber?»

«Sag nur wieviel, und ich zahle.»

Dill spürte, wie die Spannung in ihm wuchs. Sie begann oben in seinen Schultern, wanderte seinen Hals hinauf bis zu seinem verkrampften Mund. Seine Lippen fühlten sich starr und spröde an; sein Mund wurde ganz trokken. Nun mach schon, redete er sich zu. Spuck's aus, und falls dir die Spucke ausgegangen ist, schreib es einfach auf.

«Was ich will, Jake», sagte Dill langsam, selbst davon überrascht, wie ruhig und vernünftig er sich anhörte. «Was ich will, ist die Person, die Felicity umgebracht hat.»

Spiveys Lächeln schmolz dahin. Sein Gesicht verzog sich zu einer Grimasse. Es war eine Grimasse des Bedauerns. Spivey wandte seinen Kopf nach links und starrte auf den Parrish-Druck. Sein Blick blieb eine ganze Weile daran hängen, dann ließ er ihn sinken, sah den Recorder an und kaute drei- oder viermal heftig an seiner Unterlippe. Schließlich schaute er wieder zu Dill hoch. Die Grimasse war wie weggewischt. Das Lächeln war wieder da, und in seine Augen trat ein Glanz, den sich Dill als Treuherzigkeit, untermischt mit List, deutete.

«Also was ist?» sagte Dill.

«Kein Problem», erwiderte Jake Spivey.

37

Jake Spivey, der jetzt fast überschäumend heiter wirkte, entschied sich nun doch für einen Drink. Dill ging in die Küche und stöberte herum, bis er in Anna Maude Singes begrenzten Schnapsvorräten etwas fand. Er goß zwei Wodka on the Rocks ein und trug sie hinüber ins Wohnzimmer. Eins der Gläser reichte er Spivey, der sitzengeblieben war, und sagte: «Also, laß hören.»

Spivey nahm einen tiefen Schluck von seinem Drink, wischte sich den Mund mit dem Handrücken ab, schüttelte den Kopf und sagte, unbewegt vor sich hin lächelnd: «Du setzt dich jetzt einfach hin und überläßt mir das Ganze, Pick.»

«Ich soll alles vertrauensvoll dir überlassen.» Dill ließ es nicht wie eine Frage klingen.

Spivey nickte. «Du kannst mir vertrauen.»

«Es ist nur so, ich traue niemandem, Jake.»

«Das kann sehr einsam werden», sagte Spivey und setzte gerade an, weiterzusprechen, als von der Wohnzimmertür her ein Klopfen zu vernehmen war. Dill schaute auf seine Uhr. Es war genau zweiundzwanzig Uhr. Spivey erhob sich und sagte: «Warum läßt du den alten Clyde nicht rein?»

Dill ging zur Tür und machte auf. Draußen im Flur stand mit amüsiertem Lächeln Clyde Brattle. Er trug einen austernfarbenen Regenmantel, einen dazu passenden Wetterhut und einen tropfnassen Regenschirm. Dill dachte wieder, daß Brattle mehr denn je einem lange verschollenen römischen Konsul ähnlich sah. Vielleicht lag es an der Art, in der er sorglos den Regenmantel über seine Schultern drapiert hatte. Nur wenige konnten einen Mantel so tragen, ohne lächerlich auszusehen. Dill fand, daß Brattle keine Spur lächerlich wirkte. Er machte auf ihn eher den Eindruck eines noblen Patriziers, den ein neidisches Schicksal unter die Wucherer verschlagen hatte und der entschlossen war, das Beste daraus zu machen.

«Kommen Sie rein», sagte Dill.

Brattle betrat das Zimmer, und kaum, daß er die ersten Schritte gemacht hatte, kam Spivey hinter der geöffneten Tür hervor und rammte Brattle eine Automatik zwischen die Schulterblätter. Brattle lächelte und blieb stehen. «Ah ja, Jake, wie nett, dich mal wieder zu treffen.»

«Geh rüber zu diesem hübschen Bild da, Clyde», sagte Spivey.

Brattle schaute sich um. «Du meinst den Parrish?»

«Der, wo diese beiden Hosenscheißer drauf sind.»

«Ich dachte eigentlich, daß die beiden Mädchen sind», sagte Brattle, ging zur Wand und lehnte sich mit beiden Händen dagegen, wobei er den Regenschirm noch immer in seiner rechten behielt.

«Nimm ihm den Mantel, den Hut und den Schirm ab, Pick», sagte Spivey. «Langsam und vorsichtig. Wenn du alles hast, geh hinüber und schmeiß es in den Wandschrank.»

Dill tat, was Spivey ihm gesagt hatte, baute sich dann wieder neben ihm auf und fragte: «Und was jetzt?»

«Jetzt taste ihn ganz sorgfältig ab. An den Fußknöcheln, am Sack, überall. Am besten lassen wir ihn sogar sein Maul aufreißen und gucken rein.»

Brattle schüttelte den Kopf und seufzte. «Manchmal bist du wirklich ein richtig ungehobelter Bauer, Jake.»

«Schlechte Manieren garantieren ein langes Leben, Clyde.»

«Gott, sogar ein Aphorismus. Na ja, jedenfalls beinahe.»

Als er Brattles Hüftgelenk abtastete, fand Dill die kleine Walther Automatik. Die Pistole in einem ledernen Halfter, das am Bund von Brattles gürtellosen Hosen festgemacht war. Der würde nie einen Gürtel tragen, dachte Dill, während er die Waffe in Augenschein nahm. Vielleicht Hosenträger zu einem dreiteiligen Anzug, aber niemals einen Gürtel.

«Den nehm ich», sagte Spivey. Dill reichte ihm die Walther. Spivey ließ sie in seiner linken Jackentasche verschwinden.

«Du kannst dich jetzt aufrichten und umdrehen,

Clyde», sagte Spivey. «Nimm dir einen Stuhl. Der da drüben sieht ganz bequem aus. Pick kann dir sogar einen Drink holen. Ich weiß, daß Wodka da ist, aber ich hab keine Ahnung, was sonst noch da ist.»

«Wodka wäre gerade richtig», sagte Brattle, indem er sich aufrichtete, zu dem Lehnstuhl hinüberging und sich hinsetzte. Spivey machte es sich wieder auf der Couch bequem. Seine eigene Automatik legte er auf den Couchtisch neben den Sony-Recorder. Dill bemerkte, daß es ein 38er Colt Automatik war.

«On the rocks?» fragte Dill.

Brattle lächelte. «Hervorragend.»

Während er in der Küche den Drink eingoß, konnte Dill aus dem Wohnzimmer keine Stimmen hören. Als er mit Brattles Drink zurückkam, war ihm so, als wäre es ein Schweigen zwischen sehr, sehr alten Freunden, denen seit langem schon keine Themen von gemeinsamem Interesse einfielen und deren einzige Gemeinsamkeit nur noch in einer lähmenden Vertrautheit bestand.

Brattle setzte sein Glas an die Lippen, nippte fast geziert, setzte es ab und sagte: «Nun, der Regen war doch höchst willkommen, nicht wahr?»

«Clyde», sagte Spivey.

Brattle wandte den Kopf nur um wenige Bruchteile Spivey zu. «Ja?»

«Wir werden heute ein Geschäft abschließen, du und ich, doch erst mal mußt du dir etwas anhören.»

«Etwas Interessantes?»

«Ich denke schon», sagte Spivey und drückte die Starttaste des Recorders. Dill beobachtete Brattle beim Zuhören – genauso wie er vorher Spiveys Reaktion studiert hatte. Zuerst verzog Brattle leicht befremdet das Gesicht, doch nur vorübergehend, und bald schon entspannte sich seine Miene, als hätte er etwas wiedererkannt und lauschte jetzt einem erlesenen Musikstück, vielleicht einer Sonate, jedenfalls aber ganz vertrauten Klängen, denen er vor langer Zeit andächtig gelauscht hatte. Er schloß die Augen. Er lächelte leicht. Er nahm jedes Wort in sich auf.

Als es vorüber war, öffnete Brattle die Augen, sah zu Dill hinüber und fragte: «Ist das Ihre Arbeit?»

«Ja.»

«Genial.» Brattle richtete seinen Blick auf Spivey. «Nun, Jake, meinen Glückwunsch. Aber jetzt laß uns mal zusehen, welche Art Geschäft wir miteinander machen können. Was verlangst du?»

«Nur ein paar Kleinigkeiten», sagte Spivey. «Erstens, wir vergessen alles, was mich betrifft und was ich während der ganzen Jahre getan oder nicht getan haben mag, die ich mit dir gemeinsam herumgezogen bin.»

«Natürlich. Ganz offensichtlich. Was sonst noch – Geld?»

«Gott, daran hab ich noch gar nicht gedacht. Aber Geld – nein. Ich hab genug Geld.»

Brattles linke Augenbraue hob sich, und der sanft geschwungene Bogen drückte Belustigung aus. «Weißt du was, Jake? Ich glaube nicht, daß ich jemals zuvor in meinem Leben jemanden so etwas habe äußern hören. Der ‹nein› gesagt hat und es auch so gemeint hat. Aber schön, ich akzeptiere das. Was ist es also dann, was du von mir willst?»

«Ich will den Namen der miesen Drecksau, der die Schwester von Pick hier umgebracht hat.»

Diesmal schossen Brattles beide Augenbrauen nach oben. Seine Verwunderung schien echt, als er den Kopf Dill zuwandte und ihn musterte. «Ihre Schwester?»

«Felicity Dill. Detective zweiten Grades der Mordkommission.»

«Wie ich schon gesagt habe, ich hab darüber gelesen. Dann war da diese Riesenbeerdigung. Jemand wurde dabei getötet. Aber davon abgesehen, weiß ich absolut nichts.» Er legte eine Pause ein. «Tut mir leid, aber es ist wirklich so.»

«Clyde, ich sag dir mal, was du bist», entgegnete ihm Spivey. «Du bist der verdammt größte und gerissenste Lügner, der mir je über den Weg gelaufen ist.»

«Brauchst du denn jemanden dafür, Jake? Ist es das? Brauchst du unbedingt jemanden? Wenn es so ist, kannst du Harley haben. Oder Sid. Oder alle beide. Natürlich waren sie es nicht, aber ich schenk sie dir, in Gottes Namen. Vielleicht könnten sie sogar einen gemeinsamen Abschiedsbrief hinterlassen, in dem sie alles gestehen. Du bist früher mit solchen Abschiedsbriefen mal sehr gut gewesen, Jake.»

Spivey schüttelte den Kopf und lächelte. «Mein Gott, du bist schon Sonderklasse, Clyde, wirklich. Ich sag dir jetzt mal, was ich denke. Du hast mir jemanden auf den Hals gehetzt vor – na, vor etwa anderthalb Jahren, würde ich sagen. Woher ich das weiß? Ich weiß es auf dieselbe Weise, in der du es wissen würdest, falls jemand hinter dir her wäre. Du kannst es fühlen, riechen, greifen, beinahe auch schmecken. Wen immer du geschickt hast, er hat sich Zeit gelassen, nichts überstürzt, hat den richtigen Zeitpunkt ausgewählt, den günstigsten Ort und all das. Ich hab auch das gespürt. Aber dann stolperte Picks Schwester irgendwie darüber und wird mit ihrem Wagen in die Luft gejagt. Also sag mir jetzt, wen du angeheuert hast, um mich abzuservieren, Clyde, und ich kann dann Pick darüber aufklären, wer seine Schwester aus dem Weg geräumt hat.»

Brattle nahm wieder einen winzigen Schluck von seinem Drink. Während er sein Glas absetzte, schüttelte er bedauernd den Kopf. «Ich weiß nicht, was ich dazu sagen soll, Jake, außer daß ich das alles ganz einfach abstreite –»

Lautes Klopfen an der Wohnungstür unterbrach Brattles Beteuerungen. Niemand rührte sich. Sekundenlang starrten Spivey und Brattle einander mißtrauisch an, und dann richteten sich ihre mißtrauischen Blicke fast gleichzeitig auf Dill. Wieder wurde geklopft, nur war es diesmal kein heftiges Klopfen mehr, sondern ein krachendes Einschlagen auf die Tür, übertönt von einer grollenden Stimme, die brüllte: «Polizei! Aufmachen!»

Es war Dill, der zur Tür ging und öffnete. Gene Colder, Captain bei der Mordkommission, kam mit gezogener Waffe hereingestürmt. «Keine Bewegung!» bellte er. «Jeder bleibt da, wo er ist.»

Niemand bewegte sich. Colder stand halb gebückt, beide Hände um den Revolvergriff geklammert. Er trug eine kurze Windjacke und braune Gabardinehosen, die nach Dills Urteil kostspielig aussahen. Windjacke und Hosen waren feucht, aber nicht triefnaß. Colders Füße steckten in braunen Schnallenschuhen. Zur Hälfte waren sie von Überschuhen aus Gummi verdeckt. Dill konnte sich nicht erinnern, wo er zuletzt jemandem begegnet war, der im Sommer Überschuhe getragen hatte.

Colder sah Dill an. «Los, mit dem Rücken zur Wand», befahl er.

«Soll ich auch die Hände hochnehmen?» fragte Dill.

«Halten Sie sie so, daß ich sie sehen kann.» Colder warf Jake Spivey einen kurzen Blick zu, der noch immer bequem auf der Couch saß. «Und du, Fettwanst, bleibst einfach da sitzen. Spivey, wie?»

Spivey nickte. «Jake Spivey.»

Noch immer in gebückter Haltung und mit beiden Händen die Pistole umklammernd, wandte Colder jetzt mit einer Körperdrehung Clyde Brattle seine Aufmerksamkeit zu. «Und wer zum Teufel sind Sie?» blaffte er.

Brattle saß noch immer mit übereinandergeschlagenen Beinen in seinem Lehnstuhl. Er lächelte und setzte seinen Drink ab. Er bewegte die linke Hand zur Innentasche seines Jacketts, während er sagte: «Wenn sie gestatten, werde ich mich auswei-»

Er hörte zu sprechen auf, als Captain Colder ihn kurz über dem linken Auge in die Stirn schoß. Die Wucht der Kugel schleuderte Brattle gegen die Rückenlehne. Als er zusammensackte, schoß Colder ein zweites Mal, diesmal in die Brust.

Sekundenlang rührte sich niemand. Keiner sagte etwas. Langsam erhob sich Captain Colder aus seiner gebückten Haltung und steckte den Revolver zurück in das Gürtelhalfter unter seiner Windjacke. Er wandte sich Dill zu. «Ich hatte gar keine andere Wahl», erklärte er. «Er hat nach seiner Waffe gelangt.»

«Klar», sagte Dill. «Absolut.»

Spivey erhob sich und ging langsam hinüber zu dem toten Clyde Brattle. Er blieb bei ihm stehen, sah sekundenlang zu ihm herab, schüttelte dann den Kopf und sagte: «Scheiße, Clyde, was hast du denn anderes erwartet?»

Er kniete sich neben der Leiche hin und schaute von dem toten Brattle zu dem mit hängenden Armen dastehenden Captain Colder hinüber, als wollte er Entfernung und Schußwinkel abschätzen. Dann griff Spivey in seine linke Jackentasche. Er zog die Walther Automatik heraus, die Brattle gehört hatte. Er richtete die Pistole auf Colder und jagte ihm wenige Zentimeter über dem Bund seiner Windjacke eine Kugel in den Leib.

Colder taumelte erst einen, dann zwei Schritte zurück und preßte beide Hände auf die Wunde. Er ging in die

Knie und starrte auf das Blut herab, das ihm zwischen den Fingern hervorquoll. Langsam hob er den Kopf und schaute zu Jake Spivey hin, der mit ausdruckslosem Gesicht dastand. Er schien in Spiveys Gesicht nach einer Antwort auf eine sehr wichtige Frage zu forschen, und als er sie nicht fand, drehte er den Kopf so weit nach links, wie er nur ging, und schrie einen Namen. Der Name, den er hinausschrie, war «Strucker».

John Strucker, Chief of Detective, schleuderte kurz darauf durch die noch immer weit geöffnete Wohnungstür. Er wirkte gepflegt, und der Regen hatte ihm nichts anhaben können. In der linken Hand hielt er eine angezündete Zigarre. Er trug einen grauen Seidenanzug, und Dill fand aus irgendeinem Grund die Vorstellung unwiderstehlich, ihm ein Preisschild über achthundert Dollar anzuheften. Strucker drehte sich um, schloß die Tür, nickte Dill zu und ging zu dem noch immer am Boden knienden Captain Colder hinüber.

Colder starrte zu ihm hinauf. «Spivey ... es war Spivey», flüsterte er.

Strucker schüttelte bekümmert den Kopf. «Wissen Sie, was Sie sind. Gene? Sie sind eine ganz schändliche Figur.»

Strucker wandte sich von ihm ab, ging auf Spivey zu und streckte seine Hand aus. Spivey gab ihm die Walther-Pistole. Strucker zog sein Ziertaschentuch heraus und wischte die Pistole sorgfältig ab.

«Hat die Brattle gehört?» fragte er Spivey.

Spivey nickte.

«War er Rechts- oder Linkshänder?»

«Rechts», sagte Spivey.

Noch immer auf den Knien kauernd, stöhnte Colder und murmelte: «Verdammt noch mal, Strucker, tun Sie doch etwas.»

«Ich hab's gerade vor», sagte Strucker, ließ einen seiner etwas sorgenvolleren Seufzer hören, klemmte die Zigarre zwischen die Zähne und beugte sich über den toten Clyde Brattle. Er legte Brattles rechte Hand um den Griff der Walther und schob Brattles rechten Zeigefinger in den Abzugsring und über den Abzug. Vom Lauf der Automatik sah er zu dem noch immer knienden, fassungslos starrenden Captain Colder hin. Strucker zog mit dem Finger des toten Mannes den Abzug durch und schoß Captain Gene Colder durch die Brust, etwa an der Stelle, wo das Herz sein mußte. Die Wucht des Geschosses ließ ihn nach hinten zucken, dann kippte er nach vorn und fiel auf die linke Seite. Ein Zucken durchlief seinen Körper. Dann blieb er still liegen.

Strucker nahm die Zigarre aus dem Mund und ging auf den Leichnam des Polizeicaptains zu. Er starrte eine Weile auf ihn hinunter, kniete sich hin und zog vorsichtig Colders Revolver aus seinem Halfter und legte ihn neben die leblose rechte Hand. Strucker erhob sich, drehte sich zu Dill um und sagte: «Zufrieden?»

«Ich weiß nicht recht», sagte Dill. «Erzählen Sie mir mehr.»

38

Strucker schaute auf seine Armbanduhr. «Sie werden sich mit der Zwei-Minuten-Fassung begnügen müssen», sagte er, «denn wenn die Mordkommission hier durch die Tür hereinspaziert, werde ich Colder wieder in einen tapferen und pflichteifrigen Cop zurückverwandeln, der sich mit dem meistgesuchten Mann in Amerika einen Schußwechsel geliefert hatte.» Er wandte sich Spivey zu: «Wie klingt das?»

«Einfach großartig», sagte Spivey.

Dann wandte sich Strucker wieder an Dill. «Sie hat für mich gearbeitet, Ihre Schwester. Für mich und niemanden sonst. Sechs Monate nachdem sie Colder von Kansas City nach hierher versetzt hatten, fing er an, sich unbehaglich und nicht mehr am richtigen Platz zu fühlen. Er veränderte sich. Seine ganze Haltung wurde anders. Sein Interesse war nicht mehr dasselbe. Einem Zivilisten ist das schwer zu erklären, aber ich wußte, daß mit ihm etwas im Busch war. Er kaufte sich ein Haus, das um eine Winzigkeit zu schick war. Seine Anzüge kosteten hundert Dollar mehr, als sie sollten. Er war nicht blöd genug, sich auch gleich noch einen Mercedes zu kaufen, aber immerhin schaffte er sich einen Olds 98 an. Dann kam diese üble Geschichte mit seiner Frau. Sie haben wohl davon gehört.»

Dill nickte. «Er ließ sie zwangseinweisen.»

«Es war so ungefähr um diese Zeit, daß ich Felicity kommen ließ, ihr von meinen Vermutungen und Befürchtungen erzählte und ihr sagte, was sie und ich dagegen unternehmen sollten. Nun ja, Ihre Schwester war eine brillante Frau und noch schön obendrein, und wenn ich nicht so alt wäre und so glücklich mit Dora Lee – na ja, dann hätte ich ihr vielleicht selbst den Hof gemacht, obwohl Felicity ja arm wie eine Kirchenmaus war. Aber sie erzählte mir, das hätte Tradition bei den Dills – arm zu sein.»

«Damit hatte sie recht», sagte Dill.

«Also verwandelte sie sich in ein süßes Zuckerpüppchen, und Gene Colder sprang sofort darauf an, und verdammt, wer könnte ihm das verdenken? Ich kann's nicht. Nun, was ich wissen wollte, war, wieviel Geld er hatte, woher es kam und was er tun sollte, um es sich zu verdienen. Felicity brauchte fast sechs Monate, nur um herauszufinden, wieviel er auf der Kante hatte, und das waren immerhin sieben- oder achthunderttausend. Er gab ihr das Geld für die Anzahlung auf das Haus und nebenher noch eine ganze Menge mehr, aber ich schätze, daß Ihnen das inzwischen schon selbst aufgegangen ist.»

«Doch ja, einiges», sagte Dill.

«Aber was Ihre Schwester nicht herausfinden konnte, war, woher das Geld kam. Weil das eben nicht der Fall war – ich meine, Colder hatte es eben, es war einfach da, verstehen Sie?»

«Ja», sagte Dill, «ich verstehe.»

«Und dann, eines Tages, erwähnte sie ihm gegenüber Jake Spivey und Sie, Dill, und wie Sie zusammen aufgewachsen wären und so weiter. Davon konnte Colder gar nicht genug bekommen und bohrte immer weiter nach. Dann, ein paar Monate später, war sie bei ihm zu Hause, bei Colder, und es war Samstagnachmittag, soweit ich mich erinnere, und er ging noch mal raus in den Laden, um Bier oder Ähnliches zu holen, und Felicity fing an, bei ihm herumzustöbern. Dann fand sie eine Mappe. Ungefähr so groß.» Strucker deutete mit den Händen Großformat an. «Sie fing an, darin zu lesen, und was sie entdeckte, war all das, was sie ihm über Jake erzählt hatte. Über Sie nichts. Nur das über Jake. Also machte ich draußen in Ace Dawsons Herrenhaus einen Besuch bei Jake.»

«Es war Liebe auf den ersten Blick», sagte Spivey grinsend.

«Und Sie zwei sind dann dahintergekommen, richtig?» sagte Dill. «Hinter die Kansas-City-Connection zwischen Colder und Clyde Brattle.»

Strucker nickte.

«Wieviel, glauben Sie, hat Brattle an Colder gezahlt, um Jake zu beseitigen?» fragte Dill. «Eine Million?»

Strucker nickte. «Mindestens. Na ja, wir – Jake und ich – kamen dann zu dem Schluß, daß Brattle, falls es uns gelang, Jake am Leben zu halten, früher oder später hier auftauchen müßte, um sich darüber Klarheit zu verschaffen, wie es kam, daß er nicht die gewünschte Gegenleistung für das erhielt, was er bezahlt hatte. Und sobald er dann hier aufkreuzte, wollte ich ihn mir schnappen, und das hätte meiner politischen Zukunft ja auch ganz und gar nicht geschadet.»

«Und dafür haben Sie Felicity einfach hängenlassen», sagte Dill.

«Colder hatte ja bisher noch nichts angestellt», sagte Strucker. «Das müssen Sie dabei immer bedenken.»

«Und Sie behaupten also, daß er Felicity tötete, als er herausfand, wohinter sie her war.»

Strucker nickte düster. Und auf das Nicken folgte wieder einer seiner langen todtraurigen Seufzer. «Wir konnten es eben nicht beweisen. Wir hatten keinen klaren Fall in Händen.»

«Blödes Gewäsch», sagte Dill. «Sie hätten Colder wegen Felicity festnageln können. Oder, wie hieß er doch noch, wegen ihres Exfreunds Clay Corcoran. Oder wegen des armen alten Harold Snow. Gott, bei Harold wär's ein Kinderspiel gewesen. Aber Sie haben's nicht getan, nicht wahr, weil Sie ja immer noch auf Brattle warteten. Für euch Kerle war meine Schwester nur der Einsatz für Clyde Brattle.»

Mit zwei schnellen Schritten stand Strucker neben Dill. Er packte Dill am linken Arm und riß ihn herum. Der Chief of Detectives zeigte nach unten auf den Boden. Sein Gesicht war nur noch ein böses Knurren. «Wer liegt denn da unten am Boden in seinem Blut, in seiner eigenen

Pisse und Scheiße? Das ist Gene Colder, Captain Gene Colder, der der verdammt beste Detective der Mordkommission war, der mir je begegnet ist. Er hat ihre Schwester getötet, ohne auch nur die geringste Spur zu hinterlassen, und dann auf ihrer Beerdigung ein feierliches Gebet gesprochen. Er hat Clay Corcoran aus zwölf Metern Entfernung mit einer Automatik Kaliber 25 glatt durch die Kehle geschossen, während sechshundert andere Bullen mit den Daumen in ihren Ärschen herumstanden. Bei Harold Snow benutzte er eine abgesägte Schrotflinte und kam seelenruhig angetanzt mit einer Riesenportion Eiskrem, übernahm sofort die Ermittlungsarbeit und verteilte die Beweismittel so geschickt, daß jeder annehmen mußte, Snow hätte Felicity umgebracht. Meinen Sie, er wußte nicht ganz genau, was er tat? Warum zum Teufel glauben Sie wohl, hat ein Kerl wie Clyde Brattle ihm eine Million Dollar gezahlt. Und wenn Gene heute abend etwas mehr Glück gehabt hätte, dann hätte er sich Brattle geschnappt, das Geld behalten, und kein Gericht der Welt hätte ihm was anhaben können. Aber er liegt hier. Am Boden. Tot.»

Dill machte sich aus Struckers Griff frei. Dann ging er hinüber zum Couchtisch. «Was ist, falls er es doch nicht getan hat?» fragte Dill.

Strucker schoß einen schnellen Blick zu Jake Spivey hinüber, der leicht verwundert schien. «Worauf will er denn hinaus?» fragte Strucker.

«Auf irgendwas», meinte Spivey.

«Sie sagen, daß Sie nicht beweisen können, daß er Felicity getötet hat – oder Corcoran oder sogar Harold Snow. Wenn Sie also nicht beweisen können, daß er sie umgebracht hat, dann ist er unschuldig.»

«Er hat sie getötet», sagte Strucker. «Allesamt.»

«Sie glauben nur, daß er es gewesen ist.»

«Du doch auch, Pick», sagte Spivey.

«Vielleicht», sagte Dill, streckte die Hand, hob den Kassettenrecorder auf, ließ das Kassettenfach aufspringen und steckte das Band in die Tasche.

Spivey sprang auf. «Du hast doch nicht etwa vor, mit der Kassette aus dieser Tür zu gehen, oder?» fragte er.

«Sie sollte deine Rückversicherung sein, Jake. Der letzte Stein auf deinem Schutzwall. Aber jetzt behalt ich sie zu meiner Sicherheit.» Dill sah erst zu Strucker und dann wieder zu Jake Spivey, der blitzschnell zugriff und die 38 Colt Automatik vom Couchtisch aufnahm. «Ich mache mir Sorgen wegen euch beiden», sagte Dill. «Ich überlege mir, wo euer Weg nach oben enden wird und was ihr dann tun werdet, wenn ihr erst einmal angekommen seid. Und falls ihr weit genug und hoch genug aufsteigt, werdet ihr euch vielleicht eines Tages an mich erinnern und daran denken, daß ich hier mit euch in diesem Zimmer war, an diesem Abend, und was ihr getan habt. Und dann werdet ihr vielleicht darüber nachdenken, ob ihr meinetwegen nicht etwas unternehmen müßtet. Wenn ihr also damit anfangt, solche Überlegungen anzustellen, dann denkt immer eins: Ich hab das Band.»

Spivey schüttelte bekümmert den Kopf und hob die Automatik, bis sie auf Dill zielte. «Pick, ich kann dich mit dieser Kassette nicht aus der Tür gehen lassen.»

«Was ist denn drauf?» fragte Strucker.

«Alles, was wir brauchen, um mich aus dem Knast rauszuhalten und Sie zum Bürgermeister und später zum Senator zu machen.»

«Ach so, dann», sagte Strucker.

Dill sagte: «Ich geh jetzt, Jake.»

«Wir müssen dich einfach auf die eine oder andere Weise aufhalten», sagte Spivey mit sorgenvoller, trauriger Stimme. Er schaute hinüber zu Strucker.

Der Chief of Detective schüttelte langsam den Kopf. «Nein.»

«Was soll das heißen, ‹Nein›?» fragte Spivey.

«Wenn wir ihm diese Kassette abnehmen, wird er reden», sagte Strucker. «Alles über heute abend. Und wenn wir ihn gehenlassen, wird er den Mund halten.» Er sah Dill an. «Stimmt's?»

«Stimmt.»

«Es sei denn, natürlich», sagte Strucker zu Spivey, «Sie wollen ihm eine Kugel verpassen und dem Ganzen ein sauberes Ende machen. Irgendwie würden wir das schon hinkriegen.»

Dill wartete darauf, daß Spivey etwas sagte oder tat. Spivey sah wieder hinab auf die Automatik und hob sie sorgfältig zielend gegen Dill. Als er ihn im Visier hatte, breitete sich ein Ausdruck echten Kummers langsam auf seinem Gesicht aus. Dill fragte sich, ob er wohl den Knall des Revolvers hören würde. Die Trauer verschwand aus Spiveys Gesicht und schien einer Miene tiefen Bedauerns Platz zu machen. Langsam senkte er die Automatik und sagte: «Scheiße, ich kann's einfach nicht.»

Dill drehte sich um, öffnete die Tür und ging.

39

Als er den Flur entlang zum Fahrstuhl hastete, wurden überall vorsichtig Türen geöffnet, und Gesichter von Leuten in mittleren Jahren lugten furchtsam durch den Türspalt. Dill blickte sie finster an und blaffte: «Polizei!» Sofort wurden die Türen wieder zugeworfen.

In der Lobby waren noch die beiden Mexikaner, die für Jake Spivey arbeiteten. Beide trugen saubere, gepflegte dunkelgraue Anzüge. Sie sahen einander an, als Dill aus dem Fahrstuhl stieg, und der ältere der beiden schüttelte den Kopf, als wollte er sagen: «Der zählt nicht.» Dill ging zu ihm hin und sagte auf spanisch: «Wo sind die beiden anderen Männer – der große dicke und der dünne mit den toten Augen?»

Der Mexikaner lächelte. «Als wir ankamen, konnten wir sie davon überzeugen, daß sie woanders wichtige Geschäfte zu erledigen haben. Sie sind fortgegangen, um sich darum zu kümmern.»

Der Mexikaner lächelte noch immer selbstzufrieden vor sich hin, als Dill durch die Eingangstür der Lobby hinaus in den Regen ging. Er rannte über die Straße, schlängelte sich durch die enge Lücke an der Rückseite des Ford und öffnete die Tür auf der Beifahrerseite. «Du fährst», sagte er zu Anna Maude Singe.

Sie rutschte zum Steuer hinüber, als Dill einstieg. «Falls dies unsere Flucht werden soll», sagte sie, «wird es mich allein eine volle Stunde kosten, den Wagen herauszumanövrieren.»

«Stoß zurück und ramm den Wagen hinter dir, schlag die Lenkung scharf nach links ein, dann ramm den Wagen vor dir und wiederhol das so lange, bis die rechte Stoßstange frei ist.»

«Du meinst also, ich soll es so machen wie immer», sagte sie.

Sie brauchten nur zwanzig Sekunden und fünfmaliges Anstoßen, bis sie den Wagen aus der engen Lücke frei hatte. Sie raste die Van Buren hinunter, bis sie zur 23rd Street kam, die Sirene hörte, rechts heranfuhr und anhielt. Ein grün-weißer Streifenwagen kam auf quietschenden Reifen aus der regennassen, schlüpfrigen Kurve mit aufheulenden Sirenen und eingeschaltetem Blaulicht. Anna Maude nahm den Fuß von der Bremse und fuhr vorsichtig an die Kreuzung heran. Doch beim Anblick eines schwarzen, nicht gekennzeichneten Coupes trat sie wieder auf die Bremse. Der Wagen jagte auf der entgegengesetzten Fahrbahn auf sie zu. Hinter der Kühlerhaube blitzte ein rotes Licht auf.

Anna Maude blieb bewegungslos hinter dem Steuer sitzen, bis Dill sagte: «Jetzt laß uns fahren.» Langsam setzte sich der Wagen in Bewegung.

«Die Bullen», sagte sie. «Die fahren zu meiner Wohnung, nicht wahr?»

«Ja.»

«Ich habe Jacke Spivey und diese beiden Mexikaner hineingehen sehen. Danach kamen noch drei weitere Männer, und einige Minuten später kamen zwei von ihnen herausgerannt.»

«Das waren Harley und Sid. Sie arbeiteten für Clyde Brattle.»

«Dann gingen Strucker und Gene Colder zusammen hinein.»

«Ja.»

«Was ist passiert?»

«Brattle und Colder sind tot.»

«Wo?»

«Im Wohnzimmer.»

«In meinem Wohnzimmer?»

«Ja.»

«O verflucht, verflucht, verflucht.» Automatisch tat sie das Gaspedal durch. «Erzähl mir nichts darüber. Ich will nichts wissen. Warum sollte ich? Ich weiß ja noch nicht mal, wo ich hinfahre.»

«Zum Flughafen.»

«Was ist mit deinen Sachen im Hotel?»

«Das hat Zeit.»

Er griff in seine Tasche und zog die Kassette hervor. «Siehst du das hier?»

Sie warf einen kurzen Blick darauf und nickte. «Du hast sie also doch nicht Spivey gegeben.»

«Nein. Ich steck sie in deine Handtasche.» Sie sah ihm dabei zu und konzentrierte sich dann wieder aufs Fahren. «Du weißt, wo du Kopien davon machen lassen kannst?» fragte er.

Sie nickte.

«Laß morgen sechs Kopien anfertigen.»

«Morgen?» sagte sie. «Warum nicht heute nacht? Verdammt noch mal, wo soll ich heut nacht bloß schlafen?»

«Es gibt doch nahe am Flughafen ein Holiday Inn, oder?»

«Ja.»

Er zog seine Brieftasche heraus, entnahm ihr drei Hundertdollarnoten – fast die letzten, die noch übrig waren, stellte er fest – und stopfte das Geld zu der Kassette in ihre Handtasche. «Zahl den Zimmerpreis in bar. Benutze einen falschen Namen – Mary Borden.»

«Ich seh aber nicht wie eine Mary Borden aus.»

«Benutz ihn trotzdem. Behalte den Ford und geh morgen nur raus, um die Kassetten kopieren zu lassen. Dann geh zurück und bleib auf deinem Zimmer. Ich rufe dich gegen Mittag an.»

«Mittag.»

«Ja.»

«Was ist, falls du es nicht tust?»

Dill seufzte. «Falls ich nicht anrufe, nimm das Band und geh zum FBI.»

Im Eingang zum Gatty International Airport küßten sich Benjamin Dill und Anna Maude Singe zum Abschied. Es war ein kurzer, flüchtiger Kuß, fast ohne jede Zärtlichkeit. Sie sah ihm zu, wie er aus dem Wagen stieg. «Ruf mich an, verdammter Kerl», sagte sie.

Im Flughafengebäude schlenderte Dill herum und verschaffte sich einen Überblick über die Abflugzeiten. Schließlich suchte er sich einen Delta-Flug heraus, der in fünfundvierzig Minuten nach Atlanta startete. Er kaufte ein einfaches Flugticket erster Klasse, zahlte in bar und ließ sich unter dem Namen F. Taylor eintragen. Er wußte, daß er in Atlanta einen Anschlußflug zum Washington National Airport bekommen würde.

Dill verbrachte den größten Teil der Wartezeit in einer Kabine auf der Herrentoilette. Dort wischte er Harold Snows Revolver sorgfältig mit einem Taschentuch ab, wickelte die Waffe in eine Zeitung, die er gekauft hatte, und warf das Päckchen beim Verlassen der Toilette in einen Abfallkorb. An Bord der Maschine bekam er einen Platz am Mittelgang neben einem fröhlich und aufgekratzt wirkenden Mann um die Fünfzig. Der Mann sah aus wie ein Schwätzer. Dill hoffte, daß er es nicht wäre. Das Flugzeug hob ab und zog eine Schleife über der Stadt. Der Mann starrte durch den Regen auf die Lichter der Stadt und wandte sich dann zu Dill.

«Das ist mal wieder ein mordsmäßiger Anblick», sagte der Mann. «Wollen Sie auch mal raussehen?»

«Nein», sagte Dill. «Ich glaube nicht, daß ich das möchte.»

Am Dienstag, dem neunten August, um 9 Uhr und sechsundvierzig Minuten vormittags setzte das Taxi Dill vor seinem Wohnhaus an der Ecke 21st und Street Northwest ab. Er schaute sich um und entdeckte sie sofort, die beiden Mercury-Coupés, die so harmlos und unauffällig aussahen, daß man ebensogut US-Government quer über ihre Türen hätte schreiben können. Der eine, ein dunkelblauer, parkte in der N Street. Zwei Männer saßen darin. Der andere, ein dunkelgrauer, stand im Parkverbot vor dem giftgrünen Apartmenthaus des alten Mannes in der 21st Street. Auch in diesem Wagen saßen zwei Männer.

Dill betrat das Haus und schloß seinen Briefkasten auf. Darin steckten drei Rechnungen, neun Wurfsendungen zum Wegschmeißen, ein Exemplar der *Newsweek* und ein Brief von seiner toten Schwester.

Mittwoch, 3. August

Lieber Picklepuss,
Die einzige saftige Neuigkeit, die ich diese Woche für Dich habe, betrifft Deine alte Flamme von der High-School, die furchtbar hochnäsige, gräßlich vornehm tuende Barbara Jean Littlejohn (geborene Collins). Und falls Du Dich nicht mehr so recht erinnern kannst, weswegen sie sich so hochnäsig gab, mußt Du Dir nur ins Gedächtnis zurückrufen, daß sie die Präsidentin ihrer Schwesternschaft an der High-School der Tes Trams gewesen ist. Himmel, Pick, Du mußt da nur mal rückwärts lesen! Derzeit ist sie verheiratet mit Art Littlejohn, dem Manager des allergrößten TG & Y der Stadt. Die liebreizende Barbara Jean wurde vergangene Woche wegen Ladendiebstahls hopsgenommen – nun rate mal, wo? – bei Sears! Sie hatte gerade vor, in einer Stola aus nachgemachtem Marderfell, die sie sich übergeworfen hatte, durch die Ladentür zu spazieren. Wem wäre das auch schon aufgefallen mit-

ten im Juli bei Temperaturen so um die vierzig Grad Celsius?

Was nun Deine kleine Schwester angeht, das As unter den Detektiven, so hat für sie gerade eine ziemlich trübselige Eskapade ihr Ende gefunden, von der ich Dir später mal in aller Ausführlichkeit berichten werde. Morgen früh werde ich mich aufmachen und das alles dem sauberen und langweiligen FBI vorlegen. Warum, so magst Du Dich vielleicht fragen, enthülle ich das alles nicht meinem obersten Boss, Honest John Strucker, Chief of Detectives und Gatte einer schwerreichen Witwe. Na ja, das ist deswegen, weil ich dem alten Honest John nicht länger trauen mag, oder seinem allerbesten Freund aus jüngster Zeit, der niemand anderer ist als Dein alter Busenfreund und Kumpel Jake Spivey, der inzwischen in Marmorpalästen wohnt. Kannst Du Dir den alten Lumpenarsch Jake auf dem Herrensitz des alten Ace Dawson vorstellen?

Während der letzten anderthalb Jahre bin ich entweder Doppel- oder Dreifachagent unseres heimatlichen Gustemilieu gewesen. Mit dem Konzept des Dreifachagenten hab ich so meine Schwierigkeiten, da es sich hier um eine mathematische Abstraktion handelt und ich ja, wie Dir bestens bekannt ist, eher ein intuitiver Typ bin, dem Abstraktionen einfach zuwider sind, insbesondere solche der Leistungsstufe Algebra 3, in der ich zweimal durchgefallen bin.

Die Hauptakteure in diesem unsäglichen Melodram (mit mir als Starbesetzung natürlich) sind einmal ich, dann Honest John Strucker, Jake Spivey (bislang nicht mehr als ein Komparse) und mein derzeitiger Gespiele, Captain Gene Colder von der

Mordkommission, der – wiewohl von finsterem Aussehen – eigentlich ein rechter Tor ist, der hier in unseren Breiten wohl das ist, was man eine Kreuzung zwischen einem Ausgeflippten und einer Flasche nennen würde. Geld spielt dabei mit hinein. Tonnenweise. Und Politik. Und irgendein geheimnisvoller internationaler Mysterioso namens Clyde Brattle, von dem Du auch schon gehört haben mußt. Ich habe grad genug erfahren, um Schiß zu bekommen, und vielleicht hinreichend viel, um Colder, den Ausgeflippten, in den Bau zubringen. Vielleicht. Also bring ich diesen Brief heute abend noch zur Post, und morgen werd ich dann in aller Frühe blitzblank und putzmunter zum FBI gehen und alles sagen.

Übrigens (das spricht sich weniger umständlich aus als «nebenbei bemerkt») habe ich eine Lebensversicherung über 250 000 Dollar abgeschlossen, in der Du als einziger Bezugsberechtiger benannt bist. Sollte mir irgend etwas passieren, ruf bitte meine Anwältin Anna Maude Singe an, die sowohl gut aussieht als auch Köpfchen hat, und da könntest Du, wie wir ja beide sattsam wissen, eine weitaus schlechtere Wahl treffen.

Oh. Noch eins. Sollte mir irgend etwas passieren, dann glaub kein einziges gottverdammtes Wort von dem, was man Dir hier unten vielleicht vorfaseln wird. Und jetzt, nachdem ich Dich ein bißchen aufgemuntert und Dein Interesse wachgerufen habe, sag ich einfach tschüs und wünsche Dir

Alles Liebe
Deine Felicity

Der Brief war auf einem Papier geschrieben, das seine Schwester immer bevorzugt hatte: linierte Blätter von einem gelben Schmierblock. Die beiden Seiten war nicht ganz in jenem wunderschönen Kupfertiefdruck ausgeführt, einer Technik, die sie sich im Alter von zwölf Jahren in einem Sommerurlaub aus einem Buch selbst beigebracht hatte. Noch früher hatte sie alles gedruckt oder fast alles.

Dill las den Brief, während er vor seinen hohen, fast bis zur Decke reichenden Fenstern stand, von denen er einen Blick auf das Wohnhaus des alten Mannes auf der andere Straßenseite hatte. Als er aufsah, konnte er beobachten, daß der Alte wieder mit seiner Polaroid zugange war und eine Aufnahme von dem dunkelgrauen Regierungs-Mercury machte, der im Halteverbot geparkt war. Die zwei Männer sprangen aus dem Mercury und gingen auf den alten Mann zu. Sie schienen Protest einzulegen. Der alte Mann schrie zurück und wies auf das Parkverbotsschild. Die zwei Regierungsbeamten zeigten auf die Kamera des alten Mannes und sagten noch irgend etwas anderes zu ihm. Darauf brachte er die Kamera schnell hinter seinem Rücken in Sicherheit und schrie wieder auf sie ein. Dill konnte nicht hören, was er herausschrie. Wahrscheinlich Drohungen und Flüche.

Ein Wagen der Metropolitan Police kam schwungvoll angefahren, und zwei schwarzuniformierte Cops stiegen aus, um nachzusehen, worum es bei diesem Streit ging. Die uniformierten Cops verschwammen vor seinen Augen, und Dill wurde bewußt, daß sie feucht geworden waren. Er wandte sich vom Fenster ab und wischte sich die Tränen weg.

Alle hatten sie in gewisser Weise getötet, dachte er, und alle werden sie jetzt einen gewissen Preis zu entrichten haben, um die Rechnung auszugleichen. Im anderen Fall würde der Prediger im Unrecht sein, und sie wäre tatsächlich vergebens gestorben, obwohl vergebliches Sterben nicht ganz so schlimm ist, wie man meint, da es beinahe jeder tut. Vergebens leben, das ist es, wovor man sich wirklich hüten muß, und Felicity hatte nie einen Tag damit vergeudet, das zu tun.

Er entschied, daß ihm noch etwa fünf oder zehn Minuten blieben, bevor die Regierungsagenten, wer immer sie sein mochten, bei ihm anklopfen würden. Er ging zum Wandtelefon in der Küche und rief die Auskunft an, um sich die Nummer des Holiday Inn am Flughafen geben zu lassen, wo Anna Maude Singe wartete. Beim ersten Klingeln des Telefons fragte sich Dill, wie gut sie als Rechtsanwältin wirklich sein mochte und ob ihr Washington gefallen würde. Was er aber gern am dringendsten gewußt hätte, war, ob sie ihm das Gefängnis ersparen könnte.

WUNDERLICH TASCHENBUCH

n Monat neu als Wunderlich Taschenbuch.

Bestseller zu attraktiven Preisen.

ünschen gute Unterhaltung!

5014/2